BESTSELLER

Elizabeth Gilbert es la autora del libro de memorias *Come, reza, ama*, que se mantuvo en la lista de los libros más vendidos de *The New York Times* durante 187 semanas, convirtiéndose de inmediato en un fenómeno editorial excepcional. Asimismo, ha sido traducido a más de treinta idiomas, ha vendido más de diez millones de ejemplares en todo el mundo y en 2010 fue llevado a la gran pantalla con Julia Roberts como protagonista. Entre sus obras cabe destacar *Comprometida*, basada también en su experiencia personal, así como las novelas *La firma de todas las cosas* y *De hombres y langostas*. Además, cabe mencionar que su ensayo *The Last American Man* fue nominado al National Book Award y elegido Libro Notable de 2002 por *The New York Times*. Gilbert escribe regularmente para la revista estadounidense *GQ*, labor por la que ha sido propuesta en dos ocasiones al National Magazine Award. Vive entre Filadelfia y Brasil.

Para más información, visite la página web de la autora: www.elizabethgilbert.com

Biblioteca

ELIZABETH GILBERT

De hombres y langostas

Traducción de
Amaya Basañez Fernández

DEBOLS!LLO

FSC
www.fsc.org

MIXTO
Papel procedente de
fuentes responsables
FSC® C117695

Título original: *Stern Men*
Primera edición en Debolsillo: enero, 2016

© 2000, Elizabeth Gilbert. Todos los derechos reservados
© 2014, Penguin Random House Grupo Editorial, S.A.U.
Travessera de Gràcia, 47-49. 08021 Barcelona
© 2013, Amaya Basañez Fernández, por la traducción

Printed in Spain – Impreso en España

ISBN: 978-84-663-2935-4 (vol. 1099/1)
Depósito legal: B-21.669-2015

Impreso en Novoprint, Sant Andreu de la Barca (Barcelona)

P 329354

Penguin
Random House
Grupo Editorial

A Sarah Chalfant
Por todo

«En el verano de 1892, en el acuario de Woods Hole colocaron una caracola en el mismo tanque de agua que una langosta hembra, de aproximadamente diez pulgadas de largo y que había estado en cautividad unas ocho semanas. La caracola, de tamaño medio, permaneció ilesa varios días, pero al fin, acuciada por el hambre, la langosta la atacó, destrozando su concha, pedazo a pedazo, y rápidamente se apoderó de la parte blanda».

FRANCIS HOBART HERRICK,
La langosta americana: Un estudio acerca
de sus costumbres y su desarrollo, 1895

PRÓLOGO

A unos cuarenta kilómetros de la costa de Maine, se enfrentan las islas de Fort Niles y Courne Haven, dos viejas cabronas retándose a aguantar la mirada, cada una de ellas convencida de que es la única vigilante de la otra. No hay nada más en los alrededores. Están en tierra de nadie. Montañosas y con forma de patata, forman un archipiélago de dos. Encontrarse con estas dos islas gemelas en un mapa es un acontecimiento inesperado; es como encontrarse ciudades gemelas en una llanura, campamentos gemelos en un desierto, cabañas gemelas en una tundra. Apartadas como están del resto del mundo, Fort Niles y Courne Haven solo están separadas la una de la otra por una corriente de agua marina, conocida como el canal Worthy. El canal Worthy, de casi un kilómetro y medio de ancho, tiene muy poca profundidad en algunas partes con la marea baja, así que, a no ser que supieras lo que estabas haciendo —a no ser que *realmente* supieras lo que estabas haciendo—, dudarías en cruzarlo, aunque fuera con una piragua.

En esa geografía suya tan específica, Fort Niles y Courne Haven son tan asombrosamente similares que quien las creó debe haber sido o un papanatas o un bromista. Son copias casi idénticas. Las islas —las últimas cumbres de la misma antigua cordillera, ya sumergida— están compuestas de la misma veta de granito negro de buena calidad y se esconden bajo la misma cubierta de frondosos abetos. Cada isla tiene aproximadamente seis kilómetros de largo y tres de ancho. Cada una posee unas cuantas calas pequeñas, varios pozos de agua dulce, algunas playas pedregosas y dispersas, una sola playa de arena fina, una sola colina grande y un solo puerto, escondido posesivamente en la parte trasera, como un saco de dinero que se oculta.

En cada isla hay una iglesia y un colegio. Bajando hacia el puerto está la calle principal (que, en las dos islas, se llama Main Street), con los pocos edificios públicos que hay, agrupados: la oficina de correos, la tienda de ultramarinos, la taberna. No se encontrarán carreteras asfaltadas en ninguna de las dos islas. Las casas son muy parecidas en las dos, y los barcos que hay en los puertos son idénticos. Las islas comparten la misma meteorología peculiar, mucho más templada en invierno y fresca en verano que ningún otro pueblo costero, y a menudo se encuentran atrapadas por el mismo banco de niebla. Las mismas variedades de helechos, orquídeas, setas y escaramujos se pueden encontrar en ambas islas. Y, finalmente, estas islas están pobladas por la misma estirpe de pájaros, ranas, ciervos, ratas, zorros, serpientes y hombres.

Los indios Penobscot dejaron las primeras huellas humanas en Fort Niles y Courne Haven. Descubrieron que las islas eran un excelente lugar para recolectar los huevos de las aves marinas, y las antiguas armas de piedra de aquellos primitivos visitantes todavía salen a la luz en determinadas calas. Los Penobscot tampoco permanecieron mucho tiempo en medio del mar, pero utilizaron las islas como campamentos temporales para la pesca, una costumbre práctica con la que siguieron los franceses a principios del siglo diecisiete.

Los primeros residentes en Fort Niles y Courne Haven fueron dos hermanos holandeses, Andreas y Walter van Heuvel, quienes, después de trasladar a las islas a sus esposas, sus hijos y su ganado en junio de 1702, se atribuyeron una isla para cada familia. Llamaron a sus asentamientos Bethel y Canaan. Los cimientos de la casa de Walter van Heuvel todavía están ahí, un montón de piedras recubiertas de musgo, en una pradera de lo que él llamaba la isla Canaan; concretamente, el sitio exacto del asesinato de Walter a manos de su hermano, un año después de que hubiesen llegado. Andreas también mató a los hijos de Walter aquel día, y se llevó a la esposa de su hermano a la isla Bethel, para que viviese con su familia. Se dice que Andreas estaba frustrado porque su propia esposa no le proporcionaba hijos con la suficiente rapidez. Ansioso por conseguir más sucesores, fue a reclamar la única otra mujer que había por allí. Andreas van Heuvel se rompió la pierna unos cuantos meses más tarde, mientras construía una granja, y se murió debido a la infección subsiguiente. Las mujeres y los niños fueron rescatados por un patrullero inglés cercano, y les trasladaron al cercado de Fort Pernaquid. Ambas mujeres estaban embarazadas. Una de ellas parió un niño saludable, y le puso de nombre Niles. El hijo de la otra mujer murió durante el parto, pero la madre sobrevivió gracias a Thadeus Courne, un médico inglés. De alguna manera este suceso originó los nombres de las dos islas: Fort Niles y Courne Haven, dos lugares muy bonitos que no volverían a ser habitados hasta que hubieron pasado otros cincuenta años.

Los irlando-escoceses fueron los siguientes, y se quedaron allí. Un tal Archibald Boyd, junto con su esposa, sus hermanas y los esposos de estas, se adueñó de Courne Haven en 1758. En la siguiente década, se les unieron los Cobb, los Pommeroy y los Strachan. Duncan Wishnell y su familia pusieron en marcha una granja de ovejas en Fort Niles en 1761, y Wishnell pronto se encontró rodeado de vecinos que se llamaban Dalgleish, Thomas, Addams, Lyford, Cardoway y O'Donnell, además de algunos

Cobb que se habían mudado desde Fort Niles. Las jovencitas de una isla se casaban con los muchachos de la otra, y los apellidos empezaron a cruzarse una y otra vez entre los dos sitios como boyas a la deriva. A mediados del siglo dieciocho, aparecieron nuevos apellidos, de la gente nueva que había llegado: Friend, Cashion, Yale y Cordin.

Esta gente compartía en gran medida el mismo estrato ancestral. Y dado que no había tantos, no es sorprendente que, con el tiempo, los que vivían allí empezaran a parecerse entre ellos cada vez más y más. La desenfrenada endogamia era la culpable. Fort Niles y Courne Haven, de alguna manera, habían conseguido evitar el destino de Malaga Island, cuya población era tan incestuosa que el Estado tuvo que intervenir finalmente y evacuarlos, pero los linajes igualmente estaban muy debilitados. Llegó un momento en que se desarrollaron de una forma muy característica (bajos, musculosos, recios), al igual que su cara (piel clara, cejas negras, barbilla pequeña), que llegó a ser asociada tanto a Courne Haven como a Fort Niles. Después de unas cuantas generaciones, se podría decir, con justicia, que todos los hombres se parecían a su vecino y que todas las mujeres podrían haber sido reconocidas por sus antepasados a primera vista.

Todos ellos eran granjeros y pescadores. Todos eran presbiterianos y congregacionalistas. Todos eran conservadores, políticamente hablando. Durante la guerra de la Independencia, todos fueron colonos patriotas; durante la guerra de Secesión, mandaron a muchachos con chaquetas azules para que lucharan a favor del Norte en la lejana Virginia. No les gustaba ser gobernados. No les gustaba pagar impuestos. No se fiaban de los expertos, y no les interesaban las opiniones ni el aspecto de los extraños. A lo largo de los años, en diferentes ocasiones y por unas cuantas razones, las islas fueron asimiladas a varios condados de tierra adentro, uno tras otro. Esas uniones políticas nunca terminaron bien. Cada uno de los acuerdos al final les parecía insuficiente a los isleños, y para 1900, a Courne Haven y a Fort Niles les dejaron formar un municipio independiente. Juntos, crearon el pequeño feudo de Skillet County. Pero eso también fue un acuerdo temporal. Al final, las islas se dividieron; los hombres de cada isla, o eso parecía, se sentían mejor, más seguros y más independientes cuando se les dejaba completamente a solas.

La población de las islas continuó creciendo. Al final del siglo diecinueve, hubo un poderoso crecimiento, junto con la llegada del comercio de granito. Un joven empresario de Nueva Hampshire, llamado doctor Jules Ellis, trajo su Compañía Ellis de Granito a las dos islas, donde pronto hizo fortuna excavando y vendiendo la brillante piedra negra.

Courne Haven, en 1889, alcanzó su cumbre, consiguiendo un récord de población de 618. Este número incluía a los inmigrantes suecos, que habían sido contratados por la Compañía Ellis como fuerza bruta para las canteras. (Una parte del granito de Courne Haven estaba tan destrozado y sin desbastar que solo servía como base para pavimento, un trabajo fácil para los trabajadores inexpertos como los suecos). Ese mismo año, Fort Niles presumía de una sociedad de 627 almas, incluyendo a los inmigrantes italianos, que habían sido contratados como tallistas. (Fort Niles poseía un granito bueno, digno de un mausoleo, un granito hermoso, al que solo le podían hacer justicia los tallistas italianos). Nunca hubo mucho trabajo para los nativos de la isla en las canteras de granito. La Compañía Ellis de Granito prefería con mucho contratar inmigrantes, que les costaban menos y eran más fáciles de controlar. Y había muy poca interacción entre los trabajadores inmigrantes y los lugareños. En Courne Haven varios pescadores se casaron con mujeres suecas, y surgieron unos cuantos rubios en la población de esa isla. En cambio, en Fort Niles la imagen pálida y de pelo oscuro de los escoceses permaneció sin contaminar. Nadie en Fort Niles se casó con un italiano. Hubiera sido inaceptable.

Los años pasaron. Las modas en la pesca cambiaron, de los sedales a las redes y del bacalao a la merluza. Los barcos evolucionaron. Las granjas se quedaron anticuadas. Se edificó un ayuntamiento en Courne Haven. Se construyó un puente sobre el Murder Creek en Fort Niles. El servicio telefónico llegó en 1895, a través de un cable sumergido bajo el mar, y para 1918 bastantes casas tenían electricidad. La industria del granito menguó y, finalmente, se extinguió debido a la llegada del hormigón. La población se redujo, casi tan rápidamente como había aumentado. Los hombres jóvenes se iban de las islas para encontrar trabajo en las grandes fábricas, en las grandes ciudades. Los apellidos con solera empezaron a desaparecer del censo, extinguiéndose lentamente. El último de los Boyd murió en Courne Haven en 1904. No se podía encontrar un solo O'Donnell en Fort Niles en 1910, y —con cada década del siglo veinte— el número de familias de Courne Haven y de Fort Niles mermaba cada vez más. Escasamente pobladas antes, las islas perdían densidad una vez más.

Lo que las dos islas necesitaban —lo que siempre habían necesitado— era un poco de buena voluntad entre ellas. Tan alejadas del resto del país, tan similares en carácter, estirpe e historia, los residentes de Courne Haven y Fort Niles deberían haber sido buenos vecinos. Se necesitaban los unos a los otros. Deberían haberse tratado bien entre ellos. Deberían haber compartido sus recursos y sus problemas, y haberse beneficiado de todo tipo de colaboraciones. Y quizás hubiesen podido ser buenos vecinos. A lo mejor su destino no tenía por qué ser el enfrentamiento. Lo cierto es que hubo paz entre las dos islas durante más o menos los dos primeros siglos de colonización. A lo mejor si los hombres de Fort Niles y de Courne Haven hubieran seguido siendo unos simples granjeros o pescadores de aguas profundas, hubiesen sido unos excelentes vecinos. No hay manera de saber lo que podría haber sido, de todos modos, porque al final se convirtieron en pescadores de langostas. Y ese fue el final de la buena vecindad.

Las langostas no reconocen fronteras y, por tanto, tampoco lo hacen los pescadores de langostas. Los pescadores acechan a las langostas dondequiera que esas criaturas puedan andar sueltas, y esto conlleva perseguir a su presa por aguas poco profundas, siguiendo la corriente fría que rodea la costa. Lo que implica que los marineros estén compitiendo constantemente por el territorio de pesca. Se entorpecen los unos a los otros, enredan los sedales de sus trampas, se espían mutuamente los barcos, y se apropian de toda la información que puedan conseguir. Los langosteros luchan por cada yarda cúbica de mar. La langosta que pesca uno es la langosta que otro ha perdido. Es un negocio cruel, y hace ruines a los hombres. Después de todo, como seres humanos, nos convertimos en aquello que andamos buscando. Ordeñar vacas convierte a los hombres en constantes, responsables y moderados; cazar ciervos los hace callados, rápidos y sensibles; pescar langostas hace que los hombres sean recelosos, astutos y no tengan piedad.

La primera guerra langostera entre Fort Niles y Courne Haven empezó en 1902. Otras islas en otras ensenadas de Maine han tenido sus guerras langosteras, pero ninguna se libró tan pronto como esta. Apenas había una industria langostera en 1902; la langosta todavía no se había convertido en una exquisitez excepcional. En 1902, las langostas eran corrientes, vulgares, incluso una molestia. Después de una fuerte tormenta, cientos, miles de esas criaturas aparecían en las playas, y tenían que ser apartadas mediante horcas y carretillas. Se aprobaron leyes prohibiendo a las familias pudientes alimentar a sus criados con langosta más de tres días a la semana. En ese momento de la historia, la pesca de langosta era algo que solo hacían los isleños para complementar sus ganancias, derivadas de la granja o de la pesca mar adentro. Los hombres habían estado cogiendo langostas en Fort Niles y Courne Haven solamente los últimos treinta años, más o menos, y todavía pescaban con abrigo y corbata. Era un sector nuevo. Así que es extraordinario que cualquiera se hubiera sentido lo suficientemente involucrado en la industria langostera como para empezar una guerra por ello. Pero eso es exactamente lo que sucedió en 1902.

La primera guerra de las langostas entre Fort Niles y Courne Haven empezó con una famosa e insensata carta escrita por el señor Valentine Addams. Para 1902, los Addams se podían encontrar en ambas islas, Valentine Addams era un Addams de Fort Niles. Era conocido por ser bastante inteligente, pero famoso por ser susceptible y quizás un poco tirando a loco. Fue en la primavera de 1902 cuando Valentine Addams escribió su carta. Estaba dirigida al presidente de la Segunda Conferencia Internacional del Sector Pesquero en Boston, un evento de prestigio al que Addams no había sido invitado. Dirigió esmeradas copias a mano de su carta a varios de los principales periódicos pesqueros del litoral este. Y mandó una copia a Courne Haven en la barcaza del correo.

Valentine escribió:

¡Señores!

Con tristeza y sintiéndome obligado, debo informar de un nuevo y espantoso crimen cometido por los deshonestos miembros de nuestras propias filas de pescadores de langostas. He llamado a este delito la Acumulación de Langostas Pequeñas. Me refiero a la práctica por la que algunos pescadores sin escrúpulos sacan a escondidas las trampas de un langostero honrado durante la noche e intercambian las Langostas Grandes del hombre honrado por un lote de las mezquinas Langostas Pequeñas y jóvenes, propiedad del inmoral. Tengan en cuenta la consternación del pescador honrado, quien saca sus trampas a la luz del día, ¡solo para descubrir que dentro hay Langostas Pequeñas, sin valor alguno! He sido víctima de esta práctica una y otra vez, a manos de *mis propios vecinos* de la Cercana Isla de Courne Haven. Por favor, consideren encargar a su comité la detención y castigo de los Bandidos de las Langostas Pequeñas de Courne Haven. (Cuyos nombres he escrito aquí para uso de sus representantes).

Siempre su agradecido corresponsal,
Valentine Addams

En la primavera de 1903, Valentine Addams escribió una carta a la Tercera Conferencia Internacional del Sector Pesquero, que otra vez se celebró en Boston. Esta conferencia, incluso más grande que la del año anterior, incluía dignatarios de las Provincias Canadienses y de Escocia, Noruega y Gales. Una vez más, Addams no había sido invitado. ¿Y por qué debería haberlo estado? ¿Qué pintaría un simple pescador como él en una reunión como esa? Era un encuentro de legisladores y expertos, no la ocasión de ventilar disputas locales. ¿Por qué debería haber sido invitado, junto con los mandatarios canadienses y galeses, y los prósperos mayoristas de Massachusetts, y todos los renombrados guardas de coto? Pero ¿qué más da? Escribió, en todo caso:

¡Caballeros!
Con todo mi respeto, señores, por favor, transmitan lo siguiente a sus compañeros. Una langosta preñada acarrea de 25.000 a 80.000 huevas en su tripa, llamadas «bayas» por nosotros los pescadores. Como producto de comida, esas bayas fueron en otro tiempo muy usadas como complemento para las sopas. Recordarán que el consumo de este artículo fue oficialmente desaconsejado hace varios años, y que la práctica de vender cualquier langosta que contuviera huevas fue prohibida. ¡Muy sensato, señores! Esto se hizo con el noble propósito de solventar el Problema de las Langostas de la Costa Este, y así conservar la Langosta de la Costa Este. ¡Caballeros! A día de hoy, seguramente hayan oído que algunos pescadores canallas se han saltado la ley al raspar esas preciosas bayas de la tripa de las criaturas. ¡El motivo de esos pescadores sin escrúpulos es conservar la buena langosta criadora para su propia venta y beneficio!

¡Caballeros! Al rasparlas y arrojarlas así al mar, esas huevas no se transforman en unos saludables alevines de langosta, sino que se convierten en entre 25.000 y 80.000 trocitos de cebo para los hambrientos bancos de bacalao y lenguado. ¡Caballeros! ¡Dirijan su mirada a esas avariciosas tripas de pescado para marcar la cuenta de las langostas desaparecidas de nuestras costas! ¡Miren a esos Langosteros Rasca-Huevas sin escrúpulos como el motivo de nuestra cada vez más disminuida población de langostas! ¡Caballeros! Las Escrituras preguntan: «¿Deben los rebaños y las manadas ser sacrificados, para satisfacerlos? ¿O debe todo el pescado del mundo ser recolectado, para saciarlos?».

De muy buena fuente sé, señores, que en la Isla Vecina de Courne Haven *¡todos los pescadores* raspan esas huevas! Los supervisores de caza y pesca empleados por el Estado se muestran reacios a arrestar o detener a esos ladrones de Courne Haven —¡puesto que son ladrones!— a pesar de mis informes. Tengo intención de empezar inmediatamente a enfrentarme a esas sabandijas yo mismo, distribuyendo los castigos que yo considere oportunos, como representante de la certeza de mis fundadas sospechas, y en el buen nombre de su Comité. ¡Caballeros!

Permanezco su dispuesto portavoz, Valentine R. Addams.

(Y aquí incluyo los nombres de los Canallas de Courne Haven).

Al mes siguiente, el único muelle de Courne Haven se incendió. Para muchos langosteros de Courne Haven, Valentine Addams fue sospechoso de haber participado en ese acto, una sospecha que Addams no hizo mucho por apaciguar al estar presente en el incendio de Courne Haven, de pie en su bote, al amanecer, lo suficientemente alejado de la orilla, sacudiendo el puño y gritando: «¡Putas portuguesas! ¡Mirad ahora a los pordioseros católicos!», mientras que los pescadores de Courne Haven (que no eran más portugueses ni católicos que el propio Valentine Addams) se esforzaban por salvar sus barcas. Pocos días después,

Addams fue encontrado en Fineman's Cove, tras haber sido arrastrado al fondo del mar con dos sacos de sal de roca de veinte kilos cada uno. Un recolector de almejas descubrió el cuerpo.

El supervisor de caza y pesca dictaminó que el ahogamiento había sido un suicidio. Fue justo. A su modo de ver, esa muerte había sido un suicidio. Incendiar el único muelle de una isla vecina es un acto tan suicida como cualquier otro. Todo el mundo lo sabía. Ningún hombre cuerdo en Fort Niles podría echarles en cara a los pescadores de Courne Haven su gesto de represalia, por muy violento que hubiera sido. Con todo, creaba un problema. Addams dejó una viuda incómodamente preñada. Si se quedaba en Fort Niles, sería un gran inconveniente para sus vecinos, quienes tendrían que mantenerla. Lo que sucedió fue que eso era lo que ella pensaba hacer. Sería un peso muerto en Fort Niles, una sangría en una comunidad cuyas familias trabajadoras apenas podían mantenerse a sí mismas. El miedo a esta carga causó resentimiento por la muerte de Valentine Addams. Y lo que era más, ahogar a un hombre con la misma sal de roca que había usado para conservar su apestoso cebo se convertía en más que un mero insulto. Se buscaría un remedio a esto.

Como desquite, los hombres de Fort Niles remaron una noche hacia Courne Haven y pintaron una débil capa de brea en los asientos de cada bote anclado en el puerto. Esto solo fue una tosca broma, para reírse. Pero después rajaron todas las boyas que encontraron, las que marcaban dónde estaban las trampas para langostas, en todo el territorio de Courne Haven, haciendo que las cuerdas que envolvían la trampa se cayeran, deslizándose a través del agua, y que las nasas sujetas desaparecieran para siempre. Fue la destrucción al completo de la industria de la comunidad —la pequeña industria langostera que había, claro está, en 1903— para toda la temporada.

Fue justo.

Después de eso, hubo tranquilidad durante una semana. Entonces, en tierra firme, una docena de langosteros de Courne

Haven atraparon a un hombre bastante conocido de Fort Niles, Joseph Cardoway, a las afueras de una taberna, y le dieron una paliza con unos bicheros de madera de roble. Cuando Cardoway se recuperó de la paliza, le faltaba la oreja izquierda, estaba ciego del ojo izquierdo, y de la desgarrada mano izquierda le colgaba el pulgar, suelto e inútil cual ornamento. Este ataque indignó a todo Fort Niles. Cardoway ni siquiera era pescador. Tenía un pequeño molino en Fort Niles y cortaba hielo. No tenía nada que ver con la pesca de langosta y, con todo, lo habían dejado lisiado por esa razón. Ahora la guerra de las langostas estaba a fuego vivo.

Los pescadores de Courne Haven y Fort Niles lucharon durante una década. Batallaron de 1903 a 1913. No seguido, por supuesto. Las guerras de la langosta, incluso por aquel entonces, no eran peleas continuas. Eran lentas disputas territoriales, con actos intermitentes de venganza y retirada. Pero durante una guerra langostera, hay una tensión persistente, un peligro constante de perder tus aparejos ante la amenaza del cuchillo de otro hombre. Los hombres se obsesionaron tanto con defender sus medios de subsistencia que básicamente los erradicaron. Pasaban tanto tiempo luchando, espiando y enfrentándose que tenían pocos momentos para ponerse a pescar.

Como en cualquier conflicto, algunos de los que participaban en esta guerra de las langostas se involucraron más que otros. En Fort Niles, los hombres de la familia Pommeroy se vieron más envueltos en conflictos territoriales y, como consecuencia, esas hostilidades acabaron con ellos de una manera muy eficaz. Se empobrecieron. En Courne Haven, los pescadores de la familia Burden también se destruyeron eficazmente; habían descuidado su trabajo con el objetivo de socavar los esfuerzos de, por ejemplo, la familia Pommeroy de Fort Niles. En las dos islas, los Cobb estuvieron a punto de arruinarse. Henry Dalgliesh se vio tan desmoralizado por la guerra que sencillamente reunió a su familia y se mudó de Courne Haven a Long Island, Nueva York, donde se hizo policía. Cualquiera que hubiera crecido en Fort Niles o en Courne Haven durante esa década se crio en la pobreza. Cualquier Pommeroy, Burden o Cobb que creciera durante esa década se crio en la pobreza más extrema. Y en el odio. Para ellos, fue una verdadera hambruna.

En cuanto a la viuda del asesinado Valentine Addams, dio a luz gemelos en 1904; un niño desagradable a quien llamó Angus y un niño gordo y apático a quien puso por nombre Simon. La viuda Addams no era mucho más razonable de lo que había sido su marido muerto. No toleraba que las palabras «Courne Haven» se pronunciaran en su presencia. Al oírlas, se lamentaba como si la estuvieran matando a ella. Era la personificación del deseo de venganza, una mujer amargada cuya ira la ajaba, y aguijoneaba a sus vecinos para que cometieran audaces actos de hostilidad contra los pescadores del otro lado del canal Worthy. Ella se encargaba de que no decayera la ira y el resentimiento de sus vecinos. En parte debido a sus llamamientos, en parte debido al ritmo inevitable de cualquier conflicto, los hijos gemelos de la viuda tenían diez años bien cumplidos antes de que la guerra de las langostas que había empezado su padre se hubiese acabado.

Hubo un solo pescador en esas dos islas que no participó en esos sucesos, un marinero de Fort Niles que se llamaba Ebbett Thomas. Después del incendio del muelle de Courne Haven, Thomas recogió con calma todas sus trampas para langostas. Las limpió y las guardó, junto con sus aparejos, a salvo en su sótano. Sacó su barco del agua, lo limpió y lo guardó en la orilla, cubierto con una lona. Nunca había habido una guerra langostera antes, así que uno se pregunta cómo fue capaz de anticipar los actos de destrucción que estaban por llegar, pero era un hombre de intuición considerable. Ebbett Thomas aparentemente sospechaba, con el mismo conocimiento que un pescador inteligente ve que el mal tiempo se aproxima, que lo más sensato sería esperar a que escampara.

Después de poner a buen recaudo sus enseres para la pesca de langostas, Ebbett Thomas subió andando la única colina de Fort Niles, hacia las oficinas de la Compañía Ellis de Granito, para solicitar un trabajo. No había prácticamente precedentes —un isleño buscando trabajo en las canteras—, pero Ebbett Thomas igualmente consiguió un trabajo en la Compañía Ellis de Granito. Consiguió hablar con el doctor Jules Ellis en persona —el fundador y dueño de la compañía— y le convenció para que le contratara. Ebbett Thomas se convirtió en el capataz de Cajas para la Compañía Ellis de Granito y supervisaba la construcción de los contenedores y las cajas de madera en las que las piezas de granito pulido eran enviadas desde la isla. Era pescador, y todos sus antepasados habían sido pescadores, y todos sus descendientes serían pescadores, pero Ebbett Thomas no volvió a meter su bote en el mar hasta pasados diez años. Fue su considerable intuición la que le permitió capear ese difícil episodio sin sufrir la ruina económica que asoló a sus vecinos. Se mantuvo aparte y alejó a su familia de todo ese asunto.

Ebbett Thomas no fue un hombre muy corriente para su época y lugar. No tenía educación, pero era brillante y, a su manera, cosmopolita. Su inteligencia fue reconocida por el doctor Jules Ellis, quien creyó que era una lástima que aquel hombre tan perspicaz estuviera limitado a una pequeña isla ignorante, y a la vida miserable de un pescador. El doctor Ellis a menudo pensaba que, bajo circunstancias diferentes, Ebbett Thomas podría haber sido un hombre de negocios bastante sensato, quizás incluso un profesor. Pero a Ebbett Thomas nunca se le ofrecieron unas circunstancias diferentes, así que acabó sus días en Fort Niles, sin lograr más que pescar bien y sacar una ganancia decente, siempre librándose de las pequeñas rencillas de sus vecinos. Se casó con su prima tercera, una mujer de pragmatismo inestimable llamada Patience Burden, y tuvieron dos hijos, Stanley y Len.

Ebbett Thomas vivió bien, pero no vivió mucho. Murió de un infarto a los cincuenta años. No vivió lo suficiente para ver a

Stanley, su primogénito, casarse. Pero la verdadera pena es que Ebbett Thomas no vivió lo suficiente como para conocer a su nieta, una niña llamada Ruth, nacida de la mujer de Stanley en 1958. Y es una lástima, porque Ebbett Thomas se hubiera quedado fascinado con ella. Puede que no hubiese entendido especialmente a su nieta, pero seguro que hubiera observado su vida con bastante curiosidad.

Capítulo 1

«A diferencia de algunos crustáceos, que profesan una fría indiferencia
hacia el bienestar de su descendencia, la madre langosta mantiene
a su prole junto a ella, hasta que las langostas jóvenes son lo
suficientemente grandes como para mantenerse por sí mismas».

WILLIAM B. LORD, *Cangrejos, gambas y langostas,* 1867

El nacimiento de Ruth Thomas no fue de los más fáciles
que se recuerdan. Nació a lo largo de una semana de terribles y legendarias tormentas. La última semana de mayo de
1958 no trajo un huracán consigo, pero tampoco es que el tiempo estuviera calmado, y Fort Niles se vio azotado por el viento.
En medio de esta tormenta, Mary, la mujer de Stan Thomas, soportó un parto sorprendentemente difícil. Se trataba de su primer
hijo. No era una mujer fuerte y el bebé se obstinaba en no salir.
Mary Thomas debería haber sido trasladada a un hospital en tierra firme y haber sido vigilada por un médico, pero el tiempo no
era el adecuado para llevar en barco a una mujer que estaba teniendo un parto complicado. No había médico en Fort Niles, ni
tampoco enfermeras. La parturienta, desesperada, estaba sin ningún tipo de atención médica. Así que tuvo que hacerlo ella
sola.

Mary gimió y gritó durante el parto, mientras sus vecinas, como un enjambre de comadronas aficionadas, la acomodaban y le ofrecían sugerencias y solo se apartaban de su lado para hacer correr la voz acerca de su estado por toda la isla. Lo cierto era que las cosas no pintaban nada bien. Las mujeres más ancianas y las más listas estaban convencidas desde el principio de que la mujer de Stan no iba a lograrlo. De todas maneras, Mary Thomas no era de la isla, y las mujeres no confiaban mucho en que tuviera fuerzas. En el mejor de los casos, estas consideraban que estaba algo mimada, un poco demasiado delgada y con tendencia a las lágrimas y a la timidez. Estaban bastante seguras de que iba a darse por vencida en medio del parto y dejarse morir de dolor allí mismo, a la vista de todos. Con todo, se preocuparon y se entrometieron. Discutieron entre ellas sobre el mejor tratamiento, las mejores posturas, el mejor consejo. Y cuando regresaron a sus casas con brío, para coger toallas limpias o hielo para la mujer que estaba de parto, hicieron correr la voz entre sus maridos de que las cosas en la casa Thomas tenían muy mala pinta, la verdad.

El Senador Simon Addams oyó los rumores y decidió hacer su famoso caldo de pollo a la pimienta, el que creía que ayudaba a curarse, uno que ayudara a la mujer en su hora de necesidad. El Senador Simon era un viejo solterón que vivía con su hermano gemelo, Angus, otro viejo solterón. Los dos hombres eran los hijos de Valentine Addams, ya crecidos. Angus era el pescador de langostas más rudo y agresivo de la isla. El Senador Simon no era un marinero en absoluto. Le aterrorizaba el mar; no podía pisar un barco. Lo más cerca que Simon estaba del mar era caminando a zancadas, bien lejos de las olas, por Gavin Beach. Cuando era adolescente, un abusón lugareño había tratado de arrastrarlo hacia el muelle, y Simon casi le había destrozado la cara a arañazos y estuvo a punto de romperle un brazo. Ahogó al abusón hasta que el chaval cayó inconsciente. Al Senador Simon realmente no le gustaba el agua.

Sin embargo, era bastante mañoso, así que se ganaba la vida reparando muebles y trampas para langostas y arreglando barcas (en la orilla, sin riesgo alguno) para otros hombres. Se le veía como un excéntrico, y pasaba el tiempo leyendo libros y estudiando mapas que compraba por correo. Sabía mucho del mundo, aunque no había salido de Fort Niles ni una sola vez en la vida. Su sabiduría acerca de tantos temas le había valido el mote de Senador, un apodo que solo era broma a medias. Simon Addams era un hombre extraño, pero se le consideraba una *autoridad*.

La opinión del Senador era que un buen caldo de pollo a la pimienta podía curar cualquier cosa, incluso un parto, así que se puso a hacer uno para la esposa de Stanley Thomas. Era una mujer a la que admiraba muchísimo, y estaba preocupado por ella. Llevó una olla calentita de sopa a casa de los Thomas la tarde del 28 de mayo. Las vecinas le dejaron pasar y le hicieron saber que el bebé ya había llegado. Todo estaba bien, le aseguraron. El bebé estaba sano y la madre se iba a recuperar. A la madre le iría bien un poco de esa sopa de pollo, después de todo.

El Senador Simon Addams echó un vistazo al interior del moisés, y allí estaba ella: la pequeña Ruth Thomas. Una niña. Una niña extrañamente bonita, con una maraña de pelo negro y húmedo y un ademán diligente. El Senador Simon Addams se dio cuenta de inmediato de que no tenía esa expresión tormentosa y colorada de la mayoría de los recién nacidos. No parecía un conejo despellejado y puesto a hervir. Tenía una preciosa piel aceitunada y un aspecto de lo más serio para un bebé.

—Oh, es encantadora —dijo el Senador Simon Addams, y las mujeres le dejaron coger a Ruth Thomas. Parecía tan enorme cogiendo en brazos al bebé que las mujeres se rieron, se rieron del solterón gigante meciendo a la pequeña. Pero Ruth dejó escapar una especie de suspiro en sus brazos y frunció su boquita y parpadeó sin preocupación alguna. El Senador Simon sintió una oleada de orgullo, casi de abuelo. Le hizo ruiditos con la boca. La balanceó en el aire.

—Oh, no me digáis que no es un encanto —exclamó, y las mujeres no paraban de reír—. ¿A que es una hermosura? —añadió.

Ruth Thomas fue una niña bonita que llegó a convertirse en una chica muy guapa, con cejas oscuras y hombros anchos y un porte impresionante. Desde pequeña, iba con la espalda recta como una tabla. Tenía una presencia llamativa, adulta, incluso de chiquilla. Su primera palabra fue un «No» bien firme. Su primera frase, «No, gracias». No es que la encandilaran precisamente los juguetes. Le gustaba sentarse en el regazo de su padre y leer los periódicos con él. Le gustaba estar entre adultos. Era lo suficientemente tranquila como para pasar inadvertida durante horas. Era una fisgona de primera clase. Cuando sus padres iban de visita a casa de los vecinos, Ruth se sentaba bajo la mesa de la cocina, tan pequeña y silenciosa como el polvo, escuchando atentamente cada palabra de los adultos. Una de las frases que más le dirigieron de niña fue:

—Pero, Ruth, ¡ni siquiera te había visto!

Ruth Thomas se libraba de la atención de los demás en parte por su carácter observador y también por el tumulto que la solía rodear, formado por los Pommeroy. Los Pommeroy vivían al lado de Ruth y sus padres. Había siete chicos Pommeroy, y Ruth nació justo al final de todos ellos. La verdad es que ella desaparecía entre el caos que montaban Webster y Conway y John y Fagan y Timothy y Chester y Robin Pommeroy. Los chicos Pommeroy eran un *acontecimiento* en Fort Niles. Es cierto que había otras mujeres que habían tenido la misma cantidad de hijos en la historia de la isla, pero solo a lo largo de décadas y siempre con una evidente reticencia. Siete hijos de una sola exuberante familia a lo largo de solo seis años parecía una epidemia.

El hermano gemelo del Senador Simon, Angus, decía de los Pommeroy:

—Eso no es una familia. Es una maldita camada.

Pero sobre Angus Addams podía pesar la sospecha de estar celoso, puesto que no tenía familia más allá de su excéntrico gemelo, así que las familias felices que tenían otras personas eran como una úlcera para él. El Senador, por otra parte, encontraba encantadora a la señora Pommeroy. Estaba embelesado con sus embarazos. Decía que la señora Pommeroy siempre parecía que estaba preñada por no haber podido evitarlo. Decía que la señora Pommeroy siempre parecía embarazada de una manera cautivadora, casi pidiendo disculpas.

La señora Pommeroy era excepcionalmente joven cuando se casó —aún no había cumplido los dieciséis— y disfrutaba absolutamente, ella sola y con su marido. Era una auténtica retozona. La joven señora Pommeroy bebía como una joven de los años veinte. Le encantaba beber. De hecho, bebía tanto durante sus embarazos que sus vecinos sospechaban que les había causado algún tipo de daño cerebral a sus hijos. Cualquiera que fuera la causa, ninguno de los siete críos Pommeroy aprendió a leer muy bien. Ni siquiera Webster Pommeroy podía leer un libro, y era el as de los listos en esa baraja.

De niña, Ruth Thomas a menudo se sentaba tranquilamente en un árbol y, cuando surgía la oportunidad, le lanzaba piedras a Webster Pommeroy. Él se las arrojaba a su vez, y le decía que era un culo maloliente.

—¿Ah, sí? ¿Dónde has leído eso? —le gritaba ella. Entonces Webster Pommeroy la bajaba a la fuerza del árbol y la golpeaba en la cara. Ruth era una niña lista a la que a veces le era difícil dejar de hacer comentarios de listilla. Los golpes en la cara eran lo que sucedía, o eso suponía Ruth, a las niñas pequeñas y listas que vivían al lado de tantos Pommeroy.

Cuando Ruth Thomas tenía nueve años, le sucedió un acontecimiento muy importante. Su madre dejó Fort Niles. Su padre, Stan Thomas, se fue con ella. Fueron a Rockland. Se suponía que se iban a quedar allí solo una semana o dos. El plan era que Ruth viviera con los Pommeroy un breve periodo. Solo hasta que sus padres volvieran. Pero algo complicado sucedió en Rockland, y la madre de Ruth no volvió. No se le explicaron los detalles a Ruth en ese momento.

Finalmente, el padre de Ruth regresó, pero no por mucho tiempo, así que Ruth se terminó quedando con los Pommeroy durante meses. Se terminó quedando con ellos durante todo el verano. Este suceso tan significativo no fue excesivamente traumático, porque Ruth quería de verdad a la señora Pommeroy. Le encantaba la idea de vivir con ella. Quería estar con ella todo el tiempo. Y la señora Pommeroy amaba a Ruth.

—¡Eres como una hija! —A la señora Pommeroy le gustaba decir eso a Ruth—. ¡Eres como la condenada hija que nunca, nunca he tenido!

La señora Pommeroy tenía una curiosa manera de pronunciar la palabra *hija*, con un sonido precioso, como de plumas, a los oídos de Ruth. Como cualquiera que hubiera nacido en Fort Niles o en Courne Haven, la señora Pommeroy hablaba con el deje reconocido a través de Nueva Inglaterra como del nordeste, una pizca desviado del acento de los primeros moradores irlandoescoceses, definido por una desconsideración casi criminal de la letra *erre*. A Ruth le encantaba ese sonido. La madre de Ruth no tenía esa preciosa entonación, y tampoco usaba palabras como *maldito, joder, mierda* y *gilipollas,* palabras que salpicaban de manera deliciosa el discurso de los pescadores de langostas y muchas de sus mujeres. La madre de Ruth tampoco bebía grandes cantidades de ron y después se volvía indulgente y amorosa, como le pasaba a la señora Pommeroy todos los días.

En resumen, que la señora Pommeroy superaba en todo a la madre de Ruth.

La señora Pommeroy no era alguien que abrazara constantemente, pero lo cierto era que sí empujaba a las personas. Siempre estaba dándose codazos y chocando contra Ruth Thomas, siempre golpeándola con su cariño, a veces incluso derribándola, aunque siempre de manera afectuosa. Se tropezaba con Ruth solo porque era todavía muy pequeña. Ruth Thomas todavía no había alcanzado su estatura. La señora Pommeroy golpeaba a Ruth en el culo debido a su amor simple y dulce.

—¡Eres como la condenada hija que nunca tuve! —exclamaba la señora Pommeroy, y después empujón, y entonces, bum, para abajo que se iba Ruth.

¡Hijah!

A la señora Pommeroy probablemente le habría venido bien una hija, la verdad, después de siete niños problemáticos. Realmente, valoraba las hijas, después de años con Webster y Conway y John y Fagan y el otro y el de más allá, que engullían como huérfanos y gritaban como presidiarios. Una hija le parecía muy bien a la señora Pommeroy en la época en la que Ruth se mudó allí, así que la señora Pommeroy le tenía un cariño bien fundado a Ruth.

Pero, más que a nadie, la señora Pommeroy amaba a su hombre. Amaba al señor Pommeroy locamente. El señor Pommeroy era bajito y compacto, con manos tan grandes y pesadas como aldabas de puerta. Era de ojos estrechos. Caminaba con los puños en las caderas. Tenía una cara rara, como comprimida. Sus labios estaban permanentemente fruncidos en un medio beso. Entornaba los ojos y bizqueaba, como quien calcula mentalmente una operación matemática muy difícil. La señora Pommeroy le adoraba. Cuando se encontraba con su marido por los pasillos de la casa, le agarraba los pezones por debajo de la camiseta. Se los retorcía y gritaba:

—¡Pellizquito!

—¡Aaaauuuuu! —aullaba el señor Pommeroy. Después la agarraba de las muñecas y le decía—: ¡Wanda! ¿Pero quieres dejar de hacer eso? De verdad que lo odio. —Y añadía—: Wanda, si no tuvieras siempre las manos tan calientes, te echaría de la puñetera casa.

Pero la amaba. Por las tardes, si estaban sentados en el sofá escuchando la radio, el señor Pommeroy chupaba un mechón de pelo de la señora Pommeroy como si fuera un regaliz. A veces se sentaban juntos, callados, durante horas, ella tejiendo prendas de lana, él tejiendo cabezales para las trampas de las langostas, con una botella de ron en el suelo que les separaba, de la que ambos bebían. Cuando la señora Pommeroy había estado bebiendo un rato, le gustaba alzar las piernas del suelo, presionar sus pies contra el costado de su marido, y decirle:

—Te pongo los pies.

—No me pongas los pies, Wanda —contestaba rotundo él, sin mirarla, pero sonriendo.

Ella seguía empujándole con los pies.

—Te pongo los pies —seguía—. Te pongo los pies.

—Por favor, Wanda. No me pongas los pies. —La llamaba Wanda a pesar de que su verdadero nombre era Rhonda. La broma era a causa de su hijo, Robin, quien, además de adoptar la costumbre nativa de no modular la *erre* al final de las palabras, tampoco podía articular ninguna palabra que comenzara por *erre*. Robin no pudo pronunciar su propio nombre durante años, y mucho menos el de su madre. Y lo que es más, durante mucho tiempo todo el mundo en Fort Niles le imitó. A lo largo de toda la isla, podías oír a esos musculosos pescadores quejándose de que tenían que reparar sus *cued-das* o remendar sus *jaz-zias* o comprarse una nueva *dadio* de onda corta. Y podías escuchar a esas fornidas mujeres preguntar si podían coger prestado un *dast-dillo* para el jardín.

Ira Pommeroy amaba muchísimo a su mujer, lo que todo el mundo entendía fácilmente, pues Rhonda Pommeroy era una auténtica belleza. Se ponía faldas largas y se las levantaba cuando caminaba, como si se imaginara a sí misma en Atlanta. Siempre tenía en el rostro una expresión de asombro arrebatado. Si alguien salía de la habitación, aunque fuese por un momento, arqueaba sus cejas y preguntaba de manera encantadora «¿Dónde *has estado?*» cuando esa persona volvía. Era joven, después de todo, a pesar de sus siete hijos, y llevaba el pelo tan largo como una adolescente. Llevaba el cabello recogido alrededor de la cabeza, como una acumulación brillante y poderosa. Como todo el mundo en Fort Niles, Ruth pensaba que la señora Pommeroy era una hermosura. La adoraba. Ruth a menudo fingía ser ella.

De niña, a Ruth le cortaban el pelo tanto como el de un chico, así que, cuando se imaginaba que era la señora Pommeroy, se ponía una toalla enrollada en la cabeza, a la manera de las mujeres cuando salen del baño, pero la suya simbolizaba el famoso y brillante moño de la señora Pommeroy. Ruth reclutaba a Robin Pommeroy, el más pequeño de los chicos, para que hiciera de señor Pommeroy. A Robin se le manejaba fácilmente. Además, le gustaba el juego. Cuando Robin hacía del señor Pommeroy, fruncía la boca en la misma mueca que solía poner su padre, y daba zancadas alrededor de Ruth con sus puños en las caderas. Podía maldecir y fruncir el ceño. Le gustaba la autoridad que le confería.

Ruth Thomas y Robin Pommeroy siempre estaban pretendiendo ser el señor y la señora Pommeroy. Era su juego constante. Jugaron durante horas y semanas de su infancia. Jugaban fuera, en el bosque, casi todos los días a lo largo del verano en el que Ruth vivió con los Pommeroy. El juego empezaba con el embarazo. Ruth se metía una piedra en el bolsillo de sus pantalones para que hiciera de uno de los hermanos Pommeroy, que todavía no había nacido. Robin fruncía mucho la boca y le sermoneaba a Ruth acerca de la paternidad.

—Ahora escúchame —decía Robin, con los puños en las caderas—. Cuando este bebé *nadca*, no tendrá dientes. ¿Me oyes?

No *poddá* comer nada sólido, como lo que comemos *nosotdos*. ¡Wanda! Le *tenddás* que dar zumo al bebé.

Ruth acariciaba al bebé piedra en su bolsillo.

—Creo que voy a tener a este bebé ahora mismo —decía. Luego la tiraba al suelo. El bebé había nacido. Era así de fácil.

—¡Fíjate en este bebé! —exclamaba Ruth—. Qué grande es.

Todos los días, la primera piedra que nacía se llamaba Webster, porque era el mayor. Después de nombrar a Webster, Robin buscaba otra piedra que hiciera de Conway y se la daba a Ruth para que se la metiera en el bolsillo.

—¡Wanda! ¿Qué es eso? —preguntaba Robin entonces.

—Mira esto —respondía Ruth—. Aquí estoy, teniendo otro de estos condenados bebés.

Robin refunfuñaba.

—Escúchame. Cuando este bebé *nadca*, los huesos de sus pies *sedán* demasiado *fdágiles* para las botas. ¡Wanda! Ni se te *ocuda ponedle* botas a este bebé.

—A esta la voy a llamar Kathleen —decía Ruth. (Siempre estaba deseosa de que hubiese otra chica en la isla).

—Ni *hablad* —contestaba Robin—. Este bebé también va a *sed* un chico.

Efectivamente, lo era. Llamaban Conway a esa piedra y la tiraban al lado de su hermano mayor, Webster. Pronto, muy pronto, una pila de hijos crecía en el bosque. Ruth Thomas paría todos esos hijos, durante todo el verano. Algunas veces pisaba por encima de las piedras y decía:

—¡Te pongo los pies, Fagan! ¡Te pongo los pies, John! —Dio a luz a cada uno de esos chicos todos los días, con Robin dando zancadas a su alrededor, con los puños en las caderas, pavoneándose y sermoneándola. Y cuando la piedra de Robin nacía, al final del juego, Ruth a veces decía—: Voy a abandonar a este horrible bebé. Es demasiado gordo. Ni siquiera puede hablar bien.

Entonces Robin podía intentar darle un golpe, derribando la toalla de la cabeza de Ruth. Y entonces ella podría intentar azotarle con la toalla en las piernas, dejándole rojos verdugones en las canillas. Incluso puede que le diera un puñetazo en la espalda, si él trataba de escapar corriendo. Ruth tenía buenos puños, cuando el objetivo era el torpe y gordo Robin. La toalla se mojaba en el suelo. Después se llenaba de barro y se quedaba destrozada, así que la dejaban allí y cogían una nueva al día siguiente. En breve, una pila de toallas crecería en el bosque. La señora Pommeroy nunca llegó a averiguarlo.

«Digo, ¿dónde estarán mis toallas? Vaya, ¿y qué pasa con mis toallas, a ver?».

Los Pommeroy vivían en una gran casa propiedad de un tío abuelo que había sido pariente de los dos. El señor y la señora Pommeroy estaban emparentados incluso antes de casarse. Eran primos, y los dos se apellidaban Pommeroy antes de enamorarse. («Como los puñeteros Roosevelt», dijo Angus Addams). Por supuesto, para ser justos, eso tampoco era tan raro en Fort Niles. No había muchas familias para escoger, así que todos eran familia.

El tío abuelo muerto de los Pommeroy era, por tanto, un tío abuelo compartido, un tío abuelo muerto en común. Había construido una gran casa cerca de la iglesia, con el dinero que había ganado trabajando en una tienda, antes de la primera guerra langostera. El señor y la señora Pommeroy habían heredado la casa por duplicado. Cuando Ruth tenía nueve años y se quedó con los Pommeroy durante todo un verano, la señora Pommeroy intentó hacer que durmiera en el cuarto del fallecido tío. Era muy tranquilo, bajo el tejado, con una ventana que daba a un gran abeto, y tenía un liso suelo de madera con amplias lamas. Una habitación preciosa para una niña. El único problema era que el tío abuelo se había pegado un tiro en esa misma habitación, metiéndose el arma en la boca, y el papel de la pared todavía estaba salpicado con oxidadas motas de sangre. Ruth Thomas se negó en rotundo a dormir en esa habitación.

—Dios, Ruthie, el hombre está muerto y enterrado —dijo la señora Pommeroy—. No hay nada en esta habitación que te pueda asustar.

—No —contestó Ruth.

—Aunque vieras un fantasma, Ruthie, sería tan solo el fantasma de mi tío, y nunca te haría daño. Le gustaban los niños.

—No, gracias.

—¡Ni siquiera hay sangre en el papel de la pared! —mintió la señora Pommeroy—. Es moho. De la humedad.

La señora Pommeroy le contó a Ruth que tenía el mismo tipo de moho en el papel de su habitación de vez en cuando, y que ella dormía igual de bien. Dijo que dormía como un bebé, todas las noches del año. En ese caso, anunció Ruth, ella dormiría en la habitación de la señora Pommeroy. Y, al final, fue exactamente lo que hizo.

Ruth dormía en el suelo, al lado de la cama del señor y la señora Pommeroy. Tenía una almohada grande y una especie de colchón, hecho de mantas de lana de olor penetrante. Cuando los Pommeroy hacían algún ruido, Ruth lo oía; y cuando hacían el amor entre risas, Ruth lo oía. Cuando roncaban a través de su sueño ebrio, Ruth lo oía también. Cuando el señor Pommeroy se levantaba a las cuatro de la mañana cada día para comprobar el viento y salía de casa para pescar langostas, Ruth Thomas le oía moverse por ahí. Mantenía los ojos cerrados y escuchaba sus sonidos matutinos.

El señor Pommeroy tenía un terrier que le seguía a todas partes, incluso a la cocina a las cuatro de cada mañana, y las uñas del perro golpeteaban en el suelo de la cocina. El señor Pommeroy hablaba al perro en voz baja mientras se hacía el desayuno.

—Vuélvete a dormir, perro —decía—. ¿No quieres volver a dormirte? ¿No quieres descansar, perro?

Algunas mañanas el señor Pommeroy decía:

—¿Me estás siguiendo para aprender a prepararme el café, perro? ¿Estás intentando aprender a hacerme el desayuno?

Durante un tiempo, también hubo un gato en el domicilio Pommeroy. Era un gato de los muelles, un gran gato parecido a un mapache que se había mudado a la casa de los Pommeroy porque odiaba tanto al terrier y a los chicos Pommeroy que quería estar cerca de ellos todo el tiempo. El gato le sacó un ojo al terrier en una pelea, provocándole una infección apestosa y supurante en la cuenca del ojo. Así que Conway metió al gato en una trampa para langostas, la echó al oleaje y le disparó con un arma propiedad de su padre. Después de eso, el terrier dormía en el suelo, al lado de Ruth, con su ojo malo y apestoso.

A Ruth le gustaba dormir en el suelo, pero tenía sueños extraños. Soñó que el fantasma del tío abuelo muerto de los Pommeroy la perseguía hasta la cocina de la casa, donde ella se ponía a buscar cuchillos para apuñalarle, pero no podía encontrar nada para defenderse excepto varillas de batidora y espátulas. Tenía otros sueños, en los que estaba diluviando en el patio de los Pommeroy, y los chicos estaban peleándose entre ellos. Tenía que rodearles con un paraguas pequeño, cubriendo primero a uno, después a otro, después a otro, después a otro. Los siete chicos Pommeroy luchaban en una maraña, todos alrededor de ella.

Por las mañanas, después de que el señor Pommeroy se hubiera ido de la casa, Ruth volvía a dormirse y se despertaba unas horas después, cuando el sol estaba más alto. Se metía en la cama con la señora Pommeroy. La señora Pommeroy se despertaba y le hacía a Ruth cosquillas en el cuello, y le contaba historias acerca de todos los perros que su padre había tenido, cuando la señora Pommeroy era una niña, exactamente igual que Ruth.

—Estaban Beadie, Brownie, Cassie, Prince, Tally, Whippet… —contaba la señora Pommeroy, y finalmente Ruth se aprendió los nombres de todos los perros pasados, y podía responder preguntas acerca de ellos.

Ruth Thomas vivió con los Pommeroy durante tres meses, y después su padre volvió a la isla sin su madre. El complicado incidente había sido resuelto. El señor Thomas había dejado a la madre de Ruth en una ciudad llamada Concord, en Nueva Hampshire, donde se quedaría indefinidamente. A Ruth le quedó bastante claro que su madre no iba a volver a casa. El padre de Ruth se la llevó de entre los Pommeroy, de vuelta a la casa de al lado, donde pudo dormir otra vez en su propio dormitorio. Ruth retomó su tranquila vida con su padre y se dio cuenta de que tampoco echaba tanto de menos a su madre. Pero sí que echaba mucho de menos dormir en el suelo, al lado de la cama del señor y la señora Pommeroy.

Entonces el señor Pommeroy se ahogó.

Todos los hombres dijeron que el señor Pommeroy se había ahogado porque pescaba solo y bebía en su barca. Conservaba tarros de ron atados a algunas de sus nasas, cabeceando a veinte brazas de profundidad en el agua congelada, a medio camino entre las boyas flotantes y las ancladas trampas para langostas. Todo el mundo hacía eso de vez en cuando. No era que el señor Pommeroy se lo hubiese inventado, pero sí había mejorado mucho la idea, y lo que se dio por supuesto es que lo que le llevó a la ruina fue el haberla mejorado demasiado. Sencillamente, se emborrachó demasiado un día en que las olas eran demasiado grandes y la cubierta estaba demasiado resbaladiza. Probablemente se cayera por un lateral del barco incluso antes de darse cuenta, perdiendo el equilibrio por culpa de una ola mientras sacaba una trampa del agua. Y no sabía nadar. Casi ninguno de los langosteros de Fort Niles o de Courne Haven sabía nadar. No es que saber nadar hubiese ayudado mucho al señor Pommeroy. Con las botas hasta el muslo, el largo impermeable y los pesados guantes, en esa agua fría y maligna, se hubiese hundido rápidamente. Por lo menos consiguió que fuera breve. Saber nadar algunas veces hace que la muerte se demore más.

Angus Addams encontró el cuerpo tres días más tarde, mientras pescaba. El cadáver del señor Pommeroy estaba bien enredado en las cuerdas de Angus, como un jamón hinchado y lleno de sal. Ahí fue donde acabó. Un cuerpo puede dejarse llevar, y había cientos de cuerdas en el agua alrededor de Fort Niles que actuaban como filtros para recoger cualquier cadáver que fuera a la deriva. El viaje del señor Pommeroy terminó en el territorio de Angus. Las gaviotas ya se habían comido los ojos del señor Pommeroy.

Angus Addams había tirado de una cuerda para recoger una de sus trampas, y también sacó el cuerpo. Angus tenía una barca pequeña, y no había mucho más sitio para otro hombre, vivo o muerto, así que arrojó al señor Pommeroy al depósito, encima de las langostas vivas y culebreantes que había cogido aquella mañana, cuyas pinzas había mantenido cerradas para que no se destrozaran unas a otras hasta convertirse en desperdicios. Al igual que el señor Pommeroy, Angus pescaba solo. En esa época, Angus no tenía un ayudante a bordo. En ese momento de su carrera, no le apetecía compartir su botín con un adolescente. Ni siquiera tenía una radio, lo que era un poco raro para un pescador de langostas, pero a Angus no le gustaba que le atosigaran con palabras. Angus tenía docenas de trampas que sacar aquel día. Siempre cumplía con su faena, sin importar lo que encontrara. Y así, a pesar del cadáver que había sacado del agua, Angus siguió y jaló de las cuerdas que le quedaban, lo que le llevó algunas horas. Midió cada langosta, como se suponía que tenía que hacer, arrojó las pequeñas al agua y se quedó con las legales, asegurándose de que sus pinzas quedaban cerradas. Lanzó las langostas por encima del cuerpo ahogado al frío depósito, oculto de la luz del sol.

Aproximadamente a las tres y media de la tarde, emprendió el camino de vuelta a Fort Niles. Ancló la barca. Echó el cuerpo del señor Pommeroy a su bote de remos, donde estaría apartado, y calculó la captura del día en los depósitos, llenó sus cubos de cebo para el día siguiente, limpió la cubierta con una manguera, colgó su impermeable. Cuando hubo terminado con estas tareas, se unió al señor Pommeroy en el bote y se dirigió hacia el muelle. Lo anudó a las escaleras del embarcadero y subió. Después le dijo a todo el mundo exactamente a quién se había encontrado en su territorio de pesca esa mañana, muerto como un idiota.

—Estaba enredado en mis cueddas —dijo Angus Addams, muy serio.

Lo que sucedió fue que Webster y Conway y John y Fagan y Timothy y Chester Pommeroy estaban en los muelles cuando Angus Addams descargó el cadáver. Habían estado jugando allí esa tarde. Vieron el cuerpo de su padre, tendido en el embarcadero, hinchado y sin ojos. Webster, el mayor, fue el primero en verlo. Balbuceó y tartamudeó, y entonces lo vieron los otros chicos. Como soldados aterrorizados, se dispusieron en una formación sin sentido, y empezaron a correr hacia su casa, juntos, en grupo. Subieron corriendo desde el puerto, y pasaron, veloces y llorosos, por las carreteras y la vieja iglesia, que amenazaba con derrumbarse, hasta su casa, donde su vecina Ruth Thomas se estaba peleando con el más pequeño de los hermanos, Robin, en los escalones. Los chicos Pommeroy hicieron unirse a Ruth y a Robin a su carrera, y los ocho se agolparon en la cocina al mismo tiempo y se abalanzaron sobre la señora Pommeroy.

La señora Pommeroy había esperado esta noticia desde que se encontró el barco de su marido, hacía tres noches, flotando a la deriva sin que su esposo estuviera cerca. Ya sabía que su marido estaba muerto, y supuso que nunca recuperaría su cuerpo. Pero en ese momento, cuando sus hijos y Ruth Thomas se amontonaron en la cocina, con las caras apenadas, la señora Pommeroy supo que se había encontrado el cuerpo. Y que sus hijos lo habían visto.

Los chicos se abalanzaron sobre la señora Pommeroy y la derribaron al suelo como si fueran valientes soldados enloquecidos y ella una granada viviente. La cubrieron y la asfixiaron. Estaban afligidos, y eran un peso muy real que sobrellevar. Ruth Thomas también había sido derribada, y estaba despatarrada y confusa en el suelo de la cocina. Robin Pommeroy, quien todavía no lo había pillado, rodeaba el montón de hermanos sollozantes y su madre, preguntando:

—¿Qué? ¿Qué?

Qué era una palabra que Robin podía pronunciar fácilmente, a diferencia de su propio nombre, así que la volvió a decir.

—¿Qué? ¿Qué? ¿Webster, qué? —siguió, y le extrañaría aquella triste maraña de chicos y su madre, tan silenciosa bajo todos ellos. Era demasiado pequeño para semejante noticia. La señora Pommeroy, en el suelo, estaba tan callada como una monja. Estaba envuelta en sus hijos. Cuando se esforzó por ponerse de pie, los chicos se levantaron con ella, pegados a ella. Se los arrancó de las faldas como si fueran zarzas o escarabajos. Pero hijo que caía al suelo, hijo que volvía a treparle. Todos estaban histéricos. Igualmente, ella permaneció de pie, quitándoselos de encima.

—¿Webster, qué? —preguntó Robin—. ¿Qué, qué?

—Ruthie —dijo la señora Pommeroy—. Ve a casa. Díselo a tu padre.

Su voz tenía una tristeza apasionada, hermosa. «Díselo a tu padre...». Ruth pensó que era la frase más bonita que jamás había oído.

El Senador Simon Addams construyó el ataúd para el señor Pommeroy, pero el Senador no fue al funeral, porque le aterrorizaba el mar y jamás asistía al funeral de alguien que se hubiese ahogado.

Era un terror insostenible para él, no importaba quién fuera la persona que se hubiera muerto. Tenía que mantenerse alejado. En cambio, construyó al señor Pommeroy un ataúd con madera de abeto blanco, lijado y pulido. Era un ataúd precioso.

Ese era el primer funeral al que Ruth Thomas había asistido, y estuvo muy bien, para un primer funeral. La señora Pommeroy ya estaba demostrando que iba a ser una viuda excepcional. Por la mañana, frotó el cuello y las uñas a Webster, Conway, John, Fagan, Timothy, Chester y Robin. Les peinó con un elegante cepillo de carey, mojándolo en un vaso grande de agua fría. Ruth estaba allí, con ellos. No podía alejarse de la señora Pommeroy en general, y menos en un día tan importante como ese. Ocupó su lugar al final de la cola, y recibió su peinado con agua. A ella también se le limpiaron las uñas y se le frotó el cuello con una esponja. La señora Pommeroy limpió a Ruth Thomas la última, como si la niña fuese su último hijo. Le dejó el cuero cabelludo ardiendo y tirante del cepillado, y las uñas, brillantes como monedas. Los chicos Pommeroy se quedaron quietos, excepto Webster, el mayor, que tamborileaba con los dedos sobre los muslos, nervioso. Los chicos se comportaron muy bien aquel día, por su madre.

Luego la señora Pommeroy hizo un excelente trabajo con su propio pelo, sentada a la mesa de la cocina, delante del espejo de su vestidor. Tejió una trenza de aspecto complicado y se la acomodó alrededor de la cabeza con horquillas. Se aceitó el pelo con algo intrigante hasta que adquirió el brillante lustre del granito. Se colocó un pañuelo negro sobre la cabeza. Ruth Thomas y todos los chicos Pommeroy la observaron. Tenía un aire de auténtica gravedad, como el que se esperaba de una viuda circunspecta. Poseía un verdadero talento para ello. Parecía espectacularmente triste y debería haber sido fotografiada aquel día. Tan hermosa estaba.

Requirieron a la isla de Fort Niles que esperara más de una semana para organizar el funeral, porque ese tiempo era el que tardaba el pastor en llegar a bordo del *New Hope,* el barco de la misión. Ya no había una iglesia permanente en Fort Niles, ni tampoco en Courne Haven. En las dos islas, las iglesias se estaban desmoronando por falta de uso. Para 1967, no había una población lo suficientemente grande en Fort Niles ni Courne Haven (unas cien almas en las dos islas) como para mantener una iglesia habitual. Así que los lugareños compartían un ministro del Señor con una docena de islas remotas, en la misma situación que ellas, dispersas por toda la costa de Maine. El *New Hope* era una iglesia flotante, que se movía constantemente de una lejana comunidad marinera a otra, presentándose para estancias cortas, pero eficientes. El *New Hope* permanecía en puerto solo lo suficiente para bautizar, casar o enterrar a cualquiera que lo necesitara, y después se volvía a echar a la mar. El barco también repartía dádivas, traía libros y algunas veces incluso el correo. El *New Hope,* construido en 1915, había transportado a muchos pastores durante su ejercicio de bondad. El actual era natural de la isla de Courne Haven, pero apenas se le encontraba por allí. Su trabajo a veces le llevaba tan lejos como a Nueva Escocia. Tenía una vasta parroquia, cierto, y a menudo era difícil que te prestara atención sin demora alguna.

El pastor en cuestión era Toby Wishnell, de la familia Wishnell de la isla de Courne Haven. Todo el mundo en Fort Niles conocía a los Wishnell. Los Wishnell eran lo que se conocía por pescadores de langostas «de primera línea», lo que significaba que eran tremendamente hábiles y, como consecuencia, muy ricos. Eran reputados langosteros, superiores a cualquier otro pescador. Eran prósperos, pescadores sobrenaturales, que incluso habían conseguido superar a los demás (en comparación) durante las guerras de la langosta. Los Wishnell siempre sacaban grandes cantidades de langosta de cualquier calado de agua, daba igual la temporada, y se les odiaba ampliamente por ello. A otros pescadores no les cuadraba la cantidad de langostas que los Wishnell reclamaban como suyas. Era como si los Wishnell tuvieran un acuerdo especial con Dios. Más que eso, era como si los Wishnell tuvieran un acuerdo especial con las langostas como especie.

Desde luego, las langostas parecían considerar un honor acabar en una trampa Wishnell. Treparían sobre las trampas de otros hombres, recorrerían kilómetros del fondo marino, solo para ser atrapadas por un Wishnell. Se decía que un Wishnell podía encontrar una langosta bajo una roca en el jardín de tu abuela. Se decía que familias enteras de langostas se acumulaban en las paredes de las casa de los Wishnell, como si fueran ratas. Se decía que los chicos Wishnell nacían con antenas, pinzas y conchas, de los que se libraban durante la última fase de la lactancia.

La suerte de los Wishnell al pescar era obscena, ofensiva y hereditaria. Los hombres Wishnell estaban especialmente dotados para destrozar la autoestima de los pescadores de Fort Niles. Si un hombre de Fort Niles estaba en el continente, ocupándose de sus asuntos en, digamos, Rockland, y se encontraba con un Wishnell en el banco o en la gasolinera, se descubría a sí mismo, inevitablemente, comportándose como un idiota. Perdiendo todo autocontrol, se humillaba ante el hombre Wishnell. Sonreiría, tartamudearía y felicitaría al señor Wishnell por su nuevo corte de pelo y su bonito coche nuevo. Se disculparía por sus ropas sucias. Como un tonto, intentaría explicarle al señor Wishnell que había estado trabajando en el barco, que esos harapos eran solo su ropa de trabajo, y que los iba a tirar a la basura bien pronto, por supuesto. El hombre Wishnell seguía su camino, y el pescador de Fort Niles se moría de vergüenza el resto de la semana.

Los Wishnell eran grandes pioneros. Fueron los primeros pescadores en usar cuerdas de nailon en vez de las viejas de cáñamo, que tenían que ser meticulosamente recubiertas de brea caliente para que no se pudrieran con el agua del mar. Los Wishnell fueron los primeros pescadores en recoger las trampas con cabestrantes automáticos. Fueron los primeros, de hecho, en usar barcas motorizadas. Así era con los Wishnell. Siempre eran los primeros y siempre eran los mejores. Se decía que compraban el cebo al propio Cristo. Vendían su gran botín de langostas todas las semanas, riéndose de su propia repugnante suerte.

El pastor Toby Wishnell era el primer y único hombre nacido en la familia Wishnell que no pescaba. ¡Y qué insulto más trabajado y malévolo era! Ser un Wishnell —un imán para las langostas, un *magnate* de las langostas— ¡y desperdiciar el don! ¡Despreciar las prerrogativas de aquella dinastía! ¿Quién sería tan idiota como para hacer eso? Toby Wishnell, ese era. Toby Wishnell lo había abandonado todo por el Señor, y eso se consideraba en Fort Niles como un comportamiento intolerable y patético. De todos los Wishnell, Toby Wishnell era el más odiado por los hombres de Fort Niles. Les irritaba por completo. Y le guardaban un fiero rencor por el hecho de que fuese su *pastor*. No querían que ese tipo se acercara de ninguna manera a sus almas.

—Hay algo acerca de ese Toby Wishnell que no nos está contando —decía el padre de Ruth Thomas, Stan.

—Mariconería, eso es lo que es —aportaba Angus Addams—. Es un completo maricón.

—Es un sucio mentiroso. Y un completo hijo de puta —seguía Stan Thomas—. Y puede que también se trate de mariconería. Por lo que sabemos, puede que también sea maricón.

El día en el que el joven pastor Toby Wishnell llegó en el *New Hope* para atender al funeral del ahogado, borracho, hinchado y sin ojos señor Pommeroy fue una agradable tarde de principios de otoño. El cielo estaba despejado y la brisa era penetrante. A Toby Wishnell también se le veía apuesto. Tenía una constitución elegante. Vestía un ajustado traje de lana negra y llevaba los pantalones remetidos en unas pesadas botas de pescador, para protegerlos del suelo embarrado.

Había algo excesivamente bello en los rasgos del pastor Wishnell, algo demasiado hermoso en esa barbilla bien afeitada. Era refinado, culto. Y lo que es más, era rubio. En algún momento, los Wishnell debieron de casarse con una de aquellas chicas suecas, hijas de los trabajadores de la Compañía Ellis de Granito. Esto había sucedido en el cambio de siglo, y el cabello suave y rubio había permanecido. No había nadie así en Fort Niles, donde casi todo el mundo era moreno y de piel clara. El pelo rubio de algunas personas de Courne Haven era bien bonito, y los isleños estaban bastante orgullosos de él. Se había convertido en un problema silencioso entre las dos islas. En Fort Niles, se les guardaba rencor a los rubios donde quiera que fuesen. Otra razón para odiar al pastor Toby Wishnell.

El pastor Toby Wishnell le brindó a Ira Pommeroy el más elegante de los funerales. Sus modales fueron impecables. Acompañó a la señora Pommeroy al cementerio, agarrándola del brazo. La condujo hasta el borde de la tumba recién excavada. Len, el tío de Ruth Thomas, había excavado con sus propias manos esa tumba en los últimos días. Len, el tío de Ruth, siempre escaso de dinero, aceptaba cualquier trabajo. Len era un insensato, y en general no se preocupaba mucho del rumbo que llevaba su vida. También se había ofrecido a conservar el cuerpo del ahogado señor Pommeroy en su bodega durante esa semana, a pesar de las protestas de su mujer. El cuerpo había sido espolvoreado abundantemente con sal de roca para que no se notara el olor. A Len no le importó.

Ruth Thomas observó a la señora Pommeroy y al pastor Wishnell dirigirse hacia la tumba. Caminaban en perfecta coordinación, tan al unísono en sus movimientos como patinadores sobre hielo. Formaban una pareja muy apuesta. La señora Pommeroy hacía valerosos esfuerzos por no llorar. Sostenía la cabeza echada hacia atrás, con delicadeza, como alguien que sangrara por la nariz.

El pastor Toby Wishnell pronunció su sermón al lado de la tumba. Vocalizó con cuidado, dejando ver las trazas de su educación.

—Pensemos en la valentía del pescador —empezó— y en el peligro del mar...

Los pescadores escucharon sin chistar, todos mirándose sus propias botas de pescador. Los siete chicos Pommeroy permanecieron inmóviles en una línea descendente al lado de su madre, como si se hubieran quedado pegados al suelo, con excepción de Webster, que se removía y movía los pies como si estuviera a punto de echar a correr. Webster no había parado quieto desde que fuera el primero en ver el cuerpo de su padre tendido en el muelle. Había estado moviéndose y deambulando y dando golpecitos nerviosamente desde entonces. Algo le había sucedido a Webster aquella tarde. Se había quedado atontado, inquieto y asustado, y no se le pasaba. En lo que respectaba a la señora Pommeroy, su belleza inquietaba el aire calmo a su alrededor.

El pastor Wishnell recordó el talento del señor Pommeroy en el mar, y su amor por los barcos y los niños. El pastor Wishnell se dolió de que un accidente como ese le pudiera suceder a un marinero tan dotado. El pastor Wishnell recomendó que los vecinos que se habían reunido, así como los seres amados, dejaran de especular sobre los motivos de Dios.

No hubo muchas lágrimas. Webster Pommeroy estaba llorando, y Ruth Thomas estaba llorando, y la señora Pommeroy se enjugaba el rabillo de los ojos a menudo, pero eso era todo. Los hombres de la isla estaban en silencio, mostrando respeto, pero sus caras no sugerían una aflicción personal debido a este suceso. Las mujeres y las madres isleñas arrastraban los pies y miraban de frente, pensando en la tumba y en la señora Pommeroy y en Toby Wishnell y, finalmente, en sus propios maridos e hijos. Era una tragedia, pensaban probablemente. Es difícil perder a un hombre. Doloroso. Injusto. Pero por debajo de esas ideas compasivas, cada una de esas mujeres debía de estar pensando: «Pero no ha sido mi hombre». Estaban casi rebosantes de alivio. ¿Cuántos hombres podían ahogarse en un año, después de todo? Los ahogamientos eran raros. Casi nunca se ahogaban dos al año, en una comunidad tan pequeña. La superstición dejaba entrever que el ahogamiento del señor Pommeroy había hecho que todos los demás hombres fueran inmunes. Sus maridos estarían seguros durante un tiempo. Y no perderían a ningún hijo ese año.

El pastor Toby Wishnell pidió a todos los que se habían reunido que recordaran que el mismo Cristo había sido pescador, y que el mismo Cristo había prometido darle la bienvenida al señor Pommeroy acompañado de ángeles tocando las trompetas. Les pidió a los que se habían reunido, como comunidad cristiana que eran, que no descuidaran la educación y la guía espiritual de los siete jóvenes hijos del señor Pommeroy. Habiendo perdido a su padre en la tierra, recordó a los presentes, ahora era más necesario que nunca que los chicos Pommeroy no perdieran también a su padre celestial. Sus almas estaban al cuidado de la comunidad, y cualquier pérdida de fe de los chicos Pommeroy probablemente sería vista por el Señor como un fallo de la comunidad, por el que les castigaría debidamente.

El pastor Wishnell les pidió a aquellos que se habían congregado a considerar el testimonio de san Mateo como un aviso. Leyó de su biblia: «Y cualquiera que haga tropezar a alguno de estos pequeños que creen en mí, mejor le fuera que se le colgase al cuello una piedra de molino, y que se le hundiese en lo profundo del mar».

Detrás del pastor Wishnell estaba el mar mismo, y estaba el puerto de Fort Niles, centelleante a la dura luz del atardecer. Estaba el barco *New Hope*, anclado entre los botes de pesca achaparrados a su lado, exhibiendo su fulgor y mostrando su esbeltez y su grandeza en comparación. Ruth Thomas podía ver todo aquello desde donde estaba, en lo alto de una colina, al lado de la tumba del señor Pommeroy. Con la excepción del Senador Simon Addams, todo el mundo en la isla había acudido al funeral. Todo el mundo estaba allí, al lado de Ruth. Todos estaban presentes.

Pero abajo, en el muelle de Fort Niles, estaba un chico alto, rubio y desconocido. Era joven, pero más alto que cualquiera de los chicos Pommeroy. Ruth podía calcular su talla incluso desde esa distancia. Poseía una cabeza grande, con la forma similar a una lata de pintura, y tenía largos y gruesos brazos. El chico estaba totalmente quieto, de espaldas a la isla. Estaba mirando al mar.

Ruth Thomas terminó interesándose tanto por el extraño que dejó de llorar por la muerte del señor Pommeroy. Observó al desconocido durante todo el funeral, y él seguía sin moverse. Permaneció todo el tiempo mirando al agua, con los brazos a los lados, inmóvil y en silencio. Mucho después de que terminara el funeral, cuando el pastor Wishnell bajó hacia el muelle, el chico se movió. Sin hablar con el pastor, el chico alto y rubio bajó la escalera del embarcadero y remó con el pastor Wishnell de vuelta al *New Hope*. Ruth les observó con gran interés.

Pero todo eso sucedió después del funeral. Mientras tanto, el servicio continuó sobre ruedas. Finalmente, el señor Pommeroy, tumbado en su gran y espacioso ataúd de abeto, fue encajonado en la tierra. Los hombres dejaron caer terrones sobre él; las mujeres le echaron flores. Webster Pommeroy se removió y empezó a mover los pies sin salirse de su sitio y parecía que fuera a empezar a correr en cualquier momento. La señora Pommeroy perdió la compostura y empezó a llorar abundantemente. Ruth Thomas observó con cierto enfado cómo enterraban al ahogado marido de la persona a quien ella prefería por encima de todas las demás.

«¡Jesús! Pero ¿por qué no nadó?», pensó Ruth.

Esa noche el Senador Simon Addams les llevó un libro a los hijos de la señora Pommeroy, envuelto en una bolsa de lona. La señora Pommeroy estaba preparando la cena para sus chicos. Todavía llevaba puesto el vestido negro del funeral, que estaba hecho con una tela demasiado gruesa para la estación en la que se hallaban.

Estaba raspando las raíces y las mataduras de un cubo de zanahorias recogidas de su jardín. El Senador llevó también una pequeña botella de ron de la que ella dijo que no creía que fuera a beber nada, pero que se lo agradecía igualmente.

—Nunca te he visto rechazar un trago de ron —dijo el Senador Simon Addams.

—Ya no hay diversión en la bebida para mí, Senador. No volverá a verme beber nunca más.

—¿Alguna vez hubo diversión en la bebida? —preguntó el Senador—. ¿La hubo alguna vez?

—Ah… —la señora Pommeroy suspiró y sonrió con tristeza—. ¿Qué hay en la bolsa?

—Un regalo para tus chicos.

—¿Se queda a cenar con nosotros?

—Sí. Muchas gracias.

—¡Ruthie! —dijo la señora Pommeroy—, tráele al Senador un vaso para el ron.

Pero la joven Ruth Thomas ya lo había hecho, y también le había traído un trozo de hielo. El Senador Simon frotó la cabeza de Ruth con su mano grande y suave.

—Cierra los ojos, Ruthie —le dijo—. Te he traído un regalo.

Ruth, obediente, cerró los ojos, como siempre había hecho, desde que era pequeña, y él la besó en la frente. Le dio un beso fuerte. Ese era siempre su regalo. Ella abrió los ojos y le sonrió. Él la quería mucho.

Entonces el Senador hizo un gesto familiar.

—Vamos, Ruthie —empezó—. Cuando vayas a la carnicería…

Ruth alargó el brazo derecho hacia él.

—… Que no te corten ni por aquí, ni por aquí… Que te corten ¡por aquí, por aquí, por aquí! —exclamó él, haciéndole cosquillas en la axila. Ruth ya era muy mayor para ese juego, pero al Senador le encantaba. No paraba de reírse. Ella sonrió comprensiva. Algunas veces montaban ese pequeño espectáculo hasta cuatro veces al día.

Ruth Thomas estaba cenando con los Pommeroy aquella noche, aunque fuera la noche del funeral. Ruth casi siempre comía con ellos. Era mucho más agradable que comer en casa. El padre de Ruth no era muy aficionado a preparar nada caliente. Era bastante limpio y considerado, pero no es que cuidara mucho las cosas de la casa. No tenía nada en contra de cenar bocadillos. Tampoco tenía nada en contra de remendar las faldas de Ruth con una grapadora. Así llevaba la casa, y lo había hecho desde que la madre de Ruth les dejara. Nadie iba a morirse de hambre ni a morir congelado ni a salir sin un jersey, pero tampoco era una casa particularmente acogedora. Así que Ruth pasaba la mayor parte de su tiempo en la casa de los Pommeroy, que era mucho más agradable y caldeada. La señora Pommeroy también había invitado a Stan Thomas a cenar aquella noche, pero él se había quedado en casa. Creía que un hombre no debía aceptar la cena de una mujer de luto reciente por la muerte de su marido.

Los siete chicos Pommeroy estaban terriblemente tristes, sentados a la mesa. Cookie, el perro del Senador, estaba dormitando tras su silla. El perro tuerto de los Pommeroy, sin nombre alguno, que estaba encerrado en el baño durante lo que durara la visita del Senador, aullaba y ladraba por el coraje de saber que había otro perro en la casa. Pero Cookie no se daba cuenta. Cookie estaba agotado. Cookie seguía a veces a los barcos langosteros, incluso cuando la mar estaba picada, y siempre estaba a punto de ahogarse. Era espantoso. Solo era un chucho de un año y estaba loco si creía que podía vencer al océano. En una ocasión, le arrastró la corriente hasta casi alcanzar Courne Haven, pero el barco del correo pudo recogerlo y lo trajo de vuelta, medio muerto. Era horroroso cuando se ponía a nadar tras los barcos. El Senador Simon Addams se quedaba oteando en el muelle, lo más cerca que se atrevía, y le rogaba a Cookie que volviera. ¡Le rogaba y le rogaba! El perro nadaba en pequeños círculos alejándose cada vez más, estornudando por la espuma de los motores fueraborda. Los marineros de los barcos que perseguía le echaban trozos de arenque, que se utilizaban como cebo, a Cookie, gritándole: «¡Sal de ahí!».

Por supuesto, el Senador nunca iba detrás de su perro. No el Senador Simon, que le tenía tanto miedo al agua como atracción inspiraba al animal.

—¡Cookie! —le gritaba—. ¡Por favor, vuelve, Cookie! ¡Vuelve, Cookie! ¡Vuelve ya, Cookie!

Resultaba penoso verlo, y sucedía desde que Cookie era un cachorro. Cookie perseguía a los barcos casi todos los días, y no había tarde que no estuviera agotado. Aquella no era una excepción. Así que Cookie se durmió, exhausto, detrás de la silla del Senador, durante toda la cena. Al final de la cena de la señora Pommeroy, el Senador Simon cogió el último trozo de cerdo que le quedaba en el plato, pinchándolo con el tenedor, y lo balanceó por detrás de él. El trozo cayó al suelo. Cookie se despertó, masticó pensativo la carne y volvió a dormirse.

Entonces el Senador sacó de la bolsa de lona el libro que había llevado de regalo para los chicos. Era un libro grande, tan pesado como una losa.

—Para tus chicos —le dijo a la señora Pommeroy.

Ella le echó un vistazo y se lo pasó a Chester. Chester lo ojeó. Ruth Thomas pensó: «¿Un libro para estos chicos?». No podía sino sentir lástima por alguien como Chester, con un libro tan grande en sus manos, mirándolo sin comprender nada.

—Ya sabe —dijo Ruth Thomas al Senador Simon— que no han aprendido a leer—. ¡Lo siento! —se disculpo a continuación con Chester, pensando que no estaba bien sacar a colación ese tema el día del funeral del padre del chico, aunque no estaba segura de que el Senador estuviera al tanto de que los chicos Pommeroy no sabían leer. Ignoraba si estaba enterado de su desgracia.

El Senador Simon volvió a coger el libro de manos de Chester. El libro había pertenecido a su bisabuelo, les contó. Este lo había comprado en Filadelfia la única vez en su vida que el buen hombre había salido de Fort Niles. Las cubiertas del libro eran gruesas, duras y de cuero marrón. El Senador lo abrió y empezó a leer desde la primera página.

Leyó: «Dedicado al Rey, a los lores Comisionados del Almirantazgo, a los Capitanes y Oficiales de la Naviera Real, y al Público en general. Siendo esta la más precisa, elegante y perfecta edición del trabajo y los descubrimientos del célebre circunnavegador Capitán James Cook».

El senador Simon hizo una pausa, y miró los chicos Pommeroy uno a uno.

—¡Circunnavegador! —exclamó.

Todos los chicos le devolvieron la mirada con una clara falta de interés.

—¡Un circunnavegador, chicos! ¡El capitán Cook navegó alrededor del mundo, chicos! ¿Os gustaría hacer lo mismo algún día?

Timothy Pommeroy se levantó de la mesa, fue al salón y se tumbó en el suelo. John se sirvió unas cuantas zanahorias más. Webster se enderezó, tamborileando nerviosamente los pies contra las baldosas de la cocina.

La señora Pommeroy dijo educadamente:

—¡Vaya!, así que navegó alrededor del mundo.

El Senador siguió leyendo: «Contiene la verdadera historia, entretenida, íntegra y completa, del Primer, Segundo y Tercer Viaje del Capitán Cook».

Sonrió a la señora Pommeroy.

—Este es un libro maravilloso para los chicos. Inspirador. El buen capitán fue asesinado por los salvajes, como sabes. A los chicos les encantan estas historias. ¡Chicos! ¡Si deseáis ser marino, estudiaréis a James Cook!

En esa época, solo uno de los chicos Pommeroy era lo más parecido a un marinero. Conway estaba trabajando como grumete sustituto para un pescador de Fort Niles que se llamaba señor Duke Cobb. Unos cuantos días a la semana, Conway salía de su casa a las cinco de la mañana y regresaba bien entrada la tarde, apestando a arenque. Sacaba las trampas y cerraba las pinzas de las langostas y llenaba las bolsas de cebo, y recibía el diez por ciento de las ganancias por su trabajo. La esposa del señor Cobb le preparaba a Conway la comida, que era parte de su paga. El barco del señor Cobb, como todos los barcos, nunca se alejaba mucho más de dos o tres kilómetros de Fort Niles. El señor Cobb, ciertamente, no era navegante. Y Conway, un niño hosco y perezoso, tampoco se estaba formando para ser un gran navegante.

Webster, el mayor, a sus catorce años, era el único Pommeroy en edad de trabajar, pero era un completo desastre en un barco. Era totalmente inútil. Casi no podía ver del mareo que le entraba, se moría del dolor de cabeza y vomitaba todo lo que tenía en el estómago. Webster albergaba la idea de convertirse en granjero. Poseía unas cuantas gallinas.

—Te enseñaré algo gracioso —dijo Senador Simon a Chester, el chico que tenía más cerca. Posó el libro sobre la mesa y lo abrió más o menos por la mitad. La amplia página estaba cubierta de texto diminuto. La letra era prieta y gruesa y borrosa como un diseño en una tela antigua.

—¿Qué ves aquí? Fíjate en cómo está escrito.

Se hizo un silencio terrible mientras Chester miraba fijamente.

—La letra s no está, ¿verdad, chico? La imprenta usó la f en su lugar, ¿verdad, hijo? Todo el libro es así. Era de lo más normal. Aunque a nosotros nos parezca gracioso, ¿no es verdad? Para nosotros, es como si la palabra *navegar* fuera la palabra *fracasar*[*]. Para nosotros, es como si cada vez que el capitán Cook *navegara*

---

[*] Juego de palabras intraducible entre *sail*, «navegar», y *fail*, «fracasar». [N. de la T.]

en un barco, ¡lo que estuviera haciendo fuera *fracasar* en un barco! Por supuesto, no fracasó en absoluto. Fue el gran navegante. Imagínate si alguien te dice, Chester, que algún día vas a *fracasar* en un barco. ¡Ja!

—¡Ja! —dijo Chester, mostrándose de acuerdo.

—¿Han hablado contigo ya, Rhonda? —preguntó de repente el Senador Simon a la señora Pommeroy, y a continuación cerró el libro de tal manera que sonó como un portazo.

—¿Quiénes, Senador?

—Todos los demás hombres.

—No.

—Chicos —dijo el Senador Simon—, salid de aquí. Vuestra madre y yo tenemos que hablar. Largaos. Coged el libro. Salid fuera a jugar.

Los chicos, enfurruñados, salieron de la habitación. Unos se fueron arriba, otros salieron fuera de la casa. Chester se llevó el enorme regalo, tan inapropiado, de los viajes alrededor del mundo del capitán James Cook. Ruth se deslizó bajo la mesa de la cocina, sin que se dieran cuenta.

—Vendrán pronto, Rhonda —dijo el Senador a la señora Pommeroy en cuanto se quedaron a solas—. Los hombres vendrán pronto a hablar contigo.

—Bueno.

—Quería ponerte sobre aviso. ¿Sabes lo que van a preguntarte?

—No.

—Te preguntarán si piensas quedarte aquí, en la isla. Querrán saber si te vas a quedar o si te vas a mudar tierra adentro.

—Bueno.

—Probablemente desearán que te vayas.

La señora Pommeroy no dijo nada.

Desde su ventajosa perspectiva, Ruth oyó el sonido de un líquido, y supuso que se trataba del Senador Simon sirviéndose un poco más de ron sobre el hielo de su copa.

—Así que ¿crees que te quedarás en Fort Niles, entonces? —preguntó.

—Creo que probablemente nos quedaremos, Senador. No conozco a nadie tierra adentro. No tengo a donde ir.

—Y tanto si te quedas como si no, querrán comprarte el barco de tu marido. Y querrán pescar en su territorio.

—Bueno.

—Deberías quedarte el barco y el territorio para los chicos, Rhonda.

—No sé cómo podría hacerlo, Senador.

—A decir verdad, yo tampoco, Rhonda.

—Los chicos son muy jóvenes. Demasiado jóvenes para ser pescadores, Senador.

—Lo sé, lo sé. Tampoco yo veo cómo podrías permitirte quedarte con el barco. Vas a necesitar dinero, y si los hombres quieren comprarlo, tendrás que vender. No es como si pudieras dejarlo en la orilla hasta que tus chicos se hagan mayores. Y tampoco puedes salir ahí todos los días y ahuyentar a los hombres del territorio de pesca de los Pommeroy.

—Eso es cierto, Senador.

—Y no creo que los hombres vayan a dejar que conserves el barco y el territorio de pesca. ¿Sabes lo que te dirán, Rhonda? Te dirán que solo quieren pescar allí unos años, para que no se eche a perder, ya sabes. Solo hasta que los chicos sean lo bastante mayores como para hacerlo ellos mismos. ¡Os deseo buena suerte si intentáis recuperarlo, chicos! Pero más vale que os despidáis de ello.

La señora Pommeroy lo escuchó todo con calma.

—Timothy —llamó el Senador Simon, volviendo la cabeza hacia el salón—, ¿te gustaría pescar? ¿Te gustaría pescar, Chester? ¿Os gustaría ser pescadores de langostas, chicos, cuando seáis mayores?

—Ha mandado a los chicos fuera, Senador —dijo la señora Pommeroy—. No pueden oírle.

—Es verdad, es verdad. ¿Pero quieren ser pescadores?

—Por supuesto que quieren ser pescadores, Senador—respondió la señora Pommeroy—. ¿Qué otra cosa podrían hacer?

—El ejército.

—Pero ¿para siempre, Senador? ¿Quién se queda en el ejército para siempre, Senador? Querrán volver a la isla para pescar, como todos los hombres.

—Siete chicos. —El Senador Simon se miró las manos—. Los hombres se preguntarán cómo va a haber suficientes langostas en esta isla para que siete chicos más vivan de ellas. ¿Cuántos años tiene Conway?

La señora Pommeroy informó al Senador de que Conway tenía doce años.

—Ah, te lo quitarán todo, seguro que sí. Es una pena, una pena. Se quedarán con el territorio de pesca de los Pommeroy, se lo repartirán entre ellos. Te comprarán el barco y los aparejos de tu marido por una limosna, y ese dinero habrá desaparecido en un año, después de alimentar a tus muchachos. Se quedarán con el territorio de pesca de tu marido, y tus chicos tendrán que pelear duramente para recuperarlo. Es una pena. Y el padre de Ruthie probablemente se quedará con la mayor parte, apuesto a que sí. Él y mi avaricioso hermano. Avaricioso Número Uno y Avaricioso Número Dos.

Bajo la mesa, Ruth Thomas frunció el ceño y se puso colorada. No entendía toda la conversación, pero, de repente, se sintió profundamente avergonzada de su padre y de sí misma.

—Qué pena —dijo el Senador—. Te diría que lucharas, Rhonda, pero, sinceramente, no sé cómo podrías ganar. Y menos tú sola. Tus hijos son demasiado jóvenes para empezar una batalla por el territorio.

—No quiero que mis hijos se peleen por nada, Senador.

—Entonces harías mejor en enseñarles un nuevo oficio, Rhonda. Harías mejor en enseñarles un nuevo oficio.

Los dos adultos se quedaron sentados en silencio durante un rato. Ruth silenció su respiración. Entonces la señora Pommeroy dijo:

—Tampoco es que fuera muy buen pescador, Senador.

—Debería haberse muerto dentro de unos seis años, en vez de ahora, cuando los chicos estuvieran preparados para ello. Eso es lo que debería haber hecho.

—¡Senador!

—O quizás eso tampoco habría sido mejor. De verdad que no veo cómo podría haberse solucionado. No he dejado de pensar en ello, Rhonda, sobre todo desde que tuviste todos esos hijos. He estado tratando de averiguar cómo podría haberse arreglado al final, y nunca vi que la cosa tuviera arreglo. Aunque tu marido hubiera vivido, supongo que los chicos habrían terminado peleándose entre ellos. No hay langostas para todos, y esa es la cuestión. Qué pena. Muchachos buenos, fuertes. Es más fácil con las chicas, por supuesto. Pueden irse de la isla y casarse. ¡Deberías haber tenido chicas, Rhonda! Deberíamos haberte encerrado en un cobertizo de cría hasta que hubieras empezado a tener hijas.

¡Hijas!

—¡Senador!

De nuevo el sonido de un chorro en el vaso, y el Senador dijo:

—Y otra cosa. He venido a disculparme por haberme perdido el funeral.

—No importa, Senador.

—Debería haber estado allí. Debería haber estado allí. Siempre he sido amigo de vuestra familia. Pero no puedo soportarlo, Rhonda. No puedo soportar los ahogamientos.

—No puede soportar los ahogamientos, Senador. Todo el mundo lo sabe.

—Te agradezco la comprensión. Eres una buena mujer, Rhonda. Una buena mujer. Y otra cosa. También he venido a que me cortes el pelo.

—¿A que le corte el pelo? ¿Hoy?

—Sí, sí —dijo.

Al echar la silla para atrás, el Senador Simon se chocó con Cookie. Cookie se despertó con un sobresalto e inmediatamente se dio cuenta de que Ruth estaba sentada debajo de la mesa de la cocina. El perro ladró y ladró hasta que, haciendo un esfuerzo, el Senador se agachó, levantó una esquina del mantel y vio a Ruth. Se rio.

—Sal, chiquilla —dijo, y Ruth así lo hizo—. Puedes mirar mientras me cortan el pelo.

El senador sacó un billete de dólar del bolsillo de su camisa y lo colocó en la mesa. La señora Pommeroy sacó una vieja sábana, las tijeras y el peine del armario de la cocina. Ruth empujó una silla hasta colocarla en medio de la cocina, para que Simon Addams se sentara. La señora Pommeroy envolvió con la sábana a Simon y la silla, y se la remetió en el cuello. Solo se le veían la cabeza y la puntera de las botas.

Humedeció el peine en un vaso de agua, empapó el cabello del Senador aplastándoselo contra su voluminosa cabeza, semejante a una boya, y lo dividió en delgadas secciones. Le cortó el pelo una a una, alisando cada mechón entre sus dos dedos más largos, y después recortándolo con un pulcro sesgo. Ruth observaba esos gestos tan familiares sabiendo lo que ocurriría después. Cuando la señora Pommeroy hubiera acabado con el corte de pelo, las mangas del vestido negro que se había puesto para el funeral estarían cubiertas con el pelo del Senador. Le esparciría polvos de talco por el cuello, recogería la sábana en un fardo y le pediría a Ruth que saliera fuera a sacudirla. Cookie seguiría a Ruth hasta la calle y ladraría a la sábana ondeante y mordería los mechones de pelo húmedo que cayeran de ella.

—¡Cookie! —gritaría el Senador Simon—. ¡Vuelve aquí ahora mismo!

Poco después, claro está, los hombres visitaron a la señora Pommeroy.

Sucedió a la tarde siguiente. El padre de Ruth fue andando hasta la casa de los Pommeroy porque estaba justo al lado de la suya, pero los otros hombres llegaron en las furgonetas sin registrar y sin licencia que seguían manteniendo para poder acarrear la basura y a los niños por la isla. Llevaron tartas de arándanos y estofados de parte de sus esposas y se quedaron en la cocina, muchos de ellos apoyándose en la encimera y en las paredes. La señora Pommeroy preparó, por educación, unas tazas de café.

Fuera, en el césped, bajo la ventana de la cocina, Ruth Thomas estaba intentando enseñar a Robin Pommeroy a decir su nombre, o cualquier palabra que empezara con *erre*. Él las repetía después de Ruth, pronunciando apasionadamente todas las consonantes, excepto la que le resultaba imposible.

—RO-bin —decía Ruth.

—DO-bin —insistía él—. ¡DO-bin!

—FRAM-buesas —seguía Ruth—. RUI-barbo. RÁ-bano.

—DÁ-bano —repetía él.

Dentro, los hombres hacían sugerencias a la señora Pommeroy. Habían estado hablando de unas cuantas cosas. Se les había ocurrido la idea de dividir el territorio de pesca de los Pommeroy entre todos, para utilizarlo y cuidarlo solo hasta que alguno de los muchachos mostrara interés y talento para el oficio. Hasta que cualquiera de los chicos Pommeroy pudiese mantener un bote y una flotilla de trampas para langostas.

—Cho-RRA-das —le ordenó Ruth Thomas a Robin, bajo la ventana de la cocina.

—Cho-DA-das —declaró él.

—RUTH —le dijo a Robin—. ¡RUTH!

Pero él ni siquiera lo intentaba, *Ruth* era demasiado difícil. Además, Robin se había cansado del juego, que solo le hacía parecer estúpido. De todos modos, tampoco es que Ruth estuviera divirtiéndose mucho. La hierba estaba llena de babosas negruzcas, brillantes y viscosas, y Robin estaba muy ocupado golpeándose la cabeza. Los mosquitos estaban alborotados esa noche. Todavía no había hecho el suficiente frío para que se murieran. Picaban a Ruth Thomas y a todos los demás isleños, pero a Robin Pommeroy realmente le estaban acribillando. Al final, los mosquitos persiguieron a Ruth y a Robin hasta el interior de la casa, donde se escondieron en un armario hasta que los hombres de Fort Niles empezaron a salir de la casa de los Pommeroy.

El padre de Ruth la llamó, y ella le cogió de la mano. Juntos, caminaron hacia su casa, la de al lado. El buen amigo de Stan Thomas, Angus Addams, les acompañó. Ya había atardecido y estaba empezando a hacer frío, y, en cuanto estuvieron dentro, Stan encendió un fuego en la estufa de la salita. Angus pidió a Ruth que subiera arriba, al armario de la habitación de su padre, para que cogiera el tablero de *cribbage,* y después le dijo que fuera al aparador del salón a coger las barajas buenas. Angus colocó la pequeña y vieja mesita de naipes al lado de la estufa.

Ruth se sentó a la mesa mientras los dos hombres jugaban. Como siempre, jugaban en silencio, cada uno de ellos empeñado en ganar. Ruth había observado a aquellos hombres jugar al *cribbage* cientos de veces en su corta vida. Sabía cómo estar callada y ser útil, para que no le ordenaran que se fuera. Cuando se necesitaban cervezas frías, Ruth iba a por ellas a la nevera. Les iba moviendo las fichas en el tablero para que no tuvieran que inclinarse. Y contaba en voz alta mientras las movía. Los hombres hablaban muy poco.

Algunas veces Angus decía:

—¿Has visto qué suerte?

Otras:

—He visto mejores manos en un manco.

Y otras veces:

—¿Quién ha repartido esta bazofia?

El padre de Ruth le dio una verdadera paliza a Angus; entonces Angus apartó sus cartas y les contó un chiste terrible.

—Unos hombres están pescando para pasar el rato, bebiendo demasiado —empezó. El padre de Ruth apartó también sus cartas, y se arrellanó en la silla para escucharle. Angus relató el chiste con la máxima atención. Continuó—: Así que esos tíos están ahí pescando, se lo están pasando genial y se lo están bebiendo todo. Se están poniendo hasta arriba. De hecho, a estos tíos les da por beber tanto que uno de ellos, uno que se llama Smith, se cae por la borda y se ahoga. Esto lo fastidia todo. ¡Demonios! No es muy divertido irse de pesca si alguien se ahoga. Así que los hombres beben un poco más, y empiezan a sentirse bastante mal, porque nadie quiere volver a casa y decirle a la señora Smith que su marido se ha ahogado.

—Eres terrible, Angus —interrumpió el padre de Ruth—. ¿Qué clase de broma es esta en un día como hoy?

Angus continuó:

—Entonces uno de ellos tiene una gran idea. Sugiere que quizá deberían contratar a Jones el Camelador para que le dé la mala noticia a la señora Smith. Sí señor. Parece que en la ciudad hay un tipo, llamado Jones, que es famoso por su labia. Es perfecto para el trabajo. Él le contará a la señora Smith lo de su marido, pero la engatusará de tal modo que ni siquiera le importará. Los otros tipos piensan: «¡Eh, qué gran idea!». Así que van a buscar a Jones el Camelador y este les dice que acepta el trabajo, que ningún problema. Así que Jones el Camelador se viste con su mejor traje. Se pone una corbata y un sombrero. Va a la casa de los Smith. Llama a la puerta. Contesta una mujer. Jones el Camelador pregunta: «¿Perdone, señora, no es usted la viuda Smith?».

Al oír esto, el padre de Ruth se rio mientras bebía del vaso de cerveza, y una salpicadura de espuma voló hacia la mesa. Angus Addams levantó la mano, con la palma hacia fuera. No había acabado el chiste. Así que lo terminó.

—La señora dice: «Bueno, soy la señora Smith, ¡pero no soy viuda!». Y Jones el Camelador le contesta: «Y una mierda que no, corazón».

Ruth jugueteó con esa palabra en su mente: *Codazón, corazohn...*

—Oh, eso es tremendo. —El padre de Ruth se frotó la boca, aunque se estaba riendo—. Es tremendo, Angus. ¡Jesús!, ¡qué chiste más espantoso! No puedo creer que cuentes un chiste como ese en una noche como la de hoy. ¡Jesús!

—¿Por qué, Stan? ¿Te resulta conocido? —dijo Angus. Después preguntó, en un extraño *falsetto*—: ¿No es usted la viuda Pommeroy?

—Angus, eso es tremendo —dijo el padre de Ruth, riéndose todavía más alto.

—No soy tremendo. Solo estoy contando chistes.

—Eres tremendo, Angus. Eres tremendo.

Los dos hombres se rieron y se rieron, y después se calmaron un poco. Al final, el padre de Ruth y Angus Addams se pusieron a jugar otra vez al *cribbage* y se callaron.

Algunas veces el padre de Ruth decía:

—¡Jesús!

Algunas veces el padre de Ruth decía:

—Deberían *matarme* por esta mano.

Al final de la noche, Angus Addams había ganado una partida y Stan Thomas había ganado dos. Hubo intercambio de dinero. Los hombres apartaron las cartas y recogieron el tablero de *cribbage*. Ruth volvió a guardarlo en el armario de la habitación de su padre. Angus Addams dobló la mesita y la colocó detrás del sofá. Ruth bajó de nuevo, y su padre le dio una palmada en el trasero; y le dijo a Angus:

—No creo que Pommeroy dejara a su esposa dinero suficiente para que pague el bonito ataúd que tu hermano ha construido.

Angus Addams dijo:

—¿Bromeas? Pommeroy no dejó nada. Esa puñetera familia no tiene dinero. Ni siquiera el suficiente para un funeral de chichinabo, te lo aseguro. No tiene suficiente dinero para un ataúd. Ni siquiera para comprar un hueso de jamón y metérselo por el culo para que los perros se llevaran su cuerpo.

—Qué interesante —contestó el padre de Ruth, totalmente inexpresivo—. No estoy familiarizado con esa tradición.

Entonces fue Angus Addams el que se echó a reír y dijo del padre de Ruth que era tremendo.

—¿Yo soy tremendo? —preguntó Stan Thomas—. ¿*Soy* tremendo? Tú sí que eres tremendo.

Algo en todo aquello hacía que siguieran riendo. El padre de Ruth y Angus Addams, que eran muy buenos amigos, dijeron el uno del otro que eran tremendos durante toda la noche. ¡Tremendo! ¡Tremendo! Como si fuera algún tipo de consuelo. Se dijeron que eran personas tremendas, canallas, implacables.

Se quedaron hasta tarde, y Ruth se quedó con ellos, hasta que se puso a llorar por el esfuerzo de intentar permanecer despierta. Había sido una semana muy larga, y ella solo tenía nueve años. Era una niña robusta, pero había presenciado un funeral y había escuchado conversaciones que no entendía, y ahora ya era más de medianoche, y estaba agotada.

—¡Eh! —dijo Angus—. ¿Ruthie? ¿Ruthie? Anda, no llores. ¿Qué? Creía que éramos amigos, Ruthie.

—Pobrecita —añadió el padre de Ruth.

La cogió en brazos. Ella quería dejar de llorar, pero no podía. Estaba avergonzada. Detestaba llorar delante de los demás, pero lloró hasta que su padre la mandó al salón a por las cartas y la dejó sentarse en su regazo y barajarlas, que era a lo que solían jugar cuando ella era pequeña. Era demasiado mayor para estar en su regazo barajando, pero era un consuelo.

—Vamos, Ruthie —dijo Angus—, dedícanos una sonrisa de las tuyas.

Ruth trató de contentarlo, pero no fue una sonrisa particularmente buena. Angus pidió a Ruth y a su padre que escenificaran su broma más divertida, la que le gustaba tanto. Y así lo hicieron.

—Papi, papi —dijo Ruth, con falsa voz de niña pequeña—, ¿cómo es que todos los demás niños pueden ir a la escuela y yo tengo que quedarme en casa?

—Calla y reparte, niña —bramó su padre.

Angus Addams se reía sin parar.

—¡Eso es tremendo! —dijo—. Los dos sois tremendos.

Capítulo 2

«Cuando descubre que está presa, a cuya conclusión
llega muy rápidamente, la langosta parece perder todo
su afán por el cebo, y pasa el tiempo dando
vueltas por la trampa, buscando una posible salida».

JOHN N. COBB, miembro de la Comisión del Pescado
de Estados Unidos, *La pesca de la langosta en Maine,* 1899

Pasaron nueve años.

Ruth Thomas se convirtió en una adolescente, y la enviaron a un colegio privado para chicas, situado en el lejano estado de Delaware. Era una buena estudiante pero no el genio que
debería haber sido, dada su inteligencia. Se esforzaba lo justo
para sacar notas aceptables, y nada más. Le molestaba que la
hubieran mandado fuera a estudiar, aunque era evidente que algo
había que hacer con ella. En aquella época, los años setenta, en
la isla de Fort Niles a los niños se les escolarizaba solo hasta los
trece años. Para la mayoría de los chicos (futuros pescadores de
langostas, claro está), eso ya era mucho. Y para los demás —chicas brillantes y chicos con mayor ambición— tenía que llegarse
a un acuerdo especial. Por lo general, eso significaba que se les
enviaba al continente a vivir con familiares en Rockland y asis-
tir allí al instituto público. Solo volvían a la isla cuando había

vacaciones largas o durante el verano. Sus padres iban a verles cuando viajaban a Rockland, en la época de vender las capturas de langosta.

Ese era el sistema que Ruth Thomas hubiese preferido. Ir al instituto en Rockland era lo normal, y lo que ella esperaba. Pero se hizo una excepción en el caso de Ruth. Una excepción muy cara. Para ella se decidió que estudiara en un colegio privado, muy lejos de casa. Se trataba, en palabras de la madre de Ruth, que ahora vivía en Concord, Nueva Hampshire, de exponer a la chica a algo más que pescadores de langostas, alcoholismo, ignorancia y mal tiempo. El padre de Ruth, calladamente y de mala gana, dio su permiso, así que Ruth no tuvo elección. Fue al colegio, pero dejó clara su postura. Leyó libros, aprendió matemáticas, hizo caso omiso de las demás chicas y se lo quitó de encima. Volvía a la isla todos los veranos. Su madre proponía otras actividades veraniegas, como ir a un campamento o viajar o encontrar un trabajo interesante, pero Ruth se negaba con tal rotundidad que no había lugar para la negociación.

Ruth Thomas creía firmemente que su sitio no era otro que la isla de Fort Niles. Esa fue la postura que adoptó con su madre: solo era feliz en Fort Niles; llevaba Fort Niles en la sangre y en el alma, y las únicas personas que la entendían eran los residentes de la isla de Fort Niles. Debe decirse que nada de eso era del todo cierto.

Para Ruth en principio era importante sentirse feliz en Fort Niles, aunque la mayor parte del tiempo estaba aburrida. Echaba de menos la isla cuando estaba lejos; pero, cuando volvía, enseguida se encontraba sin saber qué hacer para entretenerse. En cuanto llegaba a casa, le parecía importante darse un largo paseo por la costa («¡Llevo *todo el año* pensando en ello!», decía), pero el paseo solo le duraba unas horas, ¿y qué pensaba mientras tanto? No mucho. Allí había una gaviota; allí una foca; allí había otra gaviota. El paisaje le resultaba tan familiar como el techo de su propio cuarto. Se llevaba libros a la playa, afirmando que le encantaba leer cerca del oleaje, pero la triste verdad era que en el mundo había muchos lugares con un ambiente más propicio para la lectura que las rocas húmedas y cubiertas de percebes. Cuando Ruth estaba lejos de Fort Niles, la isla estaba dotada de las características de un remoto paraíso; pero cuando volvía allí, le parecía que su casa era fría, húmeda, llena de corrientes e incómoda.

Igualmente, siempre que estaba en Fort Niles, Ruth le escribía cartas a su madre diciendo: «¡Por fin puedo volver a respirar!».

La pasión de Ruth por Fort Niles era, sobre todo, una expresión de protesta. Era su forma de resistirse a aquellos que la mandaban fuera por su propio bien, supuestamente. Ruth hubiese preferido con mucho decidir lo que era bueno para ella. Estaba muy segura de que se conocía mejor que nadie y que, si se le hubiera dado libre albedrío, habría escogido mucho mejor. Desde luego no habría elegido ir a un colegio privado de élite a cientos de kilómetros de distancia, donde las chicas se preocupaban sobre todo por el cuidado de la piel y los caballos. Nada de caballos para Ruth, muchas gracias. No era esa clase de chica. Ella era más tosca. Eran los barcos lo que Ruth amaba, o eso repetía sin cesar. Era la isla de Fort Niles lo que Ruth amaba. Era la pesca lo que amaba.

Lo cierto era que Ruth había pasado un tiempo trabajando con su padre en el barco langostero de este, y nunca había sido una experiencia fantástica. Era lo bastante fuerte para hacer el trabajo, pero la mataba la monotonía. Trabajar de timonel significaba quedarse en la parte trasera del barco, sacando las trampas, escogiendo las langostas, colocando el cebo y volviendo a meter las trampas, y volviéndolas a sacar del agua. Y más y más trampas. Significaba levantarse antes del amanecer y desayunar y comer bocadillos. Significaba ver el mismo paisaje una y otra vez, día tras día, y raramente aventurarse a más de dos kilómetros de la orilla. Significaba pasar hora tras hora con su padre en una barca pequeña, donde los dos parecían no llevarse nunca bien.

Había demasiadas cosas por las que discutir. Cosas estúpidas. El padre de Ruth solía comerse el bocadillo y tirar el envoltorio directamente al mar, lo cual a Ruth le sacaba de quicio. Luego tiraba la lata de refresco. Ella le increpaba, y él se enfurruñaba, y el resto del viaje transcurría tenso y en silencio. O quizás él se aburría y se tiraba todo el viaje regañándola y reprendiéndola. No trabajaba lo bastante rápido; no atrapaba las langostas con el cuidado necesario; cualquier día iba a meter el pie en el montón de cuerda y acabaría cayéndose por la borda y ahogándose si no prestaba más atención. Ese tipo de cosas.

En uno de sus primeros viajes, Ruth avisó a su padre de que había un barril que se estaba soltando «a babor», y él se rio en su cara.

—¿A babor? —preguntó—. Esto no es la Marina, Ruth. No es necesario que te preocupes de babor y estribor. De lo único que tienes que preocuparte es de no estorbar.

Ruth parecía sacarle de sus casillas incluso cuando no era su intención, aunque a veces lo hacía a propósito, solo por pasar el rato. Un lluvioso día de verano, por ejemplo, sacaron sarta tras sarta de trampas y no encontraron langostas. El padre de Ruth empezó a ponerse cada vez más nervioso. No sacaba más que algas, cangrejos y erizos de mar. Pero ocho o nueve sartas después, Ruth sacó de una trampa una langosta macho de buen tamaño.

—¿Papá, qué es esto? —preguntó con inocencia, sosteniendo la langosta—. Nunca había visto una igual. A lo mejor podemos llevarla a la ciudad y vendérsela a alguien.

—No tiene gracia —replicó su padre, aunque a Ruth le parecía bastante buena.

El barco apestaba. Hacía frío incluso en verano. Con mal tiempo, la cubierta se balanceaba, y a Ruth le dolían las piernas por el esfuerzo de intentar mantener el equilibrio. Era un barco pequeño, y apenas había lugar donde refugiarse. No había más remedio que hacer pis en un cubo y vaciarlo después por la borda. Tenía siempre las manos congeladas, y su padre le gritaba si se tomaba un descanso para calentárselas alrededor del caliente tubo de escape. Él nunca trabajaba con guantes, le decía, ni siquiera en diciembre. ¿Por qué no podía ella soportar el frío de mediados de julio?

Pero cuando la madre de Ruth le preguntaba qué quería hacer en verano, Ruth siempre respondía que quería trabajar en un barco langostero.

—Quiero trabajar con mi padre —decía Ruth—. Solo soy feliz en el mar.

En cuanto a sus relaciones con los otros isleños, puede que no la entendieran tan bien como ella le contaba a su madre. Quería a la señora Pommeroy. Quería a los hermanos Addams, y ellos la querían a ella. Pero como se había pasado mucho tiempo en Delaware adquiriendo una educación, todos los demás se habían olvidado de ella o, peor, la habían repudiado. Ya no era como ellos. A decir verdad, nunca se había parecido mucho a ellos. Siempre había sido una niña introvertida, a diferencia de, por ejemplo, los hermanos Pommeroy, que gritaban y se peleaban y a todo el mundo le parecía lo normal. Y ahora que Ruth se pasaba la mayor parte del tiempo en un lugar muy lejano, hablaba de manera diferente. Leía demasiados libros. Y, al decir de muchos de sus vecinos, parecía un poco estirada.

Ruth terminó la enseñanza secundaria en el internado a finales de mayo de 1976. No tenía planes para el futuro, salvo volver a Fort Niles, que era claramente su sitio. No hizo el más mínimo intento de ir a la universidad. Nunca echó un vistazo a los folletos de las universidades desperdigados por la escuela, nunca siguió el consejo de sus profesores, nunca hizo caso a las tímidas sugerencias de su madre.

En ese mayo de 1976, Ruth Thomas cumplió los dieciocho. Medía un metro y sesenta y siete centímetros. Tenía una melena brillante que era casi negra y le llegaba a los hombros; se la recogía en una coleta todos los días. Su cabello era tan grueso que podía coser un botón en un abrigo con él. Tenía la cara redondeada, los ojos bastante separados, una nariz inofensiva y unas pestañas largas y bonitas. Su piel era más oscura que la de cualquiera en Fort Niles, y se bronceaba hasta alcanzar un tostado intenso. Era musculosa y un poco rellenita para su altura. Tenía un trasero más grande de lo que hubiese querido, pero no se quejaba demasiado, porque lo último que quería era parecerse a una de esas chicas del colegio de Delaware que se quejaban de sus cuerpos de manera irritante, ininterrumpida, odiosa. Dormía profundamente. Era independiente. Era sarcástica.

Cuando Ruth regresó a Fort Niles a la independiente y sarcástica edad de dieciocho años, lo hizo en el barco langostero de su padre. Este la recogió en la estación de autobús en la destartalada furgoneta que mantenía aparcada junto al embarcadero del ferri, la furgoneta que utilizaba para sus negocios y para comprar siempre que iba a la ciudad, que era aproximadamente cada dos semanas. Recogió a Ruth, aceptó un beso de ella ligeramente irónico, y acto seguido declaró que iba a dejarla en la tienda para que comprara provisiones mientras él iba a mantener una puñetera charla con el puñetero comerciante, ese hijo de perra miserable. («Ya sabes lo que necesitamos», dijo. «Solo te puedes gastar cincuenta dólares»). Después le contó a Ruth las razones por las que el puñetero comerciante era un miserable hijo de perra, todas las cuales ya las había oído antes con todo lujo de detalles. Así que Ruth se desentendió de la conversación, si es que podía llamarse así, y empezó a pensar lo raro que era que a su padre, que no la había visto en bastantes meses, no se le ocurriera preguntarle qué tal la ceremonia de graduación. No es que le importara, pero le resultaba raro.

La vuelta a Fort Niles en barco duró más de cuatro horas, durante las cuales Ruth y su padre no hablaron mucho, porque en el barco había mucho ruido y porque ella había tenido que quedarse en la popa para asegurarse de que las cajas con los alimentos no volcaran ni se mojaran. Pensó en sus planes para el verano. No tenía planes para el verano. Mientras cargaban el barco, su padre le había informado de que ya había contratado a un ayudante para la temporada: Robin Pommeroy, precisamente. El padre de Ruth no tenía trabajo para su hija. Aunque se quejó de que la dejara a un lado, en el fondo estaba encantada de no tener que trabajar con él otra vez. Si él se lo hubiese pedido, habría trabajado de timonel por principio, pero se habría sentido fatal ahí fuera. Así que era un alivio. Pero eso significaba que no tenía nada que hacer. No se sentía lo bastante segura de su capacidad de timonel como para pedir trabajo a cualquier otro pescador, en el caso de que de verdad, de verdad, lo hubiera querido, y la verdad era que no. Además, su padre ya le había dicho que el mundo en Fort Niles contaba ya con ayuda suficiente. Ya se habían negociado todas las colaboraciones. Semanas antes de que Ruth apareciera por allí, todos los viejos de Fort Niles habían encontrado ya a un hombre joven para hacer los trabajos que requirieran fuerza en la parte trasera del barco.

—A lo mejor te cogen si alguno se pone enfermo o le despiden —le gritó su padre de repente, a medio camino de vuelta a Fort Niles.

—Sí, a lo mejor hago eso —le gritó Ruth a su vez.

Ella pensaba ya en los tres meses siguientes y —¿a quién quería engañar?— en el resto de su vida, con la que no sabía qué hacer. «¡Por Dios bendito!», pensó. Estaba de espaldas, sentada en una caja de conservas enlatadas. Hacía mucho que Rockland se había perdido de vista en ese día de niebla, y las otras islas, habitadas o no, por las que pasaban por delante tan lentamente y tan *ruidosamente* parecían tan pequeñas, marrones y mojadas como montoncitos de mierda. O eso pensaba Ruth. Se preguntó si podría conseguir otro trabajo en Fort Niles, aunque la idea de un trabajo en Fort Niles que no estuviera relacionado con las langostas era casi una broma. *Ja, ja.*

«¿En qué diablos voy a emplear el tiempo?», pensó Ruth. Notó cómo se despertaba en ella un espantoso y familiar aburrimiento mientras el barco resoplaba y se balanceaba sobre la fría ensenada atlántica. Tal como ella lo veía, no tenía nada que hacer, y sabía exactamente lo que eso significaba. Nada que hacer significaba quedarse junto con los otros escasos isleños que tampoco tenían nada que hacer. Ruth se lo imaginaba perfectamente. No estaba tan mal, se dijo a sí misma. La señora Pommeroy y el Senador Simon eran amigos suyos; les tenía cariño. Tendrían muchas cosas de las que hablar. Le preguntarían por los detalles de la ceremonia de graduación. No sería tan aburrido, en realidad.

Pero esa sensación incómoda y desagradable del aburrimiento que se avecinaba permaneció en el estómago de Ruth, como el mareo producido por el mar. Finalmente la sofocó —¡ya!— componiendo mentalmente una carta a su madre. La escribiría esa noche, en su dormitorio. La carta empezaría así: «Querida madre: en cuanto desembarqué en Fort Niles, me desapareció todo el estrés del cuerpo, y por fin respiré profundamente como no lo había hecho durante meses. ¡El aire olía a esperanza!».

Eso era exactamente lo que le diría. Ruth lo decidió en el barco langostero de su padre precisamente dos horas antes de que Fort Niles estuviera a la vista, y se pasó el resto del viaje redactando la carta mentalmente, que era de lo más poética. Ese ejercicio la animó muchísimo.

Aquel verano el Senador Simon Addams tenía setenta y tres años y un proyecto muy especial en marcha. Se trataba de un proyecto ambicioso y excéntrico. Iba a emprender la búsqueda de un colmillo de elefante que, creía él, estaba enterrado en las marismas de Potter Beach. El Senador pensaba que incluso podría haber dos colmillos enterrados allí, aunque había declarado que se contentaría con encontrar uno.

La convicción del Senador Simon de que ciento treinta y ocho años de agua del mar no hubieran dañado un material tan resistente como el marfil puro le imbuía de la seguridad necesaria para emprender la búsqueda. Sabía que los colmillos tenían que estar en alguna parte. Puede que se encontraran separados del esqueleto, o el uno del otro, pero no se habrían descompuesto. No podían haberse disuelto. O estaban enterrados bajo la arena bajo del mar o habían sido arrastrados hasta una playa. Y el Senador creía que muy bien podrían haber llegado hasta la isla de Fort Niles. Esos exóticos colmillos de elefante podían haber sido transportados por las corrientes —como lo habían sido los restos de los barcos durante siglos— justo hasta Potter Beach. ¿Por qué no?

Los colmillos que buscaba el Senador eran de un elefante que viajaba a bordo del *Clarice Monroe,* el barco de vapor de 400 toneladas que se fue a pique justo a las afueras del canal Worthy a finales de octubre de 1838. Fue un suceso muy conocido en la época. El barco de vapor, con ruedas laterales de madera, se incendió justo después de la medianoche, durante una repentina tormenta de nieve. El fuego en sí mismo pudo deberse a un accidente tan sencillo como que se cayera una lámpara, pero los vientos de la tormenta lo esparcieron y avivaron antes de que pudiera ser contenido, y la cubierta del barco enseguida se vio envuelta en llamas.

El capitán del *Clarice Monroe* era un bebedor. Con bastante certeza, el fuego no fue culpa suya, pero sí su perdición. Se dejó llevar por el pánico de un modo vergonzoso. Sin despertar ni a los pasajeros ni a la tripulación, ordenó al marinero que estaba de guardia que echara al agua un único bote salvavidas, en el cual él, su esposa y el joven marinero se alejaron remando. El capitán dejó que el infortunado *Clarice Monroe,* sus pasajeros y su cargamento fueran pasto de las llamas. Los tres supervivientes del bote salvavidas se perdieron durante la tormenta, remaron durante un día entero, perdieron las fuerzas para seguir remando y navegaron a la deriva un día más. Cuando fueron rescatados por un buque de la marina mercante, el capitán había muerto de frío, su esposa había perdido los dedos de las manos, los pies y las orejas debido a la congelación, y el joven marinero había perdido la cabeza por completo.

Sin el capitán, el *Clarice Monroe,* aún en llamas, había chocado contra los acantilados de la isla de Fort Niles, donde se hizo pedazos con el oleaje. No hubo supervivientes entre los noventa y siete pasajeros. Muchos de los cadáveres acabaron en Potter Beach, amontonándose en los barrizales de agua salada junto con los restos carbonizados del barco de vapor. Los hombres de Fort Niles recogieron los cadáveres, los envolvieron en yute y los guardaron en el lugar donde se almacenaba el hielo. Algunos fueron identificados por familiares que viajaron a Fort Niles en barco a lo largo del mes de octubre para recoger a sus hermanos y esposas y madres e hijos. A los desafortunados que no fueron reclamados se les enterró en el cementerio de Fort Niles, debajo de pequeños postes de granito, con una simple inscripción: «AHOGADO».

Pero el barco había perdido otro tipo de cargamento.

El *Clarice Monroe* transportaba, de New Brunswick a Boston, un pequeño circo compuesto de variados y excepcionales elementos: seis caballos blancos de exhibición, bastantes monos entrenados para hacer trucos, un camello, un oso amaestrado, una jauría de perros adiestrados, una jaula de pájaros tropicales y un elefante africano. Después de que el barco se hundiera, los caballos circenses intentaron nadar a pesar de la tormenta de nieve. Tres se ahogaron y los otros tres llegaron a la orilla de la isla de Fort Niles. Cuando escampó a la mañana siguiente, todos los habitantes de la isla salieron a observar a las tres magníficas yeguas blancas que caminaban con cuidado por los peñascos nevados.

No sobrevivió ningún otro animal. El joven marinero del *Clarice Monroe,* al que encontraron en el bote salvavidas junto con el capitán muerto y la desolada esposa de este, el que deliraba debido a la tormenta, dijo cuando le rescataron —¡insistió!— que había visto al elefante saltar por la barandilla del buque envuelto en llamas y nadar con fiereza entre el oleaje, sus colmillos y trompa muy por encima de los remolinos de agua helada. Juró que había visto al elefante nadar entre la nieve salada al mismo tiempo que él remaba para alejarse del desastre. Vio al elefante nadar y nadar, y al final, emitiendo un último y orgulloso trompetazo, hundirse entre las olas.

El marinero, como ya se ha dicho, ya no estaba en sus cabales cuando le rescataron, pero hubo quien se creyó la historia. El Senador Simon Addams siempre se la había creído. Había oído esa historia desde su más tierna infancia y estaba fascinado con ella. Y eran los colmillos de aquel elefante del circo los que el Senador ansiaba recuperar, 138 años más tarde, en la primavera de 1976.

Quería exponer al menos un colmillo en el museo de Historia Natural de Fort Niles. En 1976 el museo de Historia Natural de Fort Niles no existía, pero el Senador estaba trabajando en ello. Llevaba años coleccionando restos arqueológicos y especímenes destinados al museo, guardándolos en el sótano de su casa. La idea era enteramente suya. No tenía patrocinadores, y él era el único comisario. Pensaba que un colmillo sería la pieza más importante y sorprendente de su colección.

Claro que el Senador no podía buscar los colmillos él solo. Pese a que era un hombre robusto para su edad, no estaba en condiciones de pasarse el día escarbando en el barrizal. Aunque hubiese sido más joven, no habría tenido el valor de adentrarse en el inestable caldo de agua del mar y las marismas movedizas que se extendían por Potter Beach. Tenía demasiado miedo al agua. Así que había contratado a un ayudante: Webster Pommeroy.

Webster Pommeroy, que ese verano tenía veintitrés años, tampoco es que tuviese mucho más que hacer. Todos los días, el Senador y Webster bajaban a Potter Beach, donde Webster buscaba los colmillos del elefante. Era el trabajo perfecto para Webster Pommeroy, porque Webster Pommeroy no era capaz de hacer nada más. Su docilidad y el hecho de que se mareara en el agua le impedían ser pescador de langostas o timonel, pero sus problemas iban mucho más allá de todo eso. Había algo que no funcionaba bien en Webster Pommeroy. Todo el mundo lo veía. Algo le había sucedido a Webster el día que vio el cadáver de su padre —hinchado y sin ojos— tirado en el muelle de Fort Niles. En aquel momento Webster Pommeroy se quebró; se deshizo en pedazos. Dejó de crecer, dejó de desarrollarse, casi dejó de hablar. Se convirtió en una tragedia local, en un ser nervioso, lleno de tics y profundamente trastornado. A los veintitrés años, era tan bajo y delgado como lo había sido a los catorce. Parecía estar permanentemente encapsulado en la figura de un niño. Parecía haberse quedado atrapado para siempre en el momento en que reconoció a su padre muerto.

El Senador Simon Addams se preocupaba sinceramente por Webster Pommeroy. Quería ayudar al muchacho. Ese chico le rompía el corazón al Senador. Creía que el muchacho necesitaba una *vocación*. Pero al Senador le costó bastantes años descubrir la valía de Webster, porque no estaba muy claro lo que Webster Pommeroy podía hacer, si es que podía hacer algo. Lo único que se le ocurrió al Senador fue reclutar al joven para su proyecto del museo de Historia Natural.

Al principio, el Senador mandó a Webster a las casas de los vecinos de Fort Niles, pidiendo que donaran al museo cualquier objeto interesante o cualquier antigüedad, pero Webster era tímido y fracasó miserablemente en el intento. Llamaba a la puerta, pero cuando el vecino la abría, lo más probable era que se quedara allí plantado, mudo, tamborileando nerviosamente con los pies. Todas las amas de casa de la isla estaban preocupadas por su comportamiento. Webster Pommeroy, de pie en el umbral, con cara de echarse a llorar en cualquier momento, no era un peticionario nato.

Después el Senador intentó que Webster construyera un cobertizo en el patio de atrás de la casa de los Addams para albergar la creciente colección de artículos destinados al museo. Pero Webster, aunque concienzudo, no era muy buen carpintero. No era ni fuerte ni mañoso. Sus temblores le inutilizaban para cualquier trabajo de construcción. Además de inútil, era un peligro para sí mismo y para los demás, porque se le caían constantemente las sierras y los taladros, y siempre se golpeaba los dedos con el martillo. Así que el Senador tuvo que apartarle de la obra.

Las otras tareas que ideó el Senador eran igualmente inadecuadas para Webster. Empezaba a parecer que Webster era incapaz de hacer nada. Al Senador le costó unos nueve años descubrir qué se le daba bien a Webster.

Era el barro.

En Potter Beach había un verdadero pastizal de barro, que se revelaba en todo su esplendor con la marea baja. Durante la bajamar más pronunciada, había más de diez acres de barro, amplio y liso, que apestaba a sangre rancia. Los hombres recolectaban almejas de vez en cuando en ese barro, y a menudo se encontraban con tesoros ocultos —antiguos restos de barco, boyas de madera, botas perdidas, cucharas de bronce y herramientas de hierro ya desaparecidas—. La cenagosa caleta, aparentemente, era un imán natural para los objetos perdidos, y así fue como al Senador se le ocurrió la idea de empezar a buscar los colmillos del elefante en el barro. ¿Por qué no iban a estar ahí? ¿Dónde iban a estar, si no?

Le preguntó a Webster si estaría interesado en adentrarse en aquel barro, como un recolector de almejas, a buscar cachivaches de manera sistemática. ¿Podría Webster examinar las áreas menos profundas de Potter Beach, usando, quizá, unas botas hasta el muslo? ¿Le angustiaría mucho esa tarea a Webster? Webster Pommeroy se encogió de hombros. No parecía muy angustiado. Y así fue como Webster Pommeroy empezó su carrera de buscador en los cenagales. Y se le daba de maravilla.

Resultó que Webster Pommeroy podía moverse entre cualquier tipo de barro. Podía sortear barro que le llegaba a la altura del pecho. Webster Pommeroy podía atravesar el barro como si fuese un barco construido para tal fin, y encontraba tesoros maravillosos: un reloj de pulsera, el diente de un tiburón, el cráneo de una ballena, una carretilla entera. Día tras día, el Senador se sentaba en las sucias rocas de la orilla y observaba los progresos que hacía Webster. Observó a Webster rebuscar en el barro todos los días del verano de 1975.

Y cuando, a finales de mayo de 1976, Ruth Thomas dejó el internado y volvió a casa, el Senador y Webster se habían puesto de nuevo manos a la obra. Como no tenía nada más que hacer, no tenía trabajo ni amigos de su edad, Ruth Thomas cogió la costumbre de bajar dando un paseo hasta los barrizales de Potter Beach todas las mañanas, para observar a Webster Pommeroy rebuscar en el fango. Se sentaba a mirar con el Senador Simon Addams durante horas. Al terminar el día, los tres juntos regresaban caminando.

Formaban un trío extraño, el Senador, Ruth y Webster. Este era un personaje extraño en cualquier compañía. El Senador Simon Addams, un hombre sorprendentemente grande, tenía la cabeza deformada; parecía como si alguna vez le hubieran dado una patada y se le hubiera curado mal. Él mismo solía burlarse de su gran nariz («No tengo nada que ver con la forma de mi nariz» decía. «Fue un regalo de cumpleaños»). Y con frecuencia se retorcía las manos, grandes y fofas. Tenía un cuerpo robusto, pero era dado a sufrir ataques de pánico; se llamaba a sí mismo *el campeón de los cobardes*. A menudo parecía como si temiera que alguien fuera a doblar la esquina y golpearle. Era exactamente lo contrario a Ruth Thomas, que a menudo parecía a punto de golpear a la siguiente persona que doblara la esquina.

Algunas veces, mientras Ruth estaba sentada en la playa, mirando al gigantesco Senador Simon y al diminuto Webster Pommeroy, se preguntaba cómo había llegado a relacionarse con aquellos dos hombres tan débiles y extraños. ¿Cómo se habían convertido en sus amigos? ¿Qué pensarían las chicas de Delaware si conocieran a su pandilla? No se avergonzaba del Senador y de Webster, se repetía a sí misma. ¿Ante quién se iba a avergonzar en la remota isla de Fort Niles? Pero aquellos dos eran raros, y cualquiera de fuera de la isla que hubiera visto a ese trío habría pensado que Ruth también lo era.

Y, con todo, tenía que admitir, era fascinante observar a Webster gatear por el barro, buscando un colmillo. Ruth no tenía fe alguna en que Webster encontrara un colmillo de elefante, pero era muy entretenido mirar cómo trabajaba. Realmente merecía la pena.

—Lo que Webster está haciendo ahí abajo es peligroso —le decía el Senador a Ruth mientras los dos observaban la cabeza de Webster hundirse cada vez más en el barro.

Era peligroso de verdad, pero el Senador no tenía ninguna intención de entrometerse, aunque Webster se hundiera en el cieno más dudoso, más desmoronado, más movedizo, con los brazos sumergidos, buscando al tacto cachivaches en el lodo. El Senador se ponía nervioso y Ruth se ponía nerviosa, pero Webster se movía impasible, sin temor alguno. De hecho, aquellos momentos eran los únicos en el que su nervioso cuerpo se estaba quieto. Se tranquilizaba en el barro. No le tenía miedo a nada en el cieno. Algunas veces parecía hundirse. Se paraba en medio de la búsqueda, y el Senador y Ruth Thomas le veían descender lentamente. Era aterrador. A veces daba la impresión de que estaban a punto de perderle.

—Quizás deberíamos ir buscarle —sugería el Senador, pacientemente.

—¿Meterme yo en esa trampa mortal? —decía Ruth—. Ni de coña.

(A sus dieciocho años, Ruth se había convertido en una malhablada. Su padre lo comentaba a menudo. «No sé de dónde has sacado esa puñetera bocaza», le decía, y ella le contestaba: «Realmente es un puñetero misterio»).

—¿Estás segura de que no le pasa nada? —preguntaba el Senador.

—No —decía Ruth—. Creo que puede estar hundiéndose. Pero yo no voy a ir a por él, y usted tampoco. No pienso meterme en esa puta trampa mortal.

Desde luego, ella no. Y menos allí, donde las langostas olvidadas y las almejas y los mejillones y las lombrices marinas crecían hasta alcanzar un tamaño escandaloso, y donde solo Dios sabía qué más rondaba por ahí. Cuando los colonos escoceses vinieron por primera vez a Fort Niles, se agacharon sobre esas mismas ciénagas y sacaron, con sus arpones, langostas del tamaño de un hombre. Lo habían anotado en sus diarios, habían descrito cómo sacaban a pulso langostas monstruosas de metro y medio de largo, tan viejas como un caimán y cubiertas de barro, que habían crecido hasta extremos repulsivos tras pasar siglos escondidas sin que nadie las molestara. El mismo Webster, tanteando con sus propias manos, había encontrado en el cieno unas pinzas de langosta petrificadas del tamaño de un guante de béisbol. Había sacado almejas del tamaño de melones, erizos, pintarrojas, peces muertos. Ruth Thomas no iba a meterse ahí de ninguna manera. De ninguna manera.

Así que el Senador y Ruth tenían que sentarse y observar cómo se hundía Webster. ¿Qué podían hacer? Nada. Estaban sentados en un silencio tenso. Algunas veces les sobrevolaba una gaviota. Otras, no había ningún tipo de movimiento. Observaban y esperaban, y de vez en cuando sentían el terror rebullir en sus corazones. Pero Webster nunca se aterrorizaba en el barro. Se quedaba de pie, hundido hasta las caderas, y esperaba. Parecía estar esperando algo desconocido que, después de un buen rato, encontraba. O quizás ese algo le encontraba a él. Entonces Webster comenzaba a moverse a través del lodo movedizo.

Ruth no terminaba de entender cómo lo hacía. Desde la playa parecía como si del fondo hubiese surgido una senda para que Webster caminara por ella con sus pies descalzos y estuviera cómodamente asentado en ella, y le llevara, lentamente y sin tropiezos, lejos de cualquier punto peligroso. Parecía, desde la playa, un rescate limpio, imperceptible.

¿Por qué nunca se quedaba atrapado? ¿Por qué nunca se cortaba con las almejas, el cristal, las langostas, los moluscos, el hierro, las piedras? Todos los peligros ocultos en el cieno parecían desplazarse por cortesía para dejar paso a Webster Pommeroy. Por supuesto, no siempre estaba en peligro. Algunas veces se entretenía en el lodo menos profundo, a la altura de los tobillos, cerca de la orilla, mirando hacia abajo, sin expresión alguna. Eso podía resultar aburrido. Y cuando se volvía demasiado aburrido, el Senador Simon y Ruth, sentados en las rocas, hablaban entre ellos. Sobre todo conversaban acerca de mapas, expediciones, naufragios y tesoros escondidos, los temas favoritos del Senador. En especial los naufragios.

Una tarde, Ruth contó al Senador que a lo mejor intentaba buscar trabajo en un barco langostero. Eso no era del todo cierto, aunque era exactamente lo que Ruth había escrito a su madre en una larga carta el día anterior. Ruth *deseaba* querer trabajar en un barco langostero, pero el deseo en sí mismo no existía. Se lo mencionó al Senador solo porque le gustaba cómo sonaba.

—He estado pensando —dijo— en buscar trabajo en un barco langostero.

El Senador se alteró inmediatamente. Detestaba oír a Ruth hablar de pisar un barco. Ya se ponía bastante nervioso cuando iba a Rockland con su padre a pasar el día. El Senador se quedaba muy intranquilo siempre que Ruth salía a trabajar con su padre. No había día que no imaginara que se caería del barco y se ahogaría o que el barco se hundiría o que habría una horrible tormenta que la arrastraría. Así que, cuando Ruth mencionó el asunto, el

Senador dijo que no iba a tolerar el riesgo de perderla a manos del mar. Le dijo que expresamente le prohibía trabajar en un barco langostero.

—¿Quieres *morir?* —le preguntó—. ¿Quieres ahogarte?

—No, quiero ganar algo de dinero.

—De ninguna manera. De ninguna manera. No encajas en un barco. Si necesitas dinero, yo te lo daré.

—Esa no es una manera digna de ganarse la vida.

—¿Por qué quieres trabajar en un barco, con tu inteligencia? Los barcos son para los idiotas como los chicos Pommeroy. Deberías dejarles los barcos a ellos. ¿Sabes lo que realmente deberías hacer? Ir al continente y quedarte allí. Vete a vivir a Nebraska. Eso es lo que haría yo. Alejarme del mar.

—Si pescar langostas es adecuado para los chicos Pommeroy, también lo es para mí —contestó Ruth. No se lo creía, pero sonaba bien, como si tuviera principios.

—Oh, por el amor de Dios, Ruth.

—No ha dejado de alentar a los chicos Pommeroy para que fueran marineros, Senador. Siempre está intentando conseguirles trabajos de pescador. Siempre le está diciendo que deberían ser navegantes. No veo por qué no puede animarme a mí un poco, de vez en cuando.

—Y te animo.

—A no ser pescadora.

—Me suicidaré si te dedicas a la pesca, Ruth. Me suicidaré todos los días.

—¿Y qué pasa si quiero ser pescadora? ¿Y qué si quiero ser marinera? ¿Y si me quiero alistar para convertirme en guardacostas? ¿Y si quiero ser navegante?

—No quieres ser navegante.

—Podría querer ser navegante.

Ruth no quería navegar alrededor del mundo. Solo lo decía por decir. El Senador y ella se pasaban las horas hablando de tonterías como esas. Día tras día. Ninguno de ellos prestaba mucha atención a las bobadas del otro. El Senador Simon palmeó la cabeza de su perro y dijo:

—Cookie dice: «¿De qué habla Ruth? ¿De navegantes? Ruth no quiere ser navegante». ¿A que has dicho eso, Cookie? ¿A que sí, Cookie?

—No te metas en esto, Cookie —respondió Ruth.

Más o menos una semana después, el Senador volvió a sacar el tema mientras los dos observaban a Webster en los cenagales. Así es como hablaban siempre el Senador y Ruth, en largos y eternos círculos. De hecho, solo tenían una conversación, la que llevaban manteniendo desde que Ruth había cumplido los diez años. Le daban vueltas y más vueltas. Volvían al mismo tema una y otra vez, como un par de colegiales.

—¿Para qué quieres experiencia en un barco langostero, por el amor de Dios? —preguntó el Senador Simon—. Tú no estás atrapada en esta isla para el resto de tu vida, como los Pommeroy. Ellos son unos pobres diablos. Pescar es lo único que saben hacer.

Ruth se había olvidado incluso de que había mencionado lo de buscar trabajo en un barco. Pero ahora se puso a defender la idea.

—Una mujer puede hacer ese trabajo tan bien como cualquier otro.

—No estoy diciendo que una mujer no pueda hacerlo. Estoy diciendo que nadie debería hacerlo. Es un trabajo espantoso. Es un trabajo de patán. Y si todo el mundo quisiera ser pescador de langostas, muy pronto ya no quedarían langostas que pescar.

—Hay suficientes langostas para todos.

—Por supuesto que no, Ruthie. Por el amor de Dios, ¿quién te ha dicho eso?

—Mi padre.

—Bueno, hay suficientes langostas para él.

—¿Qué significa eso?

—Es Avaricioso Número Dos. Siempre consigue lo que quiere.

—No llame así a mi padre. Odia ese mote.

El Senador acarició a su perro.

—Tu padre es Avaricioso Número Dos. Mi hermano es el Avaricioso Número Uno. Todo el mundo lo sabe. Hasta Cookie lo sabe. —Ruth miró a Webster, allá en los lodazales, y no respondió a eso. Después de unos minutos, el Senador Simon dijo—: ¿Sabes?, no hay salvavidas en los barcos langosteros. No es un trabajo seguro para ti.

—¿Por qué tendrían que tener botes salvavidas los barcos langosteros? Para empezar, los barcos langosteros no son mucho más grandes que los botes salvavidas.

—Tampoco es que un bote salvavidas realmente pueda salvar a una persona...

—Claro que un bote salvavidas puede salvar a una persona. Los botes salvavidas salvan a gente constantemente —le aseguró Ruth.

—Incluso en un bote salvavidas, más vale esperar que te rescaten pronto. Si te encuentran flotando en el salvavidas en la primera hora después del naufragio, por supuesto, no te pasará nada...

—¿Quién está hablando de naufragios? —preguntó Ruth, pero sabía muy bien que al Senador siempre le faltaban tres minutos para ponerse a hablar de naufragios. Llevaba años hablándole de naufragios.

—Si no te rescatan del bote salvavidas en la primera hora, tus probabilidades de salvamento disminuyen —aseguró el Senador—. Disminuyen, de verdad, Ruthie. Se hacen más pequeñas con cada hora que pasa. Después de un día entero perdido en el mar en un bote salvavidas, ya puedes suponer que no van a rescatarte. ¿Qué harías entonces?

—Remaría.

—Remarías. ¿*Remarías* si estuvieses metida en un bote salvavidas y el sol se estuviese poniendo, y no hubiera un rescate a la vista? *Remarías.* ¿Es ese tu plan?

—Supongo que tendría que apañármelas.

—¿Pero apañártelas cómo? ¿Qué hay ahí para apañárselas? ¿Te apañarías para remar hasta otro continente?

—Por Dios, Senador. No pienso estar nunca en un bote salvavidas, perdida en medio del mar. Se lo prometo.

—Una vez que te encuentras en un naufragio —dijo el Senador—, solo te rescatarán por casualidad, eso si te rescatan. Y recuerda, Ruthie, la mayoría de los supervivientes de un naufragio están heridos. No es como si saltaran por la borda en aguas tranquilas a nadar un rato. La mayoría de los supervivientes de un naufragio se han roto las piernas o se han hecho cortes espantosos, o quemaduras. ¿Y qué es lo que crees que te mata finalmente?

Ruth sabía la respuesta.

—¿Una insolación? —se equivocó a propósito, solo por mantener la conversación.

—No.

—¿Los tiburones?

—No. La falta de agua. La sed.

—¿De veras? —Ruth preguntó por cortesía.

Pero ahora que había salido el tema de los tiburones, el Senador hizo una pausa. Luego dijo:

—En los trópicos, los tiburones saltan directamente a los barcos. Meten el morro dentro del barco, como los perros cuando husmean. Pero las barracudas son lo peor. Pongamos que tu barco se ha hundido. Te estás agarrando a uno de los restos del naufragio. Viene una barracuda y te hinca los dientes. Puedes arrancártela, Ruthie, pero su cabeza se te quedará pegada. Como una tortuga mordedora. Una barracuda se agarrará a ti hasta mucho después de estar muerta. Así es.

—No me preocupa mucho que haya barracudas por aquí, Senador. Y creo que usted tampoco debe preocuparse mucho por ellas.

—¿Bueno, y qué me dices de la anjova, entonces? No tienes que estar en los trópicos para encontrártela, Ruthie. Tenemos bancadas de anjovas ahí mismo. —El Senador Simon Addams señaló más allá de los lodazales y de Webster, apuntando al Atlántico—. Y las anjovas cazan en grupo, como los lobos. ¡Y las pastinacas! Los supervivientes de naufragios han contado que había rayas gigantes que se colocaban debajo de su bote y se quedaban el día entero ahí, esperando. Antes las llamaban peces manta. Podías encontrarte con que había rayas ahí fuera más grandes que tu barquito. Avanzan por debajo de tu bote como la sombra de la muerte.

—Muy gráfico, Senador. Bien hecho.

El Senador preguntó:

—¿Qué tipo de bocadillo es ese, Ruthie?

—De ensalada de jamón. ¿Quiere la mitad?

—No, no. Tú lo necesitas.

—Puede darle un mordisco.

—¿Qué tiene? ¿Mostaza?

—¿Por qué no le da un bocado, Senador?

—No, no. Lo necesitas. Y te diré otra cosa. La gente pierde la cabeza en un bote salvavidas. Pierde la noción del tiempo. Pueden estar en un barco a la deriva durante veinte días. Y cuando les rescatan, se sorprenden al ver que no pueden andar. Se les pudren los pies a causa del agua, y tienen llagas de sentarse en charcos de agua salada; se han herido durante el naufragio y tienen quemaduras por el sol; y se sorprenden, Ruthie, al ver que no pueden caminar. Nunca llegan a entender su situación completamente.

—Deliran.

—Exactamente. Deliran. Eso es. Algunos hombres, en un bote salvavidas, se contagian el «delirio compartido». Digamos que hay dos hombres en el barco. Los dos hombres pierden la cabeza de la misma manera. Un hombre dice: «Me voy a la taberna a tomar una cerveza», y salta del barco y se ahoga. El segundo hombre dice: «Te acompaño, Ed», y él también salta del barco y se ahoga.

—Con los tiburones acechando.

—Y las anjovas. Y hay otra alucinación compartida muy común, Ruthie. Digamos que solamente hay dos hombres en el bote. Cuando les rescatan, los dos juran que había otro hombre con ellos todo el tiempo. Dicen: «¿Dónde está mi amigo?». Y los que les rescatan le contestan: «Tu amigo está en la cama de al lado. Está a salvo». Y los hombres les dicen: «¡No! ¿Dónde está mi otro amigo? ¿Dónde está el otro tipo?». Pero nunca hubo otro hombre. No se lo creen. Durante el resto de sus vidas se preguntarán: ¿dónde está el otro tipo?

Ruth Thomas le alcanzó al Senador la mitad de su bocadillo, y él se la comió rápidamente.

—En el Ártico, por supuesto, se mueren de frío —continuó.

—Por supuesto.

—Se quedan dormidos. La gente que se duerme en los botes salvavidas nunca vuelve a levantarse.

—Por supuesto que no.

Otros días, hablaban sobre el dibujo de mapas. El Senador era un gran entusiasta de Ptolomeo. Presumía de Ptolomeo como si Ptolomeo fuera un hijo superdotado.

—¡Nadie cambió los mapas de Ptolomeo hasta 1511! —decía con orgullo—. Eso es mucho tiempo, Ruth. ¡Mil trescientos años, ese tipo era un experto! Muy bueno, Ruth, pero que muy bueno.

Otro de los temas favoritos del Senador era el naufragio del *Victoria* y del *Camperdown*. Salía una y otra vez sin que hubiera nada que lo provocara. Un sábado por la tarde de mediados de julio, por ejemplo, Ruth le contaba al Senador lo poco que le había gustado la ceremonia de graduación del colegio, y el Senador dijo:

—Acuérdate del naufragio del *Victoria* y del *Camperdown*, Ruthie.

—Vale —respondió Ruth con agrado—. Si insiste...

Y Ruth Thomas se acordó del naufragio del *Victoria* y del *Camperdown* porque el Senador no había dejado de hablarle del naufragio del *Victoria* y del *Camperdown* desde que era niña. Para él ese naufragio era aún más inquietante que el del *Titanic*.

El *Victoria* y el *Camperdown* eran los buques insignia de la poderosa Armada británica. En 1893 chocaron el uno contra el otro a plena luz del día en un mar en calma porque un comandante había dado una orden insensata durante las maniobras. Ese naufragio angustiaba tanto al Senador porque había ocurrido un día en el que ningún barco debería haberse hundido, y porque los marineros eran los mejores del mundo. A pesar de que los barcos eran los mejores que había, y los oficiales los más inteligentes de la Armada británica, los buques se hundieron. El *Victoria* y el *Camperdown* chocaron porque los oficiales —sabiendo perfectamente que la orden que habían recibido era un despropósito— la cumplieron porque era su deber, y murieron por ello. El *Victoria* y el *Camperdown* eran la prueba de que en el mar podía ocurrir cualquier cosa. Por muy tranquilo que esté el tiempo, por mucha experiencia que tenga la tripulación, una persona en un barco jamás estaba segura.

En las horas siguientes a la colisión del *Victoria* y del *Camperdown*, tal como el Senador llevaba años contándole a Ruth, el mar se llenó de hombres que se ahogaban. Las hélices de los barcos destrozaron a los hombres terriblemente. El Senador siempre hacía hincapié en que terminaron despedazados.

—Despedazados, Ruthie —dijo el Senador.

Ignoraba de qué manera se relacionaba esta historia con la de su graduación, pero lo dejó pasar.

—Lo sé, Senador —respondió ella—. Lo sé.

A la semana siguiente, otra vez de vuelta en Potter Beach, Ruth y el Senador volvieron a hablar de naufragios.

—¿Y qué me dice del *Margaret B. Rouss?* —preguntó Ruth, después de que el Senador se hubiese quedado callado durante un rato—. Ese naufragio acabó bastante bien para todo el mundo.

Pronunció el nombre de ese barco con cuidado. Algunas veces el nombre de *Margaret B. Rouss* tranquilizaba al Senador, pero otras le inquietaba.

—¡Cristo bendito, Ruthie! —explotó—. ¡Cristo bendito!

Esta vez le inquietó.

—El *Margaret B. Rouss* estaba lleno de madera, ¡y tardó una eternidad en hundirse! Lo sabes, Ruthie. ¡Cristo bendito! Sabes que fue una excepción. Ya sabes que no siempre es fácil naufragar. Y te diré otra cosa. No es agradable que le torpedeen a uno en ninguna circunstancia, con ningún tipo de cargamento, independientemente de lo que le ocurriera a la tripulación del maldito *Margaret B. Rouss.*

—¿Y qué le pasó a la tripulación, Senador?

—Sabes perfectamente lo que le ocurrió a la tripulación del *Margaret B. Rouss.*

—Remaron ochenta y tres kilómetros…

—… Ochenta y tres kilómetros.

—Remaron ochenta y tres kilómetros hasta Montecarlo, donde se hicieron amigos del príncipe de Mónaco. Y de ahí en adelante vivieron rodeados de lujos. Es un naufragio con final feliz, ¿verdad?

—Un naufragio inusitadamente fácil, Ruthie.

—¡Ya lo creo!

—Una excepción.

—Mi padre dice que lo excepcional es que se hunda el barco.

—Mira qué listillo. Y tú también eres una listilla. ¿Crees que debido a lo que le pasó al *Margaret B. Rouss* no hay riesgo en que te pases la vida trabajando en el agua, en el barco langostero de otra persona?

—No voy a pasarme la vida en el agua, Senador. Lo único que he dicho es que quizá podría conseguir un empleo y pasarme tres meses en el agua. La mayor parte del tiempo estaría a menos de tres kilómetros de la orilla. Lo único que decía era que quería trabajar en el mar durante el verano.

—Sabes que es tremendamente peligroso llevar cualquier barco a mar abierto, Ruth. Hay muchos peligros ahí fuera. Y la mayoría de la gente no va a ser capaz de remar ochenta y tres kilómetros en dirección a ningún Montecarlo.

—Siento haberlo sacado a relucir.

—En la mayoría de los casos, ya estarías muerta de insolación. Hubo un naufragio en el Círculo Polar Ártico. Los hombres estuvieron durante tres días en los botes salvavidas, hasta las rodillas de agua congelada.

—¿Qué barco era?

—No me acuerdo del nombre.

—¿De verdad? —Ruth nunca había oído hablar de un naufragio del que el Senador no supiera el nombre.

—El nombre no importa. Los desdichados marineros llegaron finalmente a una isla en Islandia. Todos ellos habían sufrido congelación. Los esquimales intentaron reanimar sus miembros helados. ¿Qué hicieron los esquimales, Ruthie? Frotaron con aceite los pies de los hombres vigorosamente. ¡Vigorosamente! Los hombres estaban gritando, suplicando a los esquimales que pararan. Pero los esquimales siguieron frotando con aceite y con energía los pies de los hombres. No me acuerdo del nombre del barco, pero deberías recordar eso cuando te subas a uno.

—No tengo intención de navegar hasta Islandia.

—Algunos de los hombres en la isla se desmayaron del dolor de un masaje tan vigoroso y se murieron allí mismo.

—No estoy diciendo que los naufragios sean buenos, Senador.

—Al final todos aquellos hombres sufrieron amputaciones.

—¿Senador?

—Hasta la rodilla, Ruthie.

—¿Senador? —volvió a llamarle Ruth.

—Murieron del dolor del masaje.

—Senador, por favor.

—Los supervivientes se tuvieron que quedar en el Ártico hasta el siguiente verano, y lo único que tenían de comer era grasa de ballena, Ruth.

—Por favor —repitió ella.

Por favor. *Por favor.*

Porque allí se encontraba Webster, de pie ante ellos. Estaba cubierto de barro hasta su estrecha cintura. Tenía los rizos prietos y pegados en el pelo y la cara salpicada de barro. Y sostenía el colmillo de un elefante en sus manos mugrientas y extendidas.

—Ay, Senador —dijo Ruth—. Ay, Dios mío.

Webster dejó el colmillo en la arena a los pies del Senador, de la misma forma que se dejaría un presente a los pies de un rey. Bueno, el Senador no tenía palabras para agradecer semejante regalo. Las tres personas de la playa —el viejo, la chica y el pequeño y embarrado hombre— examinaron el colmillo de elefante. Nadie se movió hasta que Cookie se levantó con cierta rigidez y se aproximó a la cosa con aire de suspicacia.

—No, Cookie —dijo el Senador Simon, y el perro adoptó la postura de una esfinge, su nariz dirigida al colmillo, como para olerlo.

Finalmente, de manera dubitativa y casi disculpándose, Webster dijo:

—Supongo que se trataba de un elefante pequeño.

Ciertamente, el colmillo era pequeño. Muy pequeño para un elefante que había crecido hasta alcanzar un tamaño imponente en los 138 años que duraba el mito. El colmillo era poco más largo que uno de los brazos de Webster. Era un colmillo delgado, con un arco modesto. En un extremo había una punta mellada, como un pulgar. En el otro estaba el filo irregular de haberse separado del resto del esqueleto, rompiéndose. Había muescas oscuras, grietas en el marfil.

—Supongo que solo se trataba de un elefante pequeño —repitió Webster, porque el Senador todavía no había respondido. Esta vez, Webster sonaba casi desesperado—. Supongo que pensábamos que iba a ser más grande, ¿verdad?

El Senador se levantó, tan lenta y rígidamente como si llevara 138 años sentado en la playa, esperando ese colmillo. Lo observó un poco más, y después rodeó con su brazo a Webster.

—Has hecho un buen trabajo, hijo —afirmó.

Webster cayó de rodillas, y el Senador se acomodó a su lado y le colocó la mano en su hombro caído.

—¿Te ha decepcionado, Webster? —preguntó—. ¿Pensabas que a mí me decepcionaría? Es un colmillo muy bonito.

Webster se encogió de hombros; parecía afligido. Sopló una brisa, y a Webster le dio un pequeño escalofrío.

—Supongo que era un elefante pequeño —repitió.

Ruth dijo:

—Webster, es un colmillo de elefante magnífico. Has hecho un buen trabajo, Webster. Has hecho un gran trabajo.

Entonces a Webster se le escaparon un par de sollozos.

—Oh, venga, vamos, chico —le animó el Senador, y a él la voz también le salió entrecortada. Webster estaba llorando. Ruth volvió la cabeza. Aún le oía, haciendo esos ruidos tan lastimeros, así que se levantó y se alejó de las rocas hacia los abetos que delineaban la orilla. Dejó a Webster y al Senador sentados en la playa un buen rato mientras paseaba entre los árboles, cogiendo palitos y rompiéndolos. La perseguían los mosquitos, pero no le importaba. No soportaba ver llorar a la gente. De vez en cuando miraba hacia la playa, pero podía ver que Webster seguía llorando y que el Senador todavía estaba consolándole, y no quería formar parte de todo aquello.

Ruth se sentó en un tronco recubierto de musgo, dando la espalda a la playa. Cogió una roca plana que tenía delante y de allí salió corriendo una salamandra, dándole un susto. A lo mejor se hacía veterinaria, pensó, distraída. Hacía poco había leído un libro, que le había dado el Senador, acerca de la crianza de perdigueros, y le había parecido muy bonito. El libro, escrito en 1870, usaba un lenguaje encantador. Casi se le habían saltado las lágrimas al leer una descripción del mejor labrador de Chesapeake que el autor había visto, uno que se había cobrado un ave caída en el mar saltando a través de témpanos de hielo y nadando más allá de donde había dejado de ser visible. El perro, cuyo nombre era Bugle, había regresado a la orilla, casi muerto por congelación, pero acarreando el pájaro cuidadosamente en su boca. Sin una sola marca.

Ruth echó un vistazo por encima del hombro hacia donde estaban Webster y el Senador. Webster parecía que había dejado de llorar. Volvió a bajar a la orilla, donde Webster estaba sentado, mirando con determinación hacia el infinito. El Senador se había llevado el colmillo a un charco de agua tibia para limpiarlo. Ruth Thomas se dirigió hacia allí, y él se levantó y le ofreció el colmillo. Ella lo secó con su camiseta. Era tan ligero como un hueso, y tan amarillo como un diente antiguo, su hueco interior lleno de barro. Estaba caliente. ¡Ni siquiera había visto cómo lo había encontrado Webster! Tantas horas sentada en la playa observándole mientras buscaba, ¡y no había visto el momento en el que lo había encontrado!

—Usted tampoco le ha visto encontrarlo —le dijo al Senador. Él sacudió la cabeza. Ruth lo sopesó con las manos—. Increíble —comentó.

—No creí que realmente fuera a encontrarlo, Ruth —dijo el Senador, en un susurro desesperado—. ¿Qué diablos se supone ahora que voy a hacer con él? Mírale, Ruth.

Ruth le miró. Webster estaba temblando, como un motor antiguo al ralentí.

—¿Se ha enfadado? —preguntó.

—¡Por supuesto que se ha alterado! Este proyecto le ha mantenido ocupado un año. No sé —susurró el Senador con miedo— qué voy a hacer ahora con el chico.

Webster Pommeroy se levantó y se aproximó a Ruth y al Senador. El Senador se enderezó todo lo que pudo y sonrió abiertamente.

—¿Lo ha limpiado? —preguntó Webster—. ¿A que parece m-m-más bonito?

El Senador se dio la vuelta y abrazó al pequeño Webster Pommeroy, acercándole.

—¡Oh, es espléndido! ¡Fantástico! —exclamó—. ¡Estoy muy orgulloso de ti, hijo! ¡Estoy muy orgulloso de ti!

Webster sollozó otra vez, y volvió a llorar. Ruth, prudentemente, cerró los ojos.

—¿Sabes lo que creo, Webster? —oyó Ruth que preguntaba el Senador—. Creo que es un hallazgo magnífico. De verdad. Y creo que se deberíamos llevárselo al señor Ellis.

Ruth abrió los ojos, presa del pánico.

—¿Y sabes lo que va a hacer el señor Ellis cuando nos vea llegar con ese colmillo? —preguntó el Senador, rodeando los hombros de Webster con su enorme brazo—. ¿Lo sabes, Webster?

Webster no lo sabía. Se encogió de hombros de manera patética.

—El señor Ellis sonreirá. ¿No es cierto, Ruthie? ¿No va a ser algo que merezca la pena ver? ¿No crees que al señor Ellis le encantará? —dijo el Senador. Ruth no respondió—. ¿No lo crees, Ruthie? ¿No lo crees?

Capítulo 3

«Las langostas, por la fuerza del instinto,
actúan egoístamente, sin propósito alguno.
Sus sentimientos suelen ser burdos;
su honor, muy delicado».

J. H. Stevenson, *El médico y el poeta*, 1718-1785

El señor Lanford Ellis vivía en Ellis House, que se remontaba a 1883. La casa era la mejor construcción de la isla de Fort Niles, y también era mucho mejor que cualquiera de las de Courne Haven. Estaba hecha de granito negro, del que se utilizaba para las tumbas, a semejanza de un banco grandioso o de una estación de tren, solo que en proporciones ligeramente más pequeñas. Tenía columnas, arcadas, ventanas encastradas y un recibidor con baldosas relucientes del tamaño de unas enormes y resonantes termas romanas. Ellis House, situada en el lugar más elevado de Fort Niles, estaba tan alejada del puerto como era posible. Se erguía al final de Ellis Road. Más bien, Ellis House era la que daba súbitamente por finalizada Ellis Road, como si la casa fuera un policía con un silbato y un brazo extendido, autoritario.

En cuanto a Ellis Road, databa de 1880. Era un antiguo sendero de trabajo que había conectado las tres canteras de la Compañía Ellis de Granito que existían en la isla de Fort Niles. Hubo un momento en que la carretera Ellis había sido un paso muy transitado, pero para la época en la que Webster Pommeroy, el Senador Simon Addams y Ruth Thomas echaron a andar en dirección a Ellis House, aquella mañana de junio de 1976, hacía tiempo que había caído en desuso.

A lo largo de Ellis Road se extendían los raíles muertos de Ellis Rail, una vía férrea de tres kilómetros, que databa de 1882, construida para acarrear las toneladas de granito desde las canteras hasta los balandros que esperaban en el puerto. Esos balandros a vapor se dirigieron a Nueva York, Filadelfia y Washington durante años y años. Se encaminaban lentamente hacia las ciudades que siempre necesitaban material para pavimentos procedente de la isla de Courne Haven, y granito para monumentos procedente de la isla de Fort Niles. Durante décadas, los balandros se llevaron el granito del interior de las dos islas, volviendo, semanas después, repletas del carbón que se necesitaba para continuar con la excavación de todavía más granito, para rascar todavía más en las entrañas de las islas.

A lo largo de la antigua Ellis Rail se encontraban desperdigadas varias herramientas para excavar y componentes de máquinas —martillos de bola, cuñas, calzas y otros artilugios— de la Compañía Ellis de Granito, anaranjadas por el óxido, que nadie, ni siquiera el Senador Simon, podría identificar ya. El gran torno de la Compañía Ellis de Granito se estaba pudriendo en un bosquecillo cercano, más grande que la maquinaria de una locomotora, para no moverse nunca más. El torno reposaba tristemente entre la oscuridad de las enredaderas, como si le hubieran llevado allí para castigarlo. Sus 140 toneladas de mecanismos de relojería se habían erosionado hasta estrangularse en una apretada tenaza. Unos cables oxidados, semejantes a serpientes pitón, acechaban en la hierba de los alrededores.

Caminaron. Webster Pommeroy y el Senador Simon Addams y Ruth Thomas subieron por Ellis Road, paralela a Ellis

Rail, hacia Ellis House, llevando consigo el colmillo de elefante. No sonreían, no reían. Ellis House no era un lugar que ninguno de ellos frecuentara.

—No sé para qué nos estamos molestando —dijo Ruth—. Ni siquiera va a estar. Aún está en Nueva Hampshire. No llegará aquí hasta el sábado que viene.

—Este año ha venido más pronto a la isla —replicó el Senador.

—¿De qué está hablando?

—Este año el señor Ellis ha venido el dieciocho de abril.

—Está de broma.

—No estoy de broma.

—¿Está aquí? ¿Ha estado aquí todo este tiempo? ¿Desde que he vuelto del colegio?

—Así es.

—Nadie me ha dicho nada.

—¿Se lo has preguntado a alguien? No debería sorprenderte tanto. Todo es diferente ahora en Ellis House, en comparación con cómo era antes.

—Bueno. Supongo que debería saberlo.

—Sí, Ruthie. Estoy de acuerdo en que deberías saberlo.

El Senador se apartaba los mosquitos de la cabeza y del cuello mientras andaba, utilizando un abanico que se había hecho con hojas de helecho.

—¿Va a venir tu madre a la isla este verano, Ruth?

—No.

—¿Has visto a tu madre este año?

—La verdad es que no.

—¿Oh, en serio? ¿No has ido de visita a Concord este año?

—La verdad es que no.

—¿Le gusta a tu madre vivir en Concord?

—Parece que sí. Ha estado viviendo allí lo suficiente.

—Apuesto a que su casa es bonita. ¿Es bonita?

—Ya le he dicho un millón de veces que es bonita.

—¿Sabes que no he visto a tu madre desde hace diez años?

—Y eso también me lo ha dicho otro millón de veces.

—¿Así que dices que no va a venir de visita a la isla este verano?

—Nunca viene —dijo Webster Pommeroy de repente—. No sé por qué todo el mundo sigue hablando de ella.

Eso interrumpió la conversación. El trío no habló durante un largo rato, y entonces Ruth preguntó:

—¿De verdad que el señor Ellis vino el dieciocho de abril?

—De verdad que sí —respondió el Senador.

Eso era una noticia inesperada, incluso asombrosa. La familia Ellis venía a la isla de Fort Niles el tercer sábado de junio, y llevaban haciéndolo así desde el tercer sábado de junio de 1883. El resto del año vivía en Concord, Nueva Hampshire. El patriarca original de los Ellis, el doctor Jules Ellis, había iniciado esa costumbre en 1883, trasladando a su creciente familia a la isla durante el verano para alejarse de las enfermedades de la ciudad, y también para echarle un ojo a su empresa de granito. Ninguno de los lugareños sabía exactamente qué clase de doctor era Jules Ellis. Lo cierto es que no se comportaba como un médico. Actuaba más bien como un industrial influyente. Pero eso fue en otra época, como al Senador Simon le gustaba recalcar, cuando un hombre podía ser múltiples cosas. Era cuando un hombre desempeñaba muchas funciones.

A ningún nativo de Fort Niles le gustaba la familia Ellis, pero se sentían extrañamente orgullosos de que el doctor Ellis hubiese escogido levantar Ellis House en Fort Niles y no en Courne Haven, donde la Compañía Ellis de granito también estaba en funcionamiento. Este orgullo tenía muy poca validez; los isleños no deberían sentirse halagados. El doctor Jules Ellis había escogido Fort Niles para erigir su casa no porque le gustara más esa isla. La había preferido porque, al construirla en lo más alto, en las colinas que daban al este, podía vigilar tanto Fort Niles como

Courne Haven, por encima del canal Worthy. Podía vivir en lo alto de una isla y observar meticulosamente la otra y además disfrutar de las ventajas de que su casa diera al sol naciente.

Durante el reinado del doctor Jules Ellis, la época veraniega traía consigo una multitud a la isla de Fort Niles. Con el tiempo, hubo cinco hijos Ellis que llegaban todos los veranos, junto con otros miembros de la numerosa familia Ellis, una rotación continua de invitados y asociados de los Ellis, siempre bien vestidos, y un personal de la mansión compuesto de dieciséis criados. Los sirvientes traían a la casa de verano de los Ellis todo lo que iba a necesitarse, desde Concord en tren y después en barco. El tercer sábado de junio, los criados aparecían en el puerto, descargando cajas y cajas de la porcelana para el verano y las sábanas y las toallas y la cristalería y las cortinas. En las fotografías, esos montones de cajas parecían una estructura en sí mismos, semejando edificios con forma extraña. Ese suceso tan importante, la llegada de la familia Ellis, prestaba una gran importancia al tercer sábado de junio.

Los sirvientes de los Ellis traían también en los barcos varios caballos de montar para el verano. Ellis House contaba con un buen establo, además de un jardín de rosas excelentemente cultivado, una sala de baile, un almacén de refrigeración, casas para los invitados, una pista de tenis y un estanque para las carpas. La familia y sus amigos, durante todo el verano en Fort Niles, se permitían variados pasatiempos. Y al final del verano, el segundo sábado de septiembre, el doctor Ellis, su esposa, sus cinco hijos, sus caballos, sus dieciséis criados, sus invitados, la plata, la porcelana, las sábanas y toallas, la cristalería y las cortinas se marchaban. La familia y los criados se amontonaban en el ferri, y las cosas se empaquetaban en las torres apiladas de cajas, y todos y todo volvían a Concord, Nueva Hampshire, para el invierno.

Pero todo esto había sido hacía mucho tiempo. Este despliegue tan orgulloso no había sucedido en años.

Para el decimonoveno verano de Ruth, en 1976, el único Ellis que todavía venía a la isla de Fort Niles era el hijo mayor del doctor Jules Ellis, Lanford Ellis. Era un anciano. Tenía noventa y cuatro años.

Todos los demás hijos del doctor Jules Ellis, salvo una hija, estaban muertos. Había nietos e incluso bisnietos del doctor Ellis que hubieran podido apreciar la mansión de Fort Niles, pero a Lanford Ellis no le caían bien y les veía con malos ojos, así que les mantenía a distancia. Era su prerrogativa. La casa era enteramente suya; solo él la había heredado. La única hermana que le quedaba a Lanford Ellis, Vera Ellis, era también el único miembro de su familia por el que se preocupaba, pero Vera Ellis había dejado de ir a la isla hacía diez veranos. Pensaba que estaba demasiado débil para viajar. Creía que tenía mala salud. Había pasado muchos veranos felices en Fort Niles, pero ahora prefería descansar en Concord todo el año, junto a la interna que la cuidaba.

Así que, durante diez años, Lanford Ellis había estado pasando los veranos en Fort Niles completamente solo. No tenía caballos y no traía invitados. No jugaba al croquet ni hacía excursiones en barco. No mantenía sirvientes en la casa Ellis a excepción de un hombre, Cal Cooley, que era un mismo tiempo encargado de la casa y su ayudante personal. Cal Cooley incluso cocinaba para el viejo. Cal Cooley vivía en la casa Ellis durante todo el año, pendiente de todo lo que pasaba.

El Senador Simon Addams, Webster Pommeroy y Ruth Thomas se dirigían a Ellis House. Caminaban uno al lado del otro, apoyándose Webster el colmillo sobre un hombro como si fuese un mosquetón de la guerra de la Independencia. A su izquierda serpenteaba la paralizada Ellis Rail. Adentrándose en los bosques a su derecha, se veían los horripilantes restos de las «casas de la miseria», las pequeñas chozas construidas por la Compañía Ellis de Granito, hacía un siglo, para albergar a los inmigrantes italianos que trabajaban para ellos. Llegó a haber más de trescientos inmigrantes italianos amontonados en esas chabolas. En su mayoría, no fueron bienvenidos en la comunidad, aunque de vez en cuando les dejaban hacer una procesión por Ellis Road, durante sus vacaciones. Solía haber una pequeña iglesia católica en la isla para dar servicio a los italianos. Ya no estaba. Para 1976, la iglesia católica hacía mucho que se había incendiado.

Durante el reinado de la Compañía Ellis de Granito, Fort Niles había sido como una verdadera ciudad, concurrida y útil. Era como un huevo Fabergé, un objeto adornado hasta el más mínimo detalle. ¡Había tanto amontonado en una superficie tan pequeña! Habían existido dos tiendas de ropa en la isla. Había habido un museo de curiosidades, una pista de patinaje, un taxidermista, un periódico, un hipódromo para ponis, un hotel con un piano bar y, a los dos lados de la misma calle, el teatro Ellis Eureka y el salón de baile Ellis Olympia. Todo eso se había quemado o destruido para 1976. «¿Adónde ha ido todo?», se preguntó Ruth. «Y, en primer lugar, ¿cómo había cabido todo aquí?». La mayoría de la tierra se había vuelto a convertir en bosque. Del imperio Ellis solo quedaban dos edificios: el almacén de la Compañía Ellis de Granito y Ellis House. Y el almacén, un edificio de madera de tres pisos junto al puerto, estaba vacío y desmoronándose. Por supuesto, las canteras seguían ahí, agujeros en la tierra de más de trescientos metros —lisas e inclinadas— llenas ahora de las lluvias primaverales.

El padre de Ruth Thomas llamaba a las casas de la miseria escondidas en el bosque «pocilgas», un término que debió de aprender de su padre o de su abuelo, porque las casas de la miseria ya estaban vacías cuando el padre de Ruth era un chiquillo. Incluso cuando el Senador Addams era pequeño, las casas de la miseria ya se estaban quedándose vacías. El negocio del granito agonizaba hacia 1910, y moría hacia 1930. La necesidad de granito se acabó antes que el granito mismo. La Compañía Ellis de Granito hubiese seguido excavando en las canteras ininterrumpidamente, si hubiera habido demanda. La Compañía habría extraído el granito hasta que tanto Fort Niles como Courne Haven se hubieran vaciado por completo. Hasta que las islas hubiesen sido pequeñas caracolas de granito en medio del océano. Bueno, eso era lo que decían los isleños. Decían que la familia Ellis habría arrasado con todo, si no fuese por el hecho de que nadie quería ya la materia de la que estaban compuestas las islas.

El trío siguió caminando por Ellis Road y solo se detuvo una vez, cuando Webster vio una serpiente muerta por el camino y se paró para empujarla con la punta del colmillo de elefante.

—Serpiente —dijo.

—Es inofensiva —contestó el Senador Simon.

En un momento dado, Webster dejó de andar e intentó darle el colmillo al Senador.

—Cójalo usted —dijo—. Yo no quiero ir allí y ver al señor Ellis.

Pero el Senador Simon se negó. Dijo que Webster había encontrado el colmillo y se le debería reconocer el mérito por su hallazgo. Dijo que no había nada por lo que temer al señor Ellis. El señor Ellis era un buen hombre. Aunque había habido personas a las que temer en la familia Ellis en el pasado, el señor Lanford Ellis era un hombre decente, que, por cierto, consideraba a Ruthie prácticamente su nieta.

—¿No es verdad, Ruthie? ¿Acaso no te sonríe siempre? ¿Y verdad que siempre se ha portado bien con tu familia?

Ruth no contestó. Siguieron caminando.

No volvieron a hablar hasta que llegaron a Ellis House. No había ninguna ventana abierta, ni siquiera cortinas corridas. Los setos del exterior todavía estaban envueltos, protegidos del despiadado viento invernal. El sitio parecía abandonado. El Senador subió con esfuerzo los amplios escalones de granito negro que daban a la oscura puerta principal y llamó al timbre. Y golpeó en la puerta. Y gritó. No hubo respuesta. En la curva del camino de entrada estaba aparcada una furgoneta verde, que los tres reconocieron como la de Cal Cooley.

—Bueno, parece que el viejo Cal Cooley anda por aquí —dijo el Senador.

Fue hacia la parte trasera de la casa, y Ruth y Webster le siguieron. Atravesaron los jardines, que ya no eran tanto jardines como montones de maleza descuidada. Pasaron junto a la pista de tenis, con la hierba crecida y húmeda. Pasaron junto a la fuente, que estaba abandonada y seca. Pasaron junto al establo, y encontraron su gran puerta corredera abierta de par en par. La entrada era lo suficientemente grande para un par de carruajes, uno al lado del otro. Era un establo muy bonito, pero llevaba tanto tiempo sin utilizarse que ni siquiera quedaba rastro del olor a caballo.

—¡Cal Cooley! —llamó el Senador Simon—. ¿Señor Cooley?

Dentro del establo, con su piso de piedra y sus frías y vacías cuadras sin olor alguno, estaba Cal Cooley, sentado en el suelo. Estaba sentado en un sencillo taburete delante de algo gigantesco, y estaba limpiándolo con un trapo.

—¡Dios mío! —exclamó el Senador—. ¡Mira eso!

Lo que tenía Cal Cooley era una pieza grande de un faro, la parte superior de un faro. De hecho, se trataba de la magnífica lente circular, de cristal y latón, de un faro. Mediría algo más de dos metros. Cal Cooley se levantó del taburete y él también medía como unos dos metros y pico. Cal Cooley tenía un espeso pelo negro azulado, peinado hacia atrás, y enormes ojos azul oscuro. Era de constitución recia y cuadrada, y tenía una nariz gruesa, una gran barbilla y una marca de expresión profunda y recta en medio de la frente, que le daba el aspecto de haberse chocado contra una cuerda de tender la ropa. Daba la impresión de que podía tener ascendencia india. Cal Cooley llevaba unos veinte años con la familia Ellis, pero no parecía haber envejecido ni un solo día, y a un extraño le habría resultado difícil adivinar si tenía cuarenta años o sesenta.

—Vaya, si es mi buen amigo el Senador —dijo Cal Cooley arrastrando las palabras.

Cal Cooley procedía de Missouri, un lugar que él insistía en pronunciar como *Missurah*. Tenía un fuerte acento sureño, el cual —aunque Ruth Thomas nunca había estado en el sur— ella seguía creyendo que tendía a exagerar. Creía que, en su mayor parte, la conducta de Cal Cooley era la de un hipócrita. Había muchas cosas acerca de Cal Cooley que ella detestaba, pero se sentía particularmente ofendida por su falso acento y su costumbre de referirse a sí mismo como el viejo Cal Cooley. Como en «El viejo Cal Cooley está deseando que llegue la primavera» o «Parece que el viejo Cal Cooley necesita otra copa».

Ruth no podía soportar semejante afectación.

—¡Y mira! ¡Es la señorita Ruth Thomas! —continuó arrastrando las palabras Cal Cooley—. Siempre es un oasis que contemplar. Y mira quién la acompaña: un salvaje.

Webster Pommeroy, embarrado y silencioso bajo el escrutinio de Cal Cooley, se quedó allí con el colmillo de elefante en la mano. Movía los pies rápida y nerviosamente, como si estuviera preparándose para echarse a correr.

—Sé lo que es esto —dijo el Senador Simon Addams, aproximándose a la grandiosa y magnífica lente que Cal Cooley había estado abrillantando—. ¡Sé exactamente lo que es!

—¿Puedes adivinar lo que es, amigo mío? —le preguntó Cal Cooley, guiñándole un ojo a Ruth Thomas, como si compartieran un maravilloso secreto. Ella miró hacia otro lado. Sintió que el calor le subía a la cara. Se preguntó si habría alguna manera de organizarse para poder vivir en Fort Niles sin volver a ver jamás a Cal Cooley.

—Es la lente Fresnel del faro de Goat's Rock, ¿verdad? —preguntó el Senador.

—Sí, así es. Exacto. ¿Has estado allí alguna vez? Has debido de ir a Goat's Rock, ¿eh?

—Bueno, no —admitió el Senador, sonrojándose—. No puedo ir a un lugar como Goat's Rock. No monto en barco, ya sabes.

«Y Cal Cooley lo sabe perfectamente», pensó Ruth.

—¿Y eso? —preguntó Cal, con inocencia.

—Me da miedo el agua, ya sabes.

—Qué terrible sufrimiento —murmuró Cal Cooley.

Ruth se preguntó si alguna vez le habrían dado una buena paliza a Cal Cooley. Habría disfrutado viéndolo.

—Dios mío —se maravilló el Senador—. Dios mío. ¿Cómo habéis conseguido esto del faro de Goat's Rock? Es un faro increíble. Es uno de los faros más antiguos del país.

—Bueno, amigo mío, lo compramos. Al señor Ellis siempre le había gustado. Así que lo compramos.

—¿Pero cómo lo habéis traído hasta aquí?

—En un barco y después en un camión.

—¿Pero cómo lo trajisteis aquí sin que nadie lo supiera?

—¿No lo sabe nadie?

—Es maravilloso.

—Lo estoy restaurando para el señor Ellis. Estoy puliendo cada pulgada y cada tornillo. Llevo puliéndolo más de noventa horas, o eso calculo. Supongo que tardaré unos meses en terminarlo. Pero ¿a que brillará para entonces?

—No sabía que el faro de Goat's Rock estuviera a la venta. No sabía que pudiera *comprarse* algo así.

—Los guardacostas han reemplazado este precioso cachivache por un aparato moderno. El nuevo faro ni siquiera necesita operador. ¿No es admirable? Todo está automatizado. Manejarlo cuesta muy poco dinero. El nuevo faro es completamente eléctrico y muy feo.

—Es un objeto de interés histórico —dijo el Senador—. Tienes razón. ¡Vaya, es digno de un museo!

—Es cierto, amigo mío.

El senador Simon Addams examinó la lente Fresnel. Era preciosa, toda vidrio y metal, con sus paneles biselados gruesos como tablones, colocados a capas, uno sobre el otro. La pequeña parte que Cal Cooley había desmontado, pulido y vuelto a montar era un puro resplandor de cristal dorado. Cuando el Senador Simon Addams pasó por detrás de la lente para poder contemplarla por entero, su imagen se onduló, distorsionada, como si le estuvieran viendo a través de hielo.

—Nunca había visto un faro —dijo. Su voz estaba impregnada de emoción—. En persona no. Nunca había tenido la oportunidad.

—No es un faro —le corrigió Cal Cooley, puntilloso—. Solo es la lente de un faro, señor.

Ruth puso los ojos en blanco.

—Nunca había visto una. Ay, Dios mío, esto es un regalo, un verdadero regalo para mí. Por supuesto, he visto fotos. He visto fotos de este mismo faro.

—Es uno de nuestros proyectos favoritos, mío y del señor Ellis. El señor Ellis preguntó al estado si podía comprarlo, le dieron un precio y él aceptó. Y, como ya he dicho, llevo trabajando en él unas noventa horas, aproximadamente.

—Noventa horas —repitió el Senador, mirando la lente Fresnel como si le hubieran dado un sedante.

—Construida en 1929, por los franceses —dijo Cal—. Pesa dos mil doscientos kilos, amigo mío.

La lente Fresnel estaba colocada en su plataforma giratoria original de latón, a la que Cal Cooley le dio un leve toque. La lente, con ese impulso, empezó a girar con una ligereza peculiar: enorme, silenciosa y exquisitamente equilibrada.

—Dos dedos —dijo Cal Cooley, extendiendo dos de sus dedos—. Dos dedos es todo lo que hace falta para hacer girar un peso de más de dos mil doscientos kilos. ¿Os lo podéis creer? ¿Habíais visto alguna vez una obra de ingeniería tan asombrosa como esta?

—No —contestó el Senador Simon Addams—. No, no lo había visto.

Cal Cooley volvió a hacer girar la lente Fresnel. La poca luz que había en el establo parecía abalanzarse hacia la gran lente que daba vueltas, y después saltar desde allí, estallando en chispas contra las paredes.

—Mira cómo devora el fulgor —siguió Cal Cooley. Pronunció *fulgor* de tal manera que parecía estar insinuando *calor*.

—Existió una vez una mujer en una isla de Maine —dijo el Senador— que se quemó hasta morir cuando la luz del sol atravesó la lente y le dio de lleno.

—Solían cubrir las lentes con arpillera oscura en los días soleados —respondió Cal Cooley—. Si no, le hubieran prendido fuego a todo; son así de intensas.

—Siempre me han encantado los faros.

—A mí también, señor. Y también al señor Ellis.

—Durante el reinado de Ptolomeo Segundo, construyeron un faro en Alejandría que estaba considerado como una de las maravillas de la Antigüedad. Fue destruido por un terremoto en el siglo catorce.

—O eso es lo que cuenta la historia —dijo Cal Cooley—. Todavía se discute.

—Los primeros faros —reflexionó el Senador— los construyeron los libios en Egipto.

—Estoy al tanto de los faros de los libios —contestó Cal Cooley, sin alterarse.

La vieja lente Fresnel del faro de Goat's Rock siguió girando y girando en el vacío y gigantesco establo, y el Senador se quedó mirándola, cautivado. Las vueltas se hicieron más y más lentas, hasta que se detuvo con un susurro. El Senador estaba callado, hipnotizado.

—¿Y tú qué tienes? —preguntó Cal Cooley finalmente.

Cal estaba contemplando a Webster Pommeroy, que sostenía el colmillo de elefante. Webster, cubierto de barro y con un aspecto digno de lástima, se agarró desesperadamente a su pequeño hallazgo. No contestó a Cal, pero no dejaba de golpetear con los pies nerviosamente. El Senador tampoco le respondió. Todavía estaba extasiado con la lente Fresnel.

Así que Ruth Thomas dijo:

—Webster ha encontrado hoy un colmillo de elefante, Cal. Es del naufragio del *Clarice Monroe*, hace 138 años. Webster y Simon han estado buscándolo durante casi un año. ¿A que es maravilloso?

Y era maravilloso. Bajo cualquier otra circunstancia, el colmillo habría sido reconocido como un objeto indiscutiblemente maravilloso. Pero no a la sombra de Ellis House, y no en presencia de la hermosa e intacta lente Fresnel, toda vidrio y metal, hecha a mano por los franceses en 1929. El colmillo de repente parecía una nadería. Además, Cal Cooley, con su altura y actitud, podía empequeñecer cualquier cosa. Cal Cooley hacía que sus noventa horas de pulir y abrillantar fueran heroicas y productivas, mientras que —sin decir una sola palabra, por supuesto— hacía que el año que se había pasado un pobre chico desorientado buscando en el barro pareciera una broma deprimente.

De repente el colmillo de elefante parecía un triste huesecillo.

—Qué interesante —dijo Cal Cooley, por último—. Qué proyecto más interesante.

—Pensé que al señor Ellis le gustaría verlo —dijo el Senador. Había apartado ya la vista de la lente Fresnel y le estaba dirigiendo a Cal Cooley una mirada suplicante muy poco atractiva—. He pensado que sonreiría cuando viera el colmillo.

—Puede que lo haga.

Cal Cooley no se comprometió a ello.

—Si el señor Ellis se encuentra disponible hoy… —empezó a decir el Senador, y después se calló. El Senador no llevaba sombrero, pero si hubiese sido un hombre que acostumbrara a llevarlo, habría estado manoseándolo ansioso. Así las cosas, se retorcía las manos.

—¿Sí, amigo mío?

—Si el señor Ellis está disponible, me gustaría hablarle de esto. Del colmillo. Sabes, creo que este es el tipo de objeto que finalmente puede convencerle de que necesitamos un museo de Historia Natural en esta isla. Me gustaría pedirle al señor Ellis que considerara cederme el uso del edificio del almacén de la Compañía Ellis de Granito para el museo de Historia Natural. Para la isla. Para la educación, ya sabes.

—¿Un museo?

—Un museo de Historia Natural. Webster y yo hemos estado coleccionando objetos durante varios años. Tenemos una selección bastante grande.

Algo que Cal Cooley ya sabía. Algo que el señor Ellis ya sabía. Algo que todo el mundo sabía. Ruth estaba claramente furiosa. Le dolía el estómago. Notaba que se le fruncía el ceño, e hizo un esfuerzo para mantener la frente lisa. Se negaba a mostrar ningún tipo de emoción delante de Cal Cooley. Se obligó a sí misma a parecer impávida. Se preguntó qué tendría que hacer una persona para conseguir que despidieran a Cal Cooley. O que le mataran.

—Tenemos muchos objetos —dijo el Senador—. Hace poco adquirí una langosta completamente blanca, conservada en alcohol.

—Un museo de Historia Natural —repitió Cal Cooley, como si estuviese considerando la idea por primera vez—. Qué curioso.

—Necesitamos un sitio para el museo. Ya tenemos los objetos. El edificio es lo suficientemente grande como para que podamos seguir adquiriéndolos a medida que pase el tiempo. Por ejemplo, podría ser un buen lugar para exhibir esta lente Fresnel.

—¿Estás diciendo que quieres el *faro* del señor Ellis? —Cal Cooley parecía completamente horrorizado.

—Oh, no. ¡No! ¡No, no, no! No queremos nada del señor Ellis excepto su permiso para utilizar el edificio del almacén. Lo alquilaríamos, por supuesto. Le podríamos ofrecer algo de dinero todos los meses. Podría valorarlo, puesto que el edificio no se ha utilizado para nada durante años. No necesitamos *dinero* del señor Ellis. No queremos arrebatarle sus bienes.

—Desde luego espero que no vayas a pedirle dinero.

—¿Sabéis qué? —dijo Ruth Thomas—. Os espero fuera. No me apetece seguir aquí.

—Ruth —la llamó Cal Cooley, preocupado—, pareces nerviosa, corazón.

No le hizo caso.

—Webster, ¿quieres venir conmigo?

Pero Webster Pommeroy prefería seguir golpeteando los pies al lado del Senador, agarrando su esperanzador colmillo. Así que Ruth Thomas salió sola de los establos y volvió por los jardines abandonados hacia las colinas que daban al este y a la isla de Courne Haven. Detestaba contemplar cómo Simon Addams se humillaba ante el ayudante del señor Ellis. Ya lo había visto antes y no podía soportarlo. Así que caminó hasta el borde del acantilado y raspó el liquen de algunas rocas. A través del canal, podía ver Courne Haven con claridad. Una reverberación de calor flotaba sobre ella, como una nube en forma de hongo atómico.

Esta sería la quinta vez que el Senador Simon Addams había hecho una visita formal al señor Lanford Ellis. La quinta vez que Ruth supiera, claro está. El señor Ellis nunca le concedía una reunión al Senador. Podría haber habido otras visitas de las que Ruth no tuviera constancia. Podrían haber existido más horas malgastadas esperando en el patio delantero de Ellis House para nada, más episodios de Cal Cooley explicándole, con sus falsas disculpas, que lo sentía muchísimo, pero que el señor Ellis no se encontraba bien, y que no iba a recibir invitados. Todas las veces, le había acompañado Webster, llevando consigo algún descubrimiento o algún hallazgo con el que el Senador esperaba convencer al señor Ellis de la necesidad de un museo de Historia Natural. El museo de Historia Natural sería un lugar público, el Senador estaba siempre dispuesto a explicar con candor y sinceridad, donde la gente de la isla —¡por una entrada de solo diez centavos!— podría examinar los objetos antiguos de su singular historia. El Senador Simon tenía un discurso de lo más elocuente preparado para el señor Ellis, pero nunca tenía una oportunidad de exponerlo. Le había recitado el discurso a Ruth varias veces. Ella lo había escuchado educadamente, aunque cada vez le rompía un poco más el corazón.

—Suplique un poco menos —le sugería siempre—. Sea un poco más firme.

Era cierto que algunos de los cachivaches del Senador Simon no eran muy interesantes. Lo coleccionaba todo y no hacía una gran labor de selección, no era alguien que escogiera con cuidado y descartara los que no servían para nada. El Senador pensaba que todos los objetos antiguos tenían algún valor. En una isla, normalmente, la gente no tira nada, así que, en esencia, todos los sótanos de la isla de Fort Niles ya eran museos —museos de obsoletos aparejos de pesca o museos de los bienes de los familiares muertos o de juguetes de los niños que ya habían crecido. Pero ninguno estaba ordenado, clasificado ni explicado, y el deseo del Senador de crear un museo era noble.

—Son los objetos corrientes —le decía constantemente a Ruth— los que se convierten en excepcionales. Durante la guerra de Secesión, lo más común del mundo era la chaqueta de lana azul de un soldado del Norte. Una sencilla chaqueta azul con botones de latón. Todos los soldados del Norte tenían uno. ¿Los guardaron los soldados, después de la guerra, como recuerdo? No. Oh, guardaron los uniformes de gala de los generales y los bonitos bombachos de la caballería, pero nadie pensó en guardar esas sencillas chaquetas azules. Los hombres volvieron a casa después de la guerra y se pusieron las chaquetas para trabajar en los campos, y cuando las gastaron con el uso, sus mujeres hicieron trapos y colchas con ellas, y hoy en día una simple chaqueta de la guerra de Secesión es una de las cosas más difíciles de encontrar en el mundo.

Le explicaba esto a Ruth mientras colocaba una caja vacía de cereales o una lata de atún sin abrir en un cajón en el que ponía «PARA LA POSTERIDAD».

—No podemos saber hoy lo que será valioso mañana, Ruth —decía.

—¿Cereales? —contestaba ella, incrédula—. ¿Cereales, Senador? ¿Cereales?

Así que no era sorprendente que al Senador se le hubiese acabado el espacio en su casa para albergar su creciente colección. Y no era sorprendente que al Senador se le ocurriese la idea de conseguir que le dejaran el almacén de la Compañía Ellis de Granito, que llevaba cuarenta años vacío. Era un lugar que nadie utilizaba y se estaba desmoronando. Con todo, el señor Ellis nunca le había dado al Senador una respuesta, ni un asentimiento o algún tipo de acuse de recibo, salvo el de posponer todo el asunto. Era como si estuviera esperando a que el Senador se rindiera. Era como si Lanford Ellis creyera que iba a vivir más tiempo que el Senador, y en ese instante el problema se resolvería sin necesidad de tomar decisión alguna.

Los barcos langosteros todavía estaban en el canal, trabajando y moviéndose en círculos. Desde la colina en la que se encontraba, Ruth veía el barco del señor Angus Addams y el barco del señor Duke Cobb y el barco de su padre. Más allá, podía observar un cuarto barco, que podría haber pertenecido a alguien de la isla de Courne Haven; no podía identificarlo. El canal estaba tan abarrotado de boyas indicadoras de las trampas para langostas que parecía confeti disperso por el suelo o basura compactada en una autopista. Los hombres colocaban sus trampas por encima de las otras en ese canal. Tenía sus riesgos pescar ahí. El límite entre la isla de Courne Haven y la isla de Fort Niles nunca había sido delimitado claramente, pero en ningún sitio era más reñido que en el canal Worthy. Los hombres de ambas islas delimitaban y defendían sus fronteras con ferocidad, intentando siempre empujar al otro. Cortaban las trampas del contrario y desencadenaban asaltos grupales contra la isla opuesta.

—Pondrían sus trampas en nuestras puñeteras puertas si les dejáramos —decía Angus Addams.

En la isla de Courne Haven decían lo mismo acerca de los pescadores de Fort Niles, por supuesto, y las dos declaraciones eran ciertas.

Ese día, Ruth Thomas pensó que el barco de Courne Haven se estaba acercando un poco demasiado a Fort Niles, pero no era fácil estar segura, ni siquiera desde una posición elevada. Intentó contar las hileras de boyas. Arrancó una brizna de hierba y se fabricó un silbato, presionándolo entre sus pulgares. Se puso a jugar sola, fingiendo que estaba viendo ese paisaje por primera vez en la vida. Cerró los ojos durante un rato, después los abrió lentamente. ¡El mar! ¡El cielo! Era hermoso. Vivía en un lugar muy hermoso. Intentó mirar los barcos langosteros como si no supiera lo que costaban, a quién pertenecían y cómo olían. ¿Qué le parecería este sitio a alguien que estuviera de visita? ¿Qué le parecería el canal Worthy a alguien de, pongamos, Nebraska? Los barcos le parecerían juguetes, tan adorables y resistentes como para jugar en el baño con ellos, tripulados por personajes del nordeste, tan trabajadores, con su extravagante ropa de trabajo, saludándose amistosamente el uno al otro desde sus proas.

No puedesh conseguir esoh por aquíh...

Ruth se preguntó si disfrutaría más de la pesca de langostas si tuviera su propio barco, si ella fuese el capitán. A lo mejor lo que era tan desagradable era solo el trabajar con su padre. Aunque no se podía imaginar a quién contrataría de ayudante. Repasó los nombres de todos los jóvenes de Fort Niles y rápidamente llegó a la conclusión de que sí, eran todos idiotas. Hasta el último borracho. Incompetentes, vagos, ariscos, incoherentes, de aspecto extraño. No tenía paciencia para ninguno de ellos, con la posible excepción de Webster Pommeroy, a quien tenía lástima y por el que se preocupaba como lo haría una madre. Pero Webster era un muchacho herido, y ciertamente no era un marinero. No es que Ruth fuera una gran pescadora de langostas. No se podía engañar a sí misma en eso. Tampoco sabía mucho de navegación, y nada sobre el mantenimiento de un barco. Había gritado «¡Fuego!» a su padre una vez que vio salir humo de la bodega; humo que en realidad era vapor que salía de una tubería rota.

—Ruth —le dijo—, eres mona, pero no muy lista.

Pero ella *era* lista. Ruth siempre había tenido la sensación de ser más lista que cualquiera de los que la rodeaban. ¿De dónde se había sacado esa idea? ¿Quién le había dicho semejante cosa? Dios sabía que Ruth nunca admitiría públicamente esa impresión suya. Quedaría fatal, espantoso, admitir lo que ella creía sobre su propia inteligencia.

—Te crees que eres más lista que los demás. —A menudo Ruth había oído esa acusación de boca de sus vecinos de Fort Niles. Algunos de los chicos Pommeroy se lo habían dicho, y también lo habían hecho Angus Addams y las hermanas de la señora Pommeroy y esa vieja zorra de Langly Road cuyo césped había cortado Ruth un verano a dos dólares la pasada.

—Oh, por favor. —Era la usual respuesta de Ruth.

Aunque no podía negarlo con mucha más convicción, porque, de hecho, ella sí pensaba que era bastante más lista que todos los demás. Era una sensación que no se le focalizaba en la cabeza, sino en el pecho. La sentía en los mismísimos pulmones.

Era lo bastante lista como para descubrir la manera de agenciarse su propio barco si eso era lo que quería. Si eso era lo que quería, lo podía conseguir. Seguro. Ciertamente, no era más tonta que ninguno de los hombres de Fort Niles o de Courne Haven que se ganaban bastante bien la vida pescando langostas. ¿Por qué no? Angus Addams conocía a una mujer en la isla de Moneghan que pescaba sola y se ganaba la vida. El hermano de esa mujer había muerto y le había dejado su barco en herencia. Ella tenía tres hijos y ningún marido. La mujer se llamaba Flaggie, Flaggie Cornwall. Había sacado buena tajada de ello. Sus boyas, contaba Angus, estaban pintadas de rosa chillón, con puntitos amarillos en forma de corazoncitos. Pero Flaggie Cornwall también era dura. Cortaba las trampas de otros hombres si creía que le estaban arruinando el negocio. Angus Addams la admiraba mucho. Hablaba a menudo de ella.

Ruth podía hacerlo. Podía pescar sola. Aunque no pintaría sus boyas de rosa con corazones amarillos. «¡Cristo bendito, Flaggie, ten algo de respeto por ti misma!». Ruth pintaría sus boyas de un bonito y clásico verde azulado. Ruth se preguntó qué clase de nombre era Flaggie. Debía de ser un mote. ¿Florence? ¿Agatha? Ruth nunca había tenido un apodo. Decidió que, si se hacía pescadora de langostas —¿langostera?, ¿*persona* que atrapa langostas?—, se las apañaría para ganarse muy bien la vida sin tener que levantarse tan puñeteramente temprano por las mañanas. Sinceramente, ¿había alguna razón por la que un pescador listo tuviera que levantarse a las cuatro de la mañana? Tenía que haber algún modo mejor de hacerlo.

—¿Disfrutando de nuestras vistas?

Cal Cooley estaba detrás de Ruth. Ella se sorprendió, pero no lo dejó ver. Giró la cabeza despacio y le miró fijamente.

—Quizás.

Cal Cooley no se sentó; se quedó allí de pie, justo detrás de Ruth Thomas. Las rodillas de él casi le rozaban los hombros.

—He mandado a tus amigos a casa —dijo.

—¿Ha visto el señor Ellis al Senador? —preguntó Ruth, aun sabiendo ya la respuesta.

—El señor Ellis no se encontraba muy bien hoy. No ha podido ver al Senador.

—¿Eso es lo que hace que no se encuentre bien? Nunca recibe al Senador.

—Es posible que sea verdad.

—Vuestra gente no tiene ni idea de cómo comportarse. No tenéis ni idea de lo maleducados que sois.

—No sé lo que el señor Ellis piensa acerca de estas personas, Ruth, pero los he mandado a casa. Pensé que era demasiado temprano para tener que lidiar con gente mentalmente incapacitada.

—Son las cuatro de la tarde, capullo. —A Ruth le gustó cómo pronunció esas palabras. Muy tranquila.

Cal Cooley se quedó detrás de Ruth un rato. Se quedó allí como lo haría un mayordomo, pero de un modo un poco más íntimo. Educado, pero demasiado cerca. Su cercanía establecía una sensación constante que no le gustaba. Y tampoco le gustaba estar hablándole sin verle al mismo tiempo.

—¿Por qué no te sientas? —dijo, al final.

—Quieres que me siente a tu lado, ¿verdad? —le preguntó.

—Eso depende por completo de ti, Cal.

—Gracias —contestó, y se sentó—. Muy amable de tu parte. Gracias por el ofrecimiento.

—Es tu finca. No tengo poder para ofrecerte nada en tu propia finca.

—La finca no es mía, jovencita. Es del señor Ellis.

—¿De verdad? Siempre lo olvido, Cal. Me olvido de que la finca no es tuya. ¿Tú también te olvidas a veces?

Cal no le respondió.

—¿Cómo se llama el muchacho? —preguntó—. El muchacho del colmillo.

—Es Webster Pommeroy.

Algo que Cal Cooley ya sabía.

Cal se quedó mirando el agua y recitó con voz monótona:

—*Pommeroy el grumete era un pequeño degenerado. Se metió un vaso de cristal en el culo y así el capitán fue circuncidado.*

—Qué bonito —dijo Ruth.

—Parece un chaval muy majo.

—Tiene veintitrés años, Cal.

—Y me parece que está enamorado de ti. ¿Estoy en lo cierto?

—Por Dios, Cal. Eso es de lo más pertinente.

—¡Escúchate, Ruth! Eres tan culta últimamente. Es un placer oírte utilizar esas palabras tan difíciles. Es como una recompensa, Ruth. Nos complace mucho a todos ver que tu cara educación está dando buenos resultados.

—Sé que estás intentando sacarme de quicio, Cal, pero no sé exactamente lo que ganas con eso.

—No es cierto, Ruth. No estoy intentando sacarte de quicio. Soy tu mayor admirador.

Ruth se rio con amargura.

—¿Sabes una cosa, Cal? Ese colmillo de elefante realmente es un hallazgo importante.

—Sí. Ya lo has dicho.

—Ni siquiera le has prestado atención a la historia, una historia interesante, sobre un naufragio extraordinario. No le has preguntado a Webster cómo lo ha encontrado. Es una historia increíble, y ni siquiera le has prestado atención. Sería irritante si no fuese tan puñeteramente típico.

—No es cierto. Yo presto atención a todo.

—Prestas mucha atención a algunas cosas.

—El Viejo Cal Cooley es incapaz de no prestar atención.

—Deberías haber prestado más atención a ese colmillo, entonces.

—Estoy interesado en ese colmillo, Ruth. De hecho, lo estoy guardando para el señor Ellis, para que le pueda echar un vistazo luego. Creo que a él también le interesará.

—¿A qué te refieres con que lo estás guardando?

—A que lo estoy guardando.

—¿Te lo has *quedado*?

—Como ya he dicho, lo estoy guardando.

—Te lo has quedado. Les has mandado a casa sin su colmillo. ¡Santo Dios! ¿Por qué haría alguien algo así?

—¿Le gustaría compartir un cigarrillo conmigo, señorita?

—Creo que todos vosotros sois unos capullos.

—Si te apeteciera fumarte un cigarro, no se lo diría a nadie.

—¡Joder!, que no *fumo*, Cal.

—Estoy seguro de que haces un montón de cosas que no le confiesas a nadie.

—¿Has cogido ese colmillo de las manos de Webster y le has echado? Bueno, está claro que es algo espantoso. Y muy típico.

—Lo cierto es que estás muy guapa hoy, Ruth. Pensaba decírtelo en cuanto te vi, pero no surgió la oportunidad.

Ruth se levantó.

—Vale —dijo—, me voy a casa.

Empezó a alejarse, pero Cal Cooley la llamó:

—De hecho, creo que vas a tener que quedarte.

Ruth se detuvo. No se dio la vuelta, pero se quedó quieta, porque por su tono de voz podía adivinar lo que iba a pasar.

—Si no estás muy ocupada hoy —dijo Cal Cooley—, al señor Ellis le gustaría verte.

Volvieron juntos a Ellis House. Caminaron en silencio por entre las tierras y los antiguos jardines, subieron los escalones de la veranda posterior y cruzaron las grandes puertas acristaladas. Atravesaron el salón, amplio y con los muebles cubiertos, bajaron a una sala de la parte trasera, subieron por unas escaleras modestas —las escaleras del servicio—, cruzaron otra salita y finalmente llegaron a una puerta.

Cal Cooley se detuvo como si fuera a llamar a la puerta, pero, en lugar de eso, retrocedió. Dio unos cuantos pasos por la salita y se refugió en el hueco de una puerta. Cuando le hizo un gesto a Ruth para que le siguiera, ella fue. Cal Cooley colocó sus enormes manos en los hombros de Ruth y le susurró:

—Sé que me odias. —Y sonrió.

Ruth siguió escuchando.

—Sé que me odias, pero te puedo decir de qué va todo esto, por si quieres saberlo.

Ruth no respondió.

—¿Quieres saberlo?

—No me importa lo que me digas o lo que me dejes de decir —contestó Ruth—. No va a suponer ninguna diferencia en mi vida.

—Por supuesto que te importa. Lo primero de todo —dijo Cal, con un susurro—, el señor Ellis solo quiere verte. Lleva preguntando por ti unas cuantas semanas, y he estado mintiéndole. Le he dicho que todavía estabas en el colegio. Después le dije que estabas trabajando con tu padre en el barco. —Cal Cooley esperó a que Ruth le contestara; ella no lo hizo—. Creo que deberías agradecérmelo —siguió él—. No me gusta tener que mentir al señor Ellis.

—Pues no lo hagas —respondió Ruth.

—Te va a dar un sobre —dijo Cal—. Con trescientos dólares dentro. —Una vez más, Cal se quedó esperando una respuesta, pero Ruth no se la concedió, así que continuó—. El señor Ellis va a decirte que lo utilices para divertirte, que es solo para ti. Y, hasta un determinado punto, es cierto. Puedes gastártelo en lo que más te apetezca. Pero sabes para lo que realmente es, ¿verdad? El señor Ellis te va a pedir un favor. —Ruth siguió callada—. Tienes razón —dijo Cal Cooley—. Quiere que vayas a Concord a visitar a tu madre. Se supone que yo tengo que llevarte.

Se quedaron en el hueco de la puerta. Sus grandes manos posadas en los anchos hombros de ella eran tan pesadas como terroríficas. Cal y Ruth se quedaron allí un buen rato. Finalmente, él dijo:

—Supéralo, jovencita.

—Mierda —contestó Ruth.

Él dejó caer las manos.

—Tú coge el dinero. Mi consejo es que no te enfrentes a él.

—Nunca me enfrento a él.

—Coge el dinero y sé educada. Ya arreglaremos los detalles luego.

Cal Cooley salió de allí y se dirigió a la primera puerta. Llamó.

—Eso es lo que querías, ¿no? —le susurró a Ruth—. ¿Saberlo? Sin sorpresas para ti. Quieres enterarte de todo lo que ocurre, ¿verdad?

Le abrió la puerta y Ruth entró, sola. La puerta se cerró tras ella con el sonido de un roce agradable, como el ondear de una tela muy cara.

Se encontraba en la habitación del señor Ellis.

La cama estaba hecha, tan perfectamente rematada como si nunca se hubiera usado. Parecía como si las sábanas se hubiesen fabricado en el mismo momento que el mueble, y se hubieran grapado o pegado a la madera. Parecía una cama de exhibición en una tienda de las caras. Había estanterías por todas partes, conteniendo hileras de libros con el lomo oscuro, cada uno de ellos del mismo tamaño y color de los que le rodeaban, como si el señor Ellis solo poseyera uno y lo tuviera repetido por toda la habitación. La chimenea estaba encendida, y en la repisa había unos pesados patos para usar de reclamo. El mohoso empapelado se veía interrumpido por litografías enmarcadas de barcos y buques.

El señor Ellis estaba cerca del fuego, sentado en un gran sillón orejero. Era muy, muy viejo y muy delgado. Una colcha de tartán le tapaba desde la cintura hasta los pies, envolviéndoselos.

Su calvicie era absoluta, y su cráneo parecía encogido y frío. Extendió los brazos hacia Ruth Thomas, abiertas sus temblorosas palmas. Sus ojos brillaban azules, llenos de lágrimas.

—Qué agradable volver a verle, señor Ellis —dijo Ruth.

Él sonrió y sonrió.

Capítulo 4

«Al arrastrarse por el fondo en busca de su presa, la langosta
se desplaza ágilmente con sus patas. Cuando se la saca del agua,
solo puede arrastrarse, debido al peso combinado de su cuerpo y
de sus pinzas, que sus delgadas patas no pueden sostener».

Francis Hobart Herrick, *La langosta americana:*
Un estudio acerca de sus costumbres y su desarrollo, 1895

Esa noche, cuando Ruth Thomas le dijo a su padre que había
estado en Ellis House, él le contestó:

—No me importa con quién pases el tiempo, Ruth.

Ruth había ido a buscar a su padre inmediatamente después
de haber dejado al señor Ellis. Bajó hacia el puerto y vio que su
barco todavía estaba allí, pero los otros pescadores dijeron que
hacía mucho que había dado por acabado el día. Intentó localizar-
le después en su casa, pero cuando le llamó, no obtuvo respuesta.
Así que Ruth cogió su bicicleta y se dirigió a la casa de los hermanos Addams para comprobar si se había ido a ver a Angus para
tomarse una copa con él. Y así era.

Los dos hombres estaban sentados en el porche, recostados
en las tumbonas, tomándose unas cervezas. Cookie, el perro del
Senador Simon, estaba tumbado a los pies de Angus, jadeando.

Anochecía, y había un resplandor dorado en el aire. Los murciélagos sobrevolaban lentamente. Ruth dejó su bicicleta en el patio y se dirigió al porche.

—Hola, papá.

—Hola, cariño.

—Hola, señor Addams.

—Hola, Ruth.

—¿Qué tal va el negocio de las langostas?

—Genial, genial —dijo Angus—. Estoy ahorrando para comprarme una pistola y poder volarme la puñetera cabeza.

Angus Addams, al contrario que su hermano gemelo, a medida que envejecía estaba cada vez más delgado. Tenía la piel ajada, a causa de todos los años que había pasado soportando todo tipo de climas. Guiñaba los ojos, como si siempre estuviese bajo la luz del sol. Se estaba quedando sordo tras pasarse la vida demasiado cerca de los ruidosos motores del barco, y hablaba a voces. Odiaba a casi todo el mundo en Fort Niles, y no había manera de callarle cuando se ponía a explicar, con todo lujo de detalles, el porqué.

La mayoría de los isleños temían a Angus Addams. Al padre de Ruth le caía bien. Cuando el padre de Ruth era joven, había trabajado de ayudante para Angus, y había sido un aprendiz listo, fuerte y ambicioso. Ahora, por supuesto, el padre de Ruth tenía su propio barco, y entre los dos hombres dominaban la industria de la langosta en Fort Niles. Avaricioso Número Uno y Avaricioso Número Dos. Pescaban en todo tipo de condiciones climáticas, sin límites de captura, sin piedad para con sus compañeros. Los chicos de la isla que trabajaban como ayudantes para Angus Addams y Stan Thomas solían dejarlo al cabo de unas cuantas semanas, incapaces de seguir su ritmo. Los otros pescadores —más borrachos, más gordos, más perezosos, más estúpidos (en opinión del padre de Ruth)— eran jefes más benévolos.

En cuanto al padre de Ruth, todavía era el hombre más atractivo de la isla de Fort Niles. Después de que la madre de Ruth se fuera, no había vuelto a casarse, pero Ruth sabía que tenía sus aventuras por ahí. Tenía sus sospechas acerca de quiénes eran sus acompañantes, pero él nunca le hablaba de ellas, y lo cierto es que prefería no pensarlo demasiado. Su padre no era alto, pero tenía anchas espaldas y caderas estrechas. «Nada de culo», le gustaba decir. Pesaba lo mismo a los cuarenta y cinco años que a los veinticinco. Era minuciosamente pulcro con su ropa y se afeitaba todos los días. Iba a que la señora Pommeroy le cortara el pelo cada dos semanas. Ruth sospechaba que podría haber algo entre su padre y la señora Pommeroy, pero le repelía tanto la idea que nunca intentó averiguarlo. El pelo del padre de Ruth era oscuro, castaño oscuro, y sus ojos eran casi verdes. Tenía bigote.

Ruth, con sus dieciocho años, pensaba que su padre estaba bastante bien. Sabía que tenía fama de roñoso y de acaparador de langostas, pero también sabía que esa reputación se había originado en las mentes de los isleños, que normalmente se gastaban en una sola noche en el bar el dinero de la captura de una semana. Eran hombres que pensaban que la frugalidad era algo ofensivo y arrogante. Eran hombres que no llegaban a la altura de su padre, y lo sabían, y les molestaba. Ruth también sabía que el mejor amigo de su padre era un bravucón y un racista, pero a ella siempre le había caído bien Angus Addams, de todos modos. Por lo menos, no pensaba que fuera un hipócrita, lo cual le colocaba por delante de mucha gente.

La mayor parte del tiempo, Ruth se las apañaba con su padre. Se llevaba mejor con él cuando no estaban trabajando juntos o cuando él no estaba intentando enseñarle a hacer algo, como conducir, o reparar una soga, o navegar con la ayuda de una brújula. En esas situaciones, lo más normal es que hubiera voces. No es que a Ruth le importara mucho que le gritara. Lo que no le gustaba era cuando su padre se quedaba callado. Por lo general, se quedaba en completo silencio cuando se tocaba cualquier tema que tuviese que ver con la madre de Ruth. Ella creía que se portaba como un cobarde. A veces su silencio la irritaba.

—¿Quieres una cerveza? —le preguntó Angus Addams a Ruth.

—No, gracias.

—Bien —dijo Angus—. Porque te hace un puñetero gordo.

—A usted no le ha engordado, señor Addams.

—Eso es porque trabajo.

—Ruth también puede trabajar —dijo Stan Thomas de su hija—. Tiene la idea de trabajar en un barco langostero este verano.

—Los dos lleváis diciendo eso un mes. El verano casi se ha acabado.

—¿Quieres cogerla como ayudante?

—Llévatela tú, Stan.

—Nos mataríamos el uno al otro —dijo el padre de Ruth—. Llévatela tú.

Angus Addams negó con la cabeza.

—Te diré la verdad —respondió—. No me gusta pescar con nadie, si puedo evitarlo. Antes pescábamos solos. Mucho mejor así. Sin tener que compartir beneficios.

—Sé que odias compartir —dijo Ruth.

—Lo cierto es que odio compartir, señorita. Y te diré por qué. En 1936 solo gané trescientos cincuenta dólares en todo el puñetero año, y me dejé los huevos pescando. Tuve unos trescientos dólares de gastos. Lo que me dejó unos cincuenta para sobrevivir todo el invierno. Y tenía que encargarme de mi puñetero hermano. Así que no, no voy a compartir si puedo evitarlo.

—Vamos, Angus. Dale un trabajo a Ruth. Es fuerte —dijo Stan—. Acércate, Ruth. Súbete las mangas, nena. Enséñanos lo fuerte que estás.

Ruth se acercó y, obediente, flexionó el brazo derecho.

—Aquí tiene su pinza de machacar —dijo su padre, apretándole el músculo. Después Ruth flexionó el brazo izquierdo, y él se lo agarró, diciendo—: ¡Y aquí tiene su pinza de pellizcar!

—Me cago en la hostia —contestó Angus.

—¿Está tu hermano por aquí? —le preguntó Ruth a Angus.

—Se ha ido a la casa de los Pommeroy —contestó Angus—. Está preocupado por ese puñetero mocoso.

—¿Está preocupado por Webster?

—Debería adoptar a ese puñetero bastardo.

—¿Así que el Senador te ha dejado a Cookie, entonces? —preguntó Ruth.

Angus volvió a gruñir y le dio al perro un empujón con el pie. Cookie se despertó y miró a su alrededor con tranquilidad.

—Por lo menos ha dejado al perro en buenas manos —sonrió el padre de Ruth—. Por lo menos Simon ha dejado a su perro con alguien que cuidará muy bien de él.

—Le cuidará con cariño —añadió Ruth.

—Odio a este puñetero perro —dijo Angus.

—¿De verdad? —preguntó Ruth, los ojos como platos—. ¿De veras? No tenía ni idea. ¿Tú lo sabías, papá?

—Nunca lo había oído, Ruth.

—Odio a este puñetero perro —repitió Angus—. Y el hecho de tener que alimentarlo me corroe el alma.

Ruth y su padre empezaron a reírse.

—Odio a este puñetero perro —repitió Angus, y alzó la voz a medida que recitaba los problemas que le ocasionaba Cookie—. El perro tiene una maldita infección de oído, y le tengo que comprar unas malditas gotas, y tengo que sujetar al perro dos veces al día mientras Simon se las pone. Tengo que *comprar* las puñeteras gotas cuando preferiría que el puñetero perro se quedara sordo. Se bebe el agua del retrete. Vomita todos los puñeteros días, y ni una sola vez en su vida ha hecho una caca consistente.

—¿Hay algo más que te moleste? —preguntó Ruth.

—Simon quiere que le muestre algo de puñetero cariño al perro, pero eso va totalmente en contra de mi instinto natural.

—¿Y cuál es? —preguntó Ruth.

—Pisotearle fuertemente con las botas.

—Eres terrible —dijo el padre de Ruth, y empezó a reírse—. Eres terrible, Angus.

Ruth entró en la casa y se sirvió un vaso de agua. La cocina de la casa de los Addams estaba inmaculada. Angus Addams era un cerdo, pero el Senador Simon Addams cuidaba de su hermano gemelo como si fuera una esposa, y mantenía el metal brillante y el congelador lleno. Ruth sabía con certeza que el Senador Simon se levantaba a las cuatro de la mañana todos los días y le hacía el desayuno a Angus (galletas, huevos, una porción de tarta) y le envolvía los bocadillos para que Angus pudiera comer en el barco. A los demás hombres de la isla les gustaba burlarse de Angus, diciendo que ojalá tuviesen lo que tenía él en su casa, y a Angus Addams le gustaba contestarles que cerraran sus puñeteras bocas, y que, por cierto, para empezar, no deberían haberse casado con esas putas vagas perezosas y gordas. Ruth miró por la ventana de la cocina hacia el patio trasero de la casa, donde la ropa de trabajo y la interior ondulaban en las cuerdas, secándose. Había bizcocho en la encimera, así que se cortó un pedazo y volvió al porche, mientras se lo comía.

—Yo no quiero, gracias —dijo Angus.

—Perdona. ¿Querías un poco?

—No, pero te aceptaré otra cerveza, Ruth.

—Te la traeré la siguiente vez que vaya a la cocina.

Angus alzó sus cejas en respuesta a lo que había dicho Ruth y silbó.

—Así es como las chicas educadas tratan a su amigos, ¿no?

—Oh, vamos.

—¿Es así como las chicas Ellis tratan a sus amigos?

Ruth no contestó, y su padre se puso a mirarse los pies. Se hizo un gran silencio en el porche. Ruth esperó para ver si su padre le recordaba a Angus Addams que Ruth era una chica Thomas, no una chica Ellis, pero su padre no dijo nada.

Angus dejó su botella de cerveza vacía en el suelo y dijo:

—Supongo que tendré que ir a por la mía. —Y entró en su casa.

El padre de Ruth la miró.

—¿Qué has hecho hoy, cariño? —preguntó.

—Podemos hablarlo mientras cenamos.

—Esta noche voy a cenar aquí. Podemos hablarlo ahora.

Así que ella le contó:

—Hoy he visto al señor Ellis. ¿Todavía quieres que lo hablemos ahora?

Su padre respondió neutral:

—No me importa lo que cuentes o cuándo lo cuentes.

—¿Te pone de mal humor que haya ido a verle?

En ese momento fue cuando volvió Angus Addams, justo mientras su padre contestaba:

—No me importa con quién pases el tiempo, Ruth.

—¿Con quién demonios está pasando ella el tiempo? —preguntó Angus.

—Lanford Ellis.

—Papá, no quiero hablar de eso ahora.

—Esos puñeteros hijos de mala madre otra vez —dijo Angus.

—Ruth se ha reunido con él.

—Papá…

—No debemos tener secretos con nuestros amigos, Ruth.

—Está bien —dijo Ruth, y le tiró a su padre el sobre que le había dado el señor Ellis. Él levantó la solapa y le echó una ojeada a los billetes que había dentro. Dejó el sobre en el reposabrazos de su silla.

—¿Qué coño es eso? —preguntó Angus—. ¿Qué es?, ¿un montón de dinero? ¿El señor Ellis te ha dado ese dinero, Ruth?

—Sí. Sí, me lo ha dado.

—Bueno, pues ya puedes ir devolviéndoselo.

—No creo que sea asunto tuyo, Angus. ¿Quieres que se lo devuelva, papá?

—No me importa si esa gente desperdicia su dinero, Ruth —dijo Stan Thomas. Pero volvió a coger el sobre, sacó los billetes, y los contó. Quince billetes. Quince billetes de veinte dólares.

—¿Para qué es ese puñetero dinero? —preguntó Angus—. ¿Para qué demonios es ese puñetero dinero?

—No te metas en esto, Angus —dijo el padre de Ruth.

—El señor Ellis dijo que era para que me divirtiera.

—¿Dinero divertido? —preguntó su padre.

—Dinero para divertirse.

—¿Dinero para divertirse? ¿Dinero para divertirse?

No contestó.

—Hasta ahora ha sido muy divertido —dijo su padre—. ¿Te estás divirtiendo, Ruth?

Siguió sin responder.

—Estos Ellis sí que saben cómo pasárselo bien.

—No sé para qué es, pero arrastra el culo hasta allí y devuélveselo —dijo Angus.

Los tres se quedaron sentados, con el dinero cerniéndose sobre ellos.

—Y otra cosa acerca de ese dinero —dijo Ruth.

El padre de Ruth se pasó la mano por la cara, una sola vez, como si se diera cuenta de repente de que estaba cansado.

—¿Sí?

—Otra cosa acerca de ese dinero. Al señor Ellis realmente le gustaría que utilizara una parte para ir a visitar a mamá. A mi madre.

—¡Cristo bendito! —explotó Angus Addams—. ¡Cristo bendito, has estado fuera todo el puñetero año, Ruth! ¡Acabas de volver aquí, y ya están intentando mandarte fuera de nuevo!

El padre de Ruth no dijo nada.

—Esa puñetera familia Ellis os domina por todos los puñeteros sitios, diciéndoos qué hacer y adónde ir y a quién ver —continuó Angus—. Hacéis todo lo que esa puñetera familia os manda. Te va a estropear igual que a tu puñetera madre.

—¡No te metas en esto, Angus! —gritó Stan Thomas.

—¿A ti te parecería bien, papá? —preguntó Ruth, cautelosa.

—¡Cristo bendito, Stan! —soltó Angus—. Dile a tu puñetera hija que se quede aquí, que este es su sitio.

—En primer lugar —dijo el padre de Ruth a Angus—, cierra la maldita boca.

No hubo un segundo lugar.

—Si no quieres que vaya a verla, no iré —dijo Ruth—. Si quieres que devuelva el dinero, devolveré el dinero.

El padre de Ruth toqueteó el sobre. Tras un breve silencio, le dijo a su hija:

—Me da igual con quién andes.

Le tiró el sobre de vuelta.

—Pero ¿qué te pasa? —bramó Angus Addams a su amigo—. Pero ¿qué coño os pasa a todos?

En cuanto a la madre de Ruth Thomas, ciertamente pasaba algo con ella.

La gente de la isla de Fort Niles siempre había tenido problemas con la madre de Ruth Thomas. El problema más grande eran sus antepasados. Ella no era exactamente igual a todas esas personas cuyas familias habían estado allí desde siempre. No era como todas esas personas que sabían exactamente quiénes eran sus ancestros. La madre de Ruth Thomas había nacido en la isla de Fort Niles, pero no era exactamente *de allí*. La madre de Ruth Thomas era problemática porque era la hija de una huérfana y de un inmigrante.

Nadie sabía el verdadero nombre de la huérfana; nadie sabía absolutamente nada acerca del inmigrante. La madre de Ruth Thomas, por tanto, tenía una genealogía que estaba sellada por ambas partes: dos callejones sin salida de información. La madre de Ruth Thomas no tenía progenitores, ni antepasados, ni características familiares documentadas que la ayudaran a definirse a sí misma. Mientras que Ruth Thomas podía rastrear hasta dos siglos de familiares de su padre sin tener que salir del cementerio de la isla de Fort Niles, no podía llegar más allá de la huérfana y el inmigrante que empezaban y finalizaban la breve historia de su madre. Aunque no se lo echaran en cara a su madre, en Fort Niles siempre la habían mirado con recelo. Era el fruto de dos enigmas, y no había misterio alguno en la familia de nadie más. Uno, sencillamente, no debería aparecer en Fort Niles sin una historia familiar que le explicara. Hacía que la gente se sintiera incómoda.

La abuela de Ruth Thomas —la madre de su madre— fue una huérfana con el insulso e improvisado nombre de Jane Smith. En 1884, siendo aún un bebé, la abandonaron en las escaleras del Hospital de Huérfanos Navales de Bath. Las enfermeras la recogieron, la bañaron y le pusieron ese nombre tan corriente, pensando que era tan bueno como cualquier otro. En aquella época, el Hospital para Huérfanos Navales era una institución relativamente nueva. Había sido fundado justo después de la guerra de Secesión para ayudar a los niños huérfanos a causa de esa guerra; concretamente, para los niños de los militares navales muertos en la batalla.

El Hospital de Huérfanos Navales de Bath era una institución rigurosa y bien organizada, donde se fomentaba la limpieza y el ejercicio y el hacer regularmente de vientre. Es posible que el bebé que se conoció como Jane Smith fuera la hija de un marinero, incluso de un oficial, pero no habían dejado ninguna pista en el bebé que lo indicara. No había nota, ni objeto revelador, ni ropa identificativa. Solo un bebé bastante sano, bien arropado y abandonado silenciosamente en los escalones del orfanato.

En 1894, cuando la huérfana llamada Jane Smith cumplió los diez años, fue adoptada por cierto caballero de nombre doctor Jules Ellis. Jules Ellis era un hombre joven, pero ya se había labrado su buena fama. Era el fundador de la Compañía Ellis de Granito, en Concord, Nueva Hampshire. Al parecer, el doctor Jules Ellis siempre pasaba sus vacaciones de verano en las islas de Maine, donde tenía varias lucrativas canteras en funcionamiento. Le gustaba Maine. Creía que los ciudadanos de Maine eran admirablemente robustos y decentes; así que, cuando decidió que le había llegado la hora de adoptar una niña, buscó una en un orfanato de Maine. Creyó que eso le garantizaría una niña fuerte.

Su razón para adoptarla fue la que sigue. El doctor Jules Ellis tenía una hija que era su favorita, una niña de nueve años muy mimada llamada Vera, que no dejaba de pedirle una hermana. Tenía numerosos hermanos, pero se aburría mortalmente con ellos, y quería una compañera de juegos para que le hiciera compañía durante los largos veranos que pasaban aislados en la isla de Fort Niles. Así que el doctor Jules Ellis buscó en Jane Smith una hermana para su pequeña.

—Esta es tu nueva hermana gemela —le dijo a Vera en su décimo cumpleaños.

Jane, de diez años, era una niña corpulenta y tímida. En su adopción, le pusieron el nombre de Jane Smith-Ellis, una invención que aceptó sin protestar, al igual que cuando la bautizaron por primera vez. El señor Jules Ellis le había colocado en el pelo un enorme lazo de color rojo el día que le presentó a su hija. Se hicieron fotografías aquel día; en ellas, el lazo parece ridículo puesto en la niña grande con el vestido del orfanato. El lazo parece un insulto.

Desde ese momento, Jane Smith-Ellis acompañó a Vera Ellis a todas partes. El tercer sábado de todos los junios, las chicas viajaban a la isla de Fort Niles, y el segundo sábado de todos los septiembres, Jane Smith-Ellis volvía con Vera Ellis a la mansión Ellis de Concord.

No hay ninguna razón para imaginar que la abuela de Ruth Thomas fuera considerada ni por un momento como la verdadera *hermana* de la señorita Vera Ellis. Aunque la adopción hacía que las chicas fueran parientes legalmente, la idea de que merecían respeto por igual en la mansión de los Ellis hubiera sido absurda. Vera Ellis no quería a Jane Smith-Ellis como a una hermana, pero confiaba en ella como en una criada. Aunque Jane Smith-Ellis tenía las responsabilidades de una doncella, era, por ley, un miembro de la familia, y por tanto, no recibía salario alguno por su trabajo.

—Tu abuela —había dicho siempre el padre de Ruth— fue la esclava de esa puñetera familia.

—Tu abuela —había dicho siempre la madre de Ruth— tuvo la suerte de ser adoptada por una familia tan generosa como los Ellis.

La señorita Vera Ellis no era una gran belleza, pero tenía las ventajas de la riqueza y siempre iba vestida con un gusto exquisito. Existían fotografías de la señorita Vera Ellis perfectamente conjuntada para nadar, montar a caballo, patinar, leer, y, en cuanto se hizo mayor, para bailar, conducir y casarse. Esos vestidos de comienzos de siglo eran muy pesados e intrincados. Era la abuela de Ruth Thomas la que conseguía abrocharle los botones a la señorita Vera Ellis, quien ordenaba sus guantes de cabritilla, quien cuidaba las plumas de sus sombreros, quien enjuagaba sus medias y encajes. Era la abuela de Ruth Thomas quien seleccionaba, colocaba y guardaba en la maleta los corsés, combinaciones, zapatos, miriñaques, parasoles, vestidos de fiesta, polvos de maquillaje, broches, capas, vestidos de algodón y bolsos de mano que necesitaba la señorita Vera Ellis para su estancia veraniega en la isla de Fort Niles todos los años. Era la abuela de Ruth Thomas la que volvía a guardar en las maletas todos los accesorios de la señorita Vera para su regreso a Concord cada otoño, sin perder ni uno solo.

Por supuesto, era probable que la señorita Vera Ellis fuera de visita a Boston un fin de semana, o a Hudson Valley en octubre, o a París, para refinarse aún más. Y también había que atenderla en todas esas circunstancias. La abuela de Ruth Thomas, la huérfana Jane Smith-Ellis, lo hacía muy bien.

Jane Smith-Ellis tampoco era una belleza. Ninguna de las dos mujeres maravillaba. En las fotografías, la señorita Vera Ellis por lo menos tiene una expresión vagamente interesante en su cara —una expresión altanera—, pero la abuela de Ruth ni siquiera muestra eso. De pie, detrás de la exquisitamente aburrida señorita Vera Ellis, Jane Smith-Ellis no deja entrever nada en su rostro. Nada de inteligencia, ni una barbilla decidida, ni una boca huraña. No hay vitalidad en ella, pero tampoco bondad. Solo un cansancio profundo y apagado.

En el verano de 1905, la señorita Vera Ellis se casó con un chico de Boston, llamado Joseph Hanson. El matrimonio fue de poca importancia, lo que significa que la familia de Joseph Hanson era bastante buena, pero los Ellis eran mucho mejores, así que la señorita Vera conservaba todo el poder. No le incomodó excesivamente ese matrimonio. Nunca se refirió a sí misma como la señora de Joseph Hanson, siempre se la conoció por la señorita Vera Ellis. La pareja vivía en la casa familiar de la novia, la mansión Ellis, en Concord. El tercer sábado de junio, la pareja seguía el protocolo establecido de mudarse a la isla de Fort Niles, y el segundo sábado de septiembre, volverse a Concord.

Lo que es más, el matrimonio entre la señorita Vera Ellis y Joe Hanson no cambió para nada la vida de la abuela de Ruth. Las responsabilidades de Jane Smith-Ellis todavía estaban muy claras. Por supuesto, ella fue quien atendió a la señorita Vera el mismo día de su boda. (No como dama de honor. Las hijas de los amigos de la familia y las primas ocuparon ese puesto. Jane era la ayudante que vistió a la señorita Vera, se las apañó con las docenas de botones de perla que bajaban por la espalda del vestido, le abrochó las botas con las que se iba a casar y le colocó el velo, procedente de Francia). La abuela de Ruth también acompañó a la señorita Vera a su luna de miel en las Bermudas. (Para recoger las sombrillas en la playa, quitar la arena del pelo de la señorita Vera, tender los trajes de baño para que se secaran sin decolorarse por el sol).

Y la abuela de Ruth se quedó con la señorita Vera después de la boda y la luna de miel.

La señorita Vera y Joseph Hanson no tenían hijos, pero Vera tenía unas obligaciones sociales muy serias. Tenía todos esos eventos a los que acudir y todas esas reuniones que tener en cuenta y cartas que escribir. La señorita Vera solía quedarse en la cama todas las mañanas, después de picotear el desayuno que la abuela de Ruth le había traído en una bandeja, y le dictaba —como una complaciente imitación de una persona con un trabajo de verdad dictándole a un empleado auténtico— las responsabilidades de ese día.

—Mira a ver si te puedes encargar de eso, Jane —decía.

Todos los días, durante años y años.

Seguramente la rutina hubiese continuado durante muchos más años de no ser por un acontecimiento en particular. Jane Smith-Ellis se quedó embarazada. A finales de 1925, la huérfana callada que los Ellis habían adoptado del Hospital de Huérfanos Navales de Bath estaba embarazada. Jane tenía cuarenta y un años. Era inimaginable. No hace falta decir que no se había casado, y que a nadie se le había ocurrido la posibilidad de que tuviese un pretendiente. Nadie de la familia Ellis, por supuesto, veía en Jane Smith-Ellis a una mujer capaz de mantener relaciones íntimas. Nunca se les ocurrió que tuviese algún amigo, mucho menos un amante. Era algo en lo que jamás habían pensado. Otros criados estaban constantemente enredados en todo tipo de situaciones estúpidas, pero Jane era demasiado práctica y demasiado necesaria como para meterse en problemas. La señorita Vera no podía pasar sin Jane el tiempo suficiente como para que esta *encontrara* problemas. Y, para empezar, ¿por qué iba Jane a buscarse problemas?

La familia Ellis, ciertamente, tenía sus preguntas con respecto al embarazo. Tenía muchas preguntas. Y exigencias. ¿Cómo había llegado a pasar? ¿Quién era el responsable de este desastre? Pero la abuela de Ruth Thomas, que normalmente era muy obediente, no les contó nada, a excepción de un detalle.

—Es italiano —dijo.

¿Italiano? ¿Italiano? ¡Intolerable! ¿Cómo iban ellos a imaginárselo? Obviamente, el responsable era uno de los cientos de inmigrantes italianos que trabajaban en las canteras de la Compañía Ellis de Granito en Fort Niles. Eso era totalmente incomprensible para la familia Ellis. ¿Cómo había llegado Jane Smith-Ellis hasta las canteras? Y lo que era todavía más desconcertante, ¿cómo un trabajador había llegado hasta *ella*? ¿Había visitado la abuela de Ruth las casas de la miseria, donde vivían los italianos, en medio de la noche? ¿O —¡qué horror!— había entrado un trabajador italiano en la casa de los Ellis? Impensable. ¡Había habido algún otro encuentro? ¿Quizás durante años? ¿Había tenido otros amantes? ¿Era esto un error aislado?, ¿o era que Jane llevaba una perversa y doble vida? ¿Había sido una violación? ¿Un capricho? ¿Una aventura?

Los trabajadores italianos de las canteras no hablaban inglés. Se les sustituía constantemente, e, incluso para sus supervisores inmediatos, eran anónimos. En lo que concernía a los antiguos supervisores de la cantera, los italianos podrían haber tenido cabezas intercambiables. Nadie pensaba en ellos como personas individuales. Eran católicos. No tenían ningún intercambio social con la población de la isla, y mucho menos con nadie relacionado con la familia Ellis. En su mayor parte, a los italianos se les ignoraba. La verdad es que solo se les prestaba atención cuando se les atacaba. El periódico de la isla de Fort Niles, que cerró poco después de que se abandonara la industria del granito, había publicado de vez en cuando artículos denunciando a los italianos.

De *El Clarín de Fort Niles* en febrero de 1905: «Estos Garibaldis constituyen los seres más viles y pobres de Europa. Sus hijos y esposas están tullidos y lisiados por las iniquidades de los hombres italianos».

«Estos napolitanos», rezaba un artículo posterior, «asustan a nuestros niños, que tienen que pasar a su lado mientras ellos parlotean terriblemente y ladran por nuestras carreteras».

Era impensable que un italiano, un Garibaldi, un napolitano, hubiese podido entrar en la mansión de los Ellis. Pero cuando la familia Ellis preguntó quién era el padre de su hijo, la única respuesta de la abuela de Ruth Thomas fue:

—Es italiano.

Se habló de tomar medidas. El doctor Jules Ellis quería que a Jane se la despidiera inmediatamente, pero su esposa le recordó que sería un poco difícil y de muy mala educación despedir a una mujer que, después de todo, no era una empleada, sino un miembro legal de la familia.

—¡Desherédala, entonces! —bramaron los hermanos de Vera Ellis, pero Vera no quería ni oír hablar de ello. Jane había cometido un error, y Vera se sentía traicionada; pero, pese a todo, Jane era indispensable. No, no había manera de evitarlo: Jane debía quedarse con la familia porque Vera Ellis no podía vivir sin ella. Incluso los hermanos de Vera tuvieron que admitir que llevaba razón. Vera, al fin y al cabo, era una persona imposible y, sin los cuidados constantes de Jane, se habría convertido en una pequeña arpía homicida. Así que sí, Jane tenía que quedarse.

Lo que Vera exigió, en lugar de una sanción para Jane, fue un castigo colectivo para la comunidad italiana de Fort Niles. Puede que no le sonara la expresión «linchamiento popular», pero no estaba muy lejos de lo que ella tenía en mente. Le preguntó a su padre si sería demasiado problema reunir a unos cuantos italianos y que les dieran una paliza, o que les incendiaran una casa de la miseria o dos, ya sabía a lo que se estaba refiriendo. Pero el doctor Jules Ellis no quiso ni oírla. El doctor Ellis era un hombre de negocios demasiado astuto como para interrumpir el trabajo en las canteras o perjudicar a unos buenos trabajadores, así que decidió echar tierra sobre todo el asunto. Lo manejaría lo más discretamente posible.

Jane Smith-Ellis se quedó con la familia Ellis durante su embarazo, cumpliendo sus obligaciones con la señorita Vera.

Su bebé nació en la isla en junio de 1926, la misma noche que la familia Ellis llegaba a Fort Niles para pasar allí el verano. Nadie había considerado la posibilidad de cambiar las fechas para facilitarle las cosas a una embarazadísima Jane. En su estado, Jane no debería haberse acercado a un barco, pero Vera la obligó a viajar pese a estar embarazada de nueve meses. El bebé prácticamente nació en el puerto de Fort Niles. Y esa niñita se llamó Mary. Era la hija ilegítima de una huérfana y un inmigrante, y era la madre de Ruth.

La señorita Vera dio a la abuela de Ruth una semana libre de sus obligaciones tras el difícil alumbramiento de Mary. A finales de esa semana, Vera mandó llamar a Jane y le dijo, casi con lágrimas en los ojos:

—Te necesito, querida. La niña es encantadora, pero necesito que me ayudes. Sencillamente, no puedo estar sin ti. Ahora tendrás que ocuparte *de mí*.

De ese modo, Jane Smith-Ellis empezó con su horario de quedarse despierta toda la noche para cuidar a su bebé y de trabajar durante todo el día para la señorita Vera, cosiendo, vistiéndola, trenzándole el pelo, preparándole el baño, abotonando y desabotonando vestido tras vestido. Los criados de Ellis House intentaban cuidar de la niña durante el día, pero ellos también tenían sus propias tareas que hacer. La madre de Ruth, aunque legalmente y por derecho era una Ellis, se pasó la infancia en los cuartos del servicio, en las despensas y en los cobertizos, pasando de unas manos a otras, en silencio, como si fuera un artículo de contrabando. Era igual en el invierno, cuando la familia regresaba a Concord. Vera no le daba a Jane ni un respiro.

A principios de julio de 1927, cuando Mary acababa de cumplir un año, la señorita Vera Ellis enfermó de rubeola y tuvo una fiebre muy alta. Un médico, uno de los invitados veraniegos de la familia en Fort Niles, le puso un tratamiento con morfina, que aligeró el malestar de Vera e hizo que durmiera muchas horas al día. Esas horas le dieron a Jane Smith-Ellis el primer periodo de descanso que había tenido desde que llegó a Ellis House siendo una niña. Era la primera vez que disfrutaba de tiempo libre, su primera suspensión de obligaciones.

Y así, una tarde, mientras la señorita Vera y Mary estaban durmiendo, la abuela de Ruth salió de la casa, bajando por la escarpada colina de la orilla oriental de la isla. ¿Era este su primer paseo? ¿Las primeras horas libres de su vida? Probablemente. Llevaba su labor de punto en una bolsa negra. Hacía un día agradable, con buen tiempo, y el mar estaba tranquilo. Ya en la playa, Jane Smith-Ellis se subió a una roca grande que se adentraba en el mar, y allí se acomodó, tejiendo en silencio. Las olas subían y bajaban suavemente por debajo de ella. Las gaviotas volaban en círculos. Estaba sola. Siguió tejiendo. El sol brillaba.

En Ellis House, después de unas horas, la señorita Vera se despertó e hizo sonar su campana. Tenía sed. Una doncella acudió a su habitación con un vaso de agua, pero la señorita Vera no se lo bebió.

—Quiero a Jane —dijo—. Eres un tesoro, pero quiero a mi hermana Jane. ¿Irías a buscarla? ¿Dónde estará?

La doncella trasladó su petición al mayordomo. El mayordomo hizo llamar a un ayudante de jardinero y le dijo que trajera a Jane Smith-Ellis. El joven jardinero caminó por entre las colinas hasta que divisó a Jane abajo, sentada en su roca, tejiendo.

—¡Señorita Jane! —gritó, y le hizo un gesto con la mano.

Ella miró hacia arriba y le saludó.

—¡Señorita Jane! —gritó—. ¡La señorita Vera la requiere!

Ella asintió y sonrió. Y entonces, como relató después el joven jardinero, una gran ola silenciosa se levantó desde el fondo del mar y cubrió por completo la enorme roca en la que Jane Smith-Ellis estaba sentada. Cuando se retiró la ola gigantesca, ella había desaparecido. La marea volvió a su balanceo suave, y no había señal alguna de Jane. El jardinero llamó a los otros criados, que se apresuraron a bajar la colina para buscarla, pero no pudieron encontrar ni siquiera uno de sus zapatos. Se había ido. Sencillamente, se la había tragado el mar.

—Tonterías —declaró la señorita Vera Ellis cuando se le informó de que Jane había desaparecido—. Por supuesto que no ha desaparecido. Id a buscarla ahora mismo, y encontradla.

Los criados buscaron y los habitantes de la isla de Fort Niles también la buscaron, pero nadie encontró a Jane Smith-Ellis. Durante días, los grupos de búsqueda rastrearon las playas, pero nunca se descubrió ningún resto.

—Tenéis que encontrarla —la señorita Vera seguía ordenando—. La necesito. Nadie más puede ayudarme.

Y así continuó durante semanas, hasta que su padre, el doctor Jules Ellis, fue a su habitación con sus cuatro hermanos y le explicó las circunstancias detalladamente.

—Lo siento muchísimo, cariño —le dijo el doctor Ellis a su única hija concebida—. Lo siento mucho, pero Jane ha desaparecido. Es inútil que se siga buscando más.

La señorita Vera frunció el ceño, testaruda.

—¿No puede alguien encontrar su *cuerpo* por lo menos? ¿No puede alguien *dragar*?

El hermano más pequeño de la señorita Vera se burló de ella.

—No se puede *dragar* el mar, Vera, como si fuese un estanque.

—Pospondremos el funeral lo más que podamos —le aseguró el doctor Ellis a su hija—. A lo mejor el cuerpo de Jane aparece para entonces. Pero debes dejar de decirles a los criados que busquen a Jane. Es una pérdida de tiempo, y tienen que seguir atendiendo la casa.

—Está visto —explicó a Vera su hermano mayor, Lanford— que no van a encontrarla. Nadie encontrará nunca a Jane.

La familia Ellis esperó para celebrar el funeral hasta la primera semana de septiembre. Y entonces, dado que tenían que regresar a Concord en unos días, no pudieron posponer más el evento. Ni se mencionó el esperar a que regresaran a Concord, donde se podría poner una lápida en el terreno familiar; allí no había lugar para Jane. Fort Niles parecía ser un lugar tan bueno como cualquier otro para celebrar el funeral de Jane. Sin cuerpo que enterrar, el funeral de la abuela de Ruth fue más una conmemoración que unas exequias. No era algo fuera de lo común en la isla, donde los cuerpos de los que se ahogaban a menudo no se recuperaban. Se colocó una piedra en el cementerio de Fort Niles, tallada en el granito negro de Fort Niles. Decía:

JANE SMITH-ELLIS
? 1884 - 10 JULIO 1927
SE LA ECHARÁ MUCHO DE MENOS

La señorita Vera asistió con resignación al servicio religioso. Todavía no podía aceptar que Jane la hubiera abandonado. De hecho, estaba muy enfadada. Cuando acabó el funeral, la señorita Vera pidió a uno de los criados que le trajera a la hija de Jane. Mary tenía poco más de un año. Llegaría a ser la madre de Ruth Thomas, pero en aquel momento era una niña pequeña. La señorita Vera cogió a Mary Smith-Ellis en sus brazos y la acunó. Sonrió a la pequeña y le dijo:

—Bueno, pequeña Mary. Ahora te prestaremos atención a ti.

Capítulo 5

«La popularidad de la langosta se extiende más allá
de las fronteras de nuestra isla, y se esparce por todos
los lugares del mundo conocidos, como un espíritu apresado
al que hubiesen soldado dentro de una caja hermética».

WILLIAM B. LORD, *Cangrejos, gambas y langostas,* 1867

Cal Cooley lo organizó todo para que Ruth Thomas visitara a su madre en Concord. Lo arregló todo y después llamó a Ruth y le dijo que estuviera en su veranda, con las maletas preparadas, a las seis de la mañana siguiente. Ella le dijo que sí, pero justo antes de las seis cambió de opinión. Tuvo un pequeño ataque de pánico y salió huyendo. No llegó muy lejos. Dejó las maletas en el porche de la casa de su padre y corrió a la casa vecina, la de la señora Pommeroy.

Ruth supuso que la señora Pommeroy estaría levantada y que le daría de desayunar si iba a visitarla. De hecho, la señora Pommeroy se había levantado ya, pero no estaba sola y tampoco estaba preparando el desayuno. Estaba pintando la cocina. Sus dos hermanas mayores, Kitty y Gloria, estaban ayudándola. Las tres llevaban puestas grandes bolsas de basura negras para protegerse la ropa, con las cabezas y los brazos saliendo a través del plástico.

A Ruth le quedó muy claro que las tres mujeres habían estado despiertas toda la noche. Cuando Ruth entró en la casa, las mujeres se abalanzaron sobre ella al mismo tiempo, aplastándola entre las tres y manchándola de pintura.

—¡Ruthie! —gritaron—. ¡Ruthie!

—¡Son las seis de la mañana! —dijo Ruth—. ¡Miraos!

—¡Pintando! —gritó Kitty—. ¡Estamos pintando!

Kitty le arreó a Ruth con la brocha, esparciendo todavía más pintura por la camisa de Ruth, y después cayó de rodillas, riéndose. Kitty estaba borracha. Kitty, de hecho, siempre estaba borracha. («Su abuela era igual —le había contado una vez el Senador Simon a Ruth—. Siempre levantando las tapas de los depósitos de gasolina de los viejos Ford T e inhalando los gases. Se paseó mareada por la isla durante toda su vida»). Gloria ayudó a su hermana a que se pusiera en pie. Kitty se colocó una mano en la boca con delicadeza, para dejar de reírse, y después se llevó ambas manos a la cabeza, con gesto de señora de clase alta, para arreglarse el pelo.

Las tres hermanas Pommeroy tenían un pelo magnífico, que llevaban recogido en un moño de la misma manera que había hecho famosa la belleza de la señora Pommeroy. El pelo de la señora Pommeroy se volvía más plateado cada año que pasaba. Hasta tal punto que, cuando giraba la cabeza a la luz del sol, centelleaba como una trucha que estuviera nadando. Kitty y Gloria tenían la misma melena esplendorosa, pero no eran tan atractivas como la señora Pommeroy. Gloria tenía un rostro serio e infeliz, y Kitty tenía la cara estropeada, con una cicatriz de quemadura en una mejilla, gruesa como un callo, debida a una explosión en una fábrica de conservas muchos años antes.

Gloria, la mayor, nunca se había casado. Kitty, la siguiente, estaba casada a ratos con el hermano del padre de Ruth, el insensato tío de Ruth, Len Thomas. Kitty y Len no habían tenido hijos. La señora Pommeroy era la única de las hermanas Pommeroy que había tenido descendencia, esa gran camada de hijos; Webster y Conway y Fagan y todos los demás. En ese momento, en 1976, los chicos ya eran mayores. Cuatro de ellos se habían ido de la isla, y habían encontrado otra manera de ganarse la vida en cualquier rincón del planeta, pero Webster, Timothy y Robin todavía vivían en casa. Vivían en sus antiguas habitaciones, en la gran casa que estaba al lado de la de Ruth y su padre. Webster, por supuesto, no tenía trabajo, pero Timothy y Robin trabajaban en los barcos, como ayudantes. Los chicos Pommeroy solo encontraban trabajos temporales, en los barcos de otra gente. No tenían botes propios, no tenían una manera real de ganarse la vida. Todo apuntaba a que Timothy y Robin seguirían siendo empleados para siempre. Esa mañana, los dos ya estaban fuera, pescando; habían estado fuera desde antes del amanecer.

—¿Qué vas a hacer hoy, Ruthie? —preguntó Gloria—. ¿Qué estás haciendo levantada tan temprano?

—Escondiéndome de alguien.

—¡Quédate, Ruthie! —dijo la señora Pommeroy—. ¡Te puedes quedar y mirarnos!

—Tendré que estar más *atenta* —dijo Ruth, señalando la pintura que había caído en su falda. Kitty volvió a caer de rodillas con esta ocurrencia, sin parar de reír. Kitty siempre se tomaba las bromas muy a pecho, como si le golpearan físicamente. Gloria esperó a que Kitty dejara de reírse y otra vez la ayudó a levantarse. Kitty suspiró y se retocó el pelo.

Todas las cosas de la cocina de la señora Pommeroy estaban amontonadas en la mesa o cubiertas con sábanas. Las sillas de la cocina estaban en el salón, encima del sofá, para que no molestaran. Ruth cogió una y se sentó en medio de la cocina mientras las tres hermanas Pommeroy seguían pintando. La señora Pommeroy estaba repasando las repisas de las ventanas con un pincel. Gloria estaba pintando una pared con el rodillo. Kitty estaba rascando la pintura antigua de otra con estocadas borrachas y absurdas.

—¿Cuándo has decidido pintar la cocina? —preguntó Ruth.

—Ayer por la noche —contestó la señora Pommeroy.

—¿A que es un color espantoso, Ruthie? —preguntó Kitty.

—Es bastante horrible.

La señora Pommeroy se apartó de la repisa y examinó su trabajo.

—Es horrible —admitió, sin tristeza alguna.

—¿Eso es pintura para boyas? —adivinó Ruth—. ¿Estás pintando la cocina con pintura para boyas?

—Me temo que es pintura para boyas, cariño. ¿Reconoces este color?

—No me lo puedo creer —dijo Ruth, porque de hecho sí reconocía el color. Asombrosamente, la señora Pommeroy estaba pintando la cocina con el tono exacto que su marido muerto había usado para pintar las boyas de sus trampas: un llamativo verde lima que hacía daño a los ojos. Los pescadores de langostas siempre utilizaban colores chillones para sus boyas, porque les ayudaban a distinguir dónde estaban sus trampas en contraste con el azul monótono del mar, hiciera el tiempo que hiciese. Era pintura industrial y consistente, totalmente inadecuada para el trabajo que tenían entre manos.

—¿Te da miedo no poder ver tu cocina en la niebla? —preguntó Ruth.

Kitty cayó de rodillas por la risa. Gloria frunció el ceño y dijo:

—Oh, por el amor de Dios, Kitty. Contrólate un poco. —La ayudó a levantarse.

Kitty se tocó el pelo y dijo:

—Si tuviese que vivir en una cocina de este color, vomitaría por todos los rincones.

—¿Está permitido usar pintura para boyas en una casa? —preguntó Ruth—. ¿No se supone que tienes que utilizar una pintura específica? ¿Te saldrá cáncer o algo así?

—No lo sé —contestó la señora Pommeroy—. Encontré todas estas latas de pintura en el cobertizo ayer por la noche, y pensé: ¡mejor no malgastarlas! Y me recuerda a mi marido. Cuando Kitty y Gloria vinieron a cenar, empezamos a reírnos, y lo siguiente de lo que me acuerdo es de estar pintando la cocina. ¿Qué te parece?

—¿Sinceramente? —preguntó Ruth.

—No importa —dijo la señora Pommeroy—. A mí me gusta.

—Si tuviera que vivir en esta cocina, vomitaría tanto que se me caería la cabeza —anunció Kitty.

—Cuidado, Kitty —dijo Gloria—. Puede que tengas que vivir en esta cocina muy pronto.

—¡Y una *mierda!*

—Kitty se puede quedar en esta casa siempre que quiera —dijo la señora Pommeroy—. Ya lo sabes, Kitty. Tú también lo sabes, Gloria.

—Qué mala eres, Gloria —dijo Kitty—. Eres una puñetera pécora.

Gloria siguió pintando la pared, con la boca apretada y su rodillo acumulando pulcros y firmes brochazos de color.

Ruth preguntó:

—¿El tío Len te está echando de casa otra vez, Kitty?

—Sí —dijo Gloria, en voz baja.

—¡No! —contestó Kitty—. ¡No, no me está echando de casa, Gloria! ¡Eres una bruja, Gloria!

—Dice que la echará de la casa si no deja de beber —dijo Gloria, con la misma voz baja.

—¿Entonces por qué coño no deja él de beber? —quiso saber Kitty—. Len me dice que tengo que dejar de beber, pero nadie bebe tanto como él.

—Kitty se puede mudar conmigo cuando quiera —dijo la señora Pommeroy.

—¿Por qué coño puede beber él todos los puñeteros días? —gritó Kitty.

—Bueno —dijo Ruth—, porque es un viejo y repugnante alcohólico.

—Es un capullo —dijo Gloria.

—Tiene el capullo más grande de esta isla; eso seguro —respondió Kitty.

Gloria siguió pintando, pero la señora Pommeroy se rio. De la parte de arriba les llegó el sonido de un bebé llorando.

—Oh, vaya —dijo la señora Pommeroy.

—Ya lo has conseguido —dijo Gloria—. Ya has despertado al puñetero bebé, Kitty.

—¡No he sido yo! —gritó Kitty, y el llanto del bebé se convirtió en un aullido.

—Oh, vaya —repitió la señora Pommeroy.

—Dios, qué bebé más ruidoso —dijo Ruth.

Y Gloria le contestó:

—No me jodas, Ruth.

—¿Supongo que Opal está en casa, entonces?

—Volvió aquí hace unos cuantos días, Ruth. Creo que Robin y ella se han reconciliado, lo cual está bien. Ahora son una familia, y deberían estar juntos. Creo que los dos son bastante maduros. Los dos se están haciendo mayores.

—La verdad es que —dijo Gloria— su familia se cansó de ella y nos la enviaron de vuelta.

Oyeron unas pisadas arriba y el llanto disminuyó. Poco después, Opal bajó, con el bebé en brazos.

—Siempre hablas muy alto, Kitty —se quejó Opal—. Siempre despiertas a mi Eddie.

Opal era la esposa de Robin Pommeroy, algo que todavía maravillaba a Ruth: el gordo y torpe Robin Pommeroy, de diecisiete años, tenía esposa. Opal era de Rockland y también tenía diecisiete años. Su padre poseía una gasolinera. Robin la había conocido en sus viajes a la ciudad, cuando estaba llenando latas de gasolina para su camioneta de la isla. Era bastante guapa

(«Una zorrita bastante bonita», dijo Angus Addams), con su cabello rubio ceniza repartido en dos coletas mal hechas. Esa mañana, llevaba puesta una bata de andar por casa y unas zapatillas raídas, y arrastraba los pies como una vieja. Estaba más gorda de lo que recordaba Ruth, pero es que no la había visto desde el verano anterior. El bebé llevaba un abultado pañal y tenía solo un calcetín. Se sacó los dedos de la boca e intentó agarrar el aire.

—¡Oh, Dios mío! —exclamó Ruth—. ¡Está muy grande!

—Hola, Ruth —dijo Opal con timidez.

—Hola, Opal. ¡Tu bebé está muy grande!

—No sabía que habías vuelto del colegio, Ruth.

—Hace casi un mes que he vuelto.

—¿Contenta de haber vuelto?

—Claro que sí.

—Volver a Fort Niles es como caerte de un caballo —dijo Kitty Pommeroy—. Nunca lo olvidas.

Ruth no le hizo caso.

—¡Tu bebé está enorme, Opal! ¡Eh, aquí, Eddie! ¡Hola, Eddie!

—¡Es cierto! —dijo Kitty—. ¡Es nuestro muchachote grande! ¿A que sí, Eddie? ¿A que eres nuestro muchachote?

Opal colocó a Eddie de pie en el suelo entre sus piernas, y le dejó sus índices para que se los agarrara. Él trató de juntar sus rodillas, y se tambaleó como un borracho. Su tripita sobresalía por encima del pañal de una manera cómica, y sus piernas regordetas estaban en tensión. Sus brazos parecían estar compuestos de varios segmentos y tenía papada. Le brillaba el pecho, lleno de babas.

—¡Oh, qué grande es! —La señora Pommeroy esbozó una amplia sonrisa. Se arrodilló delante de Eddie y le pellizcó las mejillas—. ¿Quién es mi chico grande? ¿Cómo eres de grande? ¿Cómo de grande es Eddie?

Eddie, encantado, gritó:

—¡Gah!

—Oh, es grande, sí que lo es —dijo Opal, satisfecha—. Casi no puedo llevarle en brazos. Incluso Robin dice que pesa mucho para él. Así que Robin dice que más le vale aprender a caminar pronto.

—¡Mira quién va a ser un pescador grandote! —dijo Kitty.

—No creo haber visto a un bebé tan grande y saludable —dijo Gloria—. Mira esas piernas. Este niño va a ser futbolista, seguro. ¿No es el bebé más grande que jamás hayas visto, Ruth?

—Es el bebé más grande que jamás he visto. —Ruth estuvo de acuerdo.

Opal se sonrojó.

—Todos los bebés de mi familia han sido grandes. Eso es lo que dice mi madre. Y Robin también fue un bebé muy grande. ¿No es así, señora Pommeroy?

—Oh, sí, Robin fue un muchachote muy grande. ¡Pero no tan grande como el gran señor Eddie! —La señora Pommeroy le hizo cosquillas en la barriga a Eddie.

—¡Gah! —gritó él.

Opal dijo:

—Casi no puedo darle suficiente de comer. Deberías verlo a la hora de las comidas. ¡Come más que yo! ¡Ayer se comió cinco lonchas de beicon!

—¡Oh, Dios mío! —dijo Ruth. ¡Beicon! No podía dejar de mirar al niño. No se parecía a ningún bebé que hubiese visto hasta entonces. Parecía un hombre calvo y gordo, empequeñecido hasta medir medio metro.

—Tiene un apetito muy grande, esa es la razón. ¿A que sí? ¿A que sí, mi grandullón? —Gloria cogió en brazos a Eddie con un gruñido y le cubrió de besos la mejilla—. ¿A que sí, mejillas gorditas? Tienes un saludable y gran apetito. Porque eres nuestro pequeño leñador, ¿a que sí? Eres nuestro pequeño futbolista, ¿a que sí? Eres el pequeñín más grande del mundo entero.

El bebé se quejó e intentó dar una patada a Gloria. Opal se levantó.

—Ya lo cojo yo, Gloria. Tiene el pañal lleno de caca. —Sostuvo a Eddie y dijo—: Voy arriba a limpiarle. Después os veo. Hasta luego, Ruth.

—Hasta luego, Opal —dijo Ruth.

—¡Adiós, grandullón! —le dijo Kitty, y despidió con la mano a Eddie.

—¡Adiós, muchachote guapo! —le despidió Gloria.

Las hermanas Pommeroy observaron a Opal dirigirse a las escaleras, y sonrieron y saludaron a Eddie hasta que dejaron de verle. Entonces oyeron los pasos de Opal en la habitación de arriba y todas dejaron de sonreír al mismo tiempo.

Gloria se frotó las manos para limpiarlas, se giró hacia sus hermanas y dijo muy seria:

—Ese bebé es demasiado grande.

—Le alimenta demasiado —dijo la señora Pommeroy, frunciendo el ceño.

—No es bueno para su corazón —sentenció Kitty.

Las mujeres siguieron pintando.

Kitty enseguida volvió a hablar de su marido, Len Thomas.

—Oh, sí, me pega, claro —le dijo a Ruth—. Pero te voy a decir una cosa. No me puede ofrecer nada peor de lo que yo le puedo ofrecer a él.

—¿Qué? —preguntó Ruth—. ¿Qué es lo que me quiere decir, Gloria?

—Kitty está intentando decir que Len no puede pegarle más fuerte de lo que ella le puede pegar a él.

—Eso es verdad —dijo la señora Pommeroy, con orgullo—. Kitty es capaz de propinar un buen puñetazo.

—Es cierto —dijo Kitty—. Puedo atravesarle la cabeza con la puta puerta si me apetece.

—Y él te haría lo mismo a ti, Kitty —dijo Ruth—. Bonito acuerdo.

—Bonito matrimonio —dijo Gloria.

—Pues sí —dijo Kitty, satisfecha—. Es un buen matrimonio. No es que tú sepas mucho de eso, Gloria. Y nadie está echando a nadie de la casa de nadie.

—Ya veremos —dijo Gloria, en voz muy baja.

La señora Pommeroy había sido bastante traviesa de joven, pero dejó de beber cuando se ahogó el señor Pommeroy. Gloria nunca había sido una fresca. Kitty también había sido bastante retozona de joven, pero ella había continuado siéndolo. Era una borrachina de toda la vida, una gruñona, una adormilada. Kitty Pommeroy era en lo que se podría haber convertido la señora Pommeroy si hubiera seguido dándole a la botella. Kitty había vivido fuera de la isla un tiempo, cuando era joven. Había trabajado en una fábrica de conservas de arenques durante años y años y había ahorrado todo ese dinero para comprarse un descapotable potente. Y se había acostado con docenas de hombres, o eso era lo que contaba Gloria. Kitty había tenido abortos, contaba Gloria, y por eso ahora Kitty no podía tener hijos. Después de la explosión en la fábrica, Kitty Pommeroy había vuelto a Fort Niles. Se las apañó con Len Thomas, otro borracho de primera, y los dos se habían estado pegando desde entonces. Ruth no podía soportar a su tío Len.

—Tengo una idea, Kitty —dijo Ruth.

—¿Ah, sí?

—¿Por qué no matas al tío Len mientras duerme, una noche de estas? —Gloria se rio, y Ruth continuó—: ¿Por qué no le pegas con un bate hasta que se muera, Kitty? Quiero decir, antes de que él te lo haga a ti. Abalánzate sobre él.

—¡Ruth! —exclamó la señora Pommeroy, pero ella también se estaba riendo.

—¿Por qué no, Kitty? ¿Por qué no le apaleas?

—Cállate, Ruth. No sabes nada.

Kitty estaba sentada en la silla que había traído Ruth, encendiéndose un cigarrillo, y Ruth se acercó y se sentó en su regazo.

—Fuera de mi puñetero regazo, Ruth. Tienes el culo huesudo, igual que tu viejo.

—¿Cómo sabes que mi viejo tiene un culo huesudo?

—Porque me lo he tirado, tonta —dijo Kitty.

Ruth se rio como si fuera un gran chiste, pero tenía la escalofriante sensación de que podría ser cierto. Se rio para ocultar su incomodidad, y saltó del regazo de Kitty.

—Ruth Thomas —dijo Kitty—, ya no tienes ni idea de lo que pasa en esta isla. Ya no vives aquí, así que no tienes derecho a decir nada. Ni siquiera eres de aquí.

—¡Kitty! —exclamó la señora Pommeroy—. ¡Eso es muy desagradable!

—Perdona, Kitty, pero sí que vivo aquí.

—Unos cuantos meses al año, Ruth. Eres como una turista, Ruth.

—No creo que eso sea culpa mía, Kitty.

—Es cierto —dijo la señora Pommeroy—. No es culpa de Ruth.

—Nunca crees que Ruth tenga la culpa de nada.

—Creo que me he metido en una casa equivocada —dijo Ruth—. Hoy me he metido en la casa del odio.

—No, Ruth —contestó la señora Pommeroy—. No te enfades. Kitty solo te está tomando el pelo.

—No estoy enfadada —dijo Ruth, que se estaba cabreando—. Me parece divertido; eso es todo.

—No estoy tomándole el pelo a nadie. Ya no sabes nada de este lugar. Prácticamente, no has estado aquí los últimos puñeteros cuatro años. Un sitio puede cambiar un montón en cuatro años, Ruth.

—Sí, especialmente un sitio como este —respondió Ruth—. Un montón de cambios, dondequiera que mire.

—Ruth no quería marcharse fuera —dijo la señora Pommeroy—. El señor Ellis la mandó a la escuela. No tuvo elección, Kitty.

—Exacto —contestó Ruth—. Me desterraron.

—Es cierto —dijo la señora Pommeroy, y se acercó para empujar a Ruth—. ¡La desterraron! La alejaron de nosotros.

—Ya me gustaría que un millonario me desterrara a un colegio privado para millonarios —masculló Kitty.

—No, no te gustaría, Kitty. Créeme.

—Me gustaría que un millonario me hubiese desterrado *a mí,* para estudiar en un colegio privado —dijo Gloria, en una voz un poco más alta que la que había usado su hermana.

—Vale, Gloria —respondió Ruth—. Puede que tú sí lo desearas, pero Kitty no.

—¿Qué coño se supone que significa eso? —ladró Kitty—. ¿Qué? ¿Soy demasiado estúpida como para ir al colegio?

—Te habrías aburrido mortalmente en ese colegio. Puede que a Gloria le gustara, pero tú lo habrías detestado.

—¿Qué se supone que significa *eso?* —preguntó Gloria—. ¿Que yo no me habría aburrido? ¿Por qué no, Ruth? ¿Porque soy aburrida? ¿Me estás llamando aburrida, Ruth?

—Que alguien me ayude —dijo Ruth.

Kitty todavía andaba mascullando que ella era demasiado lista para cualquier puñetera escuela, y Gloria estaba fulminando a Ruth con la mirada.

—Ayúdeme, señora Pommeroy —pidió Ruth, y la señora Pommeroy dijo, con intención de ayudar—: Ruth no está llamando tonta a nadie. Solo está diciendo que Gloria es un poco más lista que Kitty.

—Bien —contestó Gloria—. Eso es cierto.

—Ay, Dios, sálvame —dijo Ruth, y se agachó para meterse debajo de la mesa de la cocina, mientras Kitty se abalanzaba sobre ella desde el otro lado de la habitación. Kitty se agachó y empezó a golpear a Ruth en la cabeza.

—Ay —dijo Ruth, pero se estaba riendo. Era ridículo. ¡Solo había venido a desayunar! La señora Pommeroy y Gloria también se estaban riendo.

—¡No soy una puñetera estúpida, Ruth! —Kitty volvió a pegarle.

—¡Ay!

—Tú eres la estúpida, Ruth, y ya ni siquiera eres de aquí.

—¡Ay!

—Deja de quejarte —dijo Kitty—. ¿No puedes soportar un golpe en la cabeza? Yo he tenido cinco conmociones cerebrales en la vida. —Kitty dejó a Ruth un momento para poder contarlas con los dedos—. Me caí de una trona. Me caí de una bicicleta. Me caí en una cantera, y Len me causó dos. Y además salté por los aires en la explosión de la fábrica. Y tengo eccema. ¡Así que no me digas que no puedes soportar un puñetero golpe, niña! —Volvió a golpear a Ruth. De broma, ahora. Casi con afecto.

—¡Ay! —repitió Ruth—. Soy una víctima. ¡Ay!

Gloria Pommeroy y la señora Pommeroy siguieron riéndose. Kitty al final se detuvo y dijo:

—Hay alguien en la puerta.

La señora Pommeroy fue hacia la puerta.

—Es el señor Cooley —dijo—. Buenos días, señor Cooley.

Una voz lenta y arrastrada atravesó la habitación:

—Señoras…

Ruth se quedó debajo de la mesa, con la cabeza entre los brazos.

—¡Es Cal Cooley, gente! —exclamó la señora Pommeroy.

—Estoy buscando a Ruth Thomas —dijo.

Kitty Pommeroy levantó una esquina de la sábana que cubría la mesa y dijo:

—¡Ta-dá! —Ruth meneó los dedos hacia Cal, en un gesto muy infantil.

—Esa es la jovencita que andaba buscando —dijo él—. Escondiéndose de mí, como siempre.

Ruth gateó y se levantó.

—Hola, Cal. Me has encontrado. —No estaba enfadada por verle; se sentía relajada. Era como si los golpes de Kitty le hubiesen aclarado la cabeza.

—Parece ocupada, señorita Ruth.

—La verdad es que estoy un poco ocupada, Cal.

—Parece que te has olvidado de nuestra cita. Se suponía que ibas a esperarme en tu casa. ¿A lo mejor estabas demasiado ocupada como para recordar tu cita?

—Me he retrasado —dijo Ruth—. Estaba ayudando a mi amiga a pintar su cocina.

Cal Cooley miró con detenimiento la habitación, fijándose en la horrorosa pintura verde de boyas, las desastradas hermanas tapadas con bolsas de basura, la sábana malamente colocada en la mesa de la cocina, la pintura en la camisa de Ruth.

—El viejo Cal Cooley odia tener que apartarte de tu trabajo —dijo Cal Cooley con voz lánguida.

Ruth sonrió.

—Odio que el viejo Cal Cooley me aparte del trabajo.

—Te has levantado pronto, macho —dijo Kitty Pommeroy, y golpeó a Cal en el brazo.

—Cal —dijo Ruth—, ¿creo que conoces a la señora Kitty Pommeroy? ¿Juraría que ya os habéis conocido? ¿Estoy en lo cierto?

Las hermanas se rieron. Antes de que Kitty se casara con Len Thomas —y durante bastantes años después—, ella y Cal Cooley habían sido amantes. Esto era una información que Cal Cooley, con mucho humor, pensaba que era confidencial, pero hasta la última persona de la isla lo sabía. Y todo el mundo sabía que todavía eran amantes de vez en cuando, a pesar del matrimonio de Kitty. Todo el mundo menos Len Thomas, por supuesto. Todo el mundo se reía mucho con eso.

—Me alegra verte, Kitty —dijo Cal, con voz monótona.

Kitty cayó de rodillas riéndose. Gloria ayudó a Kitty a levantarse. Kitty se retocó la boca, y después el pelo.

—Odio tener que alejarte de esta despedida de soltera, Ruth —dijo Cal, y Kitty se carcajeó. Él hizo una mueca de disgusto.

—Tengo que irme —dijo Ruth.

—¡Ruth! —exclamó la señora Pommeroy.

—Me están desterrando de nuevo.

—¡Es una víctima! —gritó Kitty—. Cuídate de este, Ruth. Es un gallito, y siempre será un gallito. Mantén las piernas cerradas. —Incluso Gloria se rio al oír esto, pero no así la señora Pommeroy. Miró a Ruth Thomas con preocupación.

Ruth abrazó a las tres hermanas. Cuando llegó a la señora Pommeroy, le dio un fuerte abrazo y le susurró:

—Me obligan a que vaya a visitar a mi madre.

La señora Pommeroy suspiró. Retuvo a Ruth. Le murmuró al oído:

—Tráetela, Ruth. Tráela de vuelta aquí, que es donde debe estar.

A Cal Cooley le gustaba fingir que tenía una voz cansada cuando hablaba con Ruth Thomas. Le gustaba fingir que era ella la que le cansaba. A menudo suspiraba, cabeceaba, como si Ruth no pudiera ni empezar a imaginar el sufrimiento que le estaba causando. Y así, mientras caminaban hacia la camioneta desde la casa de la señora Pommeroy, él suspiró, movió la cabeza y dijo, como si el cansancio le hubiese derrotado:

—¿Por qué siempre te escondes de mí, Ruth?

—No me estaba escondiendo de ti, Cal.

—¿No?

—Solo te estaba evitando. Esconderse de ti es inútil.

—Siempre me echas la culpa, Ruth —se lamentó Cal Cooley—. Deja de sonreír. Te lo digo en serio. Siempre me has echado la culpa. —Abrió la puerta de la camioneta y se detuvo—. ¿No tienes nada de equipaje? —preguntó.

Ella negó con la cabeza y se metió en la camioneta.

Cal dijo, con una fatiga dramática:

—Si no llevas ropa a la casa de la señorita Vera, la señorita Vera tendrá que comprarte ropa nueva. —Como Ruth no contestaba, dijo—: Ya lo sabías, ¿verdad? Si esto es tu manera de protestar, te va a estallar en tu cara bonita. Estás poniendo las cosas más difíciles de lo que tienen que ser.

—Cal —suspiró Ruth con complicidad, y se inclinó hacia él en la cabina—, no me gusta llevar equipaje cuando voy a Concord. No quiero que nadie de la mansión Ellis se crea que voy a quedarme.

—¿Esa es tu estrategia?

—Esa es mi estrategia.

Fueron hacia el embarcadero, donde Cal aparcó la camioneta. Le dijo a Ruth:

—Estás muy guapa hoy. —Entonces fue Ruth la que suspiró de manera teatral—. No haces más que comer —continuó Cal—, pero nunca engordas. Es maravilloso. Siempre me pregunto cuándo te va a pillar tu enorme apetito y te vas a hinchar como un globo. Creo que es tu destino.

Ella volvió a suspirar.

—Me cansas tanto, Cal.

—Bueno, tú también me cansas mucho, corazón.

Salieron de la camioneta, y Ruth observó el muelle, pasada la caleta, pero el barco de los Ellis, el *Stonecutter*, no estaba allí. Eso fue toda una sorpresa. Ya conocía la rutina. Cal Cooley había estado llevando a Ruth durante años, a la escuela, a ver a su madre… Siempre salían de Fort Niles en el *Stonecutter*, cortesía del señor Lanford Ellis, pero esa mañana Ruth solo vio los viejos barcos langosteros, flotando en el agua. Y una visión extraña: ahí estaba el *New Hope*. El barco misionero se posaba en el agua, grande y limpio, con el motor en marcha.

—¿Qué está haciendo el *New Hope* aquí?

—El pastor Wishnell nos va a acercar a Rockland —dijo Cal Cooley.

—¿Por qué?

—El señor Ellis no quiere que usemos más el *Stonecutter* para viajes cortos. Y él y el pastor Wishnell son buenos amigos. Es un favor que le hace.

Ruth nunca había estado en el *New Hope,* aunque lo había visto durante años, navegando. Era el mejor barco de la zona, tan bueno como el yate del señor Ellis. El barco era el orgullo del pastor Toby Wishnell. Puede que hubiese renegado de la gran herencia pescadora de la familia Wishnell en nombre de Dios, pero seguía teniendo ojo para la estética de los barcos. Había restaurado el *New Hope* hasta convertirlo en una belleza de doce metros, todo vidrio y metal, y hasta los hombres de la isla de Fort Niles, todos los cuales detestaban a Toby Wishnell, tenían que admitir que el *New Hope* era una preciosidad. Aunque lo cierto es que odiaban verlo aparecer en su puerto.

Aunque tampoco es que lo vieran mucho. El pastor Wishnell pocas veces estaba por allí. Navegaba por la costa, desde Casco a Nueva Escocia, atendiendo a todas las islas por el camino. Casi siempre estaba en el mar. Y aunque su base estaba directamente cruzando el canal, en la isla de Courne Haven, no solía visitar Fort Niles. Venía para los funerales y las bodas, por supuesto. Venía para algún bautismo de vez en cuando, aunque la mayoría de los ciudadanos de Fort Niles se saltaban ese procedimiento en particular para no tener que pedírselo. Solo venía a Fort Niles cuando le invitaban, y eso ocurría en raras ocasiones.

Así que Ruth estaba realmente sorprendida de ver su barco.

Esa mañana, un muchacho estaba de pie al final del muelle de Fort Niles, esperándoles. Cal Cooley y Ruth Thomas se acercaron a él, y Cal le dio la mano al joven.

—Buenos días, Owney.

El muchacho no contestó, pero bajó por la escalera de cuerda hasta una barca de remos, pequeña y blanca. Cal Cooley y Ruth Thomas le siguieron, y la barca se balanceó ligeramente debido a su peso. El joven desató la amarra, se sentó en la popa y empezó a remar hasta el *New Hope*. Era mayor, unos veinte años quizá, con la cabeza grande, cuadrada. Tenía un cuerpo compacto, con las caderas tan anchas como los hombros. Llevaba un impermeable, como si fuera un pescador de langostas, y tenía unas botas altas de pescador. Aunque estaba vestido como un pescador, su impermeable estaba limpio y sus botas no olían a cebo. Las manos en los remos eran cuadradas y gruesas como las de un pescador, pero estaban limpias. No tenía cortes, callos ni cicatrices. Estaba disfrazado de marinero, y tenía el cuerpo de un marinero, pero obviamente no lo era. Cuando empujó los remos, Ruth vio sus gruesos antebrazos, hinchados como muslos de pavo y recubiertos de pelo rubio, tan leve como la ceniza. Tenía un rapado casero y el pelo dorado, un color nunca visto en la isla de Fort Niles. Pelo sueco. Ojos azul claro.

—¿Cómo te llamabas? — le preguntó Ruth al muchacho—. ¿Owen?

—Owney —contestó Cal Cooley—. Se llama Owney Wishnell. Es el sobrino del pastor.

—¿Owney? —dijo Ruth—. ¿Owney?, ¿sí? ¿En serio? Hola, Owney.

Owney miró a Ruth, pero no la saludó. Remó en silencio todo el camino hasta el *New Hope*. Subieron por una escalera, y Owney subió el barco de remos tras él y lo guardó en la cubierta. Era el barco más limpio que Ruth había visto jamás. Ella y Cal Cooley fueron hacia la cabina y allí estaba el pastor Wishnell, comiéndose un bocadillo.

—Owney —dijo el pastor Wishnell—, empecemos a movernos.

Owney levó el ancla y puso el barco en marcha. Les sacó del muelle, y todos le observaron, aunque él no parecía ser consciente de ello. Les llevó por los bajíos que bordeaban Fort Niles y dejó atrás boyas que se balanceaban entre las olas con sus alarmas. Pasó cerca del barco langostero del padre de Ruth. Era muy temprano, pero Stan Thomas ya llevaba trabajando tres horas. Ruth, asomándose por la barandilla, vio a su padre enganchar una trampa con el largo arpón de madera. Vio a Robin Pommeroy en la popa, limpiando una nasa, tirando las langostas pequeñas y los cangrejos de vuelta al mar, con un movimiento rápido de muñeca. La niebla les enmarcaba como si fuesen una aparición. Ruth no les llamó. Robin Pommeroy dejó de trabajar unos instantes y miró al *New Hope*. Estaba claro que se dio un susto al ver a Ruth. Se quedó así por un momento, con la boca abierta, mirándola. El padre de Ruth no miró hacia arriba. No estaba interesado en ver el *New Hope* con su hija a bordo.

Más adelante pasaron al lado de Angus Addams, que pescaba solo. Él tampoco miró hacia arriba. Mantuvo la cabeza gacha, mientras metía arenque podrido en las bolsas de cebo, furtivamente, como si estuviese metiendo el botín en un saco durante el atraco a un banco.

Cuando Owney Wishnell encauzó la ruta y se dirigió a mar abierto, de camino a Rockland, el pastor Toby Wishnell finalmente se dirigió a Cal Cooley y a Ruth Thomas. Examinó a Ruth en silencio.

— Habéis llegado tarde —le dijo a Cal.

—Lo siento.

—Dije a las seis en punto.

—Ruth no estaba preparada a las seis en punto.

—Íbamos a irnos a las seis para poder estar en Rockland a primera hora de la tarde, señor Cooley. Se lo expliqué, ¿verdad?

—Ha sido culpa de esta jovencita.

Ruth escuchó la conversación con cierto placer. Cal Cooley solía ser un capullo arrogante; era apasionante verle aplacando al pastor. Nunca había visto a Cal aplacar a nadie. Se preguntó si Toby Wishnell de verdad le iba a soltar una buena reprimenda a Cal Cooley. Le hubiera gustado mucho poder observarlo.

Pero Toby Wishnell había acabado con Cal. Se dio la vuelta para hablar con su sobrino, y Cal Cooley miró de reojo a Ruth. Ella alzó una ceja.

—Ha sido culpa tuya —dijo él.

—Eres un valiente, Cal.

Él frunció el ceño. Ruth dirigió la atención al pastor Wishnell. Todavía era un hombre excepcionalmente atractivo, ahora que ya había pasado los cuarenta. Probablemente había pasado el mismo tiempo en el mar que cualquier pescador de Fort Niles o Courne Haven, pero no se parecía a ninguno de los marineros que Ruth había conocido. Tenía una gallardía que combinaba con la de su barco: perfil bonito, economía de detalle, un pulido, un acabado. Su pelo dorado era fino y liso, y lo llevaba cepillado, con raya al medio. Tenía una nariz estrecha y los ojos azul claro. Llevaba unas gafas pequeñas de metal. El pastor Toby Wishnell parecía un alto cargo británico: privilegiado, indiferente, brillante.

Navegaron durante un tiempo sin que hubiese más conversación. Se alejaron con el peor tipo de niebla que existe, esa niebla fría que se te mete en el cuerpo como si fuera una toalla mojada, y que dañaba los pulmones, los nudillos y las rodillas. Los pájaros no cantan en la niebla, así que no había gaviotas chillando, y fue un viaje silencioso. A medida que se alejaron de la isla, la niebla disminuyó y después desapareció, y el día por fin se volvió claro. De todas maneras, era un día muy raro. El cielo estaba azul, había una leve brisa, pero el mar estaba arremolinado, con un oleaje grande, brusco y constante. Esto a veces ocurría cuando había una tormenta lejos de allí. Era como si el mar y el cielo no se estuviesen hablando. Se ignoraban el uno al otro, como si nunca hubiesen sido presentados. Los marineros llaman a esto «un mar de tierra». Era desconcertante estar en un océano tan embravecido bajo un cielo tan claro, adecuado para una merienda al aire libre. Ruth se apoyó contra la baranda y observó al mar bullir.

—¿No te importa este mar tan revuelto? —le preguntó el pastor Toby Wishnell a Ruth.

—No me mareo.

—Eres una chica afortunada.

—No creo que hoy tengamos mucha suerte. —Cal Cooley arrastró las palabras—. Los marineros dicen que da mala suerte llevar a mujeres o a miembros de la Iglesia en un barco. Y tenemos uno de cada.

El pastor sonrió lánguidamente.

—Nunca viajes en viernes —recitó—. Nunca vayas en un barco que haya tenido un bautizo desafortunado. Nunca te subas a un barco si le han cambiado el nombre. Nunca pintes de azul ninguna parte del barco. Nunca silbes en un barco, o atraerás al viento. Nunca lleves a mujeres o a miembros de la Iglesia a bordo. Nunca molestes un nido de pájaro si se encuentra en un barco. Nunca digas el número trece en un barco. Nunca utilices la palabra *cerdo*.

—¿Cerdo? —preguntó Ruth—. Eso nunca lo había oído.

—Bueno, ya lo habéis dicho dos veces —dijo Cal Cooley—. Cerdo, cerdo, cerdo. Tenemos a miembros de la Iglesia; tenemos a una mujer; tenemos a gente gritando *cerdo*. Así que estamos condenados. Gracias a todos los que han participado.

—Cal Cooley es un marinero con experiencia —le contó Ruth al pastor Wishnell—. Al ser de *Missourah* y todo eso, se ha *empapado* de conocimiento marítimo.

—Soy un marinero con experiencia, Ruth.

—De hecho, Cal, creo que eres un chico de granja —le corrigió Ruth—. Creo que eres un paliducho.

—Solo porque nací en *Missourah,* no significa que no pueda tener el corazón de un isleño.

—No creo que los otros isleños estuvieran precisamente de acuerdo, Cal.

Cal se encogió de hombros.

—Un hombre no puede evitar el lugar en el que nace. Un gato puede tener gatitos en el horno, pero eso no hace que sean galletas.

Ruth se rio, aunque Cal Cooley no lo hiciera. El pastor Wishnell estaba examinando de cerca a Ruth.

—¿Ruth? —preguntó—. ¿Es ese tu nombre? ¿Ruth Thomas?

—Sí, señor —dijo Ruth, y dejó de reírse. Se puso un puño en la boca para toser.

—Tienes una cara que me resulta muy familiar, Ruth.

—Si le resulto conocida, es solo porque me parezco a cualquier persona de Fort Niles. Todos nos parecemos, señor. Ya sabe lo que dicen de nosotros, que somos demasiado pobres para comprarnos caras nuevas, así que compartimos la que tenemos. ¡Ja!

—Ruth es mucho más guapa que cualquiera de Fort Niles —terció Cal—. Mucho más morena. Mira esos preciosos ojos negros. La italiana que hay en ella. Son los ojos de su abuelito italiano.

—Cal —le cortó Ruth—, deja de hablar ya. —Siempre aprovechaba cualquier oportunidad para recordarle la vergüenza de su abuela.

—¿Italiano? —dijo el pastor Wishnell, frunciendo el ceño—. ¿En Fort Niles?

—Cuéntale al señor lo de tu abuelo, Ruth —dijo Cal.

Ruth ignoró a Cal, igual que hizo el pastor. El pastor Wishnell seguía mirando a Ruth con mucha atención. Finalmente dijo:

—Aaaahhh… —Asintió—. Ya sé por qué me suenas conocida. Creo que enterré a tu padre, Ruth, cuando eras una niña. Eso es. Creo que estuve en el funeral de tu padre. ¿No es cierto?

—No, señor.

—Estoy bastante seguro.

—No, señor. Mi padre no está muerto.

El pastor Wishnell se quedó pensando.

—¿Tu padre no se ahogó? ¿Hace unos diez años?

—No, señor. Creo que está pensando en un hombre que se llamaba Ira Pommeroy. Estuvo en el funeral del señor Pommeroy hará unos diez años. Hemos pasado al lado de mi padre, que estaba pescando langostas, cuando hemos dejado atrás el puerto. Está bien vivo.

—¿Le encontraron enredado en las cuerdas de otro hombre, a ese Ira Pommeroy?

—Así es.

—¿Y tenía muchos hijos?

—Siete hijos.

—¿Y una hija?

—No.

—Pero tú estabas allí, ¿verdad? ¿En el funeral?

—Sí, señor.

—Así que no me lo estaba imaginando.

—No, señor. Yo estaba allí. No se lo estaba imaginando.

—Parecías ser un miembro de esa familia.

—Bueno, no lo soy, pastor Wishnell. No soy un miembro de esa familia.

—¿Y aquella viuda tan encantadora…?

—¿La señora Pommeroy?

—Sí, la señora Pommeroy. ¿No es tu madre?

—No señor. No es mi madre.

—Ruth pertenece a la familia Ellis —dijo Cal Cooley.

—Pertenezco a la familia Thomas —le corrigió Ruth. Contuvo su voz, pero estaba muy cabreada. ¿Qué era lo que tenía Cal Cooley que le traía a la mente esos deseos inmediatos de homicidio? Nunca había tenido esa reacción con nadie más. Todo lo que Cal tenía que hacer era abrir la boca, y ella se empezaba a imaginar camiones atropellándole. Increíble.

—La madre de Ruth es la devota sobrina de la señorita Vera Ellis —explicó Cal—. La madre de Ruth vive con la señorita Vera Ellis en la mansión Ellis de Concord.

—Mi madre es la doncella de la señorita Vera Ellis —dijo Ruth, con voz monocorde.

—La madre de Ruth es la devota sobrina de la señorita Vera Ellis —repitió Cal—. Vamos a visitarlas.

—¿Ah, sí? —dijo el pastor Wishnell—. Estaba seguro de que eras una Pommeroy, jovencita. Estaba seguro de que esa encantadora viuda era tu madre.

—Bueno, pues no lo soy. Y ella tampoco lo es.

—¿Todavía sigue en la isla?

—Sí —contestó Ruth.

—¿Con sus hijos?

—Unos cuantos se alistaron en el Ejército. Otro trabaja en una granja de Orono. Tres de ellos siguen viviendo en casa.

—¿Cómo sobrevive? ¿Cómo se gana la vida?

—Sus hijos le mandan dinero. Y le corta el pelo a la gente.

—¿Y puede vivir con eso?

—Le corta el pelo a todos los de la isla. Lo hace muy bien.

—A lo mejor debería ir un día a que me cortara el pelo.

—Estoy segura de que se quedaría satisfecho —le dijo Ruth, con excesiva formalidad. No se podía creer la manera en la que estaba hablando con este hombre. «¿Estoy segura de que se quedaría satisfecho?». ¿Qué estaba diciendo? ¿Qué le importaba a ella la satisfacción que obtuviera el pastor Wishnell de su pelo?

—Interesante. ¿Y qué tal tu familia, Ruth? Así que tu padre es pescador de langostas.

—Sí.

—Una profesión horrorosa. —Ruth no contestó—. Salvaje. Saca a la luz toda la avaricia del hombre. ¡Cómo defienden su territorio! ¡Nunca he visto tanta codicia! Ha habido más asesinatos en estas islas por cuestiones relacionadas con las langostas…

El pastor dejó de hablar. Ruth siguió sin responder. Había estado observando a su sobrino, Owney Wishnell, que estaba de espaldas a ella. Owney, de pie frente al timón, seguía dirigiendo el *New Hope* hacia Rockland. Hubiera sido muy fácil suponer que Owney Wishnell estaba sordo, por la manera en la que les había ignorado toda la mañana. Pero ahora que el pastor Wishnell había empezado a hablar de la pesca de la langosta, al cuerpo de Owney pareció sobrevenirle un cambio. Su espalda pareció enderezarse, como la de un gato al acecho. Un sutil escalofrío de tensión. Estaba escuchando.

—Claro que —siguió el pastor Wishnell— tú no lo ves desde mi punto de vista, Ruth. Solo ves a los langosteros de tu isla. Yo veo a muchos. Hombres como tus vecinos, por toda la costa. He visto todas esas tragedias representadas en ¿cuántas islas, Owney? ¿A cuántas islas prestamos servicio, Owney? ¿Cuántas guerras langosteras hemos visto? ¿En cuántas de esas disputas territoriales a causa de las langostas he hecho de mediador solo en la última década?

Pero Owney Wishnell no le contestó. Se quedó muy quieto; su cabeza con la forma de una lata de pintura, mirando al frente; sus grandes manos, descansando en el timón del *New Hope;* sus pies —tan grandes como palas—, bien plantados en sus limpias botas de langostero. El barco, bajo su mando, dominaba las olas.

—Owney sabe lo espantosa que es la vida del langostero —dijo el pastor Wishnell, al poco rato—. Era un crío en 1965, cuando algunos de los pescadores de Courne Haven intentaron formar una cooperativa. ¿Recuerdas lo que pasó, Ruth?

—Recuerdo haberlo oído.

—Era una idea brillante, por supuesto, sobre el papel. Una cooperativa de pescadores es la única manera de prosperar en este negocio en vez de morirse se hambre. Una negociación colectiva con los comerciantes, una negociación colectiva con los vendedores de cebo, un precio ya fijado, acuerdos en el número de trampas. Hubiera sido algo muy inteligente. Pero díselo a esos zopencos que pescan para ganarse la vida.

—Les resulta difícil confiar en otra persona —dijo Ruth. El padre de Ruth estaba totalmente en contra de las cooperativas de pescadores. Al igual que Angus Addams. Al igual que el tío Len Thomas. Al igual que la mayoría de los pescadores que ella conocía.

—Como ya he dicho, son unos zopencos.

—No —respondió Ruth—. Son independientes, y les resulta difícil cambiar su manera de hacer las cosas. Se sienten más seguros haciéndolas como siempre se han hecho, encargándose ellos mismos.

—¿Tu padre? —preguntó el pastor Wishnell—. ¿Cómo lleva su captura de langostas a Rockland?

—La lleva en su barco. —No estaba muy segura de cuándo la conversación se había convertido en un interrogatorio.

—¿Y cómo consigue la gasolina y el cebo?

—Se lo trae desde Rockland en el barco.

—Y todos los demás hombres de la isla hacen lo mismo, ¿verdad? Cada uno en su propia barquita, dirigiéndose solos a Rockland porque no pueden confiar en otro lo suficiente como para juntar las capturas y turnarse para hacer el viaje. ¿Cierto?

—Mi padre no quiere que todo el mundo sepa cuántas langostas está cogiendo o el precio que está consiguiendo. ¿Por qué iba a querer que la gente supiera eso?

—Así que es lo bastante cazurro como para no querer ningún tipo de asociación con sus vecinos.

—Prefiero no pensar en mi padre como un cazurro —dijo Ruth, en voz baja—. Además, nadie tiene el dinero suficiente como para montar una cooperativa.

Cal Cooley resopló.

—Cállate, Cal —añadió Ruth, en voz alta esta vez.

—Bueno, mi sobrino Owney vio de cerca la guerra que siguió a ese último intento de asociación, ¿verdad? Fue Dennis Burden el que trató de formar la cooperativa en Courne Haven. Empeñó la vida en ello. Y fue a los hijos pequeños de Dennis Burden a los que tuvimos que llevar comida y ropa después de que sus vecinos, sus *propios* vecinos, le incendiaran el barco, y el pobre hombre ya no pudiera ganarse la vida.

—Oí que Dennis Burden había llegado a un acuerdo secreto con el mayorista de Sandy Point —dijo Ruth—. Oí que engañó a sus vecinos. —Se detuvo, entonces, e imitando el ritmo del pastor, añadió—: A sus *propios* vecinos.

El pastor frunció el ceño.

—Eso es un cuento.

—Eso no es lo que he oído yo.

—¿Hubieras quemado el barco de ese hombre?

—No estaba allí.

—No. Tú no estabas allí. Pero yo sí estaba allí y Owney también. Y fue una buena lección para Owney, la realidad del negocio de las langostas. Ha visto esas batallas medievales y esas mismas peleas en todas las islas que hay de aquí a Canadá. Entiende la depravación, el peligro, la codicia. Y es lo bastante sensato como para no involucrarse en esa profesión.

Owney Wishnell no hizo ningún comentario.

Al final, el pastor le dijo a Ruth:

—Eres una chica lista, Ruth.

—Gracias.

—Parece que has tenido una buena educación.

Cal Cooley añadió:

—Demasiada educación. Ha costado una puñetera fortuna.

El pastor le dirigió a Cal tal mirada que hizo que Ruth casi se avergonzara. Cal apartó la vista. Ruth supo que esa sería la última vez que escuchara la palabra *puñetero* a bordo del *New Hope*.

—¿Y qué va a ser de ti, Ruth? —preguntó el pastor Toby Wishnell—. Tienes sentido común, ¿verdad? ¿Qué vas a hacer con tu vida?

Ruth Thomas miró la espalda y el cuello de Owney Wishnell, de quien podía adivinar que estaba escuchando atentamente.

—¿Universidad? —sugirió el pastor Toby Wishnell.

¡Qué apremio existía en la postura de Owney Wishnell!

Así que Ruth decidió comprometerse. Dijo:

—Más que nada en el mundo, señor, me gustaría convertirme en pescadora de langostas.

El pastor Toby Wishnell la miró fijamente, con frialdad. Ella le devolvió la mirada.

—Porque es una vocación muy noble, señor —continuó.

Ese fue el final de la conversación. Ruth la había silenciado. No podía evitarlo. Nunca podía evitar meter la pata. Estaba avergonzada del modo en que había hablado a aquel hombre. Avergonzada, y un poco orgullosa también. ¡Sí! ¡Podía ganar al mejor de todos ellos! Pero, por Dios, qué silencio tan incómodo. A lo mejor debería haber guardado las formas.

El *New Hope* se balanceó en el mar embravecido. Cal Cooley estaba muy pálido, y pronto salió a cubierta, donde se agarró a la barandilla. Owney siguió navegando, callado, la parte posterior de su cuello con un rubor púrpura. Ruth Thomas estaba muy incómoda quedándose a solas con el pastor Wishnell, pero esperaba que no se le notara. Intentó parecer relajada. No trató de continuar hablando con el pastor. Aunque él tenía una última cosa que decirle. Todavía les quedaba una hora para llegar a Rockland cuando el pastor Toby Wishnell le dijo a Ruth esa última cosa.

Se inclinó hacia ella y le dijo:

—¿Sabías que yo fui el primer hombre de la familia Wishnell que no se convirtió en pescador de langostas, Ruth? ¿Lo sabías?

—Sí, señor.

—Bien —contestó—. Entonces lo entenderás cuando te diga esto. Mi sobrino Owney será el segundo Wishnell que no pescará.

Él sonrió, se arrellanó en el asiento y la observó detenidamente durante el resto del viaje. Ella mantuvo una sonrisita desafiante. No iba a mostrarle a este hombre su incomodidad. No, señor. Él fijó su mirada fría e inteligente en ella durante la siguiente hora. Ella le sonrió. Se sentía fatal.

Cal Cooley llevó a Ruth Thomas a Concord en el Buick de dos colores que la familia Ellis poseía desde que Ruth era pequeña. Después de decirle a Cal que estaba cansada, se tumbó en el asiento trasero y fingió dormir. Él no dejó de silbar «Dixie» durante todo el camino. Sabía que Ruth estaba despierta, y sabía que la estaba irritando muchísimo.

Llegaron a Concord al atardecer. Caía una lluvia ligera, y el Buick susurró dulcemente en el asfalto mojado, un sonido que Ruth nunca había oído en las carreteras de tierra de Fort Niles. Cal giró para entrar en el camino que conducía a la mansión Ellis y dejó el coche en punto muerto hasta que se detuvo. Ruth siguió fingiendo que estaba dormida, y Cal fingió despertarla. Se giró en el asiento delantero y le dio en las caderas.

—Intenta recuperar la consciencia.

Ella abrió los ojos lentamente y se estiró haciendo mucho teatro.

—¿Ya hemos llegado?

Salieron del coche, caminaron hacia la puerta principal, y Cal llamó al timbre. Se metió las manos en los bolsillos de la chaqueta.

—Te cabrea un montón estar aquí —dijo Cal, y se rio—. Me odias mucho.

La puerta se abrió, y era la madre de Ruth. Dio un pequeño respingo, y salió a la entrada para abrazar a su hija. Ruth posó la cabeza en el hombro de su madre y dijo:

—Aquí estoy.

—Nunca estoy segura de si vas a venir de verdad.

—Aquí estoy.

Siguieron abrazadas.

La madre de Ruth dijo:

—Estas guapísima, Ruth. —Aunque, con la cabeza de su hija en el hombro, realmente no podía verlo.

—Aquí estoy —dijo Ruth—. Aquí estoy.

Cal Cooley tosió con discreción.

Capítulo 6

«Los ejemplares jóvenes que se desarrollan a partir de los huevos de la langosta son distintos de todas las formas posibles, incluyendo forma, hábitos y modo de transporte, de los adultos».

WILLIAM SAVILLE-KENT, 1897

La señorita Vera Ellis nunca había querido que la madre de Ruth se casara.

Cuando Mary Smith-Ellis era una niña, la señorita Vera le decía:

—Ya sabes lo difícil que fue para mí cuando murió tu madre.

—Sí, señorita Vera —decía Mary.

—Casi no sobrevivo.

—Lo sé, señorita Vera.

—Te pareces tanto a ella.

—Gracias.

—¡No puedo hacer nada sin ti!

—Sí, lo sé.

—¡Mi compañera!

—Sí, señorita Vera.

La madre de Ruth había tenido una vida de lo más peculiar con la señorita Vera. Mary Smith-Ellis nunca había tenido amigos ni novios. Su vida se reducía al servicio —coser, contestar a las cartas, hacer las maletas, ir de compras, hacer trenzas, tranquilizar, ayudar, bañar, y todo lo demás—. Había heredado la misma carga de trabajo que en el pasado había llevado su madre y la habían educado en la servidumbre, exactamente igual que a su madre.

Los inviernos en Concord, los veranos en Fort Niles. Mary fue a la escuela, pero solo hasta que cumplió dieciséis años, y solo porque la señorita Vera no quería una completa idiota como acompañante. Aparte de los años que fue al colegio, la vida de Mary Smith-Ellis consistía en hacer recados para la señorita Vera. De ese modo Mary pasó su infancia y su adolescencia. Después fue una chica joven, después una no tan joven. Nunca había tenido un pretendiente. No carecía de atractivo, pero siempre estaba ocupada. Tenía trabajo que hacer.

Fue a finales del verano de 1955 cuando la señorita Vera Ellis decidió organizar un picnic para la gente de Fort Niles. Tenía invitados europeos en la casa Ellis y quería mostrarles el espíritu del lugar, así que decidió asar langostas en Gavin Beach, a lo que todos los residentes de Fort Niles estarían invitados. Esa decisión no tenía precedentes. Nunca había habido un evento social al que acudieran los lugareños de Fort Niles y la familia Ellis, pero la señorita Vera pensó que sería encantador. Una novedad.

Mary, por supuesto, fue la que lo organizó todo. Habló con las esposas de los marineros y dejó encargado que hornearan ellas las tartas de arándanos. Sus modales eran callados, modestos, y a las mujeres de los pescadores les cayó bastante bien. Sabían que era de la casa Ellis, pero no se lo tuvieron en cuenta. Parecía una chica muy agradable, si bien un poco apocada y tímida. Mary también encargó maíz y patatas, carbón y cerveza. Pidió prestadas las mesas grandes de la escuela de Fort Niles, y encargó que se trasladaran los bancos de la iglesia de Fort Niles hasta la playa. Habló con el señor Fred Burden de Courne Haven, que era un violinista bastante decente, y le contrató para que se ocupara de la música. Finalmente, necesitaba encargar varios cientos de kilos de langosta. Las mujeres de los pescadores le sugirieron que lo hablara con el señor Angus Addams, que era el pescador más prolífico de la isla. Se le dijo que esperara a su barco en el puerto, el *Sally Chestnut*, a media tarde.

Así que Mary bajó al puerto una tarde ventosa de agosto y se las apañó para abrirse camino entre los montones de trampas de madera para langosta que ya estaban rotas, las redes y los barriles. A medida que los marineros pasaban por delante de ella, apestando con sus botas y sus impermeables pringosos, ella les preguntaba:

—¿Perdone, señor? ¿Es usted el señor Angus Addams? ¿Perdón? ¿Es usted el patrón del *Sally Chestnut*, señor?

Todos negaban con la cabeza o le gruñían rudas negativas mientras le pasaban por delante. Incluso el propio Angus Addams pasó delante de ella, con la cabeza gacha. No tenía ni idea de quién demonios era esa mujer ni de qué coño quería, y no tenía ningún interés en descubrirlo. El padre de Ruth Thomas fue otro de los hombres que ignoraron a Mary Smith-Ellis, y cuando ella le preguntó: «¿Es usted Angus Addams?», le gruñó que no, igual que los demás hombres. Excepto que, después de haberla dejado atrás, se detuvo y se dio la vuelta para echar un vistazo a aquella mujer. Un buen vistazo.

Era guapa. Era agradable. Llevaba unos pantalones color canela hechos a medida, y una blusa blanca sin mangas, con un collar corto decorado con pequeñas flores enredadas. No llevaba maquillaje. Llevaba un pequeño reloj de pulsera de plata en la muñeca, y su pelo oscuro y corto estaba pulcramente dispuesto en ondas. Llevaba consigo una libreta y un lápiz. Le gustó su estrecha cintura y su aspecto limpio. Estaba impecable. A Stan Thomas, un hombre muy meticuloso, le gustó todo eso.

Sí, Stan Thomas realmente le echó un buen repaso.

—¿Es usted Angus Addams, señor? —estaba ella preguntando a Wayne Pommeroy, quien se tambaleaba bajo el peso de la nasa rota que llevaba al hombro. Wayne parecía avergonzado, y después enfadado consigo mismo por avergonzarse, y le pasó por delante sin contestarle.

Stan Thomas todavía la estaba examinando cuando ella se dio la vuelta y se encontró con su mirada. Él sonrió. Ella empezó a acercarse y también sonreía, con una suerte de dulce esperanza. Era una bonita sonrisa.

—¿Seguro que *usted* no es el señor Angus Addams? —preguntó.

—No. Yo soy Stan Thomas.

—Yo soy Mary Ellis —le contestó, y extendió la mano—. Trabajo en Ellis House. —Stan Thomas no le respondió, pero tampoco parecía hostil, así que continuó—. Mi tía Vera va a dar una fiesta el próximo domingo para toda la isla, y le gustaría comprar varios cientos de kilos de langosta.

—¿Le gustaría?

—Así es.

—¿A quién se las quiere comprar?

—Supongo que no importa. Me dijeron que buscara a Angus Addams, pero a mí me da igual.

—Yo se las puedo vender, pero tiene que pagar el precio de venta al público.

—¿Tiene esa cantidad de langostas?

—Puedo conseguirlas. Están justo ahí. —Señaló el mar con la mano y sonrió—. Solo tengo que cogerlas.

Mary se rio.

—Aunque las tendría que cobrar al precio de venta al público —repitió—. Si se las vendo.

—Oh, estoy segura de que le parecerá bien. Solo quiere cerciorarse de que habrá un montón.

—No quiero terminar perdiendo dinero. Tengo un distribuidor en Rockland que espera cierta cantidad de langostas por mi parte todos los fines de semana.

—Estoy segura de que su precio le parecerá bien.

—¿Cómo va a hacer las langostas?

—Supongo que… Lo siento… No lo sé, la verdad.

—Lo haré yo.

—¡Oh, señor Thomas!

—Haré una gran fogata en la playa y las coceremos en los cubos de la basura, junto con las algas.

—¡Oh, Dios mío! ¿Es así como se hacen?

—Así es.

—¡Oh, Dios mío! ¡Cubos de basura! No me diga.

—La familia Ellis puede comprarlos nuevos. Los encargaré para ti. Recógelos en Rockland en un par de días.

—¿De verdad?

—El maíz va justo encima. Y las almejas. Lo haré por ti. ¡Hermana, es la única manera!

—Señor Thomas, ciertamente le pagaremos por todo ello y le estaremos muy agradecidos. La verdad es que no tenía ni idea de cómo hacer todo eso.

—No hace falta —dijo Stan Thomas—. Qué diablos, lo haré gratis. —Se sorprendió a sí mismo al decir esa frase. Stan Thomas nunca había hecho nada gratis en su vida.

—¡Señor Thomas!

—Puedes ayudarme. ¿Qué te parece eso, Mary? Puedes ser mi ayudante. Eso sería suficiente pago para mí.

Le puso a Mary una mano en el brazo y sonrió. Tenía las manos sucias y le apestaban al cebo de arenques podridos, pero qué demonios. Le gustaba el tono de su piel, que era más oscura y más suave de lo que estaba acostumbrado a ver en la isla. No era tan joven como le había parecido en un principio. Ahora que estaba más cerca, podía ver que no tenía nada de niña. Pero estaba delgada y tenía unos pechos bonitos y redondos. Le gustaba su nervioso entrecejo fruncido, tan serio. Una boca bonita, también. Le apretó el brazo.

—Creo que vas a ser una ayudante muy buena —dijo.

Ella se rio.

—¡Me paso la vida ayudando! —dijo—. ¡Créame, señor Thomas, soy una ayudante muy buena!

Llovió muchísimo el día del picnic, y esa fue la última vez que la familia Ellis intentó invitar a toda la isla. Hizo un día espantoso. La señorita Vera se quedó en la playa solo durante una hora, y se sentó bajo un toldo, quejándose. Sus invitados europeos fueron a darse un paseo por la playa y perdieron sus paraguas a causa del viento. Un caballero austriaco se quejó de que se le había estropeado la cámara con tanta lluvia. El señor Burden, el violinista, se emborrachó en el coche de otra persona y se puso a tocar el violín allí mismo, con las ventanas subidas y las puertas cerradas. No pudieron sacarle hasta después de unas horas. La hoguera de Stan Thomas nunca llegó a prender, con la arena empapada y la lluvia que caía, y las mujeres isleñas sostenían las tartas y los pasteles pegados al cuerpo, como si estuvieran protegiendo a sus niños. Todo era un desastre.

Mary Smith-Ellis, con un impermeable de marinero que le habían prestado, se afanó en mover las sillas para que estuvieran debajo de los árboles, y cubrir las mesas con las sábanas, pero no había manera de salvar el día. La fiesta era lo que ella había organizado, y era un desastre, pero a Stan Thomas le gustó la manera en la que ella aceptaba la derrota sin cerrarse en banda. Le gustaba la manera en la que seguía moviéndose, intentando mantener la alegría. Era una mujer nerviosa, pero a él le gustaba su energía. Era trabajadora. Eso le gustó muchísimo. Él también era muy trabajador, y despreciaba la holgazanería tanto en un hombre como en una mujer.

—Deberías venir a mi casa para calentarte —le dijo, mientras ella se apresuraba a pasar junto a él, hacia el final de la tarde.

—Oh, no —dijo ella—. Tú deberías venir conmigo a la casa Ellis y calentarte.

Le repitió la invitación más tarde, después de que él la hubiera ayudado a devolver las mesas a la escuela y los bancos a la iglesia, así que él la llevó en coche a Ellis House, en lo más alto de la isla. Sabía dónde era, por supuesto, aunque nunca había entrado en ella.

—Debe de ser un lugar muy bonito para vivir —dijo.

Estaban dentro de su camión, en el camino curvo que les llevaría a la casa; los cristales estaban empañados por su respiración y el vapor de sus ropas empapadas.

—Oh, solo se quedan aquí durante el verano —dijo Mary.

—¿Y qué pasa contigo?

—Por supuesto que yo me quedo aquí también. Estoy donde esté la familia. Me encargo de la señorita Vera.

—¿Te encargas de la señorita Vera? ¿Todo el tiempo?

—Soy su ayudante —dijo Mary, con una leve sonrisa.

—Repíteme tu apellido, otra vez.

—Ellis.

—¿Ellis?

—Así es.

No podía llegar a comprenderlo exactamente. No lograba averiguar quién era aquella mujer. ¿Una criada? La verdad es que actuaba como una criada, y había visto la manera en la que esa zorra de Vera Ellis la importunaba. ¿Pero cómo es que su apellido era Ellis? ¿Ellis? ¿Se trataba acaso de una pariente pobre? ¿Quién había oído hablar de una Ellis acarreando sillas y bancos por todo el lugar, y afanándose bajo la lluvia con un impermeable prestado? Pensó en preguntarle cuál era su puñetera historia, pero la verdad es que era muy dulce, y no quería pelearse con ella. En vez de eso, le cogió la mano. Ella le dejó que se la cogiera.

Stan Thomas, después de todo, era un joven muy atractivo, con un atildado corte de pelo y unos hermosos ojos oscuros. No era alto, pero tenía una figura esbelta y una intensidad cautivadora, una franqueza que a Mary le gustaba muchísimo. No le importó en absoluto que le cogiera la mano, a pesar de que se habían conocido hacía muy poco.

—¿Hasta cuándo vas a estar por aquí? —preguntó él.

—Hasta la segunda semana de septiembre.

—Es cierto. Es cuando ellos…, vosotros os vais siempre.

—Así es.

—Quiero volver a verte —dijo él.

Ella se rio.

—Te lo digo en serio —continuó—. Voy a querer hacer esto otra vez. Me gusta cogerte de la mano. ¿Cuándo puedo volver a verte?

Mary se quedó pensando en silencio durante unos cuantos minutos, y después dijo, con sinceridad:

—A mí también me gustaría poder verle un poco más, señor Thomas.

—Bien. Llámame Stan.

—Sí.

—¿Así que cuándo puedo volver a verte?

—No estoy segura.

—Probablemente querré volver a verte mañana. ¿Qué te parece mañana? ¿Cómo quedamos mañana?

—¿Mañana?

—¿Hay alguna razón por la que no pueda verte mañana?

—No lo sé —dijo Mary, y de repente se volvió hacia él con una mirada de pánico—. ¡No lo sé!

—¿No lo sabes? ¿No te gusto?

—Sí, sí. Me gusta, señor Thomas. Stan.

—Bien. Vendré a recogerte mañana a las cuatro en punto. Iremos a dar una vuelta en coche.

—Ay, Dios mío.

—Eso es lo que vamos a hacer —dijo Stan Thomas—. Díselo a quien tengas que decírselo.

—No sé si tengo que decírselo a alguien, pero tampoco sé si tendré tiempo para irme a dar una vuelta.

—Haz lo que tengas que hacer, entonces. Apáñatelas como puedas. Realmente me apetece mucho verte. ¡Eh! ¡Insisto en ello!

—¡Está bien! —Ella se rio.

—Bien. ¿Todavía me invitas a entrar?

—¡Por supuesto! —dijo Mary—. ¡Por favor, entra!

Salieron del camión, pero Mary no se dirigió hacia la puerta principal. Apresurándose bajo la lluvia, fue hacia uno de los laterales de la casa, y Stan Thomas la siguió. Corrió bordeando la construcción de granito, protegida por los grandes aleros de la casa, y se agachó para meterse por una puerta muy corriente hecha de madera que sostuvo abierta para Stan. Estaban en un pasillo de la parte posterior, y ella se quitó el impermeable y lo colgó en un gancho en la pared.

—Iremos a la cocina —aclaró, y abrió otra puerta. Unas escaleras metálicas en espiral se retorcían hasta bajar a una bodega grande y antigua, donde estaba la cocina. Había una gran chimenea de piedra con ganchos de hierro y cazuelas, y aberturas que parecía que todavía se seguían utilizando para hornear el pan. Una pared estaba bordeada con fregaderos; la otra, con hornos y fuegos. Del techo colgaban racimos de hierbas aromáticas y el suelo era de baldosas viejas y limpias. En la gran mesa de madera que había en el centro de la habitación se sentaba una mujer bajita de mediana edad, de pelo corto y pelirrojo y rostro sagaz, que estaba recortando judías verdes en un cuenco de plata.

—Hola, Edith —saludó Mary.

La mujer respondió con un movimiento de cabeza, y dijo:

—Te requiere.

—¡No me digas!

—No deja de llamarte.

—¿Desde qué hora?

—Desde toda la tarde.

—Oh, pero estaba ocupada devolviendo todas las sillas y las mesas —se excusó Mary, y se apresuró hasta una de las pilas, donde se lavó las manos apresuradamente y se las secó en los pantalones.

—Todavía no sabe que has vuelto, Mary —dijo la mujer llamada Edith—, así que puedes sentarte y tomar un café.

—Debería ir a ver qué es lo que quiere.

—¿Y qué pasa con tu amigo?

—¡Stan! —exclamó Mary, y se giró para mirarle. Claramente, se había olvidado de que estaba allí—. Lo siento, pero no voy a poder quedarme aquí y secarme contigo, después de todo.

—Siéntate y tómate un café, Mary —propuso Edith, todavía cortando las vainas. Su voz era autoritaria—. Aún no sabe que has vuelto.

—Sí, Mary, siéntate y tómate un café —insistió Stan Thomas, y Edith, la que cortaba las vainas, le echó una mirada de reojo. Fue un vistazo muy rápido, pero llevaba consigo un montón de información.

—¿Y por qué no se sienta usted también, señor? —dijo Edith.

—Gracias, señora, así lo haré. —Se sentó.

—Tráele a tu invitado una taza de café, Mary.

Mary hizo una mueca.

—No puedo —respondió—. Tengo que ver qué es lo que quiere la señorita Vera.

—No se va a morir porque te sientes cinco minutos y te seques —contestó Edith.

—¡No puedo! —exclamó Mary. Pasó corriendo junto a Stan Thomas y Edith y salió por la puerta de la cocina. Se oyeron sus rápidos pasos subiendo las escaleras mientras gritaba—: ¡Lo siento! —Y desapareció.

—Supongo que tendré que ponerme yo mismo el café —dijo Stan Thomas.

—Ya se lo pongo yo. Esta es mi cocina.

Edith dejó las judías verdes y le sirvió a Stan una taza de café. Sin preguntarle cómo lo tomaba, le echó un chorro de nata y no le ofreció azúcar, pero a él le gustaba así. Ella se puso otra taza igual.

—¿La está cortejando? —preguntó, después de haberse sentado. Le estaba mirando con tal recelo que era imposible ocultarlo.

—Acabo de conocerla.

—¿Está interesado en ella?

Stan Thomas no le respondió, pero alzó las cejas con sorpresa e ironía.

—No tengo ningún consejo que darle —dijo Edith.

—No tiene por qué darme ningún consejo.

—Alguien debería hacerlo.

—¿Alguien como quién?

—¿Sabe usted que ya está casada, señor…?

—Thomas. Stan Thomas.

—Ya está casada, señor Thomas.

—No. No lleva anillo. No ha dicho nada.

—Está casada con esa vieja zorra de arriba. —Edith señaló al techo con un dedo amarillento—. ¿Ve cómo corre incluso antes de que la llamen?

—¿Le puedo hacer una pregunta? —dijo Stan—. ¿Quién diablos es ella?

—No me gusta su insolencia —atajó Edith, aunque en su voz no había nada que sugiriera que le importara demasiado. Suspiró—. Estrictamente hablando, Mary es sobrina de la señorita Vera. Pero en realidad es su esclava. Es una tradición familiar. Pasó lo mismo con su madre, y esa pobre mujer solo se libró de la esclavitud ahogándose. La madre de Mary fue a la que se tragó la ola del veintisiete. Nunca encontraron su cuerpo. ¿Ha oído hablar de ello?

—Sí, algo he oído.

—Ay, Dios, he contado esta historia un millón de veces. El doctor Ellis adoptó a Jane como compañera para su pequeña, que es el incordio que grita arriba. Jane era la madre de Mary. Se quedó embarazada de un italiano que trabajaba en las canteras. Fue un escándalo.

—Sí, lo había oído.

—Bueno, intentaron silenciarlo, pero a la gente le gusta un buen escándalo.

—Desde luego, por aquí sí.

—Así que se ahogó, ya sabe, y la señorita Vera se encargó del bebé y educó a esa niñita para que se convirtiera en su ayudante, para que sustituyera a su madre. Y eso es lo que es Mary. Y yo, por mi parte, no me puedo creer que la gente que cuida a los niños lo permitiera.

—¿Qué gente que cuida a los niños?

—No lo sé. Solo que no me puedo creer que sea legal que un niño nazca en la esclavitud hoy en día.

—¿Realmente quiere decir esclavitud?

—Sé exactamente lo que quiero decir, señor Thomas. Todos nos hemos quedado sentados en esta casa, observando cómo ocurría, y nos hemos preguntado a nosotros mismos por qué nadie hacía nada para evitarlo.

—¿Y por qué no hizo usted nada para evitarlo?

—Soy cocinera, señor Thomas. No un oficial de policía. ¿Y en qué trabaja usted? Creo que lo sé. Vive aquí; así que, por supuesto, es usted pescador.

—Sí.

—¿Se gana bien la vida?

—Lo suficiente.

—¿Lo suficiente para qué?

—Lo suficiente por estos lares.

—¿Es un trabajo peligroso?

—No mucho.

—¿Le apetece una bebida más fuerte?

—Claro que sí.

Edith, la cocinera, fue hacia un aparador, apartó algunas botellas y volvió con una petaca plateada. De ella vertió un líquido dorado en dos tazas de café limpias. Le dio una a Stan.

—¿No será un borracho, verdad? —preguntó.

—¿Y usted?

—Muy divertido, con todo lo que tengo que hacer. Muy divertido. —Edith miró a Stan Thomas con seriedad—. ¿Y nunca se ha casado con nadie de por aquí?

—Nunca me he casado con nadie de ningún sitio —respondió Stan, y se rio.

—Parece muy gracioso. Todo es una gran broma para usted. ¿Cuánto tiempo lleva cortejando a Mary?

—Nadie está cortejando a nadie, señora.

—¿Cuánto tiempo lleva interesado en Mary?

—La he conocido esta semana. Supongo que es algo más importante de lo que pensé. Creo que es una chica agradable.

—Es una chica agradable. ¿Y no hay chicas agradables, aquí, en su isla?

—Tranquila, ¿vale?

—Bueno, creo que es muy raro que no esté casado. ¿Cuántos años tiene?

—Estoy en la veintena. Acabándola. —Stan Thomas tenía veinticinco años.

—¿Un hombre guapo y simpático como usted, con un buen trabajo? ¿Que no es un borracho? ¿Y todavía no se ha casado? Tenía entendido que la gente se casaba joven por aquí, especialmente los pescadores.

—A lo mejor no le gusto a nadie de por aquí.

—Mira qué sabelotodo. A lo mejor es que tiene más ambición.

—Mire, todo lo que he hecho ha sido llevar a Mary a hacer algunos recados.

—¿Quiere volver a verla? ¿Es esa su idea?

—Me lo estaba pensando.

—Tiene casi treinta años, ¿sabe?

—Yo creo que está muy bien.

—Y es una Ellis, legalmente es una Ellis, pero no tiene dinero, así que espero que no se le haya ocurrido esa idea. Nunca le van a dar ni diez centavos excepto para vestirla y alimentarla.

—No sé qué tipo de ideas cree que tengo.

—Eso es lo que estoy intentando averiguar.

—Bueno, puedo ver que está intentando averiguar algo. Eso me está quedando muy claro.

—No tiene madre, señor Thomas. Se la considera de importancia en esta casa porque la señorita Vera la necesita, pero nadie en esta casa cuida de Mary. Es una mujer joven sin una madre que la cuide, y estoy intentando averiguar sus intenciones.

—Bueno, usted no habla como una madre. Con todo el respeto, señora, pero usted habla como un padre.

Eso agradó a Edith.

—Tampoco tiene padre.

—Qué lástima.

—¿Cómo cree que seguirá viéndola, señor Thomas?

—Creo que la recogeré y la llevaré a dar una vuelta de vez en cuando.

—¿Lo hará?

—¿Qué le parece?

—No es asunto mío.

Stan Thomas se rio a carcajadas.

—Oh, apuesto a que puede hacer que cualquier cosa sea asunto suyo, señora.

—Muy gracioso —dijo ella. Bebió otro trago de licor—. Todo es una gran broma para usted. Mary se irá dentro de unas semanas, ya lo sabe. Y no volverá hasta el próximo junio.

—Entonces tendré que recogerla y llevarla a dar un paseo todos los días, supongo.

Stan Thomas le regaló a Edith su mejor sonrisa, que era encantadora.

Edith declaró:

—Se va a meter en un montón de problemas. Qué pena, porque no me disgusta, señor Thomas.

—Gracias. A mí usted tampoco me disgusta.

—No estropee las cosas con esa chica.

—No tengo intención de estropearle nada a nadie —respondió él.

Edith dio por sentado que su conversación había acabado, así que volvió a las judías verdes. Como no le pidió a Stan Thomas que se marchara, él se quedó sentado en la cocina de Ellis House un rato más, esperando que Mary volviera y se sentara con él. Esperó y esperó, pero Mary no volvió, así que finalmente se fue a su casa. Ya había oscurecido, y todavía seguía lloviendo. Supuso que tendría que verla otro día.

Se casaron el siguiente agosto. No fue una boda apresurada. No fue una boda por sorpresa, dado que Stan ya le había dicho a Mary en junio de 1956 —el día después de que ella volviera a la isla de Fort Niles con la familia Ellis— que se iban a casar a finales de ese verano. Le dijo que se iba a quedar con él en Fort Niles de ahí en adelante y que ya podía olvidarse de seguir siendo una esclava para la puñetera señorita Vera Ellis. Así que todo se había organizado con tiempo. Con todo, la ceremonia en sí misma tenía trazos de celeridad.

A Mary y a Stan les casó Mort Beekman, quien por aquel entonces era el pastor ambulante de las islas de Maine, en el salón de la casa de Stan Thomas. Mort Beekman precedió a Toby Wishnell. En esa época, él era el patrón del *New Hope*. A diferencia de Wishnell, el pastor Mort Beekman le caía bien a todo el mundo. Tenía un cierto aire de no importarle nada, lo que gustaba a todos. Beekman no era un fanático religioso, y eso también le dejaba en buen lugar ante los pescadores de las parroquias más alejadas.

Stan Thomas y Mary Smith-Ellis no tuvieron testigos de boda, ni anillos, ni invitados, pero el pastor Mort Beekman, fiel a su naturaleza, siguió adelante con la celebración.

—De todos modos, ¿para qué demonios se necesitan testigos? —preguntó. Beekman solo había ido a la isla para un bautizo, ¿y qué le importaban a él los anillos, los invitados o los testigos? Esos dos jóvenes ciertamente parecían adultos. ¿Podían firmar el certificado? Sí. ¿Eran lo suficientemente mayores como para no depender del permiso de nadie? Sí. ¿Iba a suponer mucho lío? No.

—¿Queréis las oraciones, las escrituras y todo eso? —preguntó el pastor Beekman a la pareja.

—No, gracias —respondió Stan—. Solo la parte de la boda.

—Quizás una oración pequeña… —dijo Mary, dudando.

El pastor Mort Beekman suspiró, y apañó un ritual de matrimonio con una oración pequeña, al gusto de la señorita. No pudo evitar darse cuenta de que ella tenía muy mala cara, con esa palidez y esos temblores. La ceremonia se acabó en unos cuatro minutos. Stan Thomas le deslizó un billete de diez dólares en el bolsillo al pastor mientras le acompañaba a la puerta.

—Muy agradecidos —dijo Stan—. Gracias por venir.

—De nada —contestó el pastor, y se encaminó hacia su barco para poder salir de la isla antes de que anocheciera; nunca había un alojamiento decente para él en Fort Niles, y no iba a quedarse a pasar la noche en esa roca inhóspita.

Fue la boda menos ostentosa de la historia de la familia Ellis. Bueno, si Mary Ellis se podía considerar un miembro de la familia, algo que se cuestionaba seriamente.

—Como tía tuya que soy —le había dicho la señorita Vera a Mary—, debo decirte que creo que, si te casas, cometerás un gran error. Creo que es un gran error que te encadenes a ese pescador y a esta isla.

—Pero a ti te encanta esta isla —había contestado Mary.

—Pero no en febrero, querida.

—Pero te puedo ir a visitar yo en febrero.

—Querida, tendrás un marido al que cuidar, y no tendrás tiempo para hacer visitas. Yo también tuve marido, y lo sé. Era de lo más *restrictivo* —declaró, aunque no había sido restrictivo en absoluto.

Para sorpresa de muchos, la señorita Vera no se opuso más a los planes de boda de Mary. Para los que habían presenciado la salvaje furia de Vera a causa del embarazo de su madre hacía treinta años, y sus pataletas a causa de la muerte de la madre de Mary hacía veintinueve años (sin mencionar sus berrinches diarios por cosas totalmente insignificantes), esta tranquilidad al oír las noticias de Mary era un enigma. ¿Cómo podía Vera soportarlo? ¿Cómo podía perder a otra ayudante? ¿Cómo podía tolerar esa deslealtad, ese abandono?

Quizás nadie se sorprendió más por su reacción que la propia Mary, quien había perdido casi cinco kilos ese verano por la ansiedad que le causaba Stan Thomas. ¿Qué hacer con Stan Thomas? No es que la presionara para que se vieran, no es que la alejara de sus responsabilidades, pero seguía repitiendo insistentemente que se iban a casar a finales de verano. Llevaba diciéndolo desde junio. No parecía haber espacio para la negociación.

—Tú también crees que es una buena idea —le recordó, y ella así lo pensaba. Le gustaba la idea de casarse. No era algo en lo que hubiera pensado mucho antes, pero ahora le parecía de lo más adecuado. Y él era tan guapo. Y tenía tanta seguridad en sí mismo.

—Nos estamos haciendo mayores —le volvió a recordar, y la verdad era que sí.

Y con todo, Mary vomitó dos veces el día que le tuvo que contar a la señorita Vera que se iba a casar con Stan Thomas. No podía retrasarlo mucho más y al final le dio la noticia a mediados de julio. Pero la conversación, sorprendentemente, no fue nada difícil. Vera no se enfureció, aunque a menudo se había enfadado por asuntos muchísimo menores. Vera pronunció su discurso de «Esto es un gran error» como lo haría una tía preocupada por su sobrina, y después se resignó a la idea por completo, dejando a Mary que hiciera todas las preguntas causadas por los nervios.

—¿Qué harás sin mí? —preguntó.

—Mary, qué chica tan dulce. No te preocupes por eso. —Eso se acompañó de una sonrisa cálida, una palmadita en la mano.

—¿Pero qué haré yo? ¡Nunca he estado lejos de ti!

—Eres una joven encantadora y muy capaz. Estarás bien sin mí.

—Pero crees que no debo hacerlo, ¿verdad?

—Oh, Mary, ¿qué importa lo que yo piense?

—Crees que será un mal marido.

—Nunca he dicho una palabra en contra de él.

—Pero no te gusta.

—A la que tiene que gustarte es a ti, Mary.

—Crees que acabaré pobre y sola.

—Oh, claro que no, Mary. Nunca te faltará un techo. No vas a acabar vendiendo cerillas en las calles o algo así de horroroso.

—Crees que no voy a hacer amigos aquí en la isla. Piensas que estaré sola, y que me volveré loca cuando llegue el invierno.

—¿Quién no querría ser tu amigo?

—Crees que soy una fresca, escapándome con un marinero. Piensas que me estoy comportando igual que mi madre.

—¡Oh, la de cosas que pienso! —dijo la señorita Vera, y se rio.

—Seré feliz con Stan —afirmó Mary—. *Lo seré.*

—Entonces no podría alegrarme más por ti. Una novia feliz es una novia radiante.

—¿Pero dónde nos vamos a casar?

—En una iglesia, o eso espero.

Mary se quedó en silencio, al igual que la señorita Vera. Era una tradición para todas las novias Ellis casarse en los jardines de Ellis House, atendidas por el obispo episcopal de Concord, que iba allí para la ocasión. Las novias Ellis tenían celebraciones muy ostentosas, a las que asistían todos los miembros de la familia Ellis y todos los amigos cercanos a la familia. Las novias Ellis tenían elegantes recepciones en Ellis House. Así que, cuando la señorita Vera Ellis sugirió una boda en una «iglesia» sin especificar, Mary tenía razones para quedarse en silencio.

—Pero quiero casarme aquí, en Ellis House.

—Oh, Mary. Seguro que no te apetece meterte en ese lío. Deberías tener una ceremonia muy sencilla y quitártelo de encima.

—¿Pero estarás allí? —preguntó Mary, después de un rato.

—Oh, querida.

—¿Vendrás?

—No haría más que llorar, cariño, y te estropearía ese día tan especial.

Esa misma tarde, el señor Lanford Ellis —el hermano mayor de Vera y el patriarca de la familia— llamó a Mary Smith-Ellis a su habitación para felicitarle por su próxima boda. Expresó sus esperanzas de que Stan Thomas fuese un hombre honorable.

—Deberías comprarte un bonito vestido de boda —dijo, y le pasó un sobre. Ella manoseó la solapa, y él añadió—: No lo abras aquí. —Le dio un beso. Le apretó la mano y le dijo—: Siempre te hemos tenido un gran aprecio. —Y no le dijo nada más.

Mary no abrió el sobre hasta que estuvo a solas en su cuarto, más tarde. Contó unos mil dólares en metálico. Diez billetes de cien dólares, que colocó bajo su almohada. Eso era un montón de dinero para un vestido de boda en 1956; pero, al final, Mary se casó con un vestido floreado de algodón que había cosido ella misma dos veranos antes. No quería gastar el dinero. En vez de eso, decidió darle el sobre y su contenido a Stan Thomas.

Ese dinero fue lo que ella aportó al matrimonio, aparte de su ropa y las sábanas de su cama. Eso era todo lo que poseía, después de décadas al servicio de la familia Ellis.

En la mansión de los Ellis en Concord, la madre de Ruth le mostró su habitación. No se habían visto desde hacía tiempo. A Ruth no le gustaba ir de visita a Concord y rara vez lo hacía. Había habido algunas Navidades, de hecho, en las que Ruth había preferido quedarse en el internado. Le gustaba más eso que estar en Concord, en la mansión de los Ellis. Las últimas Navidades, por ejemplo.

—Estás guapísima, Ruth —dijo su madre.

—Gracias. Tú también estás muy bien.

—¿No traes maletas?

—No. Esta vez no.

—Hemos puesto un papel pintado nuevo para ti.

—Parece bonito.

—Y aquí hay una foto tuya de cuando eras pequeña.

—Fíjate —dijo Ruth, y se inclinó hacia la fotografía enmarcada, que estaba colgada en la pared al lado de la cómoda—. ¿Esa soy yo?

—Esa eres tú.

—¿Qué es lo que tengo en las manos?

—Guijarros. Guijarros del camino a Ellis House.

—¡Vaya, mira esos puños!

—Y aquí estoy yo —dijo la madre de Ruth.

—Ahí estás tú.

—Estoy intentando que me des los guijarros.

—No parece que fueras a conseguirlo.

—No, no lo parece. Y seguro que no conseguí que me los dieras.

—¿Cuántos años tenía?

—Unos dos. Eras adorable.

—¿Y cuántos años tenías tú?

—Oh. Treinta y tres o algo así.

—Nunca he visto esta foto antes.

—No, no creo que la hayas visto.

—Me pregunto quién la sacó.

—La sacó la señorita Vera.

Ruth Thomas se sentó en la cama, una preciosa herencia de metal cubierta con una colcha de encaje. Su madre se sentó a su lado y preguntó:

—¿Huele un poco a humedad aquí?

—No, está bien.

Se quedaron sentadas en silencio durante un rato. La madre de Ruth se puso en pie y subió las persianas.

—Vamos a dejar que entre algo de luz —dijo, y volvió a sentarse.

—Gracias —dijo Ruth.

—Cuando compré el papel de la pared, pensé que eran flores de cerezo, pero ahora que lo estoy mirando, creo que son flores de manzano. ¿No es gracioso? No sé por qué no lo vi de primeras.

—Las flores de manzano son bonitas.

—No hay mucha diferencia, supongo.

—De cualquier manera, queda bonito. Has hecho un buen trabajo con el empapelado.

—Pagamos a un hombre para que lo hiciera.

—Ha quedado muy bonito.

Después de otro largo silencio, Mary Smith-Ellis cogió la mano de su hija y le preguntó:

—¿Vamos ahora a ver a Ricky?

Ricky estaba en una cuna, aunque tenía nueve años. Era del tamaño de un niño más pequeño, de tres años, quizá, y los dedos de las manos y de los pies se le curvaban como si fuesen garras. Tenía el pelo oscuro y corto, enredado en la parte posterior debido al modo en que movía la cabeza adelante y atrás, adelante y atrás. Siempre se estaba frotando la cabeza contra el colchón, siempre estaba volviendo la cara de un lado a otro, como si estuviera buscando algo con desesperación. Y sus ojos, también, se movían de derecha a izquierda, siempre al acecho. Daba chillidos y agudos quejidos, y aullidos, pero cuando Mary se acercó, se tranquilizó y solo se le oía un bisbiseo monótono.

—Aquí está mamá —dijo ella—. Aquí está mamá.

Le sacó de la cuna y le puso, boca arriba, en una alfombra de piel de oveja que había en el suelo. No podía sentarse ni sostener la cabeza. No podía comer él solo. No podía hablar. En la alfombra de piel de oveja, sus pequeñas piernas torcidas se desplomaron hacia un lado y sus brazos hacia el otro. Adelante y atrás balanceaba la cabeza, adelante y atrás, y sus dedos se estiraban y se contraían, aleteando en el aire del mismo modo en que las plantas marinas ondean en el agua.

—¿Está mejorando? —preguntó Ruth.

—Bueno —dijo su madre—, yo sí lo creo, Ruth. Siempre creo que está mejorando un poco, pero nadie más lo ve.

—¿Dónde está la enfermera?

—Oh, por ahí. Puede que esté en la cocina, tomándose un descanso. Es nueva, y parece muy agradable. Le gusta cantarle a Ricky. ¿Verdad que sí, Ricky? ¿Verdad que Sandra te canta? Porque sabe que te gusta. ¿Verdad?

Mary le hablaba como las madres hablan a los recién nacidos, o como el Senador Simon Addams le hablaba a Cookie, con la voz llena de amor y sin esperar ninguna respuesta.

—¿Ves a tu hermana? —preguntó—. ¿Ves a tu hermana mayor? Ha venido a visitarte, pequeñín. Ha venido a decirle hola a Ricky.

—Hola, Ricky —dijo Ruth, intentando imitar la cadencia de la voz de su madre—. Hola, hermanito.

Ruth notó que se mareaba. Se inclinó y acarició la cabeza de Ricky, que él apartó de debajo de su mano, y pudo sentir su pelo enredado deslizarse como un relámpago. Ella quitó la mano, y él descansó la cabeza durante unos instantes. Luego la giró tan repentinamente que Ruth se asustó.

Ricky había nacido cuando Ruth tenía nueve años. Nació en un hospital de Rockland. Ruth no llegó a verle cuando era un bebé, porque su madre no volvió a la isla después de que Ricky naciera. Su padre fue a Rockland con su esposa cuando el bebé estaba a punto de llegar, y Ruth se quedó con su vecina, la señora Pommeroy. Se suponía que su madre iba a volver con un bebé, pero no lo hizo. Nunca volvió, porque algo malo le pasaba al bebé. Nadie se esperaba eso.

De acuerdo con lo que Ruth había oído, su padre, desde el momento que vio a ese bebé con discapacidad severa, empezó a echarles las culpas a otros, rápidamente y con crueldad. Le daba asco y estaba enfadado. ¿Quién le había hecho eso a su hijo? Inmediatamente, pensó que el bebé había heredado esa enfermedad de los antepasados de Mary. Después de todo, ¿qué sabía nadie de la huérfana del Hospital Naval de Bath o del inmigrante italiano? ¿Quién sabía qué clase de monstruos acechaban en ese oscuro pasado? Los antepasados de Stan Thomas, por otra parte, se conocían desde hacía diez generaciones, y nunca les había pasado nada parecido. Nunca había habido ningún monstruo en la familia de Stan. Obviamente, dijo Stan, esto es lo que consigues cuando te casas con alguien sin conocer su pasado. Sí, eso era lo que conseguías.

Mary, exhausta aún en la cama del hospital, atacó con su propia enloquecida defensa. Normalmente no era muy luchadora, pero esta vez se enfrentó a él. Y lo hizo jugando sucio. Oh, sí, dijo ella, todos los antepasados de Stan podían ser responsables, precisamente porque todos estaban *emparentados* entre ellos. Todos eran hermanos y primos, y no hace falta ser un genio para darse cuenta de que, después de las suficientes generaciones de incesto y endogamia, esto era lo que terminabas consiguiendo. Este niño, este Ricky con la cabeza de un lado a otro y las manos que parecían garras.

—¡Este es *tu hijo*, Stan! —le dijo.

Fue una pelea sucia y mezquina, y perturbó a las enfermeras de la sala de maternidad, que escucharon hasta la última y cruel palabra. Algunas de las enfermeras más jóvenes lloraron. Nunca habían oído nada parecido. La enfermera jefe empezó su ronda a medianoche y se llevó a Stan Thomas de la habitación de su mujer. La enfermera jefe era una mujer grande que no se dejaba intimidar fácilmente, ni siquiera por un obstinado pescador de langostas. Se lo llevó de allí mientras Mary le seguía gritando.

—Por el amor de Dios —le soltó la enfermera a Stan—, esa mujer necesita descansar.

Unas cuantas tardes después, Mary, Stan y el bebé tuvieron una visita en el hospital; era el señor Lanford Ellis. De algún modo, se había enterado de la noticia. Había navegado hasta Rockland en el *Stonecutter* para presentarles sus respetos y ofrecerles a Mary y a Stan las condolencias de la familia Ellis en esa trágica situación. Stan y Mary se habían reconciliado fríamente para aquel entonces. Por lo menos podían estar en la misma habitación.

Lanford Ellis le relató a Mary la conversación que había tenido con su hermana Vera, y de sus conclusiones. Él y su hermana habían discutido sobre el problema y estaban de acuerdo en que Mary no debería llevar al niño a la isla de Fort Niles. Mary no tendría atención médica allí, no habría ayuda profesional para Ricky. Los médicos ya habían declarado que necesitaría cuidados las veinticuatro horas durante el resto de su vida. ¿Tenían algo planeado Mary y Stan?

Mary y Stan admitieron que no tenían nada planeado. Lanford Ellis fue muy compasivo. Entendía que aquel era un momento muy difícil para la pareja, y tenía una sugerencia que hacerles.

Por el lazo que unía a Mary con la familia Ellis, estaban dispuestos a ayudar. Lanford Ellis pagaría para que cuidaran a Ricky en una institución adecuada. De por vida. Sin importar el coste. Había oído hablar de una excelente residencia privada en Nueva Jersey.

—¿Nueva Jersey? —preguntó Mary Thomas, incrédula.

Puede que Nueva Jersey estuviera muy lejos, concedió Lanford Ellis. Pero se decía que la residencia era una de las mejores del país. Había hablado con el gerente esa misma mañana. Si a Stan y Mary no les parecía bien esa opción, había otra posibilidad…

O…

«¿O qué?».

O, si Mary y su familia se mudaban a Concord, donde Mary podía volver a ocupar su puesto como acompañante de la señorita Vera, la familia Ellis proveería a Ricky de cuidados allí mismo, en la mansión Ellis. Lanford Ellis convertiría parte del ala de los criados en un área adaptada para el joven Ricky. Contrataría enfermeras privadas y el mejor servicio médico. De por vida. También le encontraría a Stan Thomas un buen empleo y mandaría a Ruth a una buena escuela.

—Ni se le ocurra —dijo Stan Thomas, con una voz peligrosamente baja—. Ni se le ocurra intentar llevarse otra vez a mi esposa.

—Solo es una sugerencia —respondió Lanford Ellis—. La decisión es suya. —Y se fue.

—¿La habéis envenenado? —le gritó Stan Thomas a Lanford mientras el anciano se alejaba por el pasillo del hospital. Stan le siguió—. ¿Habéis envenenado a mi esposa? ¿Habéis provocado que pasara esto? ¡Respóndame! Hijos de puta, ¿habéis sido vosotros los que habéis organizado todo esto solo para volver a lleváprosla?

Pero Lanford Ellis no tenía nada más que decir, y la enfermera jefe intervino una vez más.

Por supuesto, Ruth Thomas nunca se enteró de los detalles de la discusión que tuvieron sus padres después de la oferta del señor Ellis. Pero sí sabía que unos cuantos puntos quedaron inmediatamente claros, directamente allí, en la habitación del hospital. No había manera alguna de que Mary Smith-Ellis Thomas, hija de una huérfana, fuera a meter a su hijo, por muy discapacitado que fuera, en una residencia. Y de ninguna manera Stan Thomas, perteneciente a la décima generación de su familia en la isla, iba a mudarse a Concord, nueva Hampshire. Tampoco iba a permitir que su hija se mudara allí, donde se convertiría en la esclava de la señorita Vera Ellis, como lo habían sido su madre y su abuela.

Habiendo dejado eso claro, había muy poco que negociar. E independientemente de la gravedad de la pelea, la decisión fue rápida y definitiva. Mary se mudó a Concord con su hijo. Volvió a la mansión Ellis y a su puesto con Vera Ellis. Stan Thomas volvió a la isla para estar con su hija, él solo. Pero no volvió inmediatamente. Desapareció durante unos cuantos meses.

—¿Adónde fuiste? —le preguntó una vez Ruth cuando tenía diecisiete años—. ¿Adónde huiste todo ese tiempo?

—Estaba enfadado —respondió—. Y no es asunto tuyo.

—¿Dónde está mi madre? —le preguntaba Ruth a su padre, cuando tenía nueve años y él volvió por fin a Fort Niles, solo.

Su explicación fue desastrosa: dijo algo sobre lo que no importaba y lo que no merecía la pena preguntar y lo que debería olvidarse. Ruth se quedó perpleja, y después el señor Pommeroy se ahogó, y pensó —encajaba perfectamente— que su madre podría haberse ahogado también. Por supuesto. Esa era la respuesta. Unas cuantas semanas después de llegar a esta conclusión, Ruth empezó a recibir cartas de su madre, lo cual fue desconcertante. Durante un tiempo pensó que las cartas procedían del cielo. Cuando se hizo mayor, más o menos encajó toda la historia. Al final, a Ruth le pareció que entendía completamente lo que había pasado.

Ahora, en el cuarto de Ricky, que olía a sus medicinas, la madre de Ruth cogió un bote de crema del tocador y se sentó en el suelo, al lado de su hijo. Le echó la loción en sus extraños pies, masajeándole y estirándole los dedos y presionando con los pulgares en sus arqueados empeines.

—¿Cómo está tu padre? —preguntó.

Ricky chilló y balbuceó.

—Está bien —respondió Ruth.

—¿Cuida de ti adecuadamente?

—A lo mejor soy yo la que le cuida a él.

—Me preocupaba que no tuvieras suficiente cariño.

—He tenido suficiente.

Aunque la madre de Ruth parecía tan preocupada que Ruth intentó pensar en algo que le reforzara esa idea, algún suceso cariñoso que tuviera que ver con su padre.

—En mis cumpleaños, cuando me da los regalos, siempre me dice: «Bueno, no utilices la visión de rayos X, Ruth».

—¿Visión de rayos X?

—Antes de que abra el regalo, ya sabes. Cuándo todavía estoy mirando la caja. Siempre dice eso. «No utilices la visión de rayos X, Ruth». Es bastante divertido.

Mary Smith-Ellis Thomas asintió lentamente con la misma cara de preocupación.

—¿Te regala cosas bonitas en tu cumpleaños?

—Claro.

—Eso está bien.

—Cuando cumplía años y era más pequeña, solía ponerme de pie en una silla y decirme: «¿Te sientes más grande hoy? Porque pareces más grande».

—Le recuerdo haciendo eso.

—Nos lo pasamos bastante bien —dijo Ruth.

—¿Todavía anda Angus Addams por allí?

—Oh, sí. Vemos a Angus todos los días.

—A veces me daba miedo. En una ocasión le vi pegando a un niño con una boya. Cuando acababa de casarme.

—No me digas. ¿A un niño?

—Algún pobre chaval que estaba trabajando en su barco.

—Oh, entonces no era un niño. Su ayudante, probablemente. Algún adolescente vago. Angus es un jefe severo, de eso no hay duda. Ya no puede pescar con nadie. No se lleva bien con nadie.

—No creo que yo le cayera muy bien.

—No le gusta dejar entrever que alguien le cae bien.

—Tienes que entender, Ruth, que yo nunca había conocido a gente así. El primer invierno que pasé en Fort Niles fue en el que Angus Addams perdió un dedo mientras estaba pescando. ¿Recuerdas haberlo oído? Hacía mucho frío y no llevaba guantes, y se le congelaron las manos. Y supongo que se pilló el dedo con... ¿qué era?

—La cabeza de un cabestrante.

—Se pilló el dedo con el cabestrante y se le quedó enredado en una cuerda y se lo arrancó. El otro hombre que había en el barco dijo que Angus le dio una patada al dedo para que cayera por la borda y que siguió pescando el resto de la jornada.

—Lo que yo oí —dijo Ruth— es que se cauterizó la mano con el cigarro que tenía encendido para poder seguir pescando el resto de la jornada.

—Oh, Ruth.

—Aunque no sé si creérmelo. Nunca he visto a Angus Addams con un cigarrillo encendido en la boca.

—Oh, Ruth.

—Una cosa está clara. Lo cierto es que le falta un dedo. —La madre de Ruth no dijo nada. Ruth se miró las manos—. Lo siento —dijo—. ¿Estabas intentando decirme algo con eso?

—Solo que nunca había estado con gente tan ruda.

Ruth se pensó si señalar que mucha gente encontraba a la señorita Vera Ellis bastante ruda, pero se mordió la lengua y dijo:

—Ya veo.

—Solo llevaba un año en la isla cuando Angus Addams vino a nuestra casa con Snoopy, su gato. Dijo: «Estoy harto de este gato,

Mary. Si no me lo quitas de las manos, le pego un tiro aquí mismo, delante de ti». Y llevaba un arma. ¿Sabes lo alto que habla, lo enfadado que parece? Bueno, le creí, y ni que decir tiene que me quedé con el gato. Tu padre estaba furioso; me dijo que le devolviera el gato, pero Angus amenazó otra vez con pegarle un tiro delante de mí. No quería ver cómo disparaban al gato. Tu padre dijo que no iba a hacerlo, pero yo no estaba tan segura. Era un gato muy bonito. ¿Recuerdas a Snoopy?

—Creo que sí.

—Era un gato grande y blanco precioso. Tu padre dijo que Angus nos estaba gastando una broma, que era su manera de deshacerse del gato. Supongo que era una broma, porque unas pocas semanas después Snoopy tuvo cinco gatitos, y esos gatitos eran problema nuestro. Entonces fui yo la que me enfadé, pero tu padre y Angus pensaban que era muy gracioso. Y Angus creyó que había sido muy listo al engañarme así. Tu padre y él se burlaron de mí durante meses. Tu padre, ya sabes, terminó ahogando a los gatitos.

—Qué lástima.

—Sí, pero creo que a los gatitos les pasaba algo, de todos modos.

—Sí —dijo Ruth—. Que no sabían nadar.

—¡Ruth!

—Estoy bromeando. Lo siento. Ha sido una broma estúpida. —Ruth se odiaba a sí misma. Se asombró una vez más de lo fácil que era llegar hasta ese punto con su madre, hasta el punto de gastarle una broma cruel a costa de una mujer que era tan frágil. A pesar de sus buenas intenciones, en cuestión de minutos, diría algo que heriría a su madre. Cuando estaba con su madre, Ruth sentía que se transformaba en un elefante furioso. Un elefante en una cacharrería. Pero ¿por qué era tan fácil herir a su madre? ¿Por qué era su madre como una cacharrería, para empezar? Ruth no estaba acostumbrada a las mujeres como ella. Estaba acostumbrada a mujeres como las hermanas Pommeroy, que iban por la vida como si fueran invencibles. Ruth estaba mucho más cómoda alrededor de gente ruda. La gente ruda le hacía sentirse un poco... menos elefante.

Mary frotó las piernas de su hijo y con suavidad le giró los pies, estirándole los tobillos.

—Oh, Ruth —dijo—, me sentí tan mal el día que ahogaron a los gatitos.

—Lo siento —afirmó Ruth, y de verdad que lo sentía—. Lo siento.

—Gracias, corazón. ¿Quieres ayudarme con Ricky? ¿Me ayudas a echarle crema?

—Claro —aceptó Ruth, aunque no se le ocurría nada que le apeteciera menos.

—Puedes frotarle las manos. Dicen que es bueno para que no se le deformen mucho, pobrecito.

Ruth se puso un poco de crema en las palmas y empezó a frotar una de las manos de Ricky. Inmediatamente, sintió que se le revolvía el estómago, una oleada creciente de mareo y náuseas. ¡Una manita tan atrofiada, tan falta de vida!

Una vez Ruth estaba pescando con su padre cuando él sacó una trampa con una langosta que estaba mudando el caparazón. No era raro, durante el verano, encontrarse langostas con caparazones nuevos y blandos, de solo unos días, pero esta langosta probablemente había mudado el caparazón hacía solo una hora. Su perfecto caparazón vacío estaba a su lado en la nasa, una inútil armadura hueca. Ruth había sostenido la desnuda langosta en su palma, y manejarla le había dado las mismas náuseas que ahora experimentaba al tocar a su hermano. Una langosta sin su caparazón era como la carne sin huesos; cuando Ruth la cogió, la débil langosta se quedó en su mano, ofreciendo la misma resistencia que un calcetín mojado. Estaba allí como si se estuviera derritiendo, como si de un momento a otro se le fuera a escurrir de entre los dedos. No se parecía a una langosta normal, esos feroces acorazados que mordían. Y con todo, podía sentir la vida en su palma, su sangre palpitando en la mano. Su carne era como gelatina azulada, como una vieira cruda. Fue estremecedor. Solo por el hecho de cogerla, había empezado a matarla, dejando las huellas de sus dedos en sus órganos apenas cubiertos. La había tirado por la borda y había observado cómo se hundía, translúcida. No tenía ninguna oportunidad. No había oportunidad en el mundo para ella. Probablemente se la comerían incluso antes de que llegara a tocar el fondo.

—Así —dijo la madre de Ruth—. Eso está bien.

—Pobrecito —se obligó a decir Ruth, echando la crema en los extraños dedos de su hermano, su muñeca, su antebrazo. Su voz sonaba forzada, pero su madre no pareció darse cuenta—. Pobrecito.

—¿Sabías que cuando tu padre era pequeño, en el colegio de Fort Niles, los profesores enseñaban a los niños cómo hacer nudos? Era una parte importante del temario de la isla. Y se les enseñaba a leer las tablas de mareas, también. ¡En la escuela! ¿Te lo puedes imaginar?

—Probablemente era una buena idea —dijo Ruth—. Tiene sentido que los niños de la isla conozcan esas cosas. Sobre todo en esa época. ¿Iban a ser pescadores, verdad?

—¿Pero en la *escuela*, Ruth? ¿No podían enseñar primero a los niños a leer y dejar los nudos para por la tarde?

—Seguro que también aprendían a leer.

—Por eso queríamos mandarte a un colegio privado.

—Papá no quería.

—Me refiero a los Ellis y a mí. Estoy muy orgullosa de ti, Ruth. Estoy orgullosa de lo bien que lo has hecho. ¡La undécima de la clase! Y estoy orgullosa de que hayas aprendido francés. ¿Me dices algo en francés?

Ruth se rio.

—¿Qué? —preguntó su madre—. ¿Qué es lo que tiene tanta gracia?

—Nada. Es solo que cada vez que hablo en francés y Angus Addams está cerca, dice: «¿Qué? ¿Que te duele *el qué*?».

—Oh, Ruth. —Parecía triste—. Esperaba que me dijeras algo en francés.

—No merece la pena, mamá. Tengo un acento estúpido.

—Bueno. Como tú quieras, cariño. —Se quedaron en silencio un momento, y entonces la madre de Ruth dijo—: ¡Tu padre probablemente deseaba que te quedaras en la isla y aprendieras a hacer nudos!

—Estoy segura de que es exactamente lo que deseaba —contestó Ruth.

—¡Y las mareas! Estoy segura de que quería que te aprendieras las mareas. Yo nunca pude aprendérmelas, aunque lo intenté. Tu padre intentó enseñarme cómo manejar un barco. Navegar era fácil, pero de alguna manera se suponía que tenía que saber dónde estaban todas las rocas y los acantilados, y cuáles sobresalían dependiendo de las mareas. Prácticamente no había boyas ahí fuera, y las que había siempre se estaban yendo a la deriva, y tu padre me gritaba si intentaba navegar guiándome por ellas. No confiaba en las boyas, pero ¿cómo iba a saberlo yo? ¡Y las corrientes! Suponía que tan solo era apuntar hacia la boya y darle al acelerador. ¡No sabía nada acerca de las corrientes!

—¿Cómo ibas a saberlo?

—¿Cómo iba a saberlo, Ruth? Pensé que conocía la vida de la isla porque había pasado los veranos allí, pero no sabía nada. No tenía ni idea de lo mal que se ponen las cosas en invierno. ¿Sabes que hay gente que pierde la cabeza?

—Creo que la mayoría de gente en Fort Niles la pierde —dijo Ruth, y se rio.

—¡No para nunca! En el primer invierno que pasé allí, el viento empezó a soplar a finales de octubre y no paró hasta abril.

Tuve los sueños más extraños ese invierno, Ruth. Soñaba continuamente que la isla estaba a punto de salir volando. Los árboles de la isla tenían unas raíces muy, muy largas, que llegaban hasta el fondo del océano, y eran lo único que evitaba que la isla saliera volando con el viento.

—¿Estabas asustada?

—Aterrorizada.

—¿No se portó nadie bien contigo?

—Sí. La señora Pommeroy fue muy agradable.

Llamaron a la puerta, y la madre de Ruth se asustó. Ricky se asustó también, y empezó a mover la cabeza de un lado a otro. Chilló; era un sonido espantoso, como el chirrido de los frenos estropeados en un coche viejo.

—Shhhh —dijo su madre—. Shhhh.

Ruth abrió la puerta del cuarto, y allí estaba Cal Cooley.

—¿Poniéndoos al día? —preguntó. Entró y plegó su alta figura para sentarse en una mecedora. Sonrió a Mary, pero no miró a Ricky—. La señorita Vera quiere dar un paseo —dijo.

—¡Oh! —exclamó Mary, y se puso en pie—. Llamaré a la enfermera. Cojamos los abrigos. Ruth, ve a coger tu abrigo.

—Quiere ir de compras —prosiguió Cal, todavía sonriente, pero mirando a Ruth—. Se ha enterado de que Ruth ha venido sin equipaje.

—¿Y cómo se ha enterado de eso, Cal? —preguntó Ruth.

—Que me aspen. Todo lo que sé es que quiere comprarte ropa nueva, Ruth.

—No necesito nada.

—Ya te lo dije —se pavoneó, con la mayor satisfacción—. Te dije que te trajeras ropa o que la señorita Vera terminaría comprándote cosas nuevas y te enfadarías.

—Mira, no me importa —dijo Ruth—. Sea lo que sea lo que me obliguéis a hacer, no me importa. No me importa una mierda. Sencillamente, acabemos con ello de una vez.

—¡Ruth! —exclamó Mary, pero a Ruth no le importó. Al infierno con todos ellos. A Cal Cooley tampoco parecía importarle. Él se limitó a encogerse de hombros.

Fueron a la tienda de ropa en el viejo Buick bicolor. Casi una hora les costó a Mary y a Cal conseguir que la señorita Vera se vistiera, se abrigara y bajara las escaleras hasta el coche, donde se sentó en el asiento de delante con su monedero de cuentas en el regazo. Llevaba varios meses sin salir de casa, dijo Mary.

La señorita Vera era muy pequeña; era como un pajarillo posado en el asiento delantero. Tenía las manos pequeñas y los deditos le temblaban ligeramente sobre el monedero, como si estuviera leyendo en Braille o rezando con un rosario infinito. Llevaba unos guantes de encaje, que dejó a un lado. Cuando Cal Cooley giraba en una esquina, colocaba la mano izquierda sobre los guantes, como si temiera que se fueran a resbalar. Soltaba un jadeo con cada giro, aunque Cal Cooley conducía a la velocidad aproximada de un peatón sano. La señorita Vera llevaba puesto un abrigo largo de visón y un sombrero negro con un velo. Hablaba en voz muy baja, con un ligero temblor. Sonreía al hablar, pronunciaba las palabras con un ligero rastro de acento británico, y hacía que cada frase sonara melancólica.

—Oh, salir a dar un paseo… —dijo.

—Sí —asintió la madre de Ruth.

—¿Sabes conducir, Ruth?

—Sí —contestó Ruth.

—Oh, qué lista. La verdad es que yo nunca fui capaz. Siempre me chocaba… —Este recuerdo hizo que la señorita Vera se riera ahogadamente. Se llevó la mano a la boca, como hacen las chicas tímidas. Ruth no recordaba que la señorita Vera tuviera la costumbre de reírse por los nervios. Debía de ser algo que le había dado con la edad, una pose tardía. Ruth miró a la anciana y pensó cómo, en la isla de Fort Niles, la señorita Vera hacía que los hombres que trabajaban en el jardín bebieran de la manguera. No les permitía entrar en la cocina para que se sirvieran un vaso de agua. Ni en el día más caluroso. Odiaban tanto esa costumbre suya que dio paso a una frase hecha: *Beber de la manguera*. Indicaba la más profunda bajeza. *Mi mujer se ha quedado con la casa y también con los hijos. Esa zorra me ha dejado bebiendo de la manguera*.

En un cruce de caminos, Cal Cooley se detuvo frente a una señal de stop y dejó que atravesara otro coche. Después, cuando empezaba a moverse, la señorita Vera gritó:

—¡Espera!

Cal se paró. No había otro coche a la vista. Volvió a poner el coche en marcha.

—¡Espera! —repitió la señorita Vera.

—Tenemos derecho de paso —dijo Cal—. Nos toca salir a nosotros.

—Creo que es más prudente esperar. Puede que vengan otros coches.

Cal puso el freno de mano y esperó ante la señal de stop. No apareció ningún otro coche. Durante varios minutos se quedaron en silencio. Finalmente un furgón se detuvo detrás del Buick y el conductor les pitó. Cal no dijo nada. Mary no dijo nada. La señorita Vera no dijo nada. Ruth se encogió en su sitio y pensó que el mundo estaba lleno de gilipollas. El conductor del furgón volvió a pitar, dos veces, y la señorita Vera dijo:

—Qué maleducado.

Cal bajó su ventanilla y le hizo señas para que les adelantara. Les pasó por delante. Se quedaron sentados, en el Buick, en la señal de stop. Otro coche se paró detrás de ellos, y Cal también le hizo señas para que pasara. Una camioneta roja y oxidada pasó en la otra dirección. Después de eso, al igual que antes, no había ningún coche a la vista.

La señorita Vera agarró sus guantes con la mano izquierda y dijo:

—¡Vamos!

Cal condujo lentamente por el cruce y continuó hasta la autopista. La señorita Vera volvió a reírse.

—¡Qué aventura! —dijo.

Llegaron al centro de Concord, y Mary le indicó a Cal Cooley que aparcara delante de una tienda de ropa de mujer. El nombre, Blaire's, estaba pintado en elegantes cursivas doradas en el escaparate.

—No voy a entrar —dijo la señorita Vera—. Es demasiado esfuerzo. Pero dile al señor Blaire que venga aquí. Le diré lo que necesitamos.

Mary entró en la tienda y volvió enseguida con un hombre joven. Parecía inquieta. El hombre fue hacia el coche y golpeó en la ventana. La señorita Vera frunció el ceño. Él sonrió y le hizo señas para que bajara la ventanilla. La madre de Ruth se quedó detrás de él, cada vez más nerviosa.

—¿Quién demonios es? —dijo la señorita Vera.

—A lo mejor debería bajar la ventanilla y ver qué es lo que quiere —sugirió Cal.

—¡No haré tal cosa! —Le echó una mirada feroz al hombre. Le brillaba la cara con el sol matutino, y volvió a sonreírle, haciendo otra vez señales para que bajara la ventanilla. Ruth se deslizó en su asiento y bajó la suya.

—¡Ruth! —exclamó la señorita Vera.

—¿Puedo ayudarle? —preguntó Ruth al hombre.

—Soy el señor Blaire —dijo el hombre. Metió la mano por la ventanilla para dársela a Ruth.

—Encantada de conocerle, señor Blaire —dijo—. Soy Ruth Thomas.

—¡No es él! —declaró la señorita Vera. Se dio la vuelta con una sorprendente agilidad y miró intensamente al joven—. Tú no eres el señor Blaire. ¡El señor Blaire tiene bigote!

—Ese es mi padre, señora. Se ha retirado, y yo llevo la tienda.

—Dile a tu padre que la señorita Vera Ellis desea hablar con él.

—Me encantaría decírselo, señora, pero no vive aquí. Mi padre vive en Miami, señora.

—¡Mary!

La madre de Ruth se apresuró a acercarse al Buick y metió la cabeza por la ventanilla de Ruth.

—¡Mary! ¿Cuándo ha ocurrido esto?

—No lo sé. No sé nada al respecto.

—No necesito ropa —dijo Ruth—. No necesito nada. Volvamos a casa.

—¿Cuándo se retiró su padre? —preguntó la madre de Ruth al joven señor Blaire. Estaba muy pálida.

—Hace siete años, señora.

—¡Imposible! ¡Me hubiera informado de ello! —dijo la señorita Vera.

—¿Podemos ir a otro sitio? —preguntó Ruth—. ¿No hay otra tienda en Concord?

—No hay otra tienda en Concord que no sea Blaire's —repuso la señorita Vera.

—Bueno, nos alegramos de que piense así —afirmó el señor Blaire—. Y estoy seguro de que podemos ayudarla, señora.

La señorita Vera no contestó.

—Mi padre me enseñó todo lo que sabía, señora. Todos sus clientes ahora son clientes míos. ¡Tan satisfechos como siempre!

—Saque la cabeza del coche.

—¿Señora?

—Saque su maldita cabeza de mi coche.

Ruth empezó a reírse. El hombre sacó la cabeza del Buick y volvió envarado y rápidamente a su tienda. Mary le siguió, tratando de tocarle el brazo, intentando aplacarle, pero él la ignoró.

—Jovencita, esto no es divertido. —La señorita Vera se volvió a dar la vuelta y le dirigió a Ruth una mirada llena de furia.

—Lo siento.

—¡Imagínate!

—¿Volvemos a casa, señorita Vera? —preguntó Cal.

—¡Vamos a esperar a Mary! —le cortó ella.

—Por supuesto. Eso era lo que quería decir.

—Eso no es, en todo caso, lo que has dicho.

—Perdóneme.

—¡Oh, qué bobos! —exclamó la señorita Vera—. ¡Por todas partes!

Mary volvió y se sentó en silencio al lado de su hija. Cal se apartó del bordillo y la señorita Vera dijo, exasperada:

—¡Con cuidado! Con cuidado, con cuidado, con cuidado.

Nadie habló en el viaje de vuelta a casa hasta que llegaron. Allí, la señorita Vera se dio la vuelta y sonrió a Ruth con sus dientes amarillos. Se volvió a reír una vez más. Había recobrado la compostura.

—Nos lo pasamos muy bien, tu madre y yo —dijo—. Después de todos esos años de vivir con hombres, por fin estamos a solas. No tenemos maridos que atender o hermanos o padres que nos controlen. Dos señoras independientes, y hacemos lo que queremos. ¿No es así, Mary?

—Sí.

—Eché de menos a tu madre cuando se escapó para casarse con tu padre, Ruth. ¿Lo sabías?

Ruth no dijo nada. Su madre la miró con nerviosismo y dijo, en voz baja:

—Estoy segura de que Ruth lo sabe.

—La recuerdo saliendo de la casa después de que me dijera que se iba a casar con un pescador. La observé alejarse. Estaba arriba, en mi habitación. ¿Conoces ese cuarto, Ruth? ¿Qué es lo que se ve desde el patio delantero? Oh, mi Mary parecía tan pequeña y tan valiente. Oh, Mary. Ibas con los hombros bien rectos, como si dijeras *¡Puedo hacer cualquier cosa!* Querida Mary. Mi pobrecita, dulce, querida Mary. Fuiste tan valiente.

Mary cerró los ojos. Ruth sintió que una ira aplastante, biliosa, le ascendía por la garganta.

—Sí, observé cómo se alejaba tu madre, Ruth, y me eché a llorar. Me senté en mi cuarto y derramé lágrimas. Mi hermano entró y me pasó la mano por los hombros. Sabes lo amable que es mi hermano Lanford. ¿A que sí?

Ruth no podía hablar. Tenía la mandíbula tan apretada que no podía pensar en soltarla para pronunciar una simple palabra. Ciertamente no sería una palabra educada. Podría dejar salir una sarta de insultos. Podría haber hecho eso, gracias a esa zorra malvada.

—Y mi maravilloso hermano me dijo: «Vera, todo irá bien». ¿Sabes lo que le contesté? Le dije: «¡Ahora sé cómo se sintió la pobre señora Lindbergh!».

Se quedaron en silencio durante lo que pareció un año, dejando que esa frase les sobrevolara. La mente de Ruth bullía. ¿Podía pegar a aquella mujer? ¿Podía salir de ese coche viejo y caminar hasta Fort Niles?

—Pero ahora está conmigo, que es donde debe estar —dijo la señorita Vera—. Y hacemos lo que nos apetece. Sin maridos que nos digan lo que hacer. Sin niños que cuidar. Excepto Ricky, por supuesto. Pobre Ricky. Pero no exige mucho, sabe Dios. Tu madre y yo somos mujeres independientes, Ruth, y nos lo pasamos muy bien juntas. Disfrutamos de nuestra independencia, Ruth. Nos gusta muchísimo.

Ruth se quedó con su madre una semana. Se puso la misma ropa todos los días, y nadie dijo nada al respecto. No hubo más viajes para ir de compras. Dormía con su ropa y se la volvía a poner todas las mañanas después de bañarse. No se quejó.

¿Qué le importaba?

Esa era su estrategia de supervivencia: ¡A la mierda!

A la mierda todo. Haría todo lo que le pidieran. Cualquier comportamiento abusivo que viera que la señorita Vera cometía contra su madre, lo ignoraría. Ruth estaba dejando pasar el tiempo en Concord. Superándolo. Intentando mantenerse cuerda. Porque si hubiera reaccionado ante todo lo que la sublevaba, se habría sumergido en un estado constante de furia y rabia, lo que hubiera hecho que su madre estuviera más nerviosa y la señorita Vera fuera más nociva y Cal fuese más petulante. Así que se lo comió. ¡A la mierda!

Cada noche, antes de irse a la cama, besaba a su madre en la mejilla. La señorita Vera preguntaba tímidamente:

—¿Dónde está mi beso? —Y Ruth cruzaba la habitación, pesándole las piernas, se inclinaba y besaba esa mejilla con olor a lavanda. Lo hacía por su madre. Lo hacía porque le causaría menos problemas que arrojar un cenicero al otro lado de la habitación. Podía ver el alivio que le daba a su madre. Bien. Lo que pudiera hacer para ayudar estaba bien. *A la mierda.*

—¿Dónde está *mi* beso? —le preguntaba Cal todas las noches.

Y todas las noches Ruth murmuraba algo como:

—Buenas noches, Cal. Intenta no asesinarnos mientras dormimos.

Y la señorita Vera decía:

—Qué palabras tan odiosas para una chiquilla de tu edad.

«Vale», pensaba Ruth. «Vale, lo que tú digas». Sabía que debía mantener la boca totalmente cerrada, pero le gustaba lanzarle una pulla o dos a Cal Cooley de vez en cuando. Le hacía sentirse ella misma. De algún modo, resultaba familiar. Reconfortante. Se llevaba esa satisfacción a la cama y se acurrucaba con ella, como si fuera un oso de peluche. La puñalada nocturna a Cal ayudaba a Ruth a dormirse sin que se quedara rumiando durante horas la misma eterna cuestión: «¿Qué clase de destino la había introducido en la familia Ellis? ¿Y por qué?».

Capítulo 7

«En todas las tandas de huevas de langosta segmentadas,
de seguro que uno se encontrará con formas irregulares,
y en algunos casos, las que parecen ser anormales son la mayoría».

FRANCIS HOBART HERRICK, *La langosta americana:*
Un estudio acerca de sus costumbres y su desarrollo, 1895

Al final de esa semana Cal Cooley y Ruth volvieron en
coche a Rockland, Maine. Llovió todo el tiempo. Se
sentó en la parte delantera del Buick, al lado de Cal, y él no
paró de hablar. Se burló de ella por la ropa que había llevado
toda la semana, y del viaje que hicieron a Blaire's e imitó de
manera grotesca el servilismo de su madre para con la señorita Vera.

—Cállate, Cal —pidió Ruth.

—¿Oh, señorita Vera, le lavo el pelo? ¿Oh, señorita Vera, le limo los callos? ¿Oh, señorita Vera, puedo limpiarle el
culo?

—Deja a mi madre en paz —dijo Ruth—. Hace lo que tiene que hacer.

—¿Oh, señorita Vera, me puedo quedar atrapada en un
atasco?

—Tú eres peor, Cal. Les besas el culo a los Ellis más que nadie. Te camelas al viejo por un centavo, y bien que le bailas el agua a la señorita Vera.

—Oh, pues yo no lo creo, corazón. Tu madre se lleva el primer premio.

—Que te den, Cal.

—¡Qué bien te expresas, Ruth!

—Que te den, adulador.

Cal estalló en carcajadas.

—¡Eso está mejor! Vamos a comer.

La madre de Ruth les había puesto una cesta con pan, queso y bombones, y Ruth la abrió. El queso era una bola pequeña, blanda y recubierta de cera, y cuando Ruth lo cortó, dejó escapar un olor apestoso, como algo que se estuviera pudriendo en el fondo de una fosa húmeda. Más concretamente, olía como el vómito que hubiese en esa fosa.

—¡Joder! —exclamó Cal.

—¡Oh, Dios mío! —dijo Ruth, y volvió a meter el queso en la cesta, cerrándola con la tapa. Se tapó la nariz con el borde de la camiseta. Fueron dos medidas inútiles.

—¡Tíralo! —gritó Cal—. ¡Sácalo de aquí!

Ruth abrió la cesta, bajó la ventanilla y tiró fuera el queso. Rodó y rebotó en la carretera tras ellos. Ella sacó la cabeza por la ventanilla, respirando hondo.

—¿Qué era eso? —preguntó Cal—. ¿Qué era eso?

—Mi madre me dijo que era queso de oveja —dijo Ruth, cuando recuperó el aliento—. Es casero. Alguien se lo regaló a la señorita Vera por Navidad.

—¡Quería asesinarla!

—Por lo visto es una exquisitez.

—¿Una exquisitez? ¿Dijo que era una exquisitez?

—Déjala en paz.

—¿Quería que nos comiéramos eso?

—Era un regalo. Ella no lo sabía.

—Ahora entiendo de dónde viene la expresión «cortar el queso»[*].

—Oh, por el amor de Dios.

—No sabía por qué lo decían antes, pero ahora ya lo sé —dijo Cal—. *Cortar el queso*. Nunca lo había pensado.

—Ya es suficiente, Cal. Hazme un favor y no me hables durante el resto del viaje.

Después de un largo silencio, Cal Cooley dijo, pensativo:

—¿De dónde viene la expresión «tirarse un cuesco», me pregunto?

—Déjame en paz, Cal. Por favor, por el amor de Dios, déjame en paz.

Cuando llegaron al puerto de Rockland, el pastor Wishnell y su sobrino ya estaban allí. Ruth podía ver el *New Hope*, posado sobre el grisáceo mar en calma, moteado de lluvia. No hubo saludos.

El pastor Wishnell dijo:

—Llévame a la tienda, Cal. Necesito gasolina, provisiones y papel para escribir.

—Claro —aceptó Cal—. No hay problema.

—Quédate aquí —le dijo el pastor Wishnell a Owney, y Cal, imitando el tonillo del pastor, señaló a Ruth y le dijo:

—Quédate aquí.

Los dos hombres se alejaron, dejando a Ruth y a Owney en el puerto, bajo la lluvia. Así, sin más. El muchacho llevaba un chubasquero amarillo completamente nuevo, un sombrero impermeable también amarillo y unas botas amarillas. Estaba erguido, mirando al mar, con sus grandes manos cruzadas tras la espal-

---

[*] Juego de palabras intraducible. *To cut the cheese* significa «tirarse un pedo». *[N. de la T.]*

da. A Ruth le gustó su tamaño. Era denso y lleno de solemnidad. Le gustó que tuviera las pestañas rubias.

—¿Has pasado una buena semana? —preguntó Ruth a Owney Wishnell.

Él asintió.

—¿Qué has hecho?

El muchacho suspiró. Hizo una mueca, como si estuviera intentando pensar.

—No mucho —respondió al final con voz queda.

—Oh —dijo Ruth—. Yo he ido a ver a mi madre a Concord, Nueva Hampshire.

Owney asintió, frunció el ceño y respiró hondo. Parecía estar a punto de decir algo, pero, en vez de eso, volvió a cruzar las manos detrás de la espalda y se quedó callado, con una expresión vaga. «Es increíblemente tímido», pensó Ruth. Le encontraba encantador. «¡Tan grande y tan tímido!».

—A decir verdad —continuó Ruth—, me entristece mucho verla. No me gusta estar tierra adentro, quiero volver a Fort Niles. ¿Y tú qué? ¿Preferirías estar allí? ¿O aquí?

La cara de Owney Wishnell se volvió de color rosa, cereza, rosa otra vez y después volvió a la normalidad. Ruth, fascinada, observó ese increíble despliegue y le preguntó:

—¿Te estoy molestando?

—No. —Volvió a ponerse colorado.

—Mi madre siempre me insiste para que me vaya de Fort Niles. No es que me presione, pero me hizo ir al colegio en Delaware, y ahora quiere que me mude a Concord. O que vaya a la universidad. Pero a mí me gusta estar aquí. —Ruth señaló el mar—. No quiero vivir con la familia Ellis. Quiero que me dejen en paz. —No entendía por qué se lo estaba contando todo a aquel muchacho grande y callado con su chubasquero amarillo y limpio; se le ocurrió que debía de parecer una chiquilla o una tonta. Pero cuando miró a Owney, vio que la estaba escuchando. No la estaba mirando como si fuera una chiquilla o una tonta—. ¿Seguro que no te estoy molestando?

Owney Wishnell se tosió en el puño y se quedó mirando a Ruth, con sus ojos azul claro titilando con el esfuerzo.

—Um —dijo, y volvió a toser—. Ruth.

—¿Sí? —Le emocionó oírle decir su nombre. No se había dado cuenta de que él se lo sabía—. ¿Sí, Owney?

—¿Quieres ver algo? —preguntó. Le espetó esa frase como si fuera una confesión. Se lo dijo con mucha urgencia, como si estuviese a punto de mostrarle un alijo de dinero robado.

—Oh, sí —aceptó Ruth—. Me encantaría.

Parecía tenso, inseguro.

—Enséñamelo —propuso Ruth—. Enséñame lo que sea. Claro. Enséñame lo que sea que quieras enseñarme.

—Tenemos que darnos prisa —dijo Owney, y se puso en marcha. Corrió hasta el final del muelle, y Ruth se apresuró tras él. Bajó deprisa la escalera y se metió en una barca, desamarrándola rápidamente, y le hizo un gesto a Ruth para que le siguiera. Ya estaba remando, o eso parecía, para cuando ella se metió en la barca. Empujó los remos con brazadas hermosas y bien hechas —¡paf!, ¡paf!, ¡paf!— y el bote se contoneó entre las olas.

Remó más allá del *New Hope*, más allá de todos los demás barcos anclados en el puerto, sin aflojar el ritmo. Los nudillos se le pusieron blancos en los remos, y la boca era una línea recta de concentración. Ruth se agarró a los dos lados de la barca, una vez más, atónita ante su fuerza. Eso no era en absoluto lo que esperaba hacer treinta segundos antes, cuando se encontraba en el muelle. Owney remó hasta que se salieron de la caleta protegida, y las olas se habían convertido en una marejada que empujaba y mecía el bote de remos. Llegaron a una gran roca de granito —casi una pequeña isla de granito— y escondió el barco tras ella. Estaban completamente fuera de la vista si alguien miraba desde la orilla. Las olas golpeaban la roca.

Owney se quedó mirando el océano, frunciendo el ceño y jadeando. Se alejó remando de la isla, como unos doce metros, y se detuvo. Se puso de pie en el barco y escudriñó el agua, después se sentó y remó otros tres metros, y volvió a examinar el agua. Ruth también se inclinó, pero no vio nada.

Owney Wishnell sacó un arpón del fondo del bote, un palo largo con un gancho al final. Lentamente, lo sumergió en el agua y empezó a tirar de él, y Ruth vio que había ensartado el arpón en una boya, como las que usaban los pescadores de langostas para señalar dónde habían dejado sus trampas. Pero esta boya era blanca, sin ninguno de los colores identificativos de los langosteros. Y en vez de cabecear en la superficie, esta boya estaba atada con una cuerda corta, que la mantenía escondida varios metros por debajo. Nadie podría haberla encontrado sin saber exactamente, precisamente, dónde mirar.

Owney echó la boya en el barco y después, a mano, sacó la cuerda a la que estaba atada hasta que llegó al final. Y allí estaba una trampa para langostas, hecha a mano y de madera. La acarreó a bordo; estaba llena de grandes langostas que chasqueaban.

—¿De quién es esta trampa? —preguntó Ruth.

—¡Mía! —contestó Owney.

Abrió la portezuela de la trampa y sacó las langostas, una a una, sosteniéndolas para que Ruth las viera y después volviéndolas a echar al agua.

—¡Eh! —dijo ella después de la tercera—. ¡No las tires! ¡Son buenas!

Él las tiró, todas ellas. La verdad es que las langostas eran buenas. Eran enormes. Estaban atrapadas en esa nasa como si fuesen peces en una red. Pero de todos modos se comportaban de una manera extraña. Cuando Owney las tocaba, no se defendían ni le pellizcaban. Se quedaban quietas en sus manos. Ruth nunca había visto nada que se pareciera a esas langostas obedientes. Y nunca había visto tantas en una sola trampa.

—¿Por qué hay tantas? ¿Por qué no te atacan? —preguntó.

—Porque no —respondió él. Tiró otra de vuelta al océano.

—¿Por qué no te las quedas? —dijo Ruth.

—¡Porque no puedo! —gritó Owney.

—¿Cuándo pusiste la trampa?

—La semana pasada.

—¿Por qué mantienes la boya bajo el agua, donde no puedes verla?

—La estoy escondiendo.

—¿De quién?

—De todos.

—¿Y entonces cómo has encontrado la trampa?

—Porque sabía dónde estaba —dijo—. Sé dónde están.

—¿Quiénes?

Arrojó la última de las langostas al mar y tiró la trampa por la borda, salpicándolo todo. Mientras se secaba las manos en el mono de trabajo, dijo, con un apremio dramático:

—Sé dónde están las langostas.

—Sabes dónde están las langostas.

—Sí.

—Realmente eres un Wishnell —dijo ella—, ¿verdad?

—Sí.

—¿Dónde están tus otras trampas, Owney?

—Por todas partes.

—¿Por todas partes? ¿Por toda la costa de Maine?

—Sí.

—¿Tu tío lo sabe?

—¡No! —Parecía muerto de miedo, horrorizado.

—¿Quién ha construido las trampas?

—Yo.

—¿Cuándo?

—Por la noche.

—Haces todo esto a espaldas de tu tío.

—Sí.

—Porque te mataría, ¿verdad?

No hubo respuesta.

—¿Por qué las devuelves al mar, Owney?

Se llevó las manos a la cara, y después las dejó caer. Parecía estar a punto de echarse a llorar. Solo podía mover la cabeza.

—Oh, Owney.

—Ya lo sé.

—Esto es de locos.

—Ya lo sé.

—¡Podrías hacerte rico! ¡Por Dios, si tuvieras un barco y algunos aparejos, podrías hacerte rico!

—No puedo.

—Porque alguien…

—Mi tío.

—… lo averiguaría.

—Sí.

—Quiere que seas un pastor, o algo patético por el estilo, ¿verdad?

—Sí.

—Bueno, pero eso es un puto desperdicio, ¿no?

—Yo no quiero ser pastor.

—No me extraña, Owney. Yo tampoco quiero ser pastor. ¿Quién más sabe esto?

—Tenemos que irnos —contestó Owney. Agarró los remos y dio la vuelta al bote, con su espalda ancha y recta hacia la orilla, y empezó a atravesar el agua con sus perfectas brazadas, como una máquina portentosa.

—¿Quién más sabe esto, Owney?

Dejó de remar y la miró.

—Tú.

Ella se quedó mirándole, a su cabeza grande y rubia, a sus azules ojos suecos.

—Tú —repitió él—. Solo tú.

Capítulo 8

«A medida que la langosta crece de tamaño, se hace
más atrevida y se retira de la orilla, aunque nunca pierde
su instinto de excavar, y nunca abandona la costumbre de
esconderse debajo de las piedras si la necesidad así lo requiere».

FRANCIS HOBART HERRICK, *La langosta americana:*
Un estudio acerca de sus costumbres y su desarrollo, 1895

Georges Bank, al final de la Edad de Hielo, era un bosque,
lleno de vida, frondoso y primitivo. Tenía ríos, montañas,
mamíferos. Después se lo tragó el mar y se convirtió en uno de
los lugares más prolíficos para pescar del mundo. La transforma-
ción duró millones de años, pero a los europeos no les costó mucho encontrar ese lugar cuando llegaron al Nuevo Mundo, y pes-
caron como locos todo lo que pudieron.

Los grandes barcos salían al mar con redes y sedales para
todo tipo de pescado —gallinetas, arenques, bacalao, caballa, ba-
llenas de todas las especies, calamares, atún, pez espada, cazón— y
también había redes de arrastre, para las vieiras. A finales del siglo
diecinueve, la ribera se había convertido en una ciudad flotante e
internacional; barcos alemanes, rusos, americanos, canadienses,
franceses y portugueses sacaban toneladas de pescado. Cada bar-

co tenía hombres a bordo para amontonar con palas el pescado en las bodegas tan inconscientemente como otros hombres apaleaban carbón. Cada buque se quedaba durante una semana, incluso dos semanas seguidas. De noche, las luces de cientos de barcos brillaban en el agua como las luces de una ciudad pequeña.

Los barcos y las naves que había allí, varados en mar abierto, a un día de distancia de la orilla, eran blancos perfectos para el mal tiempo. Las tormentas se desencadenaban rápidamente y podían destrozar una flota entera, destruyendo la comunidad de la que procedía. Un pueblo podía enviar unos cuantos barcos en un viaje rutinario a Georges Bank y, unos cuantos días después, encontrarse lleno de viudas y de huérfanos. Los periódicos publicaban la lista de los que habían muerto, y la de los que les sobrevivían también. Este era quizás el quid de la tragedia. Era obligatorio enumerar quién había quedado, calcular cuántas almas se quedaban en tierra sin padres, hermanos, maridos, hijos, tíos que les mantuvieran. ¿Qué iba a ser de ellos?

«46 MUERTOS», decían los titulares. «DEJAN 197 FAMILIARES QUE ESTABAN A SU CARGO».

Ese era el número verdaderamente triste. Ese era el número que todos necesitaban saber.

Aunque la pesca de langosta no es así, y nunca lo fue. Es bastante peligrosa, pero no es tan mortal como la pesca de mar adentro. Ni remotamente. Las poblaciones langosteras no pierden hombres a puñados. Los pescadores de langostas trabajan solos, rara vez pierden la costa de vista y generalmente están en casa a primera hora de la tarde para comerse un pastel y beberse una cerveza y dormirse en el sofá con las botas puestas. No aparecen multitudes repentinas de viudas y de huérfanos. No hay asociaciones de viudas ni círculos de viudas. Las viudas, en las comunidades que se dedican a la pesca de langostas, salen de una en una, debido a accidentes raros y ahogamientos extraños y nieblas inusuales y tormentas que vienen y van sin causar ningún otro daño.

Ese era el caso de la señora Pommeroy, quien, en 1976, era la única viuda de Fort Niles; es decir, la única viuda de un pescador. Era la única mujer que había perdido a su hombre en el mar. ¿Qué era lo que le concedía su estado? Muy poco. El hecho de que su esposo fuera un borracho que se había caído por la borda un tranquilo día soleado aminoró las dimensiones de la catástrofe, y a medida que pasaron los años su tragedia fue olvidada. La señora Pommeroy era muy parecida a un tranquilo y soleado día, y era tan encantadora que a la gente le resultaba difícil recordar que había que tenerle pena.

Además, se las había apañado bastante bien sin un marido que la mantuviera. Había sobrevivido sin Ira Pommeroy, y no le mostraba al mundo lo que estaba sufriendo por su pérdida. Tenía una gran casa, que había sido construida y pagada mucho antes de que ella naciera, y era tan sólida que requería poco mantenimiento. No es que nadie se preocupara por su mantenimiento. Tenía su jardín. Tenía a sus hermanas, que eran fastidiosas, pero leales. Tenía a Ruth Thomas para que le hiciese compañía como una hija. Tenía a sus hijos, que, aunque eran una panda de holgazanes, no eran peores que los hijos de los demás y contribuían a mantener a su madre.

Los chicos Pommeroy que se habían quedado en la isla tenían salarios bajos, por supuesto, porque solo podían trabajar como ayudantes en los barcos de otras personas. Los sueldos eran bajos porque los barcos de los Pommeroy y el territorio de los Pommeroy y los aparejos de pesca de los Pommeroy se habían perdido con la muerte de su padre. Los otros hombres de la isla se lo habían comprado todo por una limosna, y ya no podían recuperarse. Y por eso, y por su holgazanería natural, los chicos Pommeroy no tenían futuro en Fort Niles. Una vez que se hicieron mayores, no pudieron comenzar sus negocios de pesca. Crecieron sabiéndolo, así que no fue una sorpresa que unos cuantos se fueran de la isla para siempre. ¿Y por qué no? No tenían ningún futuro en su casa.

Fagan, el del medio, era el único Pommeroy con ambiciones. Era el único que tenía un objetivo en la vida, y lo persiguió con éxito. Trabajaba en un pequeño patatal en un condado remoto del interior del norte de Maine. Siempre había querido alejarse del mar, y eso era lo que había hecho. Siempre había querido ser granjero. Sin gaviotas, sin viento. Mandaba dinero a su madre. La llamaba cada pocas semanas para contarle cómo iba la cosecha de patatas. Decía que esperaba ser el encargado de la granja algún día. La aburría mortalmente, pero estaba orgullosa de él por tener un trabajo, y se alegraba de recibir el dinero que le mandaba.

Conway y John y Chester Pommeroy se habían alistado en el ejército, y Conway (de la Marina hasta el final, le gustaba decir, como si fuera un almirante) tuvo la suerte de engancharse al último año de acción en la guerra de Vietnam. Era marinero en una patrulla en el río en un área de contienda. Hizo dos servicios militares en Vietnam. Sobrevivió al primero sin daño alguno, aunque le mandaba cartas muy gráficas a su madre jactándose y explicando en detalle cuántos de sus compañeros la habían palmado y qué tipo de estúpidos errores habían cometido para acabar palmándola. También le describió a su madre lo que parecían los cuerpos de sus compañeros tras haberla palmado, y le aseguró que él nunca iba a palmarla porque era demasiado listo para toda esa mierda.

En 1972, la segunda vez que le llamaron a filas, Conway casi la palma, cuando le metieron una bala al lado de la columna, pero se recuperó después de seis meses en un hospital del ejército. Se casó con la viuda de uno de sus compañeros idiotas, que la había palmado de verdad en la patrulla del río, y se mudó a Connecticut. Usaba un bastón para caminar. Tenía una pensión por incapacidad. Conway estaba bien. Conway no era una sanguijuela para su madre viuda.

John y Chester se habían alistado en el ejército. A John le mandaron a Alemania, donde se quedó después de que acabara su servicio militar. Lo que un chico Pommeroy podía estar haciendo en un país europeo iba más allá de los límites de la imaginación de Ruth Thomas, pero nadie oyó nada más de John, así que todo el mundo daba por sentado que se encontraba bien. Chester hizo su servicio en el ejército, se mudó a California, se metió un montón de drogas y se juntó con unos tíos raros que se consideraban a sí mismos adivinos. Se llamaban los Gitanos Bandoleros.

Los Gitanos Bandoleros viajaban por ahí en un viejo autobús escolar, y se ganaban la vida leyendo las manos y las cartas de tarot, aunque Ruth había oído que como realmente ganaban dinero era vendiendo marihuana. Ruth estaba bastante interesada en esa parte de la historia. Nunca había probado la marihuana, pero tenía curiosidad. Chester volvió a la isla de visita una vez —sin los Gitanos Bandoleros—, al mismo tiempo que Ruth había vuelto de la escuela, y le intentó dar alguno de sus famosos consejos espirituales. Esto ocurrió en 1974. Él estaba muy colgado.

—¿Qué tipo de consejo quieres? —preguntó Chester—. Te puedo dar de todos los tipos. —Fue contándolos con los dedos—. Te puedo dar consejos sobre trabajo, consejos sobre tu vida amorosa, consejos sobre qué hacer, consejos especiales o consejos rutinarios.

—¿Tienes maría? —preguntó Ruth.

—Oh, sí.

—¿Puedo probarla? Es decir, ¿la vendes? Tengo dinero. Te la puedo comprar.

—Me sé un truco de cartas.

—No me apetece mucho, Chester.

—Sí, me sé un truco de cartas. —Tiró una baraja a la cara de Ruth y balbuceó—: *Esgoge* una.

Ella no quería escoger una.

—¡*Esgoge* una! —gritó Chester Pommeroy, el Gitano Bandolero.

—¿Pero por qué?

—¡*Esgoge* una *puñetega* carta! ¡Vamos! Ya he colocado la *puñetega* carta, y sé que es el tres de corazones, así que *esgoge* la *puñetega* carta, ¿vale?

No lo hizo. Él tiró la baraja contra la pared.

Ella preguntó:

—¿Puedo probar la maría ahora?

Él gruñó y le hizo gestos para que se apartara. Le dio una patada a la mesa y la llamó estúpida zorra. Realmente, se había convertido en un tipo muy raro, pensó Ruth, así que se mantuvo apartada de él el resto de la semana. Todo esto sucedió cuando Ruth tenía dieciséis años, y fue la última vez que vio a Chester Pommeroy. Oyó que tenía un montón de niños, pero que no se había casado con nadie. Nunca probó su marihuana.

Con cuatro de los chicos Pommeroy fuera de la isla, eso dejaba a tres viviendo en casa. Webster Pommeroy, que era el mayor y el más listo, era bajito, raquítico, depresivo, tímido y el único talento que tenía era el de arrastrarse por los barrizales y encontrar objetos para el futuro museo de Historia Natural del senador Simon Addams. Webster no llevaba dinero a casa de su madre, pero tampoco costaba mucho. Seguía vistiéndose con la ropa de cuando era niño y apenas comía. La señora Pommeroy le quería más que a los otros y se preocupaba más por él que por los demás, y no le importaba que no hiciera ninguna contribución a la familia, siempre y cuando no se quedara día tras día tirado en el sofá con una almohada tapándole la cara y suspirando melancólicamente.

En el otro extremo estaba el conocido idiota Robin Pommeroy, el más pequeño. A los diecisiete, ya estaba casado con Opal, la de la ciudad, y era padre del gigante Eddie. Robin trabajaba como ayudante en el barco del padre de Ruth. El padre de Ruth más o menos odiaba a Robin Pommeroy porque el chaval no se callaba nunca. Desde que había superado su defecto del habla, Robin se había convertido en una cotorra imparable. Y no es que solo hablara con el padre de Ruth, que era el único que estaba allí. Hablaba consigo mismo, también, y con las langostas. Cogía la radio en sus descansos y hablaba con todos los demás barcos langosteros. Cada vez que veía otra barca cerca de ellos, cogía la radio y le decía al patrón que se acercaba:

—¡Qué guapos estáis, así de cerca! —Después apagaba el micrófono y esperaba una respuesta, que normalmente era algo parecido a: «Que te den, chaval». Le preguntaba al padre de Ruth con voz triste—: ¿Por qué nadie nos dice a *nosotros* lo guapos que estamos cuando nos acercamos?

A Robin siempre se le caían cosas por la borda sin querer. De alguna manera, se le escurría el arpón de entre las manos, y después corría a lo largo de todo el barco para cogerlo. Demasiado tarde. No es que esto ocurriera todos los días; solo ocurría casi todos los días. Era un verdadero incordio para el padre de Ruth, que daba marcha atrás al barco e intentaba recuperar el aparejo. El padre de Ruth se había acostumbrado a llevar dos herramientas de cada, solo por si acaso. Ruth le sugirió que atara una boya pequeña a cada cosa, para que por lo menos flotara. Llamaba a ese invento «estar a prueba de Robin».

Robin era agobiante, pero el padre de Ruth lo toleraba porque le salía muy, muy, muy barato. Robin aceptaba mucho menos dinero que cualquier otro ayudante. Tenía que hacerlo, porque nadie quería trabajar con él. Era bobo y perezoso, pero era lo suficientemente fuerte como para hacer el trabajo, y el padre de Ruth se estaba ahorrando un montón de dinero con Robin Pommeroy. Toleraba al muchacho por el resultado final.

Y quedaba Timothy. Siempre el más callado, Timothy Pommeroy nunca fue un chico malo, y terminó convirtiéndose en un joven bastante decente. No molestaba a nadie. Se parecía a su padre, con los puños gruesos como aldabas y los músculos compactos y el pelo negro y los ojos entrecerrados. Trabajaba en el barco de Len Thomas, el tío de Ruth Thomas, y era un buen trabajador.

Len Thomas era un parlanchín y un ansioso, pero Timothy, en silencio, sacaba las trampas, contaba las langostas, llenaba las bolsas de cebo y se quedaba de pie en la popa mientras el barco se balanceaba, de espaldas a Len y guardándose sus pensamientos para sí. Era un acuerdo provechoso para Len, que normalmente tenía problemas para encontrar a un ayudante debido a su colérico temperamento. Una vez golpeó a uno con una llave inglesa y le dejó inconsciente durante toda una tarde. Pero Timothy no provocaba la ira de Len. Se ganaba la vida de una manera bastante respetable, la verdad. Se lo daba todo a su madre, excepto la parte que usaba para comprarse su whisky, que se bebía él solo, en su cuarto, todas las noches, con la puerta bien cerrada.

Todo esto es para decir que los numerosos hijos del señor Pommeroy no habían resultado ser una carga financiera para ella y, de hecho, eran lo suficientemente buenos como para pasarle algo de dinero. En conjunto, todos habían salido bastante bien, excepto Webster. La señora Pommeroy complementaba el dinero que sus hijos le daban cortando el pelo a la gente.

Se le daba bien cortar el pelo. Tenía talento. Rizaba y teñía el pelo de las mujeres y parecía tener un instinto natural para moldearlo, pero se había especializado, por así decirlo, en el pelo masculino. Les cortaba el pelo a los hombres, que antes de eso solo habían tenido tres estilos: el corte que les hacía su madre, el corte que les había hecho el ejército y el corte que les hacían sus esposas. Eran hombres que no tenían mucho interés en llevar un estilo propio, pero le dejaban a la señora Pommeroy que hiciera frivolidades con su pelo. Se ponían en sus manos debido a la pura vanidad, disfrutando de su atención como si fuesen estrellas de cine.

El hecho era que ella podía hacer que cualquier hombre tuviera un aspecto estupendo. La señora Pommeroy, con su magia, escondía la calvicie, animaba a los que no tenían mentón a que se dejaran barba, alisaba los rizos incontrolables, y domaba los remolinos más recalcitrantes. Les decía piropos y bromeaba con cada uno de los hombres, dándoles codazos y burlándose amablemente mientras trabajaba en su pelo, y ese coqueteo inmediatamente hacía a los hombres más atractivos, les daba color a las mejillas y hacía que les brillaran los ojos. Casi podía rescatar a los hombres de la auténtica fealdad. Incluso podía conseguir que el Senador Simon y Angus Addams parecieran respetables. Incluso cuando estaba trabajando con un viejo cascarrabias como Angus, se le ruborizaba todo el cuello por el placer de estar en su compañía. Cuando estaba trabajando con un hombre ya de por sí atractivo, como el padre de Ruth, se convertía en embarazosamente guapo, como un actor de película.

—Ve a esconderte —le decía—. Sal ya de aquí, Stan. Si te paseas por el pueblo así, no te quejes si te violan.

Sorprendentemente, a las mujeres de Fort Niles no les importaba que la señora Pommeroy acicalara a sus maridos. A lo mejor era por los maravillosos resultados. A lo mejor era porque querían ayudar a una viuda, y esa era la manera más fácil de hacerlo. A lo mejor era porque las mujeres se sentían culpables ante la señora Pommeroy por *tener* maridos, por tener hombres que hasta ahora habían evitado emborracharse y caerse por la borda. O a lo mejor las mujeres habían llegado a despreciar tanto a sus maridos con el paso de los años que la idea de pasar los dedos por el pelo sucio de esos apestosos, grasientos y perezosos marineros les repugnaba. Le dejaban hacerlo a la señora Pommeroy, dado que parecía que le gustaba, y también porque a sus hombres les ponía de buen humor, por una vez.

Así que, cuando Ruth volvió de visitar a su madre en Concord, se fue directamente a la casa de la señora Pommeroy, y la encontró cortándole el pelo a toda la familia de Russ Cobb. La señora Pommeroy tenía allí a todos los Cobb: el señor Russ Cobb, su esposa,

Ivy, y la hija pequeña, Florida, que tenía cuarenta años y todavía vivía con sus padres.

Eran una familia espantosa. Russ Cobb tenía casi ochenta años, pero todavía salía a pescar todos los días. Siempre había dicho que pescaría mientras pudiera meter las piernas en el barco. El invierno anterior, le habían cortado la mitad de la pierna derecha, amputada a causa de la diabetes, o de su «azúcar», como él la llamaba, pero todavía salía a pescar a diario, echando al barco lo que quedaba de pierna. Su esposa, Ivy, era una mujer de aspecto decepcionado que pintaba ramitas de acebo, velas y caras de Santa Claus en erizos de mar e intentaba vendérselos a sus vecinos como adornos de Navidad. La hija de los Cobb, Florida, nunca decía nada. Su silencio era abrumador.

La señora Pommeroy ya había puesto los rulos en el esponjoso pelo blanco de Ivy Cobb y estaba ocupándose de las patillas de Russ Cobb cuando entró Ruth.

—¡Tan espeso! —estaba diciéndole la señora Pommeroy al señor Cobb—. ¡Tu pelo es tan espeso, que te pareces a Rock Hudson!

—¡Cary Grant! —rugió él.

—¡Cary Grant! —La señora Pommeroy se rio—. ¡De acuerdo! ¡Te pareces a Cary Grant!

La señora Cobb puso los ojos en blanco. Ruth atravesó la cocina y besó a la señora Pommeroy en la mejilla. La señora Pommeroy la cogió de la mano y se la sostuvo un rato.

—Bienvenida a casa, corazón.

—Gracias. —Ruth se sentía como en casa.

—¿Te lo has pasado bien?

—Ha sido la peor semana de mi vida. —Ruth pretendía decir esto como una broma llena de sarcasmo, pero sin querer le salió como la cruda verdad que era.

—Hay tarta.

—Muchas gracias.

—¿Has visto a tu padre?

—Todavía no.

—Acabo con esto en un momento —dijo la señora Pommeroy—. Siéntate, corazón.

Así que Ruth se sentó, al lado de la silenciosa Florida Cobb, en una silla que había sido pintada con aquella espantosa pintura verde para boyas. La mesa de la cocina y el armario de la esquina también habían sido pintados con ese verde amenazador, así que toda la cocina hacía juego de un modo horroroso. Ruth observó a la señora Pommeroy practicar su magia diaria en el feo señor Cobb. Sus manos trabajaban constantemente en su pelo. Incluso cuando no se lo estaba cortando, le estaba acariciando la cabeza, desenredándole el pelo con los dedos, atusándoselo, dándole tirones en las orejas. Él dejaba descansar la cabeza como un gato frotándose contra la pierna de su persona favorita.

—Mira qué bien —murmuraba ella, como una amante alentándole—. Mira qué bien estás.

Le repasó las patillas, le afeitó el cuello con pasadas a través de la espuma que hacía el jabón, y le secó con una toalla. Presionó su cuerpo contra la espalda de él. Era tan cariñosa con el señor Cobb como si este fuera la última persona a la que fuese a tocar, como si su espantoso cráneo fuese a ser su último contacto humano en la tierra. La señora Cobb, con sus rulos metálicos, estaba sentada contemplándolo todo, con sus grisáceas manos en el regazo, sus ojos de acero en la estropeada cara de su marido.

—¿Cómo van las cosas, señora Cobb? —preguntó Ruth.

—Tenemos unos condenados mapaches correteando por nuestro puñetero patio —contestó la señora Cobb, demostrando así su impresionante habilidad para hablar sin mover los labios. Cuando Ruth era pequeña, solía empezar una conversación con la señora Cobb solo para poder verlo. La verdad es que, con dieciocho años, Ruth había comenzado a hablar con ella por la misma razón.

—Lo siento mucho. ¿Habían tenido problemas con los mapaches antes?

—Nunca, en absoluto.

Ruth se quedó mirando la boca de la mujer. Lo cierto es que no se movía. Increíble.

—¿De verdad? —preguntó.

—Me gustaría pegarle un tiro a alguno.

—No había habido mapaches en esta isla hasta 1958 —dijo Russ Cobb—. Los había en Courne Haven, pero no aquí.

—¿De verdad? ¿Qué sucedió? ¿Cómo llegaron aquí? —preguntó Ruth, sabiendo exactamente lo que él iba a decir a continuación.

—Los trajeron.

—¿Quiénes?

—¡Los de Courne Haven! Nos tiraron unas cuantas mapaches preñadas en un saco. Remaron hasta aquí. En mitad de la noche. Nos las dejaron en la playa. Tu tío abuelo David Thomas los vio. Estaba volviendo de la casa de esa chica. Vio a extraños en la playa. Les vio sacando algo de una bolsa. Les vio alejarse remando. Unas cuantas semanas después había mapaches por todas partes. Por todo el puñetero lugar. Comiéndose las gallinas de la gente. La basura. Todo lo que encontraban.

Por supuesto, en la historia que Ruth había oído de los miembros de su familia, era Johnny Pommeroy el que había visto a los extraños en la playa, justo antes de que le mataran en Corea en 1954, pero lo dejó pasar.

—Yo tenía una cría de mapache cuando era niña —dijo la señora Pommeroy, sonriendo ante el recuerdo—. El mapache me mordió en el brazo, ahora que lo pienso, y mi padre lo mató. Creo que era macho. Yo siempre creí que era un «él», de todos modos.

—¿Cuándo fue eso, señora Pommeroy? —preguntó Ruth—. ¿Hace cuánto tiempo?

La señora Pommeroy frunció el ceño y masajeó con los pulgares el cuello del señor Cobb. Él gruñó feliz. Ella dijo, inocentemente:

—Oh, creo que fue a principios de los cuarenta, Ruth. Dios mío, qué vieja soy. ¡Los cuarenta! Hace tanto tiempo.

—Entonces no era un mapache —dijo el señor Cobb—. No puede ser.

—Oh, era un mapache pequeño, claro que sí. Tenía una cola rayada, y un antifaz de lo más cuco. ¡Yo le llamaba Bandido!

—No era un mapache. No podía serlo. No hubo mapaches en esta isla hasta 1958 —dijo el señor Cobb—. La gente de Courne Haven los trajo en 1958.

—Bueno, era un mapache *pequeñito* —repuso la señora Pommeroy, a modo de explicación.

—Probablemente era una mofeta.

—¡Me gustaría disparar a un mapache! —exclamó la señora Cobb con tanta fuerza que su boca se movió, y su callada hija, Florida, se llevó un susto.

—Pues mi padre seguro que disparó a Bandido —afirmó la señora Pommeroy.

Secó con la toalla el pelo del señor Cobb y le limpió el cuello con una pequeña brocha. Le echó polvos de talco bajo la camisa y le echó un tónico oleoso en el pelo tieso, dejándole un tupé excesivamente abombado.

—¡Mírate! —dijo, y le entregó un espejo de mano de plata antigua—. Pareces una estrella de música *country*. ¿Qué te parece, Ivy? ¿A que es un granuja atractivo?

—Qué tonto —dijo Ivy Cobb, pero su marido sonreía, sus mejillas tan brillantes como su tupé. La señora Pommeroy le quitó la sábana, recogiéndola con cuidado para que no se le cayera el pelo por toda su brillante cocina verde, y el señor Cobb se puso de pie, todavía admirándose en el antiguo espejo. Giró la cabeza de un lado a otro, y se sonrió a sí mismo, como haría un granuja atractivo.

—¿Qué te parece tu padre, Florida? —preguntó la señora Pommeroy—. ¿A que está guapo?

Florida Cobb se ruborizó intensamente.

—No va a decir nada —contestó el señor Cobb, disgustado de repente. Dejó el espejo de mano en la mesa de la cocina, y sacó algo de dinero del bolsillo—. Nunca dice una puñetera palabra. No diría una mierda ni aunque tuviera la boca llena de ella.

Ruth se rio y decidió tomar un poco de tarta, después de todo.

—Te voy a quitar esos rulos ahora, Ivy —dijo la señora Pommeroy.

Más tarde, cuando los Cobb se hubieron ido, la señora Pommeroy y Ruth se sentaron en el porche delantero. Allí había un viejo sofá, forrado con grandes rosas sangrantes, que olía como si le hubiese llovido encima, o algo peor. Ruth se tomó una cerveza, y la señora Pommeroy tomó ponche de frutas, y Ruth le contó a la señora Pommeroy la visita que le había hecho a su madre.

—¿Cómo está Ricky? —preguntó la señora Pommeroy.

—Oh, no lo sé. Simplemente… se desploma, se cae a un lado y a otro.

—Eso fue de lo más triste, cuando nació ese bebé. No llegué a ver a ese pobre bebé.

—Lo sé.

—Ni a tu pobre madre después de eso.

«Ni a tu pobre madre…». Ruth había echado de menos el acento de la señora Pommeroy.

—Lo sé.

—Intenté llamarla. *La llamé*. Le dije que volviera con su bebé a la isla, pero me dijo que estaba demasiado enfermo. Le dije que me contara lo que le pasaba, y te diré una cosa: no me pareció que estuviera tan mal.

—Oh, de verdad que está mal.

—No me pareció algo de lo que no nos pudiéramos ocupar aquí. ¿Qué necesitaba? No necesitaba tanto. Medicinas. Eso es fácil. Por Dios, si el señor Cobb se toma su medicina todos los días para su azúcar, y se las arregla. ¿Qué más necesitaba Ricky? Alguien que le cuidara. Podríamos haberlo hecho. Al hijo de una persona se le encuentra un sitio. Eso fue lo que le dije. Ella no dejaba de llorar.

—Todos los demás dijeron que tenía que estar en una residencia.

—¿Quién dijo eso? Vera Ellis dijo eso. ¿Quién más?

—Los médicos.

—Debería haber traído el bebé aquí, a casa. Hubiera estado igual de bien aquí. Todavía podría traerlo. Cuidaríamos de ese niño tan bien como cualquiera.

—Dijo que tú fuiste su única amiga. Dijo que tú fuiste la única persona que fue simpática con ella.

—Eso es muy bonito, pero no es cierto. Todo el mundo se portó bien con ella.

—Angus Addams no.

—Oh, él la quería.

—¿La quería? ¿La quería?

—Le gustaba tanto como le puede gustar alguien.

Ruth se rio. Después dijo:

—¿Conoces a alguien que se llama Owney Wishnell?

—¿Quién es? ¿De Courne Haven?

—El sobrino del pastor Wishnell.

—Oh, sí. Ese chico rubio y grande.

—Sí.

—Sé quién es.

Ruth no dijo nada.

—¿Por qué? —preguntó la señora Pommeroy—. ¿Por qué lo preguntas?

—Por nada —dijo Ruth.

La puerta que daba al porche se abrió, empujada por Opal, la esposa de Robin Pommeroy, cuyas manos estaban tan llenas con su hijo que no podía agarrar el pomo. El bebé, al ver a la señora Pommeroy, dejó escapar un aullido, como si fuera un pequeño gorila feliz.

—Aquí está mi nieto —dijo la señora Pommeroy.

—Hola, Ruth —dijo Opal, tímidamente.

—Hola, Opal.

—No sabía que estuvieras aquí.

—Hola, gran Eddie —dijo Ruth al bebé. Opal les acercó al niño y se agachó, jadeando ligeramente, para que Ruth pudiera besar la enorme cabeza del niño. Ruth se movió para hacerle sitio en el sofá a Opal, quien se sentó, se levantó la camiseta y le dio el pecho a Eddie. Él se abalanzó y se puso a chupar muy concentrado y haciendo mucho ruido. Mamaba de ese pecho como si estuviera respirando a través de él.

—¿No te duele? —preguntó Ruth.

—Sí —respondió Opal. Bostezó sin taparse la boca, enseñando todos los rellenos plateados de sus caries.

Las tres mujeres del sofá se quedaron mirando al enorme bebé agarrado ferozmente al pecho de Opal.

—Lo chupa como si fuese una de esas antiguas bombas de agua —dijo Ruth.

—También muerde —afirmó Opal, lacónica.

Ruth hizo una mueca de dolor.

—¿Cuándo le has dado por última vez de comer? —preguntó la señora Pommeroy.

—No lo sé. Hace una hora. Hace media hora.

—Deberías intentar ponerle un horario, Opal.

Ella se encogió de hombros.

—Siempre tiene hambre.

—Por supuesto que sí, corazón. Eso es porque le das de comer todo el tiempo. Le creas el apetito. Ya sabes lo que dicen. Si la mamá sigue, el niño lo consigue.

—¿Dicen eso? —preguntó Ruth.

—Me lo acabo de inventar —contestó la señora Pommeroy.

—Me gusta cómo lo has hecho rimar —dijo Ruth, y la señora Pommeroy sonrió y le dio un empujón. Ruth había echado de menos el placer de meterse con la gente sin miedo a que se echaran a llorar. Le devolvió el empujón a la señora Pommeroy.

—Mi idea es dejarle comer cuando quiera él —siguió Opal—. Supongo que, si está comiendo, es porque tiene hambre. Ayer se comió tres perritos calientes.

—¡Opal! —exclamó la señora Pommeroy—. ¡Solo tiene diez meses!

—No puedo evitarlo.

—¿No puedes *evitarlo*? ¿Cogió los perritos calientes él solo? —preguntó Ruth. La señora Pommeroy y Opal se rieron, y el niño se despegó de repente del pecho con el sonido de un precinto rompiéndose. Movió la cabeza como si estuviera borracho, y después se rio también.

—¡He contado un chiste para bebés! —exclamó Ruth.

—A Eddie le gustas —repuso Opal—. ¿Te gusta Ruf? ¿Te gusta tu tía Ruf, Eddie? —Puso el bebé en el regazo de Ruth, donde le regaló una sonrisa torcida y le escupió una sopa amarillenta en los pantalones. Ruth se lo devolvió a su madre.

—Vaya —dijo Opal. Cogió al bebé en brazos y entró en la casa, saliendo un momento después para arrojarle una toalla a Ruth—. Creo que a Eddie le ha llegado la hora de la siesta. —Y volvió a desaparecer dentro de la casa.

Ruth se secó el charquito caliente y espumoso de su pierna.

—Vómito de bebé —comentó.

—Le da demasiado de comer a ese niño —dijo la señora Pommeroy.

—Diría que él se lo regula a su manera.

—El otro día le estaba dando sirope de chocolate, Ruth. Con una cuchara. Directamente del tarro. ¡Yo lo vi!

—Esa Opal no es muy lista.

—Aunque tiene buenas tetas.

—Oh, qué afortunada.

—Afortunado Eddie. ¿Cómo puede tener esas tetas si solo tiene diecisiete años? Cuando yo tenía diecisiete, ni siquiera sabía lo que eran las tetas.

—Sí, sí que lo sabías. Por Dios, señora Pommeroy, usted ya estaba casada cuando tenía diecisiete.

—Sí, eso es cierto. Pero cuando tenía doce, no sabía lo que eran las tetas. Vi el pecho de mi hermana y le pregunté qué era eso tan grande. Me dijo que era gordura infantil.

—¿Gloria dijo eso?

—Kitty dijo eso.

—Debería haberte contado la verdad.

—Probablemente no sabía la verdad.

—¿Kitty? Kitty nació sabiendo la verdad.

—¿Te imaginas que me hubiera contado la verdad? Imagínate que me hubiera dicho «Son tetas, Rhonda, y algún día los hombres adultos querrán chupártelas».

—Hombres adultos y también jóvenes. Y los maridos de otras personas, conociendo a Kitty.

—¿Por qué me has preguntado por Owney Wishnell, Ruth?

Ruth levantó la vista hacia la señora Pommeroy, luego se quedó mirando el patio.

—Por nada —respondió.

La señora Pommeroy observó a Ruth durante un rato. Inclinó la cabeza. Esperó.

—¿Entonces no es cierto que tú fueras la única persona de la isla que fue amable con mi madre? —preguntó Ruth.

—No, Ruth, ya te lo he dicho. A todos nos caía bien. Era maravillosa. Aunque era un poco *sensible,* y a veces le costaba entender por qué la gente era como era.

—Angus Addams, por ejemplo.

—Oh, muchos de ellos. No podía entender por qué bebían. Yo solía decirle: «Mary, estos hombres pasan frío y humedad, diez horas al día, durante toda su vida. Eso puede *desgastar* a una persona. Necesitan beber, o no hay manera de que lo superen.»

—Mi padre no bebía mucho.

—Tampoco es que hablara mucho con ella. Se sentía un poco sola. No aguantaba los inviernos.

—Creo que también se siente sola en Concord.

—Oh, seguro. ¿Quiere que te vayas a vivir con ella?

—Sí. Quiere que vaya a la universidad. Dice que es lo que quieren los Ellis. Dice que el señor Ellis lo pagará, por supuesto. Vera Ellis cree que, si me quedo mucho más por aquí, me quedaré embarazada. Quiere que me mude a Concord y que después vaya a alguna universidad femenina pequeña y respetable, donde los Ellis conozcan al director.

—La gente se queda embarazada por aquí, Ruth.

—Creo que Opal tiene un bebé lo suficientemente grande como para que nos baste a todos. Y, además, una persona tiene que acostarse con alguien para quedarse embarazada. Eso dicen.

—Deberías irte con tu madre si eso es lo que ella quiere. No hay nada que te retenga aquí. La gente de por aquí, Ruth, no es realmente tu tipo de gente.

—Te diré algo. No voy a hacer ni una sola cosa que los Ellis quieran que haga. Ese es mi plan.

—¿Ese es tu plan?

—Por ahora.

La señora Pommeroy se quitó los zapatos y puso los pies encima de la vieja trampa para langostas que utilizaba como mesa en el porche. Suspiró.

—Cuéntame algo más sobre Owney Wishnell —dijo.

—Bueno, le he conocido —contestó Ruth.

—¿Y?

—Y no es una persona normal.

Una vez más, la señora Pommeroy esperó, y Ruth se quedó mirando al patio. Una gaviota posada en un camión de juguete le devolvió la mirada. La señora Pommeroy también la estaba mirando.

—¿Qué? —preguntó Ruth—. ¿Qué estáis mirando todos?

—Creo que hay algo más —dijo la señora Pommeroy—. ¿Por qué no me lo cuentas, Ruth?

Así que Ruth empezó a hablar de Owney Wishnell a la señora Pommeroy, aunque en principio su intención había sido no contárselo a nadie. Le contó a la señora Pommeroy lo del chubasquero limpio de Owney y lo bien que se le daban los barcos y que la llevó hasta detrás de la roca para enseñarle sus trampas para langostas. Le contó lo de los amenazadores discursos del pastor Wishnell acerca de la maldad y la inmoralidad de la pesca de langostas y cómo Owney casi lloraba cuando le enseñó sus repletas e inútiles nasas.

—Pobrecito —dijo la señora Pommeroy.

—No es un niño. Creo que es de mi edad.

—Que Dios le bendiga.

—¿Te lo puedes creer? Tiene trampas por toda la costa, y devuelve las langostas al mar. Deberías ver cómo las maneja. Es de lo más extraño. Como que las sumerge en un trance.

—¿Se parece a los Wishnell, verdad?

—Sí.

—¿O sea, que es atractivo?

—Tiene la cabeza grande.

—Todos ellos la tienen.

—La cabeza de Owney es realmente enorme. Parece un globo sonda con orejas.

—Estoy segura de que es guapo. También tienen el pecho grande, los Wishnell, excepto Toby Wishnell. Un montón de músculos.

—A lo mejor es gordura infantil —sugirió Ruth.

—Músculos —dijo la señora Pommeroy, y sonrió—. Son todos unos enormes suecos. Excepto el pastor. Oh, cómo quería casarme con un Wishnell.

—¿Con cuál?

—Con cualquiera. Con cualquier Wishnell. Ruth, ganan tanto dinero. Ya has visto las casas que tienen por allí. Las casas más bonitas. Los patios más bonitos. Siempre tienen esos preciosos parterres de flores… No creo haber hablado nunca con un Wishnell, por lo menos cuando era joven. ¿Te lo puedes creer? Les veía por Rockland de vez en cuando, y eran tan guapos.

—Deberías haberte casado con un Wishnell.

—¿Y cómo, Ruth? De verdad. La gente normal no se casa con los Wishnell. Además, mi familia me hubiese matado si me hubiera casado con alguien de Courne Haven. Además, ni siquiera llegué a *conocer* a un Wishnell. No te hubiera podido decir con quién me quería casar.

—Habrían podido escoger —contestó Ruth—. ¿Alguien tan sexi como tú?

—Quería a mi Ira —dijo la señora Pommeroy. Pero le dio una palmadita en el brazo a Ruth para agradecerle el elogio.

—Claro que querías a tu Ira. Pero era tu primo.

La señora Pommeroy suspiró.

—Ya lo sé. Pero nos lo pasábamos muy bien. Solía llevarme a las cuevas marinas de Boon Rock, ya sabes. Con las estalactitas, o como se llamen, colgando por todas partes. Dios, qué bonitas eran.

—¡Era tu *primo*! ¡La gente no debería casarse con sus primos! Has tenido suerte de que tus hijos no hayan salido con aletas en la espalda.

—¡Eres terrible, Ruth! ¡Eres terrible! —Pero se rio.

—No te creerías el miedo que le tiene Owney al pastor Wishnell —dijo Ruth.

—Me lo creo. ¿Te gusta ese Owney Wishnell, Ruth?

—¿Que si me gusta? No lo sé. No. Claro. No lo sé. Creo que es… interesante.

—Nunca hablas de ningún chico.

—Porque nunca conozco chicos de los que hablar.

—¿Es guapo? —volvió a preguntar la señora Pommeroy.

—Ya te lo he dicho. Es alto. Es rubio.

—¿Son sus ojos muy azules?

—Eso parece el título de una canción romántica.

—¿Son muy azules o no, Ruth? —Parecía un poco molesta. Ruth modificó su voz.

—Sí. Son muy azules, señora Pommeroy.

—¿Quieres saber algo gracioso, Ruth? Siempre he tenido la secreta esperanza de que te casaras con uno de mis chicos.

—Oh, señora Pommeroy, *no.*

—Lo sé. Lo sé.

—Es solo…

—Ya lo sé, Ruth. Míralos. ¡Qué tropa! No podías acabar con ninguno. Fagan es un granjero. ¿Te lo puedes creer? Una chica como tú nunca podría vivir en un patatal. ¿John? ¿Quién sabe lo que le pasa a John? ¿Dónde está? Ni siquiera lo sabemos. ¿Europa? Apenas recuerdo cómo es John. Ha pasado tanto tiempo desde que le vi que apenas puedo recordar su cara. ¿No es algo espantoso para que lo diga una madre?

—Apenas puedo recordar a John yo tampoco.

—Tú no eres su madre, Ruth. Y después está Conway. Tan violento, por alguna razón. Y ahora camina con un bastón. Tú nunca te casarías con un hombre que llevara bastón.

—¡Nada de bastones para mí!

—¿Y Chester? Oh, Dios.

—Oh, Dios.

—¿Se cree que puede adivinar el futuro? ¿Yendo por ahí con esos *hippies?*

—Vende costo.

—¿Vende costo? —preguntó la señora Pommeroy, sorprendida.

—Estaba de broma —mintió Ruth.

—Seguro que lo hace. —La señora Pommeroy suspiró—. Y Robin. Bueno, tengo que admitir que nunca pensé que te fueras a casar con Robin. Ni siquiera cuando los dos erais pequeños. Nunca creíste que fuera gran cosa.

—Probablemente pensaste que no sería capaz de pedirme que me casara con él. No sería capaz de pronunciarlo. Sería como ¿*Te casadías conmigo, Duz?* Hubiera sido muy embarazoso.

La señora Pommeroy negó con la cabeza y se enjugó rápidamente los ojos. Ruth se dio cuenta del gesto y dejó de reírse.

—¿Y qué pasa con Webster? —preguntó Ruth—. Solo queda Webster.

—Esa es la cosa, Ruth —contestó la señora Pommeroy, con voz triste—. Siempre pensé que te casarías con Webster.

—Oh, señora Pommeroy. —Ruth se acercó y le pasó un brazo por encima a su amiga.

—¿Qué le ocurrió a Webster, Ruth?

—No lo sé.

—Era el más listo. Era el hijo más listo.

—Lo sé.

—Después de que su padre muriera…

—Lo sé.

—Ni siquiera siguió *creciendo*.

—Lo sé. Lo sé.

—Es tan tímido. Es como un niño. —La señora Pommeroy se secó las lágrimas de las mejillas con el dorso de la mano, con un movimiento rápido, fluido—. Tu madre y yo, las dos, tuvimos un niño que no creció, supongo —dijo—. Oh, vaya. Soy una llorona. ¿Qué me dices? —Se sonó la nariz con la manga y sonrió a Ruth. Juntaron sus frentes por un momento. Ruth puso su mano en la parte posterior de la cabeza de la señora Pommeroy, y la señora Pommeroy cerró los ojos. Después se apartó y dijo—: Creo que a mis hijos les quitaron algo, Ruth.

—Sí.

—Les quitaron mucho. Su padre. Su herencia. Su barco. Su territorio de pesca. Sus aparejos.

—Lo sé —convino Ruth, y le recorrió el escalofrío de la culpa, como lo había hecho durante años, cada vez que pensaba en su padre, en el barco, con las trampas del señor Pommeroy.

—Ojalá pudiera tener otro hijo, para ti.

—¿Qué? ¿Para mí?

—Para casarte. Ojalá pudiera tener un hijo más, y que fuese normal. Que fuese bueno.

—Vamos, señora Pommeroy. Todos sus hijos son buenos.

—Qué dulce eres, Ruth.

—Excepto Chester, naturalmente. Él no es muy bueno.

—A su manera, son bastante buenos. Pero no lo suficiente para una chica lista como tú. Te apuesto algo a que lo conseguiría, ya sabes, si lo intentara de nuevo. —Los ojos de la señora Pommeroy se volvieron a llenar de lágrimas—. Bueno, qué cosas digo, una mujer con siete hijos.

—Está bien.

—Además, no puedo pedirte que esperes a que crezca el bebé, ¿no? Escúchame.

—Estoy escuchando.

—Ahora mismo estoy hablando como una loca.

—Un poco —admitió Ruth.

—Oh, las cosas no siempre salen bien, supongo.

—No siempre. Supongo que deben de salir bien algunas veces.

—Supongo. ¿No crees que deberías irte a vivir con tu madre, Ruth?

—No.

—No hay nada aquí para ti.

—Eso no es cierto.

—La verdad es que me gusta tenerte por aquí, pero eso no es justo. No hay nada aquí para ti. Es como una prisión. Tu pequeño San Quintín. Siempre pensé: «Oh, Ruth se casará con Webster», y siempre pensé: «Oh, Webster se hará cargo del barco de su padre». Creí que lo tenía todo planeado. Pero no hay barco.

«Y apenas hay un Webster», pensó Ruth.

—¿Nunca piensas que deberías vivir allí? —La señora Pommeroy estiró su brazo para señalar. Estaba claro que su intención había sido señalar al oeste, hacia la costa y la tierra que había más allá, pero estaba señalando en una dirección completamente equivocada. Estaba señalando a mar abierto. Aunque Ruth sabía lo que estaba intentando decir. La señora Pommeroy era famosa por no tener un gran sentido de la orientación.

—No necesito casarme con uno de tus hijos para quedarme por aquí, ya lo sabes —contestó Ruth.

—Oh, Ruth.

—Ojalá no me dijeras que debería irme. Ya es suficiente con que me lo digan mi madre y Lanford Ellis. Pertenezco a esta isla tanto como cualquiera. Olvídate de mi madre.

—Oh, Ruth.

—Bueno, no quiero decir que te olvides de ella. Pero no importa dónde viva ella o con quién. No me importa. Me quedaré contigo; iré adondequiera que vayas. —Ruth estaba sonriendo mientras lo decía, y empujando a la señora Pommeroy del mismo modo que la señora Pommeroy solía empujarla a ella. Un toque de broma, un toque de cariño.

—Pero yo no me voy a ninguna parte —dijo la señora Pommeroy.

—Bien. Yo tampoco. Está decidido. No me voy a echar atrás. Aquí es donde me voy a quedar a partir de ahora. No más viajes a Concord. No más mierda acerca de la universidad.

—No puedes prometer algo así.

—Puedo hacer lo que quiera. Incluso puedo hacer promesas más grandes.

—Lanford Ellis te mataría si te oyera hablar así.

—Que se vaya al infierno. Que se *vayan* al infierno. A partir de ahora, haré lo contrario de lo que Lanford Ellis me diga que haga. Que les den a los Ellis. ¡Mírame! ¡Mírame, mundo! ¡Cuidado, chaval!

—Pero ¿por qué quieres pasarte la vida en esta isla de mierda? Esta no es tu gente, Ruth.

—Claro que sí. La tuya y la mía. ¡Si son tu gente, son mi gente!

—¡Óyete hablar!

—Hoy me estoy sintiendo bastante bien. Puedo prometer grandes cosas.

—¡Supongo que sí!

—No crees que vaya en serio.

—Creo que dices las cosas más dulces. Y creo que, al final, harás lo que te venga en gana.

Se quedaron en el sofá del porche una hora más o así. Opal volvió a salir con Eddie unas cuantas veces, aburrida y sin rumbo, y la señora Pommeroy y Ruth se turnaron para sentarle en sus regazos e intentar jugar con él sin hacerse daño. La última vez que Opal se fue, no entró en la casa; se fue paseando hasta el puerto, para «ir a la tienda», dijo. Sus sandalias chancleteaban contra sus talones, y el bebé frunció los labios mientras se acomodaba, pesadamente, en su cadera derecha. La señora Pommeroy y Ruth observaron a la madre y al bebé descender la colina.

—¿Crees que parezco vieja, Ruth?

—Creo que te pareces a un millón de dólares. Siempre vas a ser la mujer más guapa de por aquí.

—Mira esto —dijo la señora Pommeroy, y alzó la barbilla—. Me cuelga la piel del cuello.

—Claro que no.

—Que sí, Ruth. —La señora Pommeroy se puso a jugar con el pellejo de debajo de la barbilla—. ¿No es horrible cómo me cuelga? Parezco un pelícano.

—No pareces un pelícano.

—Parezco un pelícano. Podría llevar un salmón entero aquí, como un pelícano viejo.

—Pareces un pelícano muy joven —dijo Ruth.

—Oh, eso está mucho mejor, Ruth. Muchas gracias. —La señora Pommeroy se acarició el cuello y le preguntó—: ¿En qué pensabas cuando estabas a solas con Owney Wishnell?

—Oh, no lo sé.

—Claro que sí. Cuéntamelo.

—No tengo nada que contar.

—Mmmm —dijo la señora Pomeroy—. Me pregunto… —Se pellizcó la piel del dorso de la mano—. Mira qué vieja y fláccida estoy. Si pudiera cambiar algo de mí misma, intentaría conseguir mi antigua piel. Tenía una piel muy bonita a tu edad.

—Todo el mundo tiene una piel muy bonita a mi edad.

—¿Qué cambiarías de tu aspecto físico si pudieras, Ruth?

Sin dudarlo un momento, Ruth respondió:

—Me gustaría ser más alta. Me gustaría tener los pezones más pequeños. Y me gustaría cantar bien.

La señora Pommeroy se rio.

—¿Quién te ha dicho que tus pezones sean grandes?

—Nadie. Vamos, señora Pommeroy. Nadie los ha visto excepto yo.

—¿Se los enseñaste a Owney Wishnell?

—No —respondio Ruth—. Pero me hubiera gustado.

—Entonces deberías.

Esa pequeña charla les cogió a las dos por sorpresa; se habían escandalizado mutuamente. La idea sobrevoló el porche durante mucho, mucho tiempo. A Ruth le ardía la cara. La señora

Pommeroy se quedó callada. Parecía estar pensando muy detalladamente en el comentario de Ruth.

—Bueno —dijo al final—. Supongo que le deseas.

—Oh, no sé. Es muy raro. Apenas habla...

—No, le deseas. Es a él a quien quieres. Sé de estas cosas, Ruth. Así que tendremos que conseguírtelo. Nos las apañaremos de alguna manera.

—Nadie tiene que apañar nada.

—Nos las apañaremos, Ruth. Bien. Me alegro de que desees a alguien. Es apropiado para una chica de tu edad.

—No estoy preparada para algo tan estúpido como eso —dijo Ruth.

—Entonces será mejor que te prepares.

Ruth no supo qué decir a eso. La señora Pommeroy subió las piernas al sofá y colocó sus pies descalzos en el regazo de Ruth.

—Te pongo los pies encima, Ruth —dijo, y sonaba verdaderamente triste.

—Me pones los pies encima —aceptó Ruth, y de repente se sintió muy tonta por haber admitido todo eso. Se sentía culpable por todo lo que había dicho: culpable por tener interés sexual en un Wishnell, culpable por abandonar a su madre, culpable por la extraña promesa de no irse nunca de Fort Niles, culpable por confesar que ni en un millón de años se casaría con ninguno de los hijos de la señora Pommeroy. ¡Dios!, ¡pero era cierto! La señora Pommeroy podría tener un hijo todos los años durante el resto de su vida, y Ruth nunca se casaría con ninguno de ellos. ¡Pobre señora Pommeroy!

—Te quiero, ya lo sabes —le dijo a la señora Pommeroy—. Eres mi persona favorita.

—Te pongo los pies encima, Ruth —dijo la señora Pommeroy en voz baja, a modo de respuesta.

Más tarde Ruth dejó a la señora Pommeroy y se dirigió a la casa de los Addams para ver en qué andaba ocupado el Senador. No le apetecía irse a casa todavía. No le apetecía hablar con su padre cuando estaba triste, así que pensó que, en vez de eso, hablaría con el Senador. A lo mejor le enseñaba algunas fotografías antiguas de supervivientes de un naufragio y la animaba. Pero cuando llegó a la casa de los Addams, solo se encontró con Angus. Intentaba arreglar un trozo de manguera y estaba de un humor espantoso. Le dijo que el Senador se encontraba en Potter Beach con ese puñetero flacucho de Webster Pommeroy, buscando un puñetero colmillo de elefante.

—No —negó Ruth—, ya han encontrado el colmillo del elefante.

—Por el amor de Dios, Ruthie, están buscando el otro puñetero colmillo. —Lo dijo como si estuviera enfadado con ella por alguna razón.

—Bueno —aceptó ella—. Lo siento.

Cuando bajó a Potter Beach, se encontró al Senador paseándose infeliz entre las rocas, con Cookie pegado a sus talones.

—No sé qué hacer con Webster, Ruth —dijo el Senador—. No puedo convencerle para que lo deje.

Webster Pommeroy estaba abajo, en las marismas, arrastrándose torpemente, con aire inquieto y atemorizado. Ruth no le habría reconocido. Parecía un niño trastabillando por ahí, un niño estúpido que se había metido en problemas.

—No quiere dejarlo —prosiguió el Senador—. Ha estado así toda la semana. Estaba lloviendo a cántaros hace dos días, y no quería entrar en casa. Me temo que se va a hacer daño. Se cortó la mano ayer con una lata, escarbando por ahí. Ni siquiera era una lata vieja. Se abrió todo el pulgar. No deja que se lo mire.

—¿Y qué pasaría si te fueras?

—No le voy a dejar aquí, Ruth. Se quedaría ahí toda la noche. Dice que quiere encontrar el otro colmillo, para reemplazar el que se llevó el señor Ellis.

—Pues ve a Ellis House y diles que te devuelvan el colmillo, Senador. Diles a esos cabrones que lo necesitas.

—No puedo hacer eso, Ruth. A lo mejor el señor Ellis está guardando el colmillo mientras decide qué hacer con el museo. A lo mejor lo está tasando o algo.

—Probablemente el señor Ellis ni siquiera lo ha visto. ¿Cómo sabes que no se lo ha quedado Cal Cooley?

Observaron a Webster moverse sin rumbo un rato más.

El Senador dijo, en voz baja:

—A lo mejor podrías ir tú a Ellis House y pedírselo.

—No voy a ir —dijo Ruth—. No voy a volver a ir nunca.

—¿Por qué has venido aquí hoy, Ruth? —preguntó el Senador, después de un doloroso silencio—. ¿Necesitas algo?

—No, solo quería decir hola.

—Bueno, pues hola, Ruthie. —No la miraba; estaba observando a Webster con una expresión intensamente preocupada.

—Hola. ¿No es un buen momento, verdad? —preguntó Ruth.

—Oh, yo estoy bien. ¿Cómo está tu madre, Ruth? ¿Cómo ha ido tu visita a Concord?

—Le va bien, supongo.

—¿Le diste recuerdos de mi parte?

—Creo que sí. Podrías escribirle una carta, si de verdad quieres alegrarle el día.

—Es una buena idea, es una buena idea. ¿Está tan guapa como siempre?

—No sé cómo era de guapa antes, pero está bien. Aunque creo que se siente un poco sola. Los Ellis no dejan de decirle que quieren que yo vaya a la universidad; me lo pagarían todo.

—¿El señor Ellis ha dicho eso?

—A mí no. Pero mi madre sí que lo dice, y la señorita Vera, incluso Cal Cooley. Ya lo verá, Senador. Apuesto a que el señor Ellis lo anunciará pronto.

—Bueno, parece una muy buena oferta.

—Si viniera de cualquier otro, sería una gran oferta.

—Cabezota, cabezota.

El Senador paseó a lo largo de la playa. Ruth le siguió, y Cookie siguió a Ruth. El Senador estaba ensimismado con sus cosas.

—¿Le estoy molestando? —preguntó Ruth.

—No —respondió el Senador—. No, no. Pero puedes quedarte. Puedes quedarte aquí y mirar.

—No se preocupe. No pasa nada —dijo Ruth. Pero no podía quedarse contemplando a Webster mientras deambulaba penosamente por el barro. Y no quería andar siguiendo al Senador si lo único que iba a hacer era recorrer la playa, frotándose nervioso las manos—. De todos modos, ya me iba a casa.

Así que se fue a casa. Se le habían acabado las ideas, y no había nadie más en Fort Niles con quien quisiera hablar. No había nada más en Fort Niles que quisiera hacer. Para eso también podría quedarse con su padre, pensó. Para eso también podría ponerse a hacer la cena.

Capítulo 9

«Si lo arrojan al agua de espaldas o de cabeza, el animal,
a no ser que esté exhausto, inmediatamente corrige
su postura, y con una o dos poderosas contorsiones
de su cola, se coloca con la parte trasera inclinada,
como si se estuviera deslizando por una pendiente».

FRANCIS HOBART HERRICK, *La langosta americana:*
Un estudio acerca de sus costumbres y su desarrollo, 1895

La segunda guerra langostera entre Courne Haven y Fort
Niles tuvo lugar entre 1928 y 1930. Fue una guerra patética,
de la que no merece la pena hablar.

La tercera guerra langostera entre Courne Haven y Fort
Niles fue un desagradable y corto conflicto que duró cuatro meses y que culminó en 1946, afectando más a algunos habitantes de
las islas que el bombardeo de Pearl Harbor. Esta guerra impidió
pescar a los isleños el año en el que se alcanzó el récord de captura de langosta conocido en Maine: seis mil pescadores con licencia
llegaron a pescar nueve millones y medio de kilos de langosta ese
año. Pero los hombres de Fort Niles y de Courne Haven se perdieron el botín porque estaban demasiado ocupados peleándose
entre ellos.

La cuarta guerra langostera entre Courne Haven y Fort Niles empezó a mediados de los cincuenta. El motivo de esta guerra no está muy claro. No hubo una sola provocación, un solo enfado que encendiera la chispa. Así que ¿cómo empezó? Con el empuje. Con el clásico empuje, lento, diario.

Bajo las leyes de Maine, un hombre que tenga licencia para pescar langostas puede poner sus trampas en cualquier lugar de las aguas de Maine. Eso es lo que dice la ley. La realidad es diferente. Ciertas familias pescan en ciertos territorios porque siempre lo han hecho; ciertas áreas pertenecen a ciertas islas porque siempre ha sido así, determinados canales están bajo el control de determinadas personas porque siempre lo han estado. El mar, aunque no está delimitado por vallas o escrituras, se rige por las tradiciones, y un novato haría muy bien en seguir esas tradiciones.

Las barreras, aunque invisibles, son reales y se examinan constantemente. En la naturaleza humana está el intentar ampliar su propiedad, y los pescadores de langostas no son una excepción. Presionan. Miran a ver si se pueden salir con la suya. Empujan y chocan contra los límites donde pueden, intentando extender su imperio unos centímetros por aquí, unos centímetros por allá.

A lo mejor el señor Cobb siempre ha detenido sus hileras de trampas en la desembocadura de determinada ensenada. ¿Pero qué ocurriría si, un día, el señor Cobb decidiera poner unas cuantas trampas varios metros más allá, hasta el lugar donde tradicionalmente pesca el señor Thomas? ¿Qué daño pueden hacer unos cuantos metros? A lo mejor nadie se da cuenta. El señor Thomas no es tan concienzudo como antes, piensa el señor Cobb. A lo mejor el señor Thomas ha estado enfermo o ha tenido un mal año o ha perdido a su mujer y no presta tanta atención como antes, y quizás —solo quizás— el avance pase desapercibido.

Y puede que suceda así. Puede que el señor Thomas no se dé cuenta del atropello. O puede que, por cualquier razón, no le preocupe lo bastante como para enfrentarse al señor Cobb. Pero, claro, puede que sí le preocupe. A lo mejor le molesta muchísimo. A lo mejor, el señor Thomas le manda un mensaje con su descontento. A lo mejor, cuando el señor Cobb vaya a sacar sus trampas a la semana siguiente, se encuentre con que el señor Thomas ha hecho un nudo de medio ballestrinque a mitad de cada hilera, como aviso. A lo mejor el señor Thomas y el señor Cobb son vecinos que nunca han tenido un conflicto en el pasado. A lo mejor sus esposas son hermanas. A lo mejor son buenos amigos. Esos inofensivos nudos son la manera que tiene el señor Thomas de decir: «Veo lo que estás intentando hacer aquí, amigo, y te pido que hagas el favor de salir de mi maldito territorio mientras me quede paciencia».

Y a lo mejor el señor Cobb se retira, y ahí se acaba todo. O a lo mejor no. ¿Quién sabe qué razones puede tener para persistir? A lo mejor el señor Cobb está molesto por que el señor Thomas se haya adjudicado una porción de mar tan grande en primer lugar, cuando el señor Thomas ni siquiera es tan bueno pescando. Y quizás el señor Cobb está enfadado porque ha oído el rumor de que el señor Thomas se está quedando con las langostas pequeñas, en vez de arrojarlas otra vez al mar, o quizás el hijo del señor Thomas ha mirado de manera lasciva en más de una ocasión a la atractiva hija de trece años del señor Cobb. Quizás el señor Cobb tiene sus propios problemas en casa y necesita más dinero. Quizás el abuelo del señor Cobb reclamó en el pasado los derechos de esa misma ensenada, y el señor Cobb se está apropiando de lo que cree que pertenece por ley a su familia.

Así que a la semana siguiente vuelve a colocar sus trampas en el territorio del señor Thomas, solo que ahora ya no lo ve como territorio del señor Thomas, sino como océano libre y de su propiedad como el hombre libre y americano que es. Y está un poco cabreado, a decir verdad, con el avaricioso hijo de puta de Thomas, por hacer nudos en las hileras de otro, por el amor de Dios, cuando todo lo que está intentando hacer ese hombre es ganarse la puñetera vida. ¿Qué demonios se supone que significa, lo de atarle nudos en sus hileras? Si el señor Thomas tiene un problema, ¿por qué no va a hablarlo, como un hombre? Y para entonces al señor Cobb tampoco le importa si el señor Thomas intenta cortarle las trampas. ¡Que las corte! ¡Al infierno con él! Que lo intente. Machacará a ese hijo de puta.

Y cuando el señor Thomas se encuentra con las boyas de su vecino flotando en su territorio otra vez, tiene que tomar una decisión. ¿Cortar las trampas? El señor Thomas se pregunta si Cobb se está tomando esto muy en serio. ¿Quiénes son los amigos y aliados de Cobb? ¿Puede Thomas permitirse perder trampas si Cobb se venga cortando las suyas? ¿Es un territorio tan bueno, después de todo? ¿Merece la pena luchar por él? ¿Tuvo algún Cobb en el pasado legítimo derecho a reivindicarlo como propio? ¿Está siendo Cobb mezquino o ignorante?

Hay muchas razones que pueden llevar a un hombre a equivocarse al poner sus trampas en el territorio de otro. ¿Puede que estas trampas se desplazaran por una tormenta? ¿Es Cobb un joven impetuoso? ¿Tiene un hombre que quejarse de cada ofensa? ¿Debe un hombre montar guardia permanente frente a sus vecinos? Por otro lado, ¿debe un hombre quedarse callado mientras un cabrón avaricioso se pone a comerse su cena, por el amor de Dios? ¿Debe un hombre ser despojado de sus medios para ganarse la vida? ¿Qué pasa si Cobb decide apropiarse de todo el lugar? ¿Qué pasa si Cobb empuja a Thomas hasta las trampas de otro hombre, causándole todavía más problemas a Thomas? ¿Debe un hombre pasar varias horas al día tomando esas decisiones?

De hecho, sí debe.

Si es un pescador de langostas, debe tomar esas decisiones todos los días. Es así como va el negocio. Y a lo largo de los años, un pescador de langostas desarrolla sus propias reglas, su reputación. Si pesca para ganarse la vida, si está pescando para alimentar a su familia, no puede permitirse el no hacer nada, y con el tiempo se le conocerá o como *empujador* o como *cortador*. Es difícil evitar convertirse en lo uno o en lo otro. Debe luchar para ampliar su territorio empujando las hileras de trampas de otro hombre, o debe luchar para defender su territorio cortando las trampas de cualquiera que le esté empujando a él.

Ambos términos, *empujador* y *cortador,* son despectivos. Nadie quiere que se lo llamen, pero casi todos los pescadores de langostas son una cosa u otra. O las dos. En general, los empujadores son jóvenes y los cortadores son viejos. Los empujadores tienen pocas trampas en su haber; los cortadores tienen muchas. Los empujadores tienen poco que perder; los cortadores tienen mucho que defender. La tensión entre empujadores y cortadores es constante, incluso dentro de la misma comunidad, incluso dentro de la misma familia.

En la isla de Fort Niles, Angus Addams era el cortador más famoso. Cortaba a cualquiera que se acercara, y se vanagloriaba de ello. De sus primos y vecinos, contaba: «Han estado tocándome el culo durante cincuenta años y he cortado hasta al último de esos cabrones». Por lo general, Angus cortaba sin ningún aviso. No perdía el tiempo atando nudos como aviso amistoso en las hileras de un pescador que, por ignorancia o accidente, pudiera haberse desviado hacia sus dominios. No le importaba quién era ese pescador errante o cuáles fueran sus motivos. Angus Addams cortaba con furia y con regularidad, maldiciendo mientras serraba las húmedas cuerdas, resbaladizas a causa de las algas, maldiciendo a aquellos que intentaban quitarle lo que por derecho era suyo. Era un buen pescador; sabía que constantemente era observado y seguido por sus inferiores, que querían un pedazo de lo que él tenía. Pero, por el amor de Dios, no se lo iba a poner en bandeja.

Angus Addams incluso había llegado a cortar al padre de Ruth, Stan Thomas, que era su mejor amigo. Stan Thomas no empujaba mucho, pero una vez colocó sus trampas más allá de Jatty Rock, donde las únicas boyas que se balanceaban eran las boyas a rayas amarillas y verdes de Angus Addams. Stan observó que Angus no había colocado ni una trampa allí durante varios meses y pensó que iba a intentarlo. No creía que Angus fuera a darse cuenta. Pero Angus se dio cuenta. Y Angus cortó hasta la última hilera de trampas de su mejor amigo, sacó las boyas rojas y azules de los Thomas, las ató con una cuerda, y dejó de pescar por aquel día, de lo puñeteramente cabreado que estaba. Fue a buscar a Stan Thomas. Se recorrió todas las ensenadas y las islas del canal Worthy hasta que vio el *Miss Ruthie* por allí, rodeado de gaviotas hambrientas dispuestas a comerse el cebo. Angus aceleró hasta que llegó al barco. Stan Thomas dejó de trabajar y miró a su amigo.

—¿Pasa algo, Angus? —preguntó Stan.

Angus Addams le arrojó las boyas cortadas a la cubierta del barco de Stan, sin decir una sola palabra. Le tiró las boyas con un gesto triunfante, como si fueran las cabezas cortadas de sus enemigos. Stan miró las boyas impasible.

—¿Pasa algo, Angus? —repitió.

—Si me vuelves a empujar —respondió Angus—, lo próximo que te cortaré será la puñetera garganta.

Esta era la amenaza usual de Angus. Stan Thomas la había oído más de una docena de veces, algunas dirigidas a un malhechor y otras cuando le contaba la historia alegremente frente a unas cervezas y el tablero de *cribbage*. Pero Angus nunca se lo había dicho directamente a Stan. Los dos hombres, los dos mejores amigos, se miraron el uno al otro. Sus barcos se balanceaban debajo de ellos.

—Me debes doce trampas —dijo Stan Thomas—. Esas estaban nuevas. Te podría decir que te sentaras y me hicieras doce trampas nuevas, pero me puedes dar doce de las tuyas viejas, y nos olvidamos de todo esto.

—Jódete.

—No has puesto ninguna trampa allí en toda la primavera —recordó Stan.

—No te atrevas a pensar que puedes jugar conmigo porque tengamos una puñetera *historia*, Stan.

Angus Addams tenía el cuello morado, pero Stan Thomas se le quedó mirando sin mostrar ningún signo de enfado.

—Si fueras cualquier otro —dijo Stan—, te daría un puñetazo en la boca ahora mismo por el modo en que me estás hablando.

—No hace falta que me trates de una manera especial.

—Está bien. Porque tú tampoco lo has hecho.

—Es cierto. Y jamás lo voy a hacer, así que mantén tus condenadas trampas lejos de mí.

Y se alejó con su barco, enseñándole el dedo a Stan mientras aceleraba. Stan y Angus no se hablaron durante unos ocho meses. Y eso pasó entre buenos amigos, entre dos hombres que cenaban juntos varias veces a la semana, entre dos vecinos, entre un profesor y su protegido. Esto fue lo que pasó entre dos hombres que no creían que el otro estaba trabajando día y noche para destruirles, que era lo que los hombres de la isla de Fort Niles y los hombres de la isla de Courne Haven pensaban los unos de los otros. Y acertaban casi siempre.

Es un negocio arriesgado. Y fue esa clase de empujones y de cortes la que originó la cuarta guerra langostera, a finales de los cincuenta. ¿Quién la empezó? Es difícil decirlo. La hostilidad flotaba en el aire. Había hombres que habían vuelto de Corea que querían volver a pescar y se encontraron con que ya se habían repartido su territorio. En la primavera de 1957, había bastantes jóvenes que habían llegado a la mayoría de edad y se habían comprado sus propios barcos. Estaban intentando encontrar su propio lugar. El año anterior, la pesca había sido bastante buena, así que todo el mundo tenía suficiente dinero para comprar más trampas y barcos más grandes con mejores motores, y los pescadores se estaban empujando unos contra otros.

Hubo algunos cortes por ambos lados; hubo algunos empujones. Se gritaron maldiciones sobre las proas de los barcos. Y, con los meses, el rencor se fue haciendo más intenso. Angus Addams se cansó de cortar las trampas de Courne Haven en su territorio, así que empezó a meterse con el enemigo de maneras más imaginativas. Se llevaba toda la basura de su casa a bordo, y cuando encontraba trampas de otros en su sitio, las sacaba y las llenaba de basura. Una vez, metió una almohada vieja en la trampa de alguien, para que las langostas no pudieran entrar, y perdió una tarde entera clavando clavos en otra trampa; terminó pareciendo un instrumento de tortura. Angus tenía otro truco; rellenaba la trampa errante con piedras y la volvía a echar al mar. Costaba un montón de trabajo, ese truco. Tenía que acarrear las piedras en su propio barco, en sacos y con una carretilla, lo que le llevaba mucho tiempo. Pero Angus lo consideraba bien invertido. Le gustaba pensar en el mamón de Courne Haven sudando y esforzándose por sacar la trampa, solo para encontrarla llena de escombros.

A Angus le encantaban estos juegos hasta el día en que sacó una de sus propias trampas y se encontró una muñeca con unas tijeras oxidadas clavadas en el pecho. Eso fue un mensaje muy violento para haberlo sacado del mar. El ayudante de Angus Addams chilló como una nena cuando lo vio. La muñeca horrorizó incluso a Angus. Su pelo rubio estaba empapado y enredado, cubriéndole la cara, que era de porcelana y estaba rota. Los labios de la muñeca formaban una O de asombro. Un cangrejo se había metido en la trampa y le subía por el vestido.

—¿Qué coño es esto? —gritó Angus. Sacó la muñeca apuñalada de la trampa y le arrancó las tijeras—. ¿Qué coño es esto, algún tipo de maldita amenaza?

Llevó la muñeca de vuelta a Fort Niles y la enseñó por ahí, tirándosela a la cara de la gente de manera bastante perturbadora. La gente de Fort Niles normalmente no hacía caso de los enfados de Angus Addams, pero esta vez sí le prestaron atención. Había algo en el salvaje apuñalamiento de la muñeca que enojó a todo el mundo. ¿Una muñeca? ¿Qué coño se supone que significaba eso?

La basura y los clavos eran una cosa, pero ¿asesinar una muñeca? Si alguien de Courne Haven tenía un problema con Angus, ¿por qué no se lo decía a la cara? ¿Y de quién era la muñeca? Probablemente pertenecía a la pobre hija de algún pescador. ¿Qué clase de hombre apuñalaría a la muñeca de su hijita solo para dejar clara una cosa? ¿Y qué era *esa cosa*, exactamente?

La gente de Courne Haven eran unos animales.

A la mañana siguiente, muchos de los pescadores de Fort Niles se reunieron en el muelle mucho antes de lo habitual. Faltaba más de una hora para el amanecer, todavía estaba oscuro. Había estrellas en el cielo, y la luna estaba baja y desdibujada. Los hombres partieron hacia Courne Haven en una pequeña flotilla. De sus motores escapaba una nube apestosa del humo de la gasolina. No es que tuvieran un propósito en concreto, pero navegaron con determinación hacia Courne Haven y detuvieron sus barcos justo a las afueras de su puerto. Eran doce los pescadores de Fort Niles, un pequeño asedio. Nadie hablaba. Unos cuantos hombres fumaban.

Después de una media hora, pudieron ver actividad en el muelle de Courne Haven. Los hombres de Courne Haven, que bajaban para comenzar su día de pesca, miraron al mar y vieron la fila de barcos. Se reunieron en un grupo en el muelle y se quedaron mirando los barcos. Algunos de ellos estaban bebiendo de sus termos de café, y las volutas de humo se elevaban por encima de ellos. El grupo se hizo más grande a medida que más hombres bajaban para empezar su día de pesca y se encontraban con la reunión en el puerto.

Algunos hombres les señalaron con el dedo. Algunos de ellos fumaban, también. Tras unos quince minutos, estaba claro que no sabían qué hacer con respecto al bloqueo. Ninguno hizo además de acercarse a su barco. Todos deambulaban por ahí, hablando los unos con los otros. A través del agua, los hombres de Fort Niles podían oír, en sus barcos, la destilación acuosa de la conversación de los de Courne Haven. Algunas veces se oían claramente una tos o una risa. Las risas estaban matando a Angus Addams.

—Putas nenazas —dijo, pero solo unos pocos pudieron oírlo, puesto que lo masculló.

—¿Qué has dicho? —preguntó el hombre del barco de al lado, el primo de Angus, Barney.

—¿Qué les hace tanta gracia? —preguntó a su vez Angus—. Les voy a enseñar yo lo que es gracioso.

—No creo que se estén riendo de nosotros —respondió Barney—. Creo que tan solo se están riendo.

—Ya les enseñaré yo lo que es gracioso.

Angus Addams fue hasta su timón y puso en marcha el motor, dirigiéndose hacia el muelle de Courne Haven. Aceleró entre los barcos, levantando una estela al pasar, y aminoró cuando estuvo cerca del muelle. La marea estaba baja, y su barco estaba situado mucho más abajo que el grupo de marineros de Courne Haven. Se acercaron al borde del muelle para mirar a Angus Addams. Ninguno de los otros pescadores de Fort Niles le había seguido; se habían quedado en la entrada del puerto. Nadie sabía qué hacer.

—¿Os gusta jugar con muñecas? —rugió Angus Addams. Sus amigos podían oírle alto y claro a través del agua. Se puso en pie y sacudió la muñeca asesinada. Uno de los hombres de Courne Haven dijo algo que hizo que los otros se rieran.

—¡Baja aquí! —gritó Angus—. ¡Baja aquí y me lo cuentas!

—¿Qué ha dicho? —le preguntó Barney Addams a Don Pommeroy—. ¿Has oído lo que ha dicho ese?

Don Pommeroy se encogió de hombros.

Justo entonces, un hombre grande bajó al muelle y los pescadores se apartaron para abrirle paso. Era alto y ancho y no llevaba sombrero en aquella cabeza rubia y resplandeciente. Acarreaba unas cuerdas, cuidadosamente enrolladas, al hombro, y traía una tartera metálica. Las risas en el muelle de Courne Haven se detuvieron. Angus Addams no dijo nada; es decir, nada que sus amigos pudieran oír.

El hombre rubio, sin mirar a Angus, descendió del muelle, con la tartera bajo el brazo, y se introdujo en un bote de remos. Lo desenganchó de su poste y se puso a remar. Sus brazadas eran bonitas de mirar; una tirada larga seguida de un chasquido rápido y muscular. En muy poco tiempo, llegó a su barco y subió a bordo. Para entonces, los hombres que estaban en la entrada del puerto podían ver que ese era Ned Wishnell, un pescador de primera y el patriarca actual de la dinastía Wishnell. Miraron su barco con envidia. Tenía siete metros y medio de largo, de un blanco inmaculado, con una raya azul que lo recorría. Ned Wishnell lo puso en marcha y salió del puerto.

—¿Adónde demonios va? —preguntó Barney Addams.

Don Pommeroy se volvió a encoger de hombros.

Ned Wishnell fue directamente hacia ellos, hacia su bloqueo, como si no estuviesen allí. Los pescadores de Fort Niles se miraron los unos a los otros con cautela, preguntándose si se suponía que tenían que detener a aquel hombre. No parecía adecuado dejarle pasar, pero Angus Addams no estaba con ellos para darles instrucciones. Observaron, paralizados, cómo Ned Wishnell pasaba a través de ellos, entre Don Pommeroy y Duke Cobb, sin mirar a izquierda o derecha. Los barcos de Fort Niles se balancearon en su estela. Don tuvo que agarrarse a la barandilla, pues, si no, se habría caído. Los hombres se quedaron contemplando mientras Ned Wishnell aceleraba, cada vez más pequeño, hasta llegar al mar.

—¿Adónde demonios va? —Al parecer, Barney todavía esperaba una respuesta.

—Creo que se ha ido a pescar —dijo Don Pommeroy.

—Anda que menudo aviso —dijo Barney. Guiñó los ojos para mirar al océano—. ¿No nos ha visto?

—Por supuesto que nos ha visto.

—¿Y por qué no nos ha dicho nada?

—¿Qué demonios te creías que nos iba a decir?

—No lo sé. Algo como «¡Hola, muchachos! ¿Qué pasa?».

—Cállate, Barney.

—Pues no sé por qué —dijo Barney Addams, pero se calló.

La insolencia de Ned Wishnell disolvió por completo cualquier amenaza que pudieran haber presentado los hombres de Fort Niles, así que el resto de los pescadores de Courne Haven, uno a uno, descendieron del muelle, se metieron en sus barcos y salieron a pescar langostas. Al igual que su vecino Ned, atravesaron el bloqueo de Fort Niles sin mirar a su izquierda ni a su derecha. Angus Addams les gritó durante un rato, pero esto avergonzó al resto de los hombres de Fort Niles, quienes, de uno en uno, se dieron la vuelta y volvieron a sus casas. Angus fue el último en irse. Estaba, como Barney contó después, «sudando la gota gorda, maldiciendo las estrellas, cagándose en sus muertos y todo lo demás». Angus estaba escandalizado ante la idea de haber sido abandonado por sus amigos, furioso porque lo que podría haber sido un bloqueo bastante decente había resultado ser una broma inútil.

Este hubiera podido ser el final de la cuarta guerra langostera entre Fort Niles y Courne Haven, justo ahí. Si los incidentes de esa mañana hubieran acabado con la disputa, de hecho, no sería recordada ni siquiera como una guerra langostera, sino, más bien, como otra pelea en una larga lista de enfrentamientos. A medida que el verano avanzaba, el empujar y el cortar continuó, pero de manera más esporádica. En su mayor parte, era Angus Addams el que cortaba, y los hombres de las dos islas estaban acostumbrados a ello. Angus Addams se aferraba a lo que era suyo como un bull terrier. Para todos los demás, se establecieron nuevos límites. Algún territorio de pesca se vio modificado; algunos pescadores nuevos ocuparon áreas antiguas; algunos pescadores antiguos dejaron de trabajar tanto; algunos pescadores que habían regresado a casa después de la guerra retomaron su profesión. Todos se acomodaron a una paz diaria, pero tensa.

Durante unas cuantas semanas.

A finales de abril, sucedió que Angus Addams fue a Rockland para vender sus langostas al mismo tiempo que Don Pommeroy. Don, un solterón, era un memo reconocido. Era el hermano más estúpido de Ira Pommeroy, el ceñudo y esforzado marido de Rhonda Pommeroy, el padre de Webster y de Conway y de John y de Fagan y de todos los demás. Angus Addams no apreciaba especialmente a ninguno de los Pommeroy, pero terminó pasando la noche bebiendo con Don en el hotel Wayside, porque hacía mal tiempo y estaba demasiado oscuro como para regresar a casa, y además estaba aburrido. Angus podría haber preferido beber solo en su habitación del hotel, pero no fue así como terminaron las cosas. Los dos hombres se encontraron en el almacén del comerciante, y Don dijo: «Vamos a tomar algo, Angus», y Angus aceptó.

Había algunos hombres de Courne Haven en el Wayside aquella noche. Fred Burden, el violinista, estaba allí con su cuñado, Carl Cobb. Dado que era una noche de lluvia ventosa y helada, y dado que los hombres de Courne Haven y de Fort Niles eran los únicos que estaban en el bar, se encontraron charlando entre ellos. No fue una conversación poco amistosa. De hecho, empezó cuando Fred Burden ordenó que le llevaran una bebida de su parte a Angus Addams.

—Esto es para que repongas fuerzas —le llamó Fred—, después de un largo día de cortar nuestras trampas.

Era una primera frase un tanto hostil, así que Angus Addams le respondió:

—Harías mejor en mandarme la botella entera, entonces. Hoy he cortado muchas más que lo que le vale una copa.

Esto también era hostil, pero no condujo a una pelea. Más bien a que todo el mundo se riera. Los hombres habían bebido lo suficiente para ser joviales, pero no tanto como para empezar a pelearse. Fred Burden y Carl Cobb se levantaron de la barra del bar para sentarse con sus vecinos de Fort Niles. Por supuesto que se conocían de antes. Se dieron palmadas en la espalda entre ellos, pidieron más cervezas y whisky, hablaron de sus barcos nuevos y del nuevo comerciante y del nuevo diseño de las trampas. Hablaron de las nuevas restricciones a la pesca que el estado había impuesto, y de lo idiotas que eran los nuevos guardacostas. Tenían todo en común, así que había mucho de lo que hablar.

Carl Cobb había estado destinado en Alemania durante la guerra de Corea, y sacó su cartera y les enseñó algo de dinero alemán. Todo el mundo observó el muñón de Angus Addams, de cuando había perdido su dedo con el cabestrante, y le obligaron a contar la historia de cuando había tirado el dedo por la borda y se había cauterizado la herida con el cigarro. Fred Burden les contó a los otros hombres que los turistas que venían en verano a Courne Haven habían decidido que la isla era demasiado escandalosa, y habían hecho una colecta para contratar a un policía durante los meses de julio y agosto. El policía era un adolescente pelirrojo de Bangor, y le habían dado tres palizas en su primera semana en la isla. La gente que venía en verano incluso le había conseguido al chico un coche de policía, que había volcado cuando el muy estúpido estaba atravesando la isla a toda velocidad, intentando atrapar a un coche sin matrícula.

—¡A toda velocidad! —dijo Fred Burden—. ¡En una isla de seis kilómetros y medio! Por el amor de Dios, como si fuera a ir muy lejos. El puñetero crío podría haber matado a alguien.

Fred Burden siguió contando lo que pasó, que fue que al aturdido policía le sacaron del coche destrozado solo para volverle a dar una paliza, esta vez por parte de un vecino, que se había enfadado al encontrarse en su jardín un coche de policía volcado. Después de tres semanas, el joven policía se volvió a su casa, a Bangor. El coche de policía todavía estaba en la isla. Uno de los Wishnell lo compró y lo arregló para que su hijo lo condujera. Los turistas se habían enfadado, pero Henry Burden y todos los demás les dijeron que, si no les gustaba Courne Haven, deberían volverse a Boston, donde podrían tener toda la policía que quisieran.

Don Pommeroy dijo que eso era lo bueno de Fort Niles, que no había turistas. La familia Ellis poseía casi toda la isla, y la querían toda para ellos.

—Pero eso es lo bueno de Courne Haven —dijo Fred Burden—. Que no está la familia Ellis.

Todo el mundo se rio. Era un buen argumento.

Angus Addams habló de épocas antiguas en Fort Niles, de cuando la industria del granito todavía estaba en auge. Habían tenido un policía por aquel entonces, y era perfecto para una isla. Lo primero de todo, era un Addams, así que conocía a todo el mundo, y sabía cómo se hacían las cosas allí. Dejaba en paz a los isleños, y fundamentalmente se aseguraba de que los italianos no causaran muchos problemas. Se llamaba Roy Addams; había sido contratado por la familia Ellis para mantener el orden. Los Ellis no se preocupaban de lo que hiciera el viejo Roy mientras no robaran ni asesinaran a nadie. Tenía un coche patrulla —un gran sedán Packard, con acabados en madera—, pero nunca lo conducía. Roy tenía su propia idea de patrullar. Se sentaba en su casa, escuchando la radio, y si algo ocurría en la isla, todo el mundo sabía dónde encontrarlo. En cuanto se enteraba de un delito, iba a hablar con el que lo había cometido. Eso era un buen policía para una isla, dijo Angus. Fred y su cuñado se mostraron de acuerdo.

—Ni siquiera había cárcel —dijo Angus—. Si te metías en problemas, te tenías que quedar en el salón de Roy un rato.

—Eso suena bien —respondió Fred—. Así es como se debería comportar un policía en una isla.

—Si tiene que haber un policía, claro —contestó Angus.

—Claro. Si tiene que haberlo.

Entonces Angus contó el chiste del osito polar que quería saber si había algo de sangre de koala en su familia, y Fred Burden le dijo que le recordaba al de los tres esquimales en una panadería. Y don Pommeroy contó el del japonés y el iceberg, pero lo fastidió, así que Angus tuvo que contarlo bien. Carl Cobb dijo que él lo había oído de una manera diferente, y dio su versión, y era prácticamente la misma. Fue una pérdida de tiempo. Don contribuyó con la broma de la católica y la rana que hablaba, pero también consiguió estropearla.

Angus Addams se fue al baño y, cuando volvió, Don Pommeroy y Fred Burden estaban discutiendo. Realmente, se estaban peleando. Alguien había dicho algo. Alguien había empezado con algo. Lo cierto es que no les había llevado mucho tiempo. Angus Addams se acercó para intentar averiguar de qué iba la discusión.

—No hay manera —estaba diciendo Fred Burden, con la cara colorada y escupiendo al hablar—. ¡No se puede hacer! ¡Te mataría!

—Solo estoy diciendo que podría hacerlo —le contestó Don Pommeroy, lentamente y con dignidad—. No estoy diciendo que fuese a ser fácil. Solo digo que podría.

—¿De qué está hablando? —le preguntó Angus a Carl.

—Don se ha apostado cien dólares con Fred Burden a que puede darle una paliza a un mono de metro y medio —dijo Carl.

—¿Qué?

—¡Te machacaría! —Fred estaba gritando—. ¡Un mono de metro y medio *te machacaría!*

—Soy un buen luchador —dijo Don.

Angus puso los ojos en blanco y se sentó. Sintió lastima por Fred Burden. Fred Burden era de Courne Haven, pero no se merecía meterse en una conversación tan estúpida con un memo reconocido como Don Pommeroy.

—¿Has visto alguna vez un puñetero mono? —quiso saber Fred—. ¿Lo corpulento que es? Un mono de metro y medio tendría una brazada de casi dos metros. ¿Tú sabes la fuerza que tiene un mono? Ni siquiera podrías ganarle a un mono de medio metro. *¡Te destrozaría!*

—Pero no sabría luchar —dijo Don—. Esa es mi ventaja. Que yo sí sé luchar.

—Pero eso es ridículo. Damos por sentado que sí sabría luchar.

—No, no estamos dando nada por sentado.

—¿Entonces de qué estamos hablando? ¿Cómo podemos hablar de luchar con un mono de metro y medio si el mono no sabe luchar?

—Solo estoy diciendo que podría ganarle a uno que *supiera* luchar. —Don lo estaba diciendo muy calmado. Era el rey de la lógica—. Si un mono de metro y medio supiera luchar, yo podría ganarle.

—¿Y qué pasa con los dientes? —preguntó Carl Cobb, ya genuinamente interesado.

—Cállate, Carl —dijo su cuñado Fred.

—Es una buena pregunta —contestó Don, y asintió sabiamente—. El mono no podría utilizar los dientes.

—¡Entonces no sería *luchar*! —gritó Fred—. ¡Así es como *lucha* un mono! ¡Con los dientes!

—No se permitirían los mordiscos —dijo Don, y su veredicto fue tajante.

—¿Entonces estaría boxeando? ¿Es así? —quiso saber Fred—. ¿Estás diciendo que podrías ganar a un mono de metro y medio en una ronda de boxeo?

—Exactamente —dijo Don.

—Pero un mono no *sabría* boxear —observó Carl Cobb, con el ceño fruncido.

Don asintió con serena satisfacción.

—Por eso exactamente —dijo— sería por lo que ganaría yo.

Esto no le dejó más remedio a Fred Burden que propinarle un golpe a Don, y eso fue lo que hizo. Angus Addams dijo más tarde que lo habría hecho él mismo si Don hubiera dicho otra puñetera palabra acerca de boxear con un mono de metro y medio, pero Fred fue el primero que ya no pudo aguantarlo, así que dirigió un puñetazo a la oreja de Don. Carl Cobb parecía tan sorprendido que lo cierto es que molestó a Angus, así que Angus pegó a Carl. Entonces Fred golpeó a Angus. Carl le dio un golpe a Angus, también, pero no muy fuerte. Don se levantó del suelo y se abalanzó, aullando, a la tripa de Fred, haciendo que Fred se cayera de espaldas sobre unos taburetes vacíos, que se tambalearon y se cayeron haciendo ruido.

Los dos hombres —Fred y Don— rodaron por el suelo del bar. De alguna manera se habían colocado con la cabeza de uno en los pies del otro, lo que no era la postura más efectiva para luchar. Parecían una estrella de mar bastante torpona, todo brazos y piernas. Fred Burden estaba encima, y empujó con su bota contra el suelo para que Don y él giraran en círculos, intentando agarrarle mejor.

Carl y Angus habían dejado de pelearse. De todos modos, tampoco tenían mucho interés en ello. Cada uno se había llevado un golpe, y eso lo arregló todo. Ahora estaban el uno al lado del otro, de espaldas a la barra, observando a sus amigos en el suelo.

—¡Dale, Fred! —le animó Carl, y echó una mirada tímida a Angus.

Angus se encogió de hombros. No le importaba especialmente que Don Pommeroy se llevara una paliza. Se lo merecía, el muy idiota. Un mono de metro y medio. Por el amor de Cristo.

Fred Burden acercó los dientes a la pierna de Don y los cerró con fuerza. Don aulló ante semejante injusticia.

—¡Sin mordiscos! ¡Sin mordiscos! —Estaba escandalizado, o eso parecía, porque había dejado perfectamente clara esa regla con relación a la pelea con el mono. Angus Addams, de pie en la taberna, observó ese barullo extraño en el suelo durante un rato y después suspiró, se dio la vuelta y le preguntó al camarero si podía pagar lo que se le debía. El camarero, un hombre bajo y delgado con expresión nerviosa, sostenía un bate de béisbol que medía más de la mitad de él.

—No te hace falta —dijo Angus, señalando al bate.

El camarero pareció aliviado y volvió a colocar el bate bajo la barra.

—¿Debería llamar a la policía?

—No te preocupes. Tampoco es para tanto, hombre. Déjales que se peleen.

—¿Pero por qué se están peleando? —preguntó el camarero.

—Ah, son viejos amigos —dijo Angus, y el camarero sonrió aliviado, como si eso lo explicara todo. Angus pagó su cuenta y pasó al lado de los hombres (que se estaban pelando y gruñendo en el suelo) para subir y poder dormir algo.

—¿Adónde vas? —gritó Don Pommeroy, en el suelo, al ver que Angus se marchaba —. ¿Adónde demonios vas?

Angus se había desentendido de la pelea porque pensó que no era nada, pero resultó que sí lo fue.

Fred Burden era un hijo de puta muy tenaz, y Don era tan terco como estúpido, y ninguno se rindió ante el otro. La pelea siguió durante unos buenos diez minutos antes de que Angus se fuera a la cama. De la manera en la que Carl Cobb lo describió, Fred y Don eran «dos perros en el campo», mordiéndose, dándose patadas, puñetazos. Don intentó romper unas cuantas botellas en la cabeza de Fred, y Fred rompió los dedos a Don con tal ferocidad que se podía oír cómo chasqueaban. El camarero, un hombre no demasiado listo que había sido informado por Angus para que no se preocupara por la pelea, no se preocupó.

El camarero no intervino ni siquiera cuando Fred se sentó sobre el pecho de Don y, agarrándole del pelo, empezó a golpearle la cabeza contra el suelo. Fred le golpeó hasta que Don quedó inconsciente, después se retiró, jadeando. El camarero estaba limpiando un cenicero con un paño cuando Carl le dijo:

—A lo mejor deberías llamar a alguien. —El camarero miró por encima de la barra y vio que Don no se movía y que tenía la cara destrozada. Fred también estaba recubierto de sangre y uno de sus brazos colgaba de un modo raro. El camarero llamó a la policía.

Angus Addams no se enteró de nada hasta la mañana siguiente, cuando se levantó para desayunar y prepararse para la vuelta a Fort Niles. Se enteró de que Don Pommeroy estaba en el hospital, y que las cosas no pintaban muy bien. No se había levantado, fue lo que oyó Angus. Tenía «daños internos» y se rumoreaba que se le había perforado un pulmón.

—Hijo de puta —dijo Angus, tremendamente impresionado.

No pensó que la pelea fuera a ponerse tan seria. La policía hizo varias preguntas a Angus, pero le dejaron ir. Fred Burden seguía retenido, pero estaba tan destrozado él también que aún no le habían acusado de nada. La policía no estaba muy segura de qué hacer, porque el camarero —su único testigo fiable y sobrio— insistió en que los dos hombres eran viejos amigos y que solo estaban bromeando.

Angus llegó a la isla por la tarde, y fue a buscar a Ira, el hermano de Don, pero Ira ya se había enterado de las noticias. Había recibido una llamada de teléfono de la policía de Rockland, informándole de que su hermano estaba en coma a consecuencia de la paliza que le había dado un pescador de Courne Haven en un bar. Ira enloqueció. Empezó a despotricar, flexionando y relajando sus músculos y blandiendo los puños en el aire y gritando. Su esposa, Rhonda, intentó tranquilizarle, pero él no quiso escucharla. Iba a llevarse una escopeta a Courne Haven y a «montar un buen lío». Iba a «mostrársela a alguien». Iba a «enseñarles una o dos cosas». Se juntó con algunos de sus amigos y empezaron a echar espuma por la boca. Al final nadie llevó una escopeta a bordo, pero la tensa paz que existía entre las dos islas se vio rota, y la cuarta guerra langostera de Courne Haven estaba en camino.

Los acontecimientos diarios de esta guerra no fueron muy importantes; fue una típica guerra langostera. Hubo luchas, empujones, cortes, vandalismo, robos, agresiones, acusaciones, paranoia, intimidación, terror, cobardía y amenazas. Prácticamente no hubo negocio. Es bastante duro ganarse la vida pescando, pero es todavía más duro cuando el pescador tiene que pasarse el día defendiendo su propiedad o atacando la de otro hombre.

El padre de Ruth, sin una queja y sin dudarlo, sacó sus trampas del agua, exactamente igual que su padre había hecho en la primera guerra langostera entre Fort Niles y Courne Haven, allá por 1903. Sacó su barco del agua y lo guardó en el patio delantero.

—No me meto en esas cosas —dijo a sus vecinos—. No me importa quién le haya hecho qué a quién. —Stan Thomas lo tenía todo muy claro. Si no participaba en la guerra, perdería menos dinero que sus vecinos. Sabía que no podía durar para siempre.

La guerra duró siete meses. Stan Thomas empleó ese tiempo en reparar su barco, construir nuevas trampas, untar de brea sus cuerdas, pintar sus boyas. Mientras sus vecinos luchaban sin cesar y se condenaban los unos a los otros a la pobreza, él pulió los aparejos de su negocio hasta sacarles brillo. Cierto que se habían adueñado de su territorio de pesca, pero él sabía que se terminarían agotando y que sería capaz de recuperarlo todo, y un poco más. Serían aplastados. Mientras tanto, arreglaba sus herramientas y hacía que cada pieza de metal y cada barril resplandecieran. Su nueva esposa, Mary, ayudó mucho, y pintó las boyas muy bien. No tenían problemas de dinero; la casa estaba pagada desde hacía mucho, y Mary era extraordinariamente frugal. Había vivido toda su vida en una habitación de tres metros cuadrados y nunca había poseído nada. No esperaba nada, no pedía nada. Podía hacer un suculento estofado con una zanahoria y un hueso de pollo. Había plantado un huerto, cosía parches en la ropa de su marido, le remendaba los calcetines. Estaba acostumbrada a ese tipo de trabajo. No había mucha diferencia entre remendar calcetines de lana y emparejar medias de seda.

Mary Smith-Ellis Thomas, intentó, sutilmente, persuadir a su marido para que aceptara un trabajo en Ellis House y no volviera a pescar langostas, pero él no quería oír ni hablar de ello. No quería estar cerca de ninguno de esos gilipollas, le dijo.

—Podrías trabajar en los establos —dijo ella—, y nunca les verías. —Pero él tampoco quería acarrear con palas la mierda de los caballos de ninguno de esos gilipollas. Así que ella dejó el tema. Había sido la fantasía secreta de Mary, que su marido y los Ellis se cogieran cariño entre ellos, y que a ella la volvieran a recibir en Ellis House. No como criada, sino como miembro de la familia. A lo mejor Vera Ellis llegaba a admirar a Stan. Quizás Vera invitaría a Mary y a Stan a merendar. A lo mejor Vera le serviría a Stan una taza de té y diría: «Estoy muy contenta de que Mary se haya casado con un caballero tan mañoso».

Una noche, mientras estaba en la cama de su nueva casa con su marido, Mary empezó, de la manera más dócil, a referirse indirectamente a su fantasía.

—A lo mejor podríamos ir a visitar a la señorita Vera… —empezó, pero su marido la interrumpió para informarla de que preferiría comerse sus propias heces antes que ir a visitar a Vera Ellis.

—Oh… —dijo Mary.

Así que dejó el tema. Puso todo su ingenio en ayudar a su marido a lo largo de los meses de sequía de la guerra langostera y, a cambio, recibía pequeños y valiosos reconocimientos por su esfuerzo. A él le gustaba sentarse en el salón y observarla mientras cosía cortinas. La casa estaba inmaculada, y él encontraba adorables sus intentos de decorarla. Mary ponía flores silvestres en el alféizar, en vasos de agua. Le pulía las herramientas. Eso era lo más adorable de todo.

—Ven aquí —le decía al final del día, y se daba una palmadita en la rodilla.

Mary iba y se sentaba en su regazo. Él abría los brazos.

—Ven aquí —decía, y ella se acurrucaba junto a él. Cuando se ponía un vestido bonito, o se arreglaba el pelo, la llamaba Tesoro, porque realmente, a sus ojos, brillaba como un tesoro.

—Ven aquí, Tesoro —le decía. O mientras miraba cómo le planchaba las camisas—: Buen trabajo, Tesoro.

Pasaban juntos todo el día, porque él no salía al mar. En aquella casa, flotaba la sensación de que ambos trabajaban con un objetivo común, y de que eran un equipo, sin contaminarse de las peleas sórdidas del resto del mundo. La guerra langostera entre Fort Niles y Courne Haven rugía a su alrededor, corroyendo a todos menos a ellos. Eran el señor y la señora de Stan Thomas. Mary creía que solo se necesitaban el uno al otro. Hacían que su casa fuera más fuerte mientras las de los demás se tambaleaban.

Esa fue —esos siete meses de guerra— la época más feliz de su matrimonio. Esos siete meses de guerra dieron a Mary Smith-Ellis Thomas una felicidad enorme, en el sentido de que había tomado una decisión indudablemente correcta al dejar a Vera Ellis para casarse con Stan. Por fin tenía un verdadero sentido de su valía. Estaba acostumbrada a trabajar mucho, pero no estaba acostumbrada a trabajar por su propio futuro, para su propio beneficio. Tenía un marido, y él la amaba. Era esencial para él. Se lo había dicho.

—Eres una buena chica, Tesoro.

Después de siete meses de cuidados diarios, los aparejos de pesca de Stan Thomas eran un modelo a seguir. Le daban ganas de frotarse las manos, cual millonario, cuando miraba su barco y sus herramientas. Quería reírse como un dictador mientras sus vecinos y amigos luchaban entre ellos, arruinándose.

«Peleaos», urgía en silencio a los demás. «Venga. Seguid peleando».

Cuanto más lucharan los otros, más débiles acabarían. Mucho mejor para Stan Thomas cuando, finalmente, volviera a meter su barco en el agua. Deseaba que la guerra continuara, pero en noviembre de 1957 la cuarta guerra langostera entre Courne Haven y Fort Niles terminó. Las guerras langosteras suelen acabarse en invierno. Muchos pescadores dejan de trabajar en noviembre incluso en la mejor de las circunstancias, porque el tiempo es espantoso. Con menos pescadores en el agua, la posibilidad de una confrontación al final disminuye. La guerra podría haberse acabado finalmente por el tiempo. Las dos islas podrían haberse sumido en su inactividad invernal y, cuando llegara la primavera, las viejas peleas podrían haberse olvidado. Pero no fue así como ocurrió en 1957.

El 8 de noviembre, un joven de la isla de Courne Haven, que se llamaba Jim Burden, salió un día a pescar langostas. Lo primero que quería haber hecho por la mañana era llenar de gasolina el depósito de su barco, pero antes de que pudiera llegar a los surtidores, se encontró con las boyas de un extraño, pintadas de un verde horroroso y llamativo, cabeceando entre sus propias boyas. Eran las boyas de Ira Pommeroy, de la isla de Fort Niles. Jim las reconoció inmediatamente. Y sabía quién era Ira Pommeroy. Ira Pommeroy, el marido de Rhonda, el padre de Webster y Conway y John y todos los demás, era el hermano de Don Pommeroy. Que estaba en un hospital en Rockland, aprendiendo otra vez a caminar, una habilidad que había perdido después de que le diera una paliza Fred Burden. Que era el padre de Jim Burden.

Ira Pommeroy había estado acosando a Fred Burden y al joven Jim durante meses, y Jim ya estaba harto. Jim Burden acababa de colocar esas trampas en la costa norte de Courne Haven el día anterior. Estaban tan cerca de Courne Haven que Jim prácticamente podía verlas desde su casa. Estaban en un lugar en el que a un pescador de Fort Niles no se le había perdido nada. Para colocar esas trampas, Ira Pommeroy tendría que haber venido en mitad de la noche. ¿Por qué un hombre haría algo así? ¿Es que ese hombre no dormía nunca?

Debe decirse que las boyas que Ira Pommeroy había colocado en las hileras de Jim eran falsas. No había trampas al final de esas cuerdas; había bloques de cemento. El plan de Ira Pommeroy no era quedarse con las langostas de Jim Burden. El plan era enloquecer a Jim Burden, y funcionó. Jim, un chico de diecinueve años bastante apacible, que se había sentido bastante avasallado por esta guerra langostera, perdió hasta el último resto de su docilidad en un instante y salió a perseguir a Ira Pommeroy. Jim estaba enfurecido. No solía maldecir, pero mientras aceleraba con su barco entre las olas, mascullaba cosas como:

—¡Maldito, maldito, maldito sea!

Fue a Fort Niles y empezó a buscar el barco de Ira Pommeroy. No tenía muy claro si lo reconocería a primera vista, pero por sus cojones que iba a encontrarlo. Más o menos sabía moverse por las aguas que rodeaban a Fort Niles, pero se salvó por los pelos de chocarse contra unos salientes rocosos que no pudo divisar desde detrás del mando acelerador. Y no estaba prestando mucha atención al fondo del mar ni a los puntos de referencia que le ayudarían a volver a casa. No estaba pensando en volverse a casa. Estaba buscando cualquier barco que perteneciera a un pescador de Fort Niles.

Escudriñó el horizonte para ver las bandadas de gaviotas y las siguió hasta los barcos langosteros. Cada vez que encontraba un barco, aceleraba directamente hacia él, se paraba y lo examinaba, intentando ver quién había a bordo. No decía nada a los pescadores, y ellos tampoco le hablaban. Solo dejaban de trabajar y le miraban. «¿Qué le pasa a ese muchacho? ¿Qué puñetas le pasa en la cara? La tiene morada, por el amor de Dios».

Jim Burden no dijo ni una palabra. Volvió a acelerar, buscando a Ira Pommeroy. No había pensado exactamente lo que iba a hacer una vez que le encontrara, pero sus pensamientos iban más o menos en la línea del asesinato.

Desafortunadamente para Jim Burden, no pensó en buscar el barco de Ira Pommeroy en el puerto de Fort Niles, que era donde estaba, balanceándose en silencio. Ira Pommeroy se había tomado el día libre. Estaba exhausto después de pasarse la noche dejando caer bloques de cemento cerca de Courne Haven, y se había dormido hasta las ocho de la mañana. Mientras Jim Burden estaba acelerando por el Atlántico buscando a Ira, Ira estaba en la cama con su esposa, Rhonda, haciéndole otro hijo.

Jim Burden se desvió mucho. Se introdujo mucho más en el mar de lo que necesita hacer cualquier barco langostero. Fue más allá de todas las boyas, de cualquier tipo. Siguió lo que pensó que era una bandada de gaviotas allá en la lejanía, pero cuando él se acercó, las gaviotas desaparecieron. Se disolvieron en el cielo como azúcar en agua caliente. Jim Burden disminuyó la velocidad de su barco y miró a su alrededor. ¿Dónde estaba? Podía ver la isla de Fort Niles titilar a lo lejos como un espejismo gris. Su enfado se había convertido en frustración, e incluso eso había empezado a desaparecer, reemplazado por algo parecido a la preocupación. El tiempo estaba empeorando. El mar se estaba embraveciendo. En el cielo aparecieron de repente unas nubes negras. Jim no tenía ni idea de dónde estaba.

—Maldita sea —dijo Jim Burden—. Maldita *sea*.

Y entonces se le acabó la gasolina.

—¡*Maldita sea!* —volvió a decir, y esta vez lo decía con ganas.

Intentó volver a poner en marcha el motor, pero no pudo hacerlo. No podía irse a ninguna parte. No se le había ocurrido que esto pudiera pasarle. No se había acordado del depósito de la gasolina.

—Oh, vaya —dijo Jim Burden, de diecinueve años.

Ahora tenía miedo, aparte de vergüenza. Menudo pescador que estaba hecho. Olvidándose de la gasolina. ¿Se podía ser más estúpido? Jim cogió la radio y emitió una llamada estática de socorro. «Socorro —dijo—, me he quedado sin gasolina». No estaba seguro de si había un término más náutico para decir eso. No sabía mucho sobre llevar un barco, la verdad. Ese era el primer año en el que salía a pescar solo. Había trabajado como ayudante durante años para su padre, así que pensaba que lo sabía todo sobre el mar, pero se dio cuenta de que antes había sido un mero pasajero. Su padre se había encargado de todo, mientras que él se encargaba de los trabajos que requerían de fuerza bruta en la parte trasera del barco. No había prestado atención en todos esos años, y ahora estaba solo, en su barco, en mitad de la nada.

—¡Socorro! —dijo otra vez en la radio. Entonces se acordó de la palabra—. ¡*Mayday!* —gritó—. ¡*Mayday!*

La primera voz que le respondió fue la de Ned Wishnell, lo que hizo que el joven Jim se estremeciera. Ned Wishnell era el mejor pescador de Maine, decía la gente. Algo así nunca le ocurriría a Ned Wishnell, a ningún Wishnell. Jim esperaba, en su fuero interno, poder salir de aquella sin que Ned Wishnell se enterara.

—¿Eres Jimmy? —La voz de Ned crujía.

—Aquí el *Mighty J* —contestó Jim. Pensó que nombrar el barco le haría parecer más adulto. Pero inmediatamente se avergonzó del nombre. ¡El *Mighty J**! Sí, claro.

—¿Eres Jimmy? —La voz de Ned se oyó de nuevo.

—Sí, soy Jimmy —dijo Jim—. Se me ha acabado la gasolina. Lo siento.

—¿Dónde estás, hijo?

—Yo… Mmm… No lo sé. —Le fastidiaba decirlo, le fastidiaba tener que admitirlo. ¡A Ned Wishnell, precisamente!

—No te he oído bien, Jimmy.

—¡No lo sé! —Jim gritó entonces. Humillante—. ¡No sé dónde estoy!

Hubo un silencio. Después un gorgoteo ininteligible.

---

* Jim se avergüenza del nombre porque *mighty*, en inglés, significa «poderoso». *[N. de la T.]*

—No te he oído bien, Ned —dijo Jim. Estaba intentando sonar como el hombre mayor, imitando su cadencia. Intentando mantener algo de dignidad.

—¿Ves algún punto de referencia? —preguntó Ned.

—Fort Niles está, mmm…, a unos tres kilómetros y medio al oeste —dijo Jimmy, pero mientras lo estaba diciendo, se dio cuenta de que ya no podía ver la isla en la lejanía. Se había levantado niebla, y estaba oscureciendo como si fuera por la tarde, a pesar de que solo eran las diez de la mañana. No sabía para dónde estaba apuntando.

—Echa el ancla. Quédate ahí —dijo Ned Wishnell, y cortó la comunicación.

Ned encontró al muchacho. Le costó varias horas, pero encontró a Jimmy. Se lo había contado a los demás marineros, y todos habían estado buscando a Jimmy. Incluso algunos pescadores de Fort Niles salieron a buscar a Jim Burden. Hacía un tiempo espantoso. En un día normal, todo el mundo se habría vuelto a casa a causa del tiempo, pero todos se quedaron en el agua, buscando al joven Jimmy. Incluso Angus Addams salió a buscar a Jim Burden. Era lo que había que hacer. El chico solo tenía diecinueve años y se había perdido.

Pero fue Ned Wishnell quien le encontró. Cómo, nadie lo sabía. Pero el tipo era un Wishnell —un pescador con talento, un héroe acuático—, así que nadie se sorprendió de que encontrara un diminuto barco entre la niebla en medio del océano sin la más menor pista de por dónde empezar. Todo el mundo estaba acostumbrado a los milagros náuticos de los Wishnell.

Para cuando Ned llegó al *Mighty J*, el tiempo había empeorado bastante y Jim Burden se había desviado bastante —a pesar de su pequeña ancla— del lugar en el que había pedido socorro. Tampoco es que Jim supiera dónde estaba. Oyó el barco de Ned Wishnell antes de que pudiera verlo. Oyó el motor a través de la niebla.

—¡Socorro! —gritó—. ¡*Mayday!*

Ned le rodeó y emergió de la niebla en su gran barco, con esa atractiva cara viril. Ned estaba enfadado. Estaba enfadado y silencioso. Su día de pesca se había arruinado. Jim Burden pudo ver su ira inmediatamente, lo que hizo que se le encogiera el estómago. Ned Wishnell colocó su barco en paralelo al *Mighty J*. Había empezado a llover. Hacía calor para ser noviembre en Maine, lo que significaba que hacía un tiempo espantoso, un frío que pelaba y había humedad. El viento hacía que la lluvia cayera de lado. Aun con los guantes puestos, Jim tenía las manos agrietadas y rojas, pero Ned Wishnell no llevaba guantes. No llevaba gorro. Al verle, Jim se quitó rápidamente el suyo y lo dejó caer al suelo. Enseguida se arrepintió de esa decisión, cuando la lluvia congelada le golpeó en la cabeza.

—Hola —dijo, inseguro.

Ned echó a Jim una cuerda y le dijo:

—Cógela. —Su voz rebosaba irritación.

Jim unió los barcos con la cuerda, su pequeña y barata barca junto a la belleza Wishnell. El *Mighty J* se balanceó, silencioso e inútil, mientras que el barco de Ned resoplaba y resoplaba al ralentí.

—¿Estás seguro de que se te ha acabado la gasolina? —preguntó Ned.

—Bastante seguro.

—¿Bastante seguro? —Enfadado.

Jim no contestó.

—¿No será otro problema del motor?

—No creo —dijo Jim. Pero su voz carecía de autoridad. Sabía que había perdido cualquier derecho a dar la impresión de que era un entendido.

Ned estaba muy serio.

—O sea que no sabes si a tu barco se le ha acabado la gasolina.

—No…, no estoy seguro.

—Echaré un vistazo —dijo Ned.

Se inclinó por encima de la barandilla para acercar más el *Mighty J,* para colocarlo pegado a su barco. Usó el arpón curvo que utilizaba para pescar para tirar de la barca de Jim, con un movimiento brusco. Estaba realmente cabreado. Normalmente, manejaba los barcos con facilidad. Jim también se inclinó para ayudar a acercarlos. Los barcos se balanceaban y se balanceaban en el mar embravecido. Se separaban el uno del otro y volvían a golpearse. Ned colocó un pie en su borda e intentó arrojarse al *Mighty J* desde ahí. Fue una estupidez. Fue una verdadera estupidez para un marinero de primera como Ned Wishnell, pero Ned estaba muy enfadado y no tomó precauciones. Y algo pasó. El viento sopló, se levantó una ola, un pie se escurrió, una mano se resbaló. Algo ocurrió.

Ned Wishnell estaba en el agua.

Jim se quedó mirando al hombre, y su primera reacción fue casi de reírse. ¡Ned Wishnell estaba en el agua! Era de lo más sorprendente. Como ver a una monja desnuda. ¡Mira eso! Ned estaba empapado a causa de la caída, y cuando su cabeza salió del agua, jadeó tomando aliento, y su boca formaba un circulo débil y mediocre. Ned miró a Jim Burden con pánico, una expresión totalmente incongruente en un Wishnell. Ned Wishnell parecía desesperado, angustiado. Y esto le proporcionó a Jim Burden un momento para disfrutar de una segunda reacción, que fue de orgullo. Ned Wishnell necesitaba la ayuda de Jim Burden. ¿A que era realmente gracioso?

¡Mira eso!

La reacción de Jim fue muy rápida, pero no lo suficiente como para hacer lo que podría haber salvado la vida de Ned Wishnell. Si hubiera cogido el arpón y se lo hubiera lanzado inmediatamente a Ned, si se hubiera agachado para coger a Ned cuando todavía se estaba cayendo, las cosas hubieran podido ser diferentes. Pero Jim se quedó quieto en ese extraño momento de diversión y orgullo, y vino una ola que hizo entrechocar los dos barcos. Los golpeó con tal fuerza que faltó poco para que Jim se cayera. Entre los dos barcos estaba Ned Wishnell, por supuesto, y cuando los barcos se separaron, después de la colisión, había desaparecido. Se había hundido.

Debía de haberse golpeado con fuerza. Llevaba botas altas, que probablemente se habían llenado de agua, y no podía nadar. Fuera lo que fuese lo que hubiera ocurrido, Ned Wishnell había desaparecido.

Ese fue el final de la cuarta guerra langostera entre Fort Niles y Courne Haven. Eso fue lo que la terminó. Perder a Ned Wishnell fue una tragedia para las dos islas. La reacción tanto en Fort Niles como en Courne Haven fue casi como la reacción de todo el país cuando, unos cuantos años más tarde, dispararon a Martin Luther King. Una ciudadanía en estado de *shock* se enfrentó a una imposibilidad hecha realidad, y todo el mundo se sintió cambiado a causa de (y quizás un poco cómplices de) aquella muerte. En ambas islas se tenía la sensación de que había algo intrínsecamente erróneo si aquello podía suceder, si las peleas llegaban tan lejos que un hombre como Ned Wishnell moría a consecuencia de ellas.

No está claro que la muerte de cualquier otro pescador hubiera provocado el mismo sentimiento. Ned Wishnell era el patriarca de una dinastía que parecía invencible. No había participado en esta guerra langostera. Tampoco había sacado sus aparejos del agua, como había hecho Stan Thomas, pero Ned Wishnell siempre se había mostrado por encima de aquellos conflictos, como Suiza. ¿Qué necesidad tenía él de empujar o de cortar? Ya sabía dónde estaban las langostas. Otros marineros intentaban seguirle, trataban de aprender sus secretos, pero a Ned no le importaba. No intentaba despistarles. Apenas les hacía caso. Nunca podrían capturar lo que él. No se dejaba avasallar por nadie. No tenía malicia. Se podía permitir no tenerla.

El hecho de que Ned Wishnell se hubiera ahogado intentando ayudar a un muchacho que se había visto arrastrado a esta guerra le pareció muy desagradable a todo el mundo. Horrorizó incluso a Ira Pommeroy, quien había sido básicamente el responsable de la tragedia. Ira empezó a beber mucho, mucho más de lo que acostumbraba, y fue entonces cuando pasó de ser un borracho ocasional a ser un alcohólico. Unas cuantas semanas después de que se ahogara Ned Wishnell, Ira Pommeroy le pidió a su mujer, Rhonda, que le ayudara a escribir una carta de pésame para la señora de Ned Wishnell. Pero no hubo manera de encontrar a la viuda Wishnell. Ya no estaba en la isla de Courne Haven. Había desaparecido.

Para empezar, ni siquiera era de allí. Como todos los Wishnell, Ned se había casado con una belleza de fuera. La señora de Ned Wishnell era una chica pelirroja, inteligente y de piernas largas, de una buena familia del noreste que siempre veraneaba en Kennebunkport, Maine. No se parecía en nada a las esposas de los otros pescadores; eso estaba claro. Se llamaba Allison, y había conocido a Ned cuando navegaba con su familia por la costa de Maine. Había visto a aquel hombre en su barco de pesca y se había quedado cautivada por su apostura, su fascinante silencio, su habilidad. Animó a sus padres a que siguieran al barco hasta el puerto de Courne Haven, y se le acercó con gran atrevimiento. Él la emocionaba muchísimo; la estremecía. No se parecía en nada a los hombres que había conocido, y se casó con él —para asombro de su familia— a las pocas semanas. Se había vuelto loca por aquel hombre, pero no había nada que la retuviera en la isla de Courne Haven una vez que se ahogó su marido. Se sentía humillada por la guerra, por el ahogamiento.

La hermosa Allison Wishnell se enteró de los detalles de la muerte de su marido, miró a su alrededor y se preguntó qué demonios estaba haciendo en aquel peñasco en mitad del océano. Fue una sensación horrible. Fue como despertarse en la cama su cia de un desconocido después de una noche de borrachera. Fue como levantarse en la cárcel de un país extranjero. ¿Cómo había llegado allí? Echó un vistazo a sus vecinos y decidió que eran animales. ¿Y qué era esa casa, esa casa que apestaba a pescado, en la que vivía? ¿Y por qué solo había una tienda en la isla, una tienda que no vendía nada que no estuviera en latas cubiertas de polvo? ¿Y qué decir de aquel espantoso clima? ¿De quién había sido la idea?

La señora de Ned Wishnell era muy joven, veinte años recién cumplidos, cuando su marido se ahogó. Justo después del funeral, se volvió a la casa de sus padres. No volvió a utilizar su nombre de casada. Volvió a convertirse en Allison Cavanaugh y se matriculó en la Universidad de Smith, donde estudió historia del arte y nunca le contó a nadie que había sido la esposa de un pescador de langostas. Lo dejó todo atrás. Incluso dejó a su hijo en la isla. No pareció que la decisión le costara mucho esfuerzo, y menos todavía un trauma. La gente dijo que, de todas maneras, la señora de Ned Wishnell tampoco se sentía muy unida a su niño; que había algo en el chico que la asustaba. Los Wishnell de Courne Haven arguyeron que el bebé debía quedarse con la familia, y eso fue todo. Lo abandonó.

El niño sería criado por su tío, un hombre joven que acababa de salir del seminario, un hombre joven con la ambición de ser el pastor que atendería a todas las islas de Maine, no especialmente conocidas. El tío se llamaba Toby. Pastor Toby Wishnell. Era el hermano pequeño de Ned Wishnell, e igual de apuesto, aunque un poco más refinado. Toby Wishnell era el primer Wishnell que no iba a ser marinero. El bebé —el crío de Ned Wishnell— estaría a su cargo. El nombre del niño era Owney, y solo tenía un año.

Si Owney Wishnell echó de menos a su madre cuando se fue, no dio muestras de ello. Si Owney Wishnell echó de menos a su padre ahogado, tampoco lo mostró. Era un bebé grande, rubio y callado. No molestaba a nadie, excepto cuando le sacaban de la bañera. Entonces gritaba y pataleaba, y su fuerza era sorprendente. Parecía que lo único que quería Owney Wishnell era estar en el agua, todo el tiempo.

Unas semanas después de que enterraran a Ned Wishnell, cuando fue evidente que la guerra langostera se había acabado, Stan Thomas volvió a fletar su barco y empezó a pescar con total dominio de las aguas. Pescaba con tal tenacidad que pronto le haría ganarse el mote de Avaricioso Número Dos (el sucesor lógico de Angus Addams, que desde hacía tiempo era conocido como Avaricioso Número Uno). Su pequeño periodo de domesticidad con su esposa se había acabado. Estaba claro que Mary Smith-Ellis Thomas ya no era su compañera. Su camarada era cualquiera de los adolescentes a los que esclavizaba como ayudantes.

Stan llegaba tarde a casa todos los días, agotado y preocupado. Llevaba un diario con los días de pesca para poder hacer un gráfico de la población de langostas en cada lugar del océano. Se pasaba las noches con mapas y calculadoras, pero no incluía a Mary en este trabajo.

—¿Qué estás haciendo? —preguntaba ella—. ¿En qué estás trabajando?

—Pescar —decía él.

Para Stan Thomas, cualquier trabajo relacionado con la pesca también constituía el acto de pescar, incluso si sucedía en tierra firme. Y dado que su esposa no era pescador, sus opiniones no le servían de nada. Dejó de llamarla para que se sentara en su regazo, y ella no se hubiera atrevido a hacerlo sin ser invitada. Fue una época muy deprimente en su vida. Mary estaba empezando a darse cuenta de que había algo en su marido que no era muy agradable. Durante la guerra langostera, cuando había sacado su barco y sus aparejos del agua, ella lo había interpretado como una muestra de su virtud. Su marido se apartaba de la guerra, pensó, porque era un hombre pacífico. Lo había entendido todo mal, y solo ahora empezaba a darse cuenta. Se había apartado de la guerra para proteger sus intereses, y poder hacer su agosto cuando la guerra se acabara y pudiera volver a pescar. Y ahora que lo estaba haciendo, apenas podía dejar de alardear de ello ni un minuto.

Se pasaba las tardes transcribiendo las notas que había tomado en el barco en libros de contabilidad llenos de números largos y complicados. Los registros eran meticulosos y los había empezado años atrás. Algunas tardes, retrocedía en el tiempo a través de sus apuntes y reflexionaba sobre alguna captura excepcional de langostas que había ocurrido años atrás. Hablaba con los libros.

—Ojalá pudiera ser octubre todo el año —les decía a las columnas de números. Algunas noches, le hablaba a su calculadora a la vez que trabajaba. Decía—: Lo veo, lo veo. —O—: ¡Deja de bromear!

En diciembre, Mary le dijo a su marido que estaba embarazada.

—Bien hecho, Tesoro. —Pero no estaba tan entusiasmado como ella esperaba.

Mary mandó una carta a Vera Ellis a escondidas, contándole lo del embarazo, pero no recibió respuesta alguna. Eso la destrozó; lloraba y lloraba. De hecho, la única persona que parecía interesada en el embarazo de Mary era su vecina Rhonda Pommeroy, que, como de costumbre, también estaba embarazada.

—Es probable que vaya a tener un niño —dijo Rhonda, achispada.

Rhonda estaba bebida, como de costumbre. Borracha de manera encantadora, al igual que siempre, como si fuese una jovencita y ese fuera el primer alcohol que bebiera. Borracha de «¡Yupiii!».

—Es probable que tenga otro niño, Mary, así que tú tienes que tener una niña. ¿Lo notaste cuando te quedaste embarazada?

—No creo —contestó Mary.

—Yo me doy cuenta todas las veces. Es como un ¡clic! Y este es un chico. Siempre lo adivino. Y el tuyo va a ser una chica. ¡Apuesto a que es una chica! ¿Qué te parece? ¡Cuando crezca, se puede casar con uno de mis hijos! Y entonces seremos *parientes*. —Rhonda empujó tan fuerte a Mary que casi la hizo caer.

—Ya estamos emparentadas —dijo Mary—. A través de Len y Kitty.

—Te va a encantar tener un hijo —respondió Rhonda—. Es de lo más divertido.

Pero no fue de lo más divertido, no para Mary. Se quedó atrapada en la isla durante el parto, y fue una pesadilla. Su marido no podía aguantar el griterío ni a todas aquellas mujeres rondando, así que se fue a pescar y dejó que diera a luz al bebé sin su ayuda. Fue un acto muy cruel en muchos sentidos. Había habido tormentas toda la semana, y ningún otro hombre de la isla se había atrevido a sacar el barco. Ese día, Stan y su ayudante, muerto de miedo, salieron a pescar solos. Parecía que prefería poner en riesgo su vida que ayudar a su mujer u oír sus gritos de dolor. Esperaba un niño, pero fue lo suficientemente educado para enmascarar su decepción cuando volvió a su casa y conoció a la pequeña. Al principio ni siquiera la cogió, porque el Senador Simon Addams ya estaba allí, acaparando al bebé.

—¿Oh, no es la niña más bonita del mundo? —decía Simon una y otra vez, y las mujeres reían ante aquella muestra de ternura.

—¿Cómo vamos a llamarla? —le preguntó Mary a su marido, en voz baja—. ¿Te gusta el nombre de Ruth?

—Me da igual cómo la llames —dijo Stan Thomas de su hija, que solo tenía una hora de vida—. Llámala como quieras, Tesoro.

—¿Quieres cogerla? —preguntó Mary.

—Tengo que lavarme —respondió él—. Huelo como un cubo de cebo.

Capítulo 10

«¿Qué me dices de deambular entre los mágicos estanques
de la naturaleza, los acantilados cubiertos de algas y los parterres
adornados con joyas que bordean los jardines del mar?».

WILLIAM B. LORD, *Cangrejos, gambas y langostas,* 1867

El mes de julio llegó a Fort Niles. Estábamos a mediados del
verano de 1976. No era un mes tan emocionante como podría haber sido.

El Bicentenario de los Estados Unidos pasó sin que hubiera ninguna celebración espectacular. Ruth pensó que vivía en el
único lugar de Estados Unidos que no se disponía a hacer una
fiesta decente. Su padre incluso salió a pescar ese día, aunque, por
una cuestión de patriotismo, le dio el día libre a Robin Pommeroy.
Ruth pasó el día de fiesta con la señora Pommeroy y sus dos hermanas. La señora Pommeroy había intentado hacer disfraces para
todas. Quería que las cuatro se vistieran como colonizadoras y
desfilaran por la procesión del pueblo, pero para el 4 de julio solo
había conseguido acabar el traje de Ruth, y Ruth no quería dis-
frazarse ella sola. Así que la señora Pommeroy vistió a Opal con
él, y el pequeño Eddie inmediatamente vomitó sobre el traje.

—El vestido parece mucho más auténtico ahora —dijo Ruth.

—Ha comido pudin esta mañana —contestó Opal, encogiéndose de hombros—. El pudin siempre le hace vomitar.

Había una pequeña procesión que subía por Main Street, pero había más gente desfilando que viéndola. El Senador Simon Addams recitó el discurso de Gettysburg de memoria, pero siempre recitaba el discurso de Gettysburg de memoria, si la ocasión se lo permitía. Robin Pommeroy encendió unos baratos fuegos artificiales que le había mandado su hermano Chester. Se quemó tanto la mano que no pudo ir a pescar durante dos semanas. Esto enfadó tanto al padre de Ruth que despidió a Robin y contrató a un nuevo ayudante, el nieto de diez años de Duke Cobb, que era tan flacucho y débil como una niña de tercer curso, y al que le daban miedo las langostas, lo cual no ayudaba. Pero era barato.

—Me podrías haber contratado a mí —le dijo Ruth a su padre. Se enfurruñó durante un rato, pero en realidad no le importaba tanto, y él lo sabía.

El mes de julio casi había terminado cuando una tarde la señora Pommeroy recibió una llamada de teléfono de lo más extraña. La llamada procedía de la isla de Courne Haven. Era el pastor Wishnell quien estaba al otro lado de la línea.

El pastor Wishnell quería saber si la señora Pommeroy estaría disponible para irse uno o dos días a Courne Haven. Al parecer, iba a haber una gran boda, y la novia le había confiado al pastor que estaba preocupada por su peinado. No había peluqueras profesionales en Courne Haven. La novia ya no era muy joven, pero quería estar lo mejor posible.

—No soy peluquera profesional, pastor Wishnell —dijo la señora Pommeroy.

El pastor Wishnell le dijo que no importaba. La novia había contratado a un fotógrafo de Rockland, con un coste considerable, para registrar la boda, y quería salir guapa en las fotos. Confiaba en el pastor para que la ayudara. Era una petición extraña para hacérsela a un pastor, Toby Wishnell estaba dispuesto a admitirlo, pero las había recibido más extrañas. La gente esperaba que los pastores fueran fuentes de información en toda clase de temas, le dijo el pastor Wishnell a la señora Pommeroy, y esta señora no era una excepción. Más adelante, el pastor explicó que esta novia en concreto se sentía con más derecho que ninguna otra para pedirle al pastor un favor tan personal y poco común, porque ella también era una Wishnell. De hecho, era la prima segunda del pastor Wishnell, Dorothy Wishnell, conocida como Dotty. Dotty se iba a casar con el hijo mayor de Fred Burden, Charlie, el 30 de julio.

En cualquier caso, siguió contando el pastor, él le había mencionado a Dotty que había una peluquera con bastante talento justo al lado, en Fort Niles. Por lo menos, eso era lo que había oído de boca de Ruth Thomas. Ruth Thomas le había dicho que a la señora Pommeroy se le daba bastante bien cortar el pelo. La señora Pommeroy le dijo al pastor que realmente tampoco era algo tan especial, que no es que hubiera ido a la *academia* ni nada.

—Lo hará bien —dijo el pastor—. Y otra cosa… —Al parecer, Dotty, habiendo oído que a la señora Pommeroy se le daba bien peinar, se preguntaba si la señora Pommeroy podría cortar también el pelo al novio. Y al padrino, si no le importaba. Y a la dama de honor, a la madre de la novia, al padre de la novia, a las niñas de las arras y a algunos miembros de la familia del novio. Si no era mucha molestia. Y, dijo el pastor Wishnell, ahora que pensaba, a él tampoco le vendría mal un repaso—. Dado que se sabe que el fotógrafo profesional que va a venir es caro —continuó el pastor—, y dado que casi todos los habitantes de la isla estarán en la boda, todos quieren estar lo mejor posible. No es tan frecuente que venga aquí un fotógrafo profesional. Por supuesto, la novia le pagará bien. Su padre es Babe Wishnell.

—Ooh —dijo la señora Pommeroy, impresionada.

—¿Lo hará, entonces?

—Son muchos cortes de pelo, pastor Wishnell.

—Puedo mandar a Owney para que la recoja en el *New Hope* —dijo el pastor—. Se puede quedar todo el tiempo que haga falta. Podría ser una buena manera de ganarse un dinero extra.

—Creo que no he peinado nunca a tanta gente a la vez. No sé si voy a poder hacerlo todo en un solo día.

—Se puede traer a alguien que la ayude.

—¿Puedo llevar a alguna de mis hermanas?

—Por supuesto.

—¿Puedo llevar a Ruth Thomas? —preguntó la señora Pommeroy.

El pastor se paró a pensarlo un momento.

—Supongo que sí —respondió, después de una pausa—. Si no está muy ocupada.

—¿Ruth? ¿Ocupada? —A la señora Pommeroy le pareció muy gracioso. Se rio con ganas, justo en el oído del pastor.

En ese mismo momento Ruth se encontraba de nuevo en Potter Beach con el Senador Simon Addams. Estaba empezando a deprimirse cada vez que iba allí, pero no sabía qué más hacer con su tiempo. Así que seguía pasándose por la playa unas cuantas horas al día para hacer compañía al Senador. También le gustaba echar un ojo a Webster, por el bien de la señora Pommeroy, que estaba constantemente preocupada por su hijo mayor, tan extraño. Y también iba allí porque era difícil hablar con nadie más en aquella isla. No podía quedarse con la señora Pommeroy *todo* el tiempo.

No es que observar a Webster mientras rastreaba en el barro fuese ya divertido. Era muy triste, doloroso de contemplar. Había perdido toda su gracia. Se tropezaba. Estaba buscando ese segundo colmillo como si se muriera por encontrarlo y al mismo tiempo le aterrorizara la idea. Ruth creía que Webster podía hundirse en el barro cualquier día y no volver a salir. Se preguntaba si, de hecho, ese era su plan. Se preguntaba si Webster Pommeroy estaba planeando el suicidio más raro del mundo.

—Webster necesita un objetivo en esta vida —dijo el Senador.

La idea de Webster Pommeroy buscando un objetivo en esta vida deprimió a Ruth Thomas aún más.

—¿No hay nada más que pueda pedirles que haga?

—¿Qué otra cosa, Ruth?

—¿No hay nada que pueda hacer para el museo?

El Senador suspiró.

—Tenemos todo lo que necesitamos para el museo, excepto un edificio. Hasta que no lo consigamos, no hay nada que podamos hacer. Rebuscar en el barro, Ruth, es lo que se le da bien.

—Ya no se le da tan bien.

—Está teniendo algunos problemas, sí.

—¿Qué vas a hacer si Webster encuentra el otro colmillo? ¿Echar otro elefante ahí para él?

—Ya lo iremos viendo, Ruth.

Webster no había encontrado nada bueno en las marismas últimamente. No había sacado nada que no fuera un montón de basura. Había encontrado un remo, pero ni siquiera era un remo antiguo. Era de aluminio. («¡Esto es *maravilloso!*». El Senador había puesto por las nubes a Webster, quien parecía histérico cuando se lo tendió. «¡Qué remo tan *extraordinario!*»). Además, Webster había estado desenterrando en el barro unas cuantas botas viejas y guantes sueltos, pisoteados y perdidos durante años por los pescadores de langostas. Y botellas, también. Webster había encontrado muchas botellas en los últimos días, y no de las viejas. Botellas de plástico de detergente para la ropa. A pesar de eso, no había encontrado nada que mereciera la pena en todo el tiempo que había pasado en aquel lodo resbaladizo y frío. Cada día estaba más delgado y más nervioso.

—¿Crees que va a morirse? —le preguntó Ruth al Senador.

—Espero que no.

—¿Crees que va a explotar y a matar a alguien?

—No creo —dijo el Senador.

El día en que el pastor Wishnell llamó a la señora Pommeroy, Ruth llevaba ya unas cuantas horas en Potter Beach con el Senador Addams y Webster. El Senador y ella estaban hojeando un libro, uno que Ruth había comprado para el Senador en una tienda de segunda mano en Concord un mes antes. Se lo había dado en cuanto regresó de visitar a su madre, pero él todavía no se lo había leído. Decía que le resultaba difícil concentrarse porque estaba preocupado por Webster.

—Estoy seguro de que es un libro muy bueno, Ruth —le dijo—. Gracias por traérmelo aquí hoy.

—De nada —contestó ella—. Lo he visto en tu porche y he pensado que te gustaría echarle un vistazo. Ya sabes, por si te aburres.

El libro se titulaba *Tesoros escondidos: cómo y dónde encontrarlos. Guía para encontrar los tesoros ocultos del mundo.* Era algo que, en circunstancias normales, le hubiera proporcionado al Senador bastante entretenimiento.

—Pero ¿*te gusta*? —preguntó Ruth.

—Oh, sí, Ruth. Es un libro genial.

—¿Estás aprendiendo algo?

—No mucho, Ruth, la verdad. No me lo he terminado. Esperaba un poco más de información por parte de la autora, para ser exactos. Por el título podría deducirse —continúo el Senador Simon, dándole vueltas al libro en las manos— que la autora va a decir cómo encontrar tesoros concretos, pero no da mucha información a ese respecto. Hasta ahora, lo que dice es que, si encuentras algo, es por accidente. Y da algunos ejemplos de gente que ha tenido suerte y ha encontrado tesoros cuando no estaba buscando nada en concreto. Eso no parece un sistema muy bueno.

—¿Cuánto has leído?

—Solo el primer capítulo.

—Oh. Pensé que podría gustarte por las bonitas ilustraciones a color. Un montón de fotografías de tesoros perdidos. ¿Las has visto? ¿Has visto esas fotos de los huevos Fabergé? Pensé que te gustarían.

—Si existen fotografías de los objetos, Ruth, entonces no están perdidos del todo. ¿A que no?

—Bueno, Senador, ya sé a lo que te refieres. Pero las fotografías son imágenes de los tesoros que se perdieron y que la gente normal encontró por su cuenta. Como ese tipo que encontró el cáliz de Paul Revere. ¿Has llegado ya a esa parte?

—Ah, todavía no —dijo el Senador. Se estaba cubriendo los ojos para dirigir la mirada a las marismas—. Creo que va a llover. Espero que no, porque Webster no se vuelve a casa cuando llueve. Ya tiene un resfriado terrible. Deberías oír cómo le retumba el pecho.

Ruth cogió el libro de las manos del Senador.

—He visto algo por aquí, ¿dónde estaba? Dice que un chico encontró un poste indicador en California que dejó sir Francis Drake. Estaba hecho de hierro, y aseguraba que aquella tierra pertenecía a la reina Isabel. Llevaba allí como unos tres siglos.

—Vaya, qué curioso.

Ruth ofreció un chicle al Senador. Él no lo quiso, así que se lo comió ella.

—La autora dice que el mejor sitio del mundo para encontrar tesoros ocultos está en la isla del Coco.

—¿Eso es lo que cuenta tu libro?

—Es *tu* libro, Senador. Le eché un vistazo cuando estaba volviendo de Concord, y vi lo de la isla del Coco. La autora dice que la isla del Coco es de lo mejor que hay para la gente que busca tesoros escondidos. Dice que el capitán James Cook llevaba todo su botín a la isla del Coco. ¡El gran navegante!

—El gran navegante.

—Al igual que el pirata Benito Bonito. Y el capitán Richard Davies y el pirata Jean Lafitte. Pensé que podría interesarte…

—Oh, y me interesa, Ruth.

—¿Sabes lo que pensé que podría interesarte más? ¿Acerca de la isla del Coco, me refiero? Que la isla es igual de grande que Fort Niles. ¿Qué te parece eso? ¿A que es irónico? ¿No te sentirías allí como en casa? Y con todos esos tesoros ocultos por descubrir. Webster y tú podríais ir allí y excavar juntos. ¿Qué te parece eso, Senador?

Empezó a llover, gotas grandes y pesadas.

—Apuesto a que el clima de la isla del Coco es mejor, de todos modos —dijo ella, y se rio.

El Senador le respondió:

—Oh, Ruth, no nos vamos a ir a ningún sitio, ni Webster ni yo. Ya lo sabes. No deberías ir diciendo esas cosas ni en broma.

Eso le dolió a Ruth. Se recobró y le dijo:

—Estoy segura de que los dos volveríais a casa con la fortuna de un rey si alguna vez fuerais a la isla del Coco.

Él no contestó.

Ella se preguntó por qué seguía con todo eso. Dios, qué desesperada parecía. Qué hambrienta de conversación. Era patético, pero echaba de menos sentarse en la playa con el Senador durante horas y horas de charla ininterrumpida, y no estaba acostumbrada a que él la ignorara. De repente se sentía celosa de Webster Pommeroy por acaparar toda su atención. Ahí fue cuando realmente comenzó a sentirse patética. Se levantó, cubriéndose con la capucha de su chaqueta y le preguntó:

—¿Vais a ir a casa?

—Depende de Webster. No creo que se haya dado cuenta de que está lloviendo.

—No tienes impermeable, ¿verdad? ¿Quieres que te traiga uno?

—Estoy bien.

—Deberíais iros a casa antes de que os caléis.

—Algunas veces Webster se va cuando llueve, pero otras veces se queda y se empapa más y más. Depende de cómo esté.

Creo que me quedaré hasta que él quiera irse. He tendido las sábanas en casa, Ruth. ¿Me harías el favor de quitarlas antes de que se mojen?

La lluvia estaba cayendo ya a un ritmo rápido y cortante.

—Creo que las sábanas se habrán mojado ya, Senador.

—Probablemente tengas razón. Olvídalo.

Ruth volvió corriendo a la casa de la señora Pommeroy bajo el diluvio que ya estaba en marcha. Se encontró a la señora Pommeroy con su hermana Kitty, arriba en la habitación grande, sacando ropa del armario. Kitty, contemplando a su hermana, estaba sentada en la cama. Estaba tomándose un café, y Ruth sabía que estaría aderezado con ginebra. Ruth puso los ojos en blanco. Empezaba a cansarle que Kitty bebiera tanto.

—Debería ponerme a coser algo nuevo —estaba diciendo la señora Pommeroy—. ¡Pero no tengo tiempo! —Y a continuación—: Ahí está mi Ruth. Oh, estás empapada.

—¿Qué estás haciendo?

—Buscando un vestido que sea bonito.

—¿Para qué?

—Me han invitado a un sitio.

—¿Dónde? —preguntó Ruth.

Kitty se empezó a reír, y la señora Pommeroy la acompañó.

—Ruth —contestó—, no te lo vas a creer. Vamos a ir a una boda en Courne Haven. ¡Mañana!

—¡Dile quién te ha invitado! —gritó Kitty Pommeroy.

—¡El pastor Wishnell! —dijo la señora Pommeroy—. Nos ha invitado.

—¡Qué me dices!

—¡Lo que te estoy diciendo!

—¿Kitty y tú vais a ir a Courne Haven?

—Claro. Y tú también.

—¿Yo?

—Él quiere que vayas. La hija de Babe Wishnell se va a casar, ¡y yo la voy a peinar! Y vosotras dos sois mis ayudantes. Vamos a abrir una peluquería temporal.

—*Oh lá lá!*

—Exacto —zanjó la señora Pommeroy.

Esa noche, Ruth le preguntó a su padre si podía ir a Courne Haven para la gran boda de los Wishnell. Él no le contestó inmediatamente. Cada vez hablaban menos entre ellos, el padre y la hija.

—Me ha invitado el pastor Wishnell —dijo ella.

—Haz lo que quieras —respondió Stan Thomas—. Me da igual con quién pases el tiempo.

El pastor Wishnell envió a Owney a recoger a todo el mundo al día siguiente, que era sábado. A las siete de la mañana del día de la boda de Dotty Wishnell y Charlie Burden, la señora Pommeroy, Kitty Pommeroy y Ruth fueron hasta el final del muelle para encontrarse con que Owney las estaba esperando. Remando, llevó a Kitty y a la señora Pommeroy hasta el *New Hope*. Ruth disfrutó observándole. Luego volvió a buscarla, y ella bajó la escalera y saltó a la barca. Él dirigía la mirada al suelo del barco, no a ella, y a Ruth no se le ocurría una sola cosa que decirle. Pero le gustaba contemplarle. Él remó hacia el reluciente barco misionero de su tío, donde estaban la señora Pommeroy y Kitty, asomándose por la barandilla y saludando como turistas en un crucero. Kitty gritó:

—¡Qué bien estás, muchacha!

—¿Cómo va todo? —le preguntó Ruth a Owney.

Se sorprendió tanto por su pregunta que dejó de remar; simplemente, dejó los remos en el agua.

—Estoy bien —contestó. La estaba mirando. No se estaba sonrojando, y no parecía avergonzado.

—Bien —dijo Ruth.

El agua les balanceó durante un momento.

—Yo también estoy bien —afirmó Ruth.

—Vale —repuso Owney.

—Puedes seguir remando si quieres.

—Vale —acordó Owney, y empezó a remar de nuevo.

—¿Eres pariente de la novia? —preguntó Ruth, y Owney dejó de remar.

—Es mi prima —respondió Owney. Se balancearon en el agua.

—Puedes remar y hablarme al mismo tiempo —dijo Ruth, y entonces fue cuando Owney se sonrojó. La llevó al barco sin pronunciar otra palabra.

—Es mono —susurró la señora Pommeroy a Ruth cuando subió a bordo del *New Hope*.

—¡Mira quién está aquí! —chilló Kitty Pommeroy. Ruth se dio la vuelta y vio a Cal Cooley saliendo del puente de mando.

Ruth dejó escapar un grito de horror que era broma solo en parte.

—Por el amor de Dios —exclamó—. Está en todas partes.

Kitty se abalanzó sobre su antiguo amante, y Cal se zafó de ella.

—Ya está bien.

—¿Qué demonios estás haciendo aquí? —preguntó Ruth.

—Supervisando —contestó Cal—. Y me alegro de verte a ti también.

—¿Cómo has llegado hasta aquí?

—Owney me ha traído antes. Te aseguro que el viejo Cal Cooley no ha nadado hasta aquí.

Fue un viaje rápido hasta la isla de Courne Haven, y cuando bajaron del barco, Owney les dirigió hacia un viejo Cadillac amarillo limón que estaba aparcado en el muelle.

—¿De quién es este coche? —preguntó Ruth.

—De mi tío.

Después resultó que combinaba con la casa. El pastor Wishnell vivía a poca distancia del puerto de Courne Haven, en una casa muy bonita, amarilla con rebordes morados. Era una casa victoriana de tres pisos con una torre y un porche circular; con plantas florecientes colgadas de ganchos, situados a un metro de distancia, por todo el porche. El camino de entrada a la casa, de pizarra, estaba bordeado de lirios. El jardín del pastor, en la parte de atrás de la casa, era un pequeño museo de las rosas, rodeado por un murete de ladrillos. En el viaje en coche hasta allí, Ruth se había fijado en unas cuantas casas de la isla de Courne Haven, igualmente bonitas. Ruth no había estado en Courne Haven desde que era pequeña, demasiado joven como para darse cuenta de las diferencias que existían con Fort Niles.

—¿Quién vive en esas casas tan grandes? —le preguntó a Owney.

—Los veraneantes —respondió Cal Cooley—. Tenéis suerte de no tenerlos en Fort Niles. El señor Ellis los mantiene alejados. Una de las muchas cosas buenas que el señor Ellis hace por vosotros. Los veraneantes son una plaga.

También eran los veraneantes los que poseían los barcos de pesca y las lanchas motoras que bordeaban la isla. A la ida, Ruth había visto dos motoras plateadas que iban a toda velocidad. Estaban tan cerca la una de la otra que el morro de una parecía estar besando el culo de la otra. Parecían dos libélulas, persiguiéndose la una a la otra, intentando copular en aquel aire tan lleno de sal.

El pastor Wishnell colocó a la señora Pommeroy en el jardín trasero para que cortara el pelo, justo enfrente de un enrejado cubierto de rosas. Había llevado un taburete y una mesita auxiliar, donde ella dejó sus tijeras y sus peines y un gran vaso de agua en el que humedecerlos. Kitty Pommeroy se sentó en un murete de ladrillos y se fumó unos cuantos cigarros. Enterraba las colillas bajo las rosas cuando creía que nadie la miraba. Owney Wishnell estaba sentado en los escalones del porche trasero con su ropa de marinero, extrañamente inmaculada, y Ruth fue a sentarse a su lado. Él mantuvo las manos en las rodillas, y ella podía ver los rizados filamentos de oro que era el vello de sus nudillos. Eran unas manos muy limpias. No estaba acostumbrada a ver a hombres con las manos limpias.

—¿Cuánto tiempo lleva viviendo aquí tu tío? —preguntó.

—Desde siempre.

—No parece una casa en la que él viva. ¿Alguien más vive aquí?

—Yo.

—¿Y alguien más?

—La señora Post.

—¿Quién es la señora Post?

—Se encarga de la casa.

—¿No deberías estar ayudando a tus amigas? —preguntó Cal Cooley. Había surgido del porche tras ellos sin hacer ni un solo ruido. Entonces inclinó su largo cuerpo y se sentó al lado de Ruth, dejándola entre los dos hombres.

—No creo que necesiten ayuda, Cal.

—Tu tío quiere que vuelvas a Fort Niles, Owney —dijo Cal Cooley—. Necesita que recojas al señor Ellis para que venga a la boda.

—¿El señor Ellis va a venir a la boda? —preguntó Ruth.

—Sí.

—Pero si nunca viene aquí.

—A pesar de eso. Owney, es hora de largarnos. Yo voy contigo.

—¿Puedo ir yo? —le preguntó Ruth a Owney.

—Por supuesto que no —dijo Cal.

—No te he preguntado a ti, Cal. ¿Puedo ir contigo, Owney?

Pero el pastor Wishnell se estaba acercando, y cuando Owney le vio, se incorporó rápidamente y le dijo a su tío:

—Ya voy. Me voy ahora mismo.

—Date prisa —dijo el pastor mientras subía las escaleras y se metía en el porche. Les miró por encima del hombro y continuó—: Ruth, la señora Pommeroy va a necesitar tu ayuda.

—No soy de mucha ayuda cortando el pelo —contestó Ruth, pero el pastor y Owney ya se habían ido. Cada uno por su lado.

Cal miró a Ruth y levantó una ceja, satisfecho.

—Me pregunto por qué estás tan deseosa de estar con ese chico.

—Porque no me pone de los putos nervios, Cal.

—¿Te pongo yo de los putos nervios, Ruth?

—Oh, *tú* no. No me refería a *ti*.

—Me lo pasé muy bien en nuestro pequeño viaje a Concord. El señor Ellis tenía un montón de preguntas para cuando regresé. Quería saber cómo os llevabais tu madre y tú, y si te encontrabas allí como en casa. Le dije que las dos os habíais llevado a las mil maravillas y que parecías estar muy cómoda allí, pero estoy seguro de que querrá hablar contigo de ello. Ahora que lo pienso, a lo mejor deberías escribirle una nota cuando tengas tiempo, agradeciéndole que te haya costeado el viaje. Es importante para él que vosotras dos tengáis una buena relación, teniendo en cuenta lo cercanas que han estado tu madre y tu abuela a la familia Ellis. Y es importante para él que pases fuera de Fort Niles cuanto más tiempo mejor, Ruth. Le dije que me encantaría llevarte a Concord en cualquier momento y que nos lo habíamos pasado muy bien viajando juntos. De verdad que disfruto, Ruth. —En ese momento la estaba mirando con los ojos entrecerrados—. Aunque no puedo sacarme de la cabeza la idea de que algún día los dos terminaremos echando un polvo guarro en un motel de la Ruta Uno.

Ruth se rio.

—Quítatelo de la cabeza.

—¿Por qué te ríes?

—Porque el viejo Cal Cooley es un hombre muy gracioso —respondió Ruth. Lo que no era toda la verdad. La verdad era que Ruth se estaba riendo porque había decidido, como hacía con frecuencia, aunque con diferentes grados de éxito, que el viejo Cal Cooley no iba a conseguirlo. Ella no lo permitiría. Ya le podía arrojar encima andanadas de sus más arteros insultos, que ella no se iba a rebajar a su nivel. Desde luego, no ese día.

—Sé que no tardarás en empezar a echar polvos guarros con alguien, Ruth. Todas las señales apuntan a ello.

—Ahora vamos a jugar a una cosa diferente —propuso Ruth—. Un juego en el que me dejas en paz durante un rato.

—Y, por cierto, deberías mantenerte lejos de Owney Wishnell —dijo Cal mientras bajaba los escalones del porche y se alejaba hacia el jardín—. Es obvio que te traes algo con ese chico, y a nadie le parece bien.

—¿A nadie? —Ruth gritó tras él—. ¿De verdad, Cal? ¿A nadie?

—Ven aquí, grandullón —le dijo Kitty Pommeroy a Cal cuando le vio. Cal Cooley se dio la vuelta y caminó envaradamente en la otra dirección. Iba a volver a Fort Niles para recoger al señor Ellis.

La novia, Dotty Wishnell, era una rubia agradable de treinta y tantos años. Había estado casada antes, pero su marido había muerto de cáncer de testículos. Ella y su hija, Candy, de seis años, fueron las primeras en peinarse. Dotty Wishnell se acercó a la casa del pastor Wishnell con el albornoz puesto, el pelo mojado y sin desenredar. Ruth pensó que se lo tomaba con mucha tranquilidad para ser una novia el día de su boda, y eso hizo que a Ruth le cayera bien casi de inmediato. Dotty tenía una cara bastante atractiva, pero parecía agotada. Todavía no se había puesto el maquillaje, y estaba mascando chicle. Tenía profundas líneas de expresión por toda la frente y alrededor de la boca.

La hija de Dotty Wishnell era una niña muy callada. Candy iba a ser la dama de honor de su madre, lo que Ruth pensaba que era un trabajo demasiado serio para alguien de seis años, pero Candy parecía preparada para ello. Tenía cara de persona adulta, una cara que no se correspondía con nada infantil.

—¿Estás nerviosa por ser la dama de honor? —preguntó la señora Pommeroy a Candy.

—Por supuesto que no. —Candy tenía la boca fruncida igual que la anciana reina Victoria. Tenía una expresión sentenciosa, y aquellos labios estaban apretados con firmeza—. Ya lo fui en la boda de la señorita Dorphman, y ni siquiera era pariente mía.

—¿Quién es la señorita Dorphman?

—Obviamente, es mi profesora.

—Obviamente —repitió Ruth, y Kitty Pommeroy y la señora Pommeroy se rieron. Dotty también se rio. Candy miró a las cuatro mujeres como si todas ellas la hubiesen decepcionado.

—Oh, genial —dijo Candy, como si ya hubiera vivido esa clase de días en los que todo te fastidia y no tuviera muchas ganas de volver a pasar por la experiencia—. Por ahora, todo mal.

Dotty Wishnell le pidió a la señora Pommeroy que se ocupara primero de Candy y que intentara hacerle unos rizos en su fino pelo castaño. Dotty Wishnell quería que su hija estuviera «adorable». La señora Pommeroy dijo que sería muy fácil hacer que una niña tan encantadora estuviera adorable, y que haría todo lo que pudiera para que todo el mundo quedase contento.

—Le podría cortar un flequillo monísimo —propuso.

—Nada de flequillo —insistió Candy—. Nada de eso.

—Ni siquiera sabe lo que es un flequillo —dijo Dotty.

—Sí que lo sé, mamá —respondió Candy.

La señora Pommeroy se puso a trabajar en el pelo de Candy mientras Dotty observaba. Las dos mujeres charlaban tranquilamente, a pesar de que acababan de conocerse.

—Lo bueno es —dijo Dotty a la señora Pommeroy— que Candy no se tiene que cambiarse el apellido. El padre de Candy era un Burden, y su nuevo padre también es un Burden. Mi primer marido y Charlie eran primos, te lo creas o no. Charlie fue uno de los testigos en mi anterior boda, y hoy es el novio. Ayer le dije: «Nunca se sabe cómo van a salir las cosas», y él me dijo: «Nunca se sabe». Va a adoptar a Candy, me ha dicho.

—Yo también perdí a mi primer marido —contestó la señora Pommeroy—. Lo cierto es que ha sido mi único marido. Era tan joven como tú. Es verdad; nunca se sabe.

—¿Cómo murió tu marido?

—Se ahogó.

—¿Cómo se llamaba?

—Pommeroy, corazón.

—Creo que ya lo recuerdo.

—Fue en 1967. Pero no vamos a hablar de eso, porque hoy es un día feliz.

—Ay, pobrecita.

—No, pobrecita tú. Ay, no te preocupes por mí, Dotty. Lo que me sucedió fue hace mucho, mucho tiempo. Pero tú perdiste a tu marido el año pasado, ¿verdad? Eso fue lo que dijo el pastor Wishnell.

—El año pasado —respondió Dotty, mirando al frente. Las mujeres se quedaron en silencio un momento—. El veinte de marzo de 1975.

—Mi papá murió —afirmó Candy.

—No es necesario que hablemos de eso hoy —dijo la señora Pommeroy, formando un anillo perfecto en el pelo de Candy con su dedo humedecido—. Hoy es un día feliz. Hoy es la boda de tu mamá.

—Bueno, hoy tendré un nuevo marido, eso es seguro —resolvió Dotty—. Voy a tener otro. Esta isla no es lugar para vivir sin marido. Y tú vas a tener otro papá, Candy. ¿A que sí?

Candy no expresó opinión alguna al respecto.

—¿Tiene Candy otras amiguitas con las que jugar en Courne Haven? —preguntó la señora Pommeroy.

—No —dijo Dotty—. Hay algunas adolescentes por aquí, pero no están demasiado interesadas en jugar con Candy, y el próximo año se irán al continente a estudiar. La mayoría son niños por aquí.

—¡Pasó lo mismo con Ruth cuando era pequeña! Solo podía jugar con mis hijos.

—¿Es tu hija? —preguntó Dotty, mirando a Ruth.

—Es prácticamente mi hija —respondió la señora Pommeroy—. Mi hija… Y creció rodeada de chicos.

—¿Fue muy difícil para ti? —le preguntó Dotty a Ruth.

—Fue lo peor —contestó Ruth—. Me estropeó por completo.

La cara de Dotty se llenó de preocupación.

—Te está tomando el pelo —aclaró la señora Pommeroy—. Le fue bien. Ruth adoraba a mis chicos. Eran como sus hermanos. A Candy le irá bien.

—Creo que Candy a veces le gustaría comportarse de una manera más femenina y jugar a algo de chicas, para variar —dijo Dotty—. Soy la única mujer con la que puede jugar, y no soy muy divertida. No he sido muy divertida este último año.

—Es porque mi papá murió —añadió Candy.

—No es necesario que hablemos de eso hoy, cariño —repitió la señora Pommeroy—. Tu mamá se casa hoy. Hoy es un día feliz, corazón.

—Me gustaría que hubiera chicos de mi edad por aquí —sugirió Kitty Pommeroy. Nadie pareció oírlo excepto Ruth, quien resopló de disgusto.

—Siempre quise tener una niña —dijo la señora Pommeroy—. Pero tuve una camada de críos. ¿Es divertido? ¿Es divertido vestir a Candy para que esté guapa? Mis chicos no dejaban ni que les tocara. Y Ruth siempre llevó el pelo corto, así que no era divertido jugar con ella.

—Tú eras la que me lo cortaba —recordó Ruth—. Yo quería tener el pelo como tú, pero siempre me lo estabas cortando.

—No podías peinártelo, corazón.

—Yo me visto sola —dijo Candy.

—Estoy segura de que sí, corazón.

—Nada de flequillo.

—Cierto —acordó la señora Pommeroy—. No vamos a dejarle flequillo, a pesar de que te quedaría muy bien. —Con mano experta rodeó el ramillete de rizos que había creado en la coronilla de Candy con un lazo blanco—. ¿Adorable? —le preguntó a Dotty.

—Adorable —le respondió Dotty—. Preciosa. Has hecho un gran trabajo. Yo nunca consigo que se quede quieta, y no sé moldear el pelo. Lo que es obvio. Es decir, mírame. Esto es todo lo que soy capaz de hacer.

—Ya estás. Gracias, Candy. —La señora Pommeroy se inclinó y le dio un beso en la mejilla a la niña—. Has sido muy valiente.

—Obviamente —dijo Candy.

—Obviamente —repitió Ruth.

—Tú eres la próxima, Dotty. Vamos a peinar primero a la novia, y así te puedes ir a vestir, y después nos pondremos con tus amigas. Alguien debería decirles que empezaran a venir por aquí. ¿Cómo quieres que te peine?

—No lo sé. Supongo que solo quiero parecer feliz —le informó Dotty—. ¿Puedes conseguir eso?

—No puedes esconder a una novia feliz ni bajo un mal peinado —afirmó la señora Pommeroy—. Podría envolverte la cabeza en una toalla y, si eres feliz, seguirías estando preciosa, casándote con tu hombre.

—Solo Dios puede hacer que una novia sea feliz —declaró Kitty Pommeroy muy seria, por alguna razón.

Dotty reflexionó sobre ello y suspiró.

—Bueno —dijo, y escupió el chicle en un pañuelo de papel usado que sacó del bolsillo de su albornoz—, a ver qué es lo que puedes hacer conmigo. Hazlo lo mejor que puedas.

La señora Pommeroy se puso a trabajar en el peinado de boda de Dotty Wishnell, y Ruth se alejó de las mujeres y se acercó para observar más de cerca la casa del pastor Wishnell. No le veía el sentido a ese estilo femenino y delicado. Caminó por el largo porche circular, con sus muebles de mimbre y sus alegres cojines. Eso debía de ser cosa de la misteriosa señora Post. Vio un comedero de pájaros, en forma de casita y pintado de un rojo alegre. Sabiendo que no tenía permiso, pero acuciada por la curiosidad, entró en la casa a través de los ventanales que daban al porche. Se encontraba en una habitación pequeña, una salita de estar. En las mesitas auxiliares había libros de vivas cubiertas, y había tapetes cubriendo los respaldos de los sofás y las sillas.

Cruzó hasta llegar a una sala empapelada con un diseño de lirios verde pastel. Un gato persa de cerámica se acurrucaba al lado de la chimenea, y un gato atigrado real se recostaba en un sofá en tonos rosados. El gato miró a Ruth y, sin preocuparse lo más mínimo, se volvió a dormir. Ruth tocó una manta de ganchillo, hecha a mano, que estaba en una mecedora. ¿El pastor Wishnell vivía *aquí*? ¿Owney Wishnell vivía *aquí*? Siguió caminando. La cocina olía a vainilla, y vio un bizcocho de café en la encimera. Se dio cuenta de que había unas escaleras en la parte trasera de la cocina. ¿Qué había arriba? Estaba loca, andar merodeando así por ahí. Sería difícil explicarle a alguien lo que estaba haciendo en la planta de arriba de la casa del pastor Toby Wishnell, pero se moría por encontrar la habitación de Owney. Quería ver dónde dormía.

Subió por los escalones de madera y, ya en la planta superior, se asomó a un baño inmaculado, con un helecho en una maceta colgando de la ventana y un jabón de lavanda en un platito sobre la repisa del lavabo. Había una fotografía enmarcada de un niño y una niña, besándose. «LOS MEJORES AMIGOS», ponía debajo en letras rosas.

Ruth se trasladó hasta la puerta de un dormitorio que tenía peluches apoyados contra las almohadas de la cama. La siguiente habitación tenía una bonita cama trineo y su propio baño. La última tenía una sola cama y una colcha con rosas bordadas. ¿Dónde dormía Owney? Con los ositos de peluche no, seguro. Tampoco en la cama trineo. No se lo podía ni imaginar. No había ni rastro de Owney en esta casa.

Pero Ruth siguió explorando. Subió al tercer piso. Hacía calor, y los techos estaban inclinados. Viendo una puerta semicerrada, no hace falta decir que la abrió. Y se topó con el pastor Wishnell.

—Oh —dijo Ruth.

Él la miró desde la tabla de planchar. Llevaba puestos unos pantalones negros. No llevaba camisa. Eso era lo que estaba planchando. Su torso era alargado y no parecía tener músculos, grasa ni vello. Levantó la camisa de la tabla, introdujo sus brazos en las almidonadas mangas y se abrochó los botones, de abajo arriba, lentamente.

—Estaba buscando a Owney —dijo Ruth.

—Se ha ido a Fort Niles a recoger al señor Ellis.

—¿Oh, de verdad? Lo siento.

—Tú ya lo sabías.

—Oh, es verdad. Sí, lo sabía. Lo siento.

—Esta no es su casa, señorita Thomas. ¿Qué le hizo pensar que podía merodear por aquí?

—Tiene razón. Siento haberle molestado. —Ruth reculó hacia el pasillo.

El pastor Wishnell dijo:

—No, señorita Thomas. Entre.

Ruth se detuvo, y volvió a entrar en la habitación. Pensó para sí, *«Joder»*, y miró a su alrededor. Bueno, seguro que este sí era el cuarto del pastor Wishnell. Esta era la primera habitación de la casa que tenía algún sentido. Era austera e inexpresiva. Las paredes y el techo eran blancos; incluso el suelo de madera estaba blanqueado. El dormitorio olía ligeramente a betún. La cama del pastor tenía una estrecha estructura metálica, con una manta azul de lana y una fina almohada. Bajo la cama había un par de zapatillas de piel. La mesita de noche no tenía lámpara ni libro, y la única ventana que había en la habitación tenía persiana, pero no cortina. Había una cómoda, y encima de ella, un pequeño platillo de cobre con unas cuantas monedas sueltas. El mueble que dominaba el cuarto era un gran escritorio de madera oscura, al lado del cual había una estantería llena de libros voluminosos. El escritorio tenía una máquina de escribir eléctrica, un montón de folios y un bote lleno de lápices.

En la pared sobre el escritorio había colgado un mapa de la costa de Maine, cubierto de marcas a lápiz. Ruth buscó instintivamente Fort Niles. No había marca. Se preguntó qué significaba eso. ¿Condenados? ¿Desagradecidos?

El pastor desenchufó la plancha, enrolló el cordón y la puso sobre la mesa.

—Tiene una casa muy bonita —dijo Ruth. Se metió las manos en los bolsillos, intentando aparentar normalidad, como si la hubieran invitado a estar allí. El pastor Wishnell plegó la tabla de planchar y la metió en el armario.

—¿Te pusieron el nombre por la Ruth de la Biblia? —preguntó—. Siéntate.

—No sé por qué me pusieron ese nombre.

—¿No te has leído la Biblia?

—No demasiado.

—Ruth fue una gran mujer del Viejo Testamento. Es el modelo de lealtad femenina.

—¿Ah, sí?

—Disfrutarías leyendo la Biblia, Ruth. Tiene un montón de historias maravillosas.

Ruth pensó: «Exacto. Historia. Aventuras y acción». Ruth era atea. Lo había decidido el año anterior, cuando aprendió la palabra. Todavía le divertía la idea. No se lo había dicho a nadie, pero el saberlo le daba emoción a la cosa.

—¿Por qué no estás ayudando a la señora Pommeroy? —preguntó él.

—Eso voy a hacer ahora mismo —respondió Ruth, y pensó en escaparse de allí.

—Ruth —dijo el pastor Wishnell—, siéntate. Te puedes sentar en la cama.

No había una cama en el mundo en la que Ruth se quisiera sentar menos que en la del pastor Wishnell. Se sentó.

—¿Nunca te aburres en Fort Niles? —le preguntó. Se remetió la camisa dentro de los pantalones, en cuatro movimientos rápidos, las manos firmes. Su cabello estaba húmedo, y ella podía ver las marcas que había dejado el peine. Su piel era tan pálida como el más puro lino. Se apoyó contra el lateral del escritorio, cruzó los brazos y la miró.

—Nunca he pasado el suficiente tiempo allí como para cansarme —respondió Ruth.

—¿Por el colegio?

—Porque Lanford Ellis siempre me está mandando fuera —dijo ella. Pensó que esa declaración la hacía parecer un poco patética, así que se encogió de hombros con despreocupación, intentando transmitir que tampoco era para tanto.

—Creo que el señor Ellis está interesado en tu bienestar. Tengo entendido que él pagó tu colegio y se ha ofrecido a pagarte la universidad. Tiene recursos, y está claro que se preocupa por lo que te pueda pasar. Tampoco es algo tan malo, ¿cierto? Estás destinada a cosas mejores que Fort Niles. ¿No crees?

Ruth no le respondió.

—Sabes, yo tampoco paso mucho tiempo en mi isla, Ruth. Apenas estoy aquí, en Courne Haven. En los últimos dos meses, he dado veintiún sermones, visitado a veintinueve familias y atendido a once grupos de oración. A menudo pierdo la cuenta de las bodas, los funerales y los bautizos. Para muchas de esas personas, soy su única conexión con el Señor. Pero también me llaman para que les aconseje en temas más mundanos. Me necesitan para que les lea los papeles de un negocio o les ayude a encontrar un nuevo coche. Muchas cosas. Te sorprenderías. Medio en las peleas de gente que de otra manera terminarían atacándose físicamente. Soy el que pone paz. No es una vida fácil; algunas veces me gustaría quedarme en casa y disfrutar de mi bonito hogar. —Hizo un gesto, indicando su bonito hogar. Aunque fue un gesto pequeño, y parecía albergar solo su habitación, que no era, por lo que Ruth podía ver, algo de lo que disfrutar mucho—. Sin embargo, dejo mi casa —continuó el pastor Wishnell— porque tengo obligaciones, como puedes ver. He estado en todas las islas de Maine a lo largo de mi vida. Hay veces en la que todas me parecen la misma, he de admitir. Aunque de todas las islas que he visitado, creo que Fort Niles es la más aislada. Lo cierto es que es la menos religiosa.

«Eso es porque no nos gustas», pensó Ruth.

—¿De veras? —preguntó.

—Lo cual es una pena, porque es la gente más aislada la que más necesita a la comunidad religiosa. Fort Niles es un lugar extraño, Ruth. Han tenido oportunidades, a lo largo de los años, de relacionarse con el mundo que hay más allá de su isla. Pero son lentos y suspicaces. No sé si eres lo suficientemente mayor para acordarte de cuando se habló de construir una terminal para el ferri.

—Sí.

—Así que ya sabes que no llegó a hacerse. Ahora, los únicos turistas que pueden visitar estas islas son los que poseen su propio barco. Y cada vez que alguien necesita ir desde Fort Niles a Rockland, tiene que sacar su propio barco langostero. Cada clavo que cuesta un centavo, cada lata de judías, cada cordón de zapato que existe en Fort Niles tiene que llegar allí mediante el barco langostero de algún hombre.

—Tenemos una tienda.

—Oh, por favor, Ruth. A duras penas. Y cada vez que una señora de Fort Niles necesita hacer la compra o ir al médico, tiene que viajar en el barco langostero de algún hombre.

—Pasa lo mismo en Courne Haven —dijo Ruth. Pensó que ya había oído la opinión del pastor al respecto, y no estaba interesada en oírla de nuevo. ¿Qué tenía que ver con ella? Estaba claro que disfrutaba endilgándole un pequeño sermón. «Qué afortunada soy», pensó Ruth sombría.

—Bueno, las riquezas de Courne Haven están íntimamente ligadas a las de Fort Niles. Y Fort Niles se toma su tiempo para actuar; tu isla siempre es la última en abrazar cualquier cambio. La mayoría de los hombres de Fort Niles todavía se hacen sus propias trampas, porque, sin razón alguna, desconfían de las de alambre.

—No todo el mundo lo hace.

—Sabes, Ruth, por el resto de la costa de Maine, los pescadores de langosta están empezando a tener en cuenta los barcos de fibra de vidrio. Solo es un ejemplo. ¿Cuánto tiempo pasará antes de que la fibra de vidrio llegue a Fort Niles? Pues a saber. Me puedo imaginar con facilidad la reacción de Angus Addams ante tal idea. Fort Niles siempre se resiste. Fort Niles se opuso a las restricciones de tamaño para pescar langostas más que cualquier otro en el estado de Maine. Y ahora en el resto de Maine se está hablando de poner unos límites voluntarios a la cantidad de trampas.

—No vamos a limitar nuestras trampas —dijo Ruth.

—A lo mejor os obligan, jovencita. Si vuestros pescadores no lo hacen voluntariamente, puede que se convierta en una ley, y entonces habrá guardacostas en todos vuestros barcos, como los hubo cuando se impusieron las restricciones de tamaño. Y así es como innova Fort Niles. Tienen que metéroslo por vuestras obstinadas gargantas hasta que os ahoguéis.

«¿Acababa de decir eso de verdad?». Ella se le quedó mirando. Él sonreía levemente y había hablado con un tono calmado y suave. Ruth estaba horrorizada por su malicioso discursito, pronunciado con tal facilidad. Todo lo que había dicho era cierto, por supuesto, ¡pero esa arrogancia! Ella misma podría haber dicho algunas cosas desagradables acerca de Fort Niles en su momento, pero tenía derecho a criticar a su propia isla y a su propia gente. Escuchar tal condescendencia de alguien tan petulante y poco atractivo era intolerable. De repente se sintió furiosa y a la defensiva con respecto a Fort Niles. ¿Cómo se atrevía?

—El mundo cambia, Ruth —siguió—. Hubo un tiempo en el que muchos de los hombres de Fort Niles pescaban merluzas. Ahora no queda suficiente merluza en el Atlántico como para alimentar a un gato. También andamos escasos de gallinetas, y muy pronto lo único que quedará como cebo para las langostas será el arenque. Y algunos de los arenques que los hombres usan hoy en día son tan malos que ni siquiera se los comen las gaviotas. Antes había una fábrica de granito aquí que enriquecía a todo el mundo, y ahora eso también ha desaparecido. ¿Cómo esperan ganarse la vida los hombres de tu isla en diez o veinte años? ¿Piensan que todos los días serán iguales el resto de sus vidas? ¿Que pueden contar siempre con capturas sustanciosas de langostas? Pescarán y pescarán hasta que solo quede una langosta, y entonces lucharán a muerte por la última. Ya lo sabes, Ruth. Ya sabes cómo es esa gente. Nunca se pondrán de acuerdo en hacer lo mejor para ellos. ¿Crees que esos tontos recuperarán el sentido común y formarán una cooperativa pesquera, Ruth?

—Eso no ocurrirá nunca —dijo Ruth. ¿Tontos?

—¿Eso es lo que dice tu padre?

—Eso es lo que dice todo el mundo.

—Bueno, entonces todo el mundo puede tener razón. Ciertamente, han luchado mucho por ello en el pasado. Tu amigo Angus Addams vino una vez a una reunión para la cooperativa en Courne Haven, en la época en la que nuestro Denny Burden casi arruina a su familia y consigue que le maten en el proceso de formar una asociación colectiva entre las dos islas. Yo estaba allí. Vi cómo se comportó Angus. Vino con una bolsa de palomitas. Se sentó en primera fila mientras algunos individuos más evolucionados discutían sobre las maneras en las que las dos islas podrían trabajar juntas en beneficio de todos. Angus Addams estaba allí sentado, sonriendo y comiendo palomitas. Cuando le pregunté qué era lo que estaba haciendo, respondió: «Estoy disfrutando del espectáculo. Esto es más gracioso que las películas sonoras». Los hombres como Angus Addams se creen que están mejor trabajando siempre en solitario. ¿Estoy en lo cierto? ¿Eso es lo que todos los hombres piensan en tu isla?

—No sé qué es lo que piensan todos los hombres de mi isla —respondió Ruth.

—Eres una joven muy lista. Estoy seguro de que sabes exactamente qué es lo que piensan.

Ruth se mordió el interior de los labios.

—Creo que debería irme a ayudar a la señora Pommeroy —dijo.

—¿Por qué malgastas tu tiempo con gente así? —le preguntó el pastor Wishnell.

—La señora Pommeroy es mi amiga.

—No me estoy refiriendo a la señora Pommeroy. Estoy hablando de los pescadores de langostas de Fort Niles. Estoy hablando de Angus Addams, Simon Addams...

—El Senador Simon no es pescador de langostas. Ni siquiera se ha subido a un barco.

—Estoy hablando de hombres como Len Thomas, Don Pommeroy, Stan Thomas...

—Stan Thomas es mi padre, señor.

—Sé perfectamente que Stan Thomas es tu padre.

Ruth se puso en pie.

—Siéntate —dijo el pastor Toby Wishnell.

Se sentó. Notó que le ardía la cara. Se arrepintió inmediatamente de haberse sentado. Debería haber salido de aquella habitación.

—No encajas en Fort Niles, Ruth. He estado preguntando acerca de ti por ahí, y lo que entiendo es que tienes otras opciones. Deberías aprovecharlas. No todo el mundo es tan afortunado. Owney, por ejemplo, no tiene tus oportunidades. Sé que te interesa la vida que lleva mi sobrino.

La cara de Ruth enrojeció todavía más.

—Bien, pensemos en Owney. ¿Qué será de él? Esa es mi preocupación, no la tuya, pero pensemos juntos en ello. Tú estás en una posición muchísimo mejor que la de Owney. El hecho es que no hay futuro para ti en tu isla. Cada memo obstinado que vive allí se asegura de ello. Fort Niles está condenada. No hay liderazgo allí. No hay un núcleo moral. ¡Cielos, mira esa iglesia podrida y en ruinas! ¿Cómo habéis permitido que eso sucediera?

«Porque te odiamos con toda el alma», pensó Ruth.

—La isla entera estará desierta en dos décadas. No te sorprendas tanto, Ruth. Eso es lo que puede suceder. Navego por toda la costa, año tras año, y veo a las comunidades intentando sobrevivir. ¿Quién intenta hacer eso en Fort Niles? ¿Tenéis algún tipo de gobierno, un alcalde electo? ¿Quién es vuestro líder? ¿Angus Addams? ¿Esa víbora? Y de la siguiente generación, ¿quién irrumpirá en escena? ¿Len Thomas? ¿Tu padre? ¿Cuándo ha pensado tu padre en qué sería lo mejor para otras personas?

Ruth estaba cayendo en una emboscada.

—No sabe nada de mi padre —dijo, intentando sonar tan calmada como el pastor Wishnell, pero consiguiendo un tonillo estridente, en vez de eso.

El pastor Wishnell sonrió.

—Ruth —dijo—, recuerda lo que te digo. Conozco muy bien a tu padre. Y voy a repetir mi profecía. En veinte años, tu isla será un pueblo fantasma. Y tu gente se lo habrá buscado a base de obstinación y aislamiento. ¿Te parece que veinte años es dentro de mucho tiempo? Porque no es así. —Dirigió una fría mirada a Ruth. Ella intentó devolvérsela—. No creas que porque siempre haya habido gente en Fort Niles, siempre la habrá. Estas islas son frágiles, Ruth. ¿Has oído hablar alguna vez de las islas de Shoals, a principios del siglo diecinueve? La población disminuyó y se hizo cada vez más endogámica, y la sociedad se desmoronó. Los ciudadanos quemaron el templo, copularon con sus hermanos, ahorcaron al único pastor que había, practicaron la brujería. Cuando el reverendo Jedidiah Morse los visitó en 1820, se encontró con que solo había un puñado de gente. Casó a todo el mundo inmediatamente, para prevenir más pecados. Fue lo único que podía hacer. Una generación más tarde, las islas estaban desiertas. Eso podría ocurrirle a Fort Niles. ¿No crees?

Ruth no tenía nada que comentar al respecto.

—Una cosa más —prosiguió el pastor Wishnell— que me llamó la atención el otro día. Un pescador de la isla de Frenchman me contó que, cuando el estado impuso restricciones al tamaño de las langostas, cierto pescador llamado Jim solía quedarse con las langostas jóvenes y venderlas a los turistas de su isla. Tenía un pequeño y boyante negocio en negro, pero el rumor se esparció, como siempre se esparcen los rumores, y alguien se lo dijo a los guardacostas. El guardacostas empezó a seguir al viejo Jim, intentando atraparle con las langostas jóvenes. Incluso inspeccionó el barco de Jim unas cuantas veces. Pero Jim mantenía sus langostas jóvenes en un saco, nivelado con una piedra, colgando de la popa de su barco. Así que nunca le pilló.

»Pero un día el guardacostas estaba espiando a Jim con sus prismáticos y le vio llenar el saco y arrojarlo por la popa. Así que el guardacostas persiguió a Jim con el barco patrulla, y Jim, sabiendo que estaban a punto de pillarle, aceleró el motor de su barco todo lo que pudo, y se dirigió a su casa. Lo dejó directamente en la playa, cogió el saco y escapó corriendo. El guardacostas le persiguió, así que Jim dejó caer el saco y se subió a un árbol. Cuando el guardacostas abrió el saco, adivina qué fue lo que encontró, Ruth.

—Una mofeta.

—Una mofeta. Cierto. Entonces supongo que ya has oído esta historia.

—Le sucedió a Angus Addams.

—No le sucedió a Angus Addams. No le sucedió a nadie. Es apócrifa.

Ruth y el pastor se sostuvieron la mirada.

—¿Sabes lo que significa apócrifa, Ruth?

—Sí, sé lo que significa apócrifa —le interrumpió Ruth, que justo en ese momento se estaba preguntando qué significaba apócrifa.

—Cuentan esa misma historia en todas las islas de Maine. La cuentan porque les hace sentir bien que un viejo pescador de langostas pueda ser más listo que la ley. Pero no es por eso por lo que te la he contado, Ruth. Te la he contado porque es una buena fábula para ilustrar lo que le sucede a cualquiera que curiosea un poco de más. No has disfrutado mucho con nuestra conversación, ¿verdad?

No iba a responder a eso.

—Pero te podrías haber ahorrado esta charla tan desagradable si te hubieras mantenido alejada de mi casa. Te lo has merecido, ¿verdad?, por merodear por donde nadie te llamaba. Y si te sientes como si te hubiera atacado una mofeta, ya sabes a quién echarle las culpas. ¿Estoy en lo cierto, Ruth?

—Voy a irme a ayudar a la señora Pommeroy —dijo Ruth. Y volvió a levantarse.

—Creo que es una idea excelente. Y disfruta de la boda, Ruth.

Ruth deseaba escapar corriendo de esa habitación, pero no quería mostrarle al pastor Wishnell lo alterada que estaba por su «fábula», así que salió de allí con algo de dignidad. Aunque, una vez que estuvo fuera de aquel dormitorio, se apresuró a recorrer el pasillo, los dos pisos de escaleras, la cocina, el salón y la salita de estar. Se sentó en una de las mecedoras de mimbre del porche. «Maldito gilipollas», estaba pensando. «Increíble».

Debería haberse ido del cuarto en el momento en el que empezó con su pequeño sermón. ¿De qué diablos iba todo aquello? Ni siquiera la conocía. «He estado preguntando acerca de ti por ahí, Ruth». No tenía ningún derecho a decirle con quién podía o no podía pasar el tiempo, a decirle que se mantuviera alejada de su propio padre. Ruth estaba sentada en el porche en su propia burbuja de enfado. Más que nada, era vergonzoso que aquel pastor la sermoneara. Y extraño, también, verle ponerse la camisa, sentarse en su cama. Extraño el ver su austera habitación de monje y su patética y enana tabla de planchar. «Bicho raro». Le debería haber dicho que era atea.

En el jardín, la señora Pommeroy y Kitty todavía estaban trabajando en el pelo de las mujeres. Dotty Wishnell y Candy se habían ido ya, probablemente, a vestirse para la boda. Había un pequeño grupo de mujeres de Courne Haven esperando a que la señora Pommeroy les prestara atención. Todas tenían el pelo húmedo. La señora Pommeroy les había dicho a las mujeres que se lavaran el pelo en su casa para que ella pudiera dedicar el tiempo a cortárselo y peinárselo. También había unos cuantos hombres en la rosaleda, esperando a sus esposas o, quizás, esperando que les cortaran el pelo a ellos.

Kitty Pommeroy estaba peinando la larga melena rubia de una adolescente bastante guapa, una chica que parecía tener unos trece años. ¡Había tanta gente rubia en aquella isla! Todos esos suecos de la fábrica de granito. El pastor Wishnell había mencionado la industria del granito, como si a alguien todavía le importase una mierda. ¿Y qué más daba si el negocio del granito se había acabado? ¿A quién le importaba? Nadie en Fort Niles se estaba muriendo de hambre porque la fábrica de granito hubiese cerrado. Todo era pesimismo con ese tipo. Maldito gilipollas. Ruth intentó imaginarse una infancia teniéndole a él de tío. Sombría, desagradable, dura.

—¿Dónde has estado? —preguntó la señora Pommeroy a Ruth.

—En el baño.

—¿Estás bien?

—Estoy bien.

—Ven aquí, entonces.

Ruth se acercó y se sentó en el murete de ladrillos. Se sentía maltrecha y destrozada, y probablemente también lo parecía. Pero nadie, ni siquiera la señora Pommeroy, se dio cuenta. El grupo estaba demasiado ocupado cotilleando. Ruth podía ver que se había metido en medio de una conversación de lo más tonta.

—Qué asco —dijo la adolescente a la que Kitty estaba atendiendo—. Pisa todos los erizos de mar, y después su barco se queda todo cubierto de tripas.

—No hay necesidad de eso —dijo la señora Pommeroy—. Mi marido siempre volvía a echar los erizos al mar. Los erizos no hacen daño a nadie.

—¡Los erizos se comen el cebo! —exclamó uno de los hombres de Courne Haven en la rosaleda—. Como se metan en tu bolsa del cebo, se comen el cebo y la bolsa también.

—He tenido espinas en los dedos durante toda mi vida por culpa de los puñeteros erizos —añadió otro.

—¿Pero por qué Tuck tiene que *pisarlos*? —preguntó la guapa adolescente—. Es asqueroso. Y le quita tiempo de pescar. Se enfada muchísimo; la verdad es que tiene muy mal carácter. Los llama huevos de puta. —Se rio.

—Todo el mundo los llama huevos de puta —afirmó el pescador con las espinas en los dedos.

—Eso es cierto —reconoció la señora Pommeroy—. Tener mal carácter te quita tiempo para trabajar. La gente debería tranquilizarse.

—Detesto a esos peces que viven en el fondo, los que a veces sacas, y están hinchados de subir tan rápido —dijo la chica—. ¿Sabes a qué peces me refiero? ¿Los de los ojos saltones? Todas las veces que voy a pescar con mi hermano, sacamos un montón de ellos.

—No he estado en un barco langostero desde hace años —dijo la señora Pommeroy.

—Son como sapos —siguió la chica—. Tuck también los pisotea.

—No hay ninguna razón para ser cruel con los animales —respondió la señora Pommeroy—. No hay ninguna razón.

—Tuck cogió un tiburón una vez. Le dio con un palo hasta que murió.

—¿Quién es Tuck? —preguntó la señora Pommeroy.

—Es mi hermano —contestó la adolescente. Miró a Ruth—. ¿Tú quién eres?

—Ruth Thomas. ¿Quién eres tú?

—Mandy Addams.

—¿Eres pariente de Simon y Angus Addams? ¿Los hermanos?

—Probablemente. No lo sé. ¿Viven en Fort Niles?

—Sí.

—¿Son guapos?

Kitty Pommeroy empezó a reírse tanto que se cayó de rodillas.

—Sí —dijo Ruth—. Son adorables.

—Tienen unos setenta años, cariño —intervino la señora Pommeroy—. Y la verdad es que *son* adorables.

—¿Qué le pasa? —preguntó Mandy, mirando a Kitty, que se estaba enjugando los ojos e incorporándose gracias a la ayuda de la señora Pommeroy.

—Está borracha —contestó Ruth—. Se cae todo el rato.

—¡Estoy borracha! —gritó Kitty—. ¡*Estoy* borracha, Ruth! Pero no tienes por qué contárselo a nadie. —Kitty consiguió recuperar el control de sí misma y siguió peinando a la adolescente.

—Bueno, creo que ya me han peinado suficiente —dijo Mandy, pero Kitty siguió cepillándole el cabello, con fuerza.

—Cielos, Ruth —dijo Kitty—. Eres una bocazas. Y *no* me caigo todo el tiempo.

—¿Cuántos años tienes? —le preguntó Mandy Addams a Ruth. Sus ojos seguían a Ruth, pero la cabeza se le iba en dirección contraria a los tirones del cepillo de Kitty Pommeroy.

—Dieciocho.

—¿Eres de Fort Niles?

—Sí.

—Nunca te he visto por ahí.

Ruth suspiró. No tenía ganas de explicarle su vida a esa cabeza de chorlito.

—Lo sé. Me fui para estudiar en el instituto.

—Yo voy a ir al instituto el año que viene. ¿Dónde fuiste? ¿A Rockland?

—A Delaware.

—¿Está en Rockland?

—La verdad es que no —contestó Ruth, y mientras Kitty empezaba a mondarse de risa una vez más, añadió—: Tómatelo con calma, Kitty. Va a ser un día muy largo. Es demasiado temprano como para andar cayéndose cada dos minutos.

—¿Está en Rockland? —cacareó Kitty, y se enjugó los ojos. Los pescadores de Courne Haven y sus esposas, reunidos en los jardines de los Wishnell alrededor de las hermanas Pommeroy, todos ellos también rieron. «Bueno, eso está bien», pensó Ruth.

«Por lo menos saben que la chica rubia es una idiota». O a lo mejor se estaban riendo de Kitty Pommeroy.

Ruth recordó lo que el pastor Wishnell le había dicho acerca de que Fort Niles desaparecería en veinte años. Estaba loco. Siempre habría suficientes langostas. Las langostas eran animales prehistóricos, unas supervivientes. El resto del océano podría ser exterminado, pero a las langostas no les importaría. Las langostas podían excavar en el barro y vivir allí durante meses. Podían comer rocas. «Nada les importa una mierda», pensó Ruth, con admiración. Las langostas se multiplicarían aunque no hubiese nada más para comer en el océano que otras langostas. La última langosta del mundo probablemente se comería a sí misma, si fuera lo único que encontrara. No había necesidad de preocuparse por las langostas.

El pastor Wishnell no estaba en sus cabales.

—¿Es cierto que tu hermano mató a un tiburón? —le preguntó la señora Pommeroy a Mandy.

—Claro. ¡Jesús!, ¡nunca me habían peinado tanto el pelo en un solo día!

—Todo el mundo ha cogido un tiburón alguna vez —dijo uno de los pescadores—. Todos hemos matado a un tiburón una u otra vez.

—¿Los matan? —preguntó la señora Pommeroy.

—Claro.

—No hay necesidad de eso.

—¿No hay necesidad de matar a un tiburón? —El pescador parecía divertido ante la idea. La señora Pommeroy era una señora y una desconocida (una desconocida muy atractiva), y todos los hombres del jardín estaban de buen humor a su alrededor.

—No hay razón para ser cruel con los animales —dijo la señora Pommeroy. Hablaba con unas cuantas horquillas metidas en la comisura de su boca. Estaba trabajando en la cabeza de una anciana canosa, que parecía ajena a toda la conversación. Ruth supuso que era la madre de la novia o la madre del novio.

—Eso es cierto —confirmó Kitty Pommeroy—. Rhonda y yo lo aprendimos de nuestro padre. No era un hombre cruel. Nunca nos puso una mano encima. Nos engañó mucho, pero nunca pegó a nadie.

—Meterte con los animales es simple crueldad —siguió la señora Pommeroy—. Todos los animales son criaturas de Dios, tanto como nosotros. Creo que eso muestra que hay algo realmente equivocado en ti, si tienes que ser cruel con los animales sin ninguna razón.

—No lo sé —dijo el pescador—. A mí me gusta bastante comerlos.

—Comer animales es diferente de meterse con ellos. La crueldad para con los animales es imperdonable.

—Eso es cierto —repitió Kitty—. Creo que es espantoso.

Ruth no podía creerse esa conversación. Era el tipo de charla que la gente en Fort Niles tenía todo el tiempo —ignorante, en círculos, sin sentido—. Aparentemente también era el tipo de charla que gustaba en Courne Haven.

La señora Pommeroy cogió una horquilla de la boca y fijó un rizo gris en la cabeza de la mujer que estaba sentada.

—Aunque —prosiguió— he de admitir que solía meter petardos en la boca de las ranas y encenderlos.

—Yo también —dijo Kitty.

—Pero no sabía lo que iba a pasar.

—Claro —afirmó uno de los entretenidos pescadores de Courne Haven—. ¿Cómo ibas a saberlo?

—Algunas veces echo las culebras delante del cortacésped y las atropello —confesó Mandy Addams, la chica guapa.

—Eso es muy cruel —le reprochó la señora Pommeroy—. No hay razón para hacer eso. Además, las culebras son buenas para mantener los insectos a raya.

—Oh, yo también solía hacer eso —recordó Kitty Pommeroy—. Demonios, Rhonda, solíamos hacerlo juntas, tú y yo. Siempre andábamos cortando culebras.

—Pero no éramos más que unas niñas, Kitty. No conocíamos otra cosa.

—Sí —asintió Kitty—, no éramos más que unas niñas.

—No teníamos ni idea.

—Eso es cierto —reconoció Kitty—. ¿Recuerdas aquella vez que encontraste una madriguera de ratoncitos bajo el fregadero y los ahogaste?

—Los niños no saben cómo tratar a los animales, Kitty —dijo la señora Pommeroy.

—Ahogaste a cada uno en una taza diferente. Lo llamaste dar un té para ratones. Ibas diciendo «¡Oh! ¡Son tan lindos! ¡Son tan lindos!».

—Yo no tengo tanto problema con los ratones —añadió uno de los pescadores de Fort Niles—. Te diré con lo que sí tengo un problema. Con las ratas.

—¿Quién es la siguiente? —preguntó la señora Pommeroy alegre—. ¿A quién le toca ponerse guapa?

Ruth Thomas se emborrachó en la boda.

Kitty Pommeroy ayudó. Kitty se hizo amiga del camarero, un pescador de Courne Haven de cincuenta años llamado Chucky Strachan. Chucky Strachan se había ganado el gran honor de ser el camarero en gran parte porque era un borracho. Chucky y Kitty se encontraron de inmediato, de la misma manera que dos alcohólicos locuaces en una animada multitud se encuentran el uno al otro, y se dispusieron a pasárselo en grande en la boda de los Wishnell. Kitty se nombró a sí misma la ayudante de Chucky y se aseguró de empatar con sus clientes, bebida a bebida. Le pidió a Chucky que le mezclara algo rico a Ruth Thomas, algo para que su nenita se soltara un poco.

—Dale algo con frutas —le ordenó Kitty—. Dale algo tan dulce como ella. —Así que Chucky le puso a Ruth un vaso grande de whisky con un poco de hielo.

—Eso es una bebida para una señora —dijo Chucky.

—¡Me refería a un cóctel! —respondió Kitty—. ¡Esto le va a saber asqueroso! ¡No está acostumbrada! ¡Fue a un colegio *privado*!

—Veamos —dijo Ruth Thomas, y se bebió el whisky que Chucky le había dado, no de un trago, pero sí bastante rápido—. Muy afrutado —añadió—. Muy dulce.

La bebida irradió un calorcillo muy agradable por sus entrañas. Sus labios le parecían más grandes. Se bebió otro, y empezó a sentirse increíblemente cariñosa. Le dio a Kitty Pommeroy un largo y fuerte abrazo, y le dijo:

—Siempre has sido mi hermana Pommeroy favorita. —Lo que no podría haber estado más lejos de la realidad, pero se sentía bien al decirlo.

—Espero que las cosas te salgan bien, Ruthie —farfulló Kitty.

—Ay, Kitty, qué dulce eres. Siempre has sido tan dulce.

—Todos queremos que las cosas te salgan bien, cariño. Todos estamos conteniendo los dedos, esperando que todo salga bien.

—¿Conteniendo los dedos? —Ruth frunció el ceño.

—Cruzando el aliento, quiero decir —rectificó Kitty, y las dos casi se caen de tanto reír.

Chucky Strachan le puso a Ruth otra bebida.

—¿A que soy un gran camarero? —preguntó.

—La verdad es que sabes cómo echar whisky y hielo en un vaso —concedió Ruth—. Eso seguro.

—Es mi prima la que se casa —dijo él—. Hay que celebrarlo. ¡Dotty Wishnell es mi prima! ¡Eh! ¡Charlie Burden también es mi primo!

Chucky Strachan saltó de detrás de la barra y agarró a Kitty Pommeroy. Hundió la cara en el cuello de Kitty. Besó a Kitty por toda la cara, por su lado bueno de la cara, el que no tenía cicatrices de las quemaduras. Chucky era un tipo flaco, y cada vez se le caían más los pantalones, dejando ver su culo flaco. Cada vez que se inclinaba aunque fuera un poco, exhibía un bonito escote de fontanero. Ruth trató de apartar la mirada. Una mujer madura con una falda estampada con flores estaba esperando que le pusieran una copa, pero Chucky ni se dio cuenta. La mujer sonrió esperanzada en su dirección, pero él palmeó el trasero de Kitty Pommeroy y se abrió una cerveza.

—¿Estás casado? —le preguntó Ruth a Chucky, mientras este le lamía el cuello.

Él se apartó, agitó un puño en el aire y anunció a todo el mundo:

—¡Mi nombre es Clarence Henry Strachan y estoy casado!

—¿Me puede poner una copa, por favor? —preguntó la mujer madura educadamente.

—¡Hable con el camarero! —gritó Chucky Strachan, y se llevó a Kitty a la pista de baile que había en mitad de la carpa.

La boda en sí misma no había tenido ninguna importancia para Ruth. Apenas se había fijado en ella, apenas le había prestado atención. Estaba asombrada ante el tamaño del patio del padre de Dotty, asombrada ante su hermoso jardín. Esos Wishnell realmente tenían dinero. Ruth estaba acostumbrada a las bodas de Fort Niles, donde los invitados traían estofados y cazuelas con judías y pasteles. Tras la boda, había que clasificar las fuentes de servir. «¿De quién es esta bandeja? ¿De quién es esta cafetera?».

La boda de Dotty Wishnell y Charlie Burden, por otra parte, había sido provista de comida por un profesional de tierra adentro. Y allí estaba, tal como había prometido el pastor Wishnell, un fotógrafo profesional. La novia vestía de blanco, y algunos de los invitados que habían estado en la primera boda de Dotty dijeron que su vestido era más bonito que el anterior. Charlie Burden, un tipo achaparrado y fornido con nariz de borracho y ojos suspicaces, no era un novio muy feliz. Parecía deprimido, allí de pie, enfrente de todo el mundo, diciendo esas palabras tan formales. La hija pequeña de Dotty, Candy, como dama de honor, había llorado, y cuando su madre intentó consolarla, dijo de manera desagradable: «¡No estoy llorando!». El pastor Wishnell siguió y siguió hablando acerca de las Responsabilidades y las Recompensas.

Y cuando se acabó, Ruth se emborrachó. Y después de emborracharse, se puso a bailar. Bailó con Kitty Pommeroy y con la señora Pommeroy y también con el novio. Bailó con Chucky Strachan, el camarero, y con dos atractivos jóvenes con pantalones caqui, que, como más tarde averiguó, eran turistas. ¡Turistas en una boda isleña! ¡Imagínate! Bailó con esos dos hombres unas cuantas veces, y tenía la sensación de que de alguna manera se estaba riendo de ellos, aunque después no podía recordar qué era lo que les había dicho. Dejaba caer un montón de comentarios sarcásticos que ellos parecían no entender. Incluso bailó con Cal Cooley cuando este se lo pidió. La banda tocaba música *country*.

—¿El grupo de música es de aquí? —preguntó a Cal, y este dijo que los músicos habían venido en el barco de Babe Wishnell—. Son buenos —continuó Ruth. Por alguna razón estaba permitiendo que Cal Cooley la agarrara mucho—. Me gustaría saber tocar algún instrumento. Me gustaría tocar el violín. Ni siquiera canto bien. No sé tocar nada. Ni siquiera puedo sintonizar una radio. ¿Te lo estás pasando bien, Cal?

—Me lo estaría pasando mejor si te deslizaras por mi pierna, arriba y abajo, como si fuese la barra de los bomberos.

Ruth se rio.

—Estás muy guapa —le dijo a Ruth—. Deberías vestir de rosa más a menudo.

—¿Que debería vestir *de rosa* más a menudo? Voy de amarillo.

—He dicho que deberías *beber** más a menudo. Me gusta cómo te pones. Tan suave y tierna.

---

* Juego de palabras intraducible entre *pink*, «rosa», y *drink*, «beber». [N. de la T.]

—¿Cómo que estoy tierna? —preguntó Ruth, pero solo estaba fingiendo no entenderlo.

Él le olfateó el pelo. Ella le dejó. Podía darse cuenta de que le estaba oliendo el pelo porque podía sentir su aliento en el cuero cabelludo. Se arrimó a su pierna, y podía sentir su erección. También le dejó hacer. «Qué demonios», pensó. Él se aplastó contra ella. La balanceaba lentamente. Él mantenía sus manos en la parte baja de su espalda y la atrajo con fuerza hacia él. Ella le dejó hacer todo eso. «Qué demonios», seguía pensando. Era el viejo Cal Cooley, pero se sentía bastante a gusto. La besó en la coronilla, y de repente fue como si se despertara.

¡Era Cal Cooley!

—Oh, Dios mío, tengo que hacer pis —dijo Ruth, y se apartó de Cal, lo que no fue fácil, porque él insistía en agarrarla. ¿Qué era lo que estaba haciendo, bailando con *Cal Cooley*? ¡Cristo bendito! Se las apañó para salir de la carpa, del patio, y caminó por la calle hasta que se terminó, donde empezaba el bosque. Se escondió tras un árbol, se levantó el vestido y meó sobre una roca plana, consiguiendo no salpicarse las piernas. No se podía creer que hubiese sentido el pene de Cal Cooley, aunque fuera levemente, presionando bajo sus pantalones. Era asqueroso. Se prometió a sí misma hacer lo que fuera durante el resto de su vida para olvidarse de que una vez había notado el pene de Cal Cooley.

Cuando salió del bosque, cogió una dirección equivocada y terminó en una calle llamada Furnace Street. «¿Aquí tienen señales para las calles?», se preguntó. Al igual que todas las demás calles de Courne Haven, no estaba asfaltada. Estaba anocheciendo. Pasó por delante de una pequeña casa de color blanco con un porche; en él se encontraba una anciana con camisa de franela. Se abrazaba a un pájaro amarillo, como un peluche. Ruth se quedó mirando al pájaro y a la mujer. Sentía las piernas flojas.

—Estoy buscando la casa de Babe Wishnell —dijo—. ¿Me puede decir dónde queda? Creo que me he perdido.

—He estado cuidando a mi marido enfermo durante años —dijo la mujer—, y mi memoria no es la que era.

—¿Y qué tal está su marido, señora?

—Ya no tiene días buenos.

—¿Está muy enfermo, entonces?

—Está muerto.

—Oh. —Ruth se rascó una picadura de mosquito en el tobillo—. ¿Sabe dónde está la casa de Babe Wishnell? Donde se está celebrando una boda.

—Creo que es justo la próxima calle. Después del invernadero*. Gira a la izquierda —dijo la mujer—. Ha pasado tiempo desde que estuve allí la última vez.

—¿El invernadero? ¿Tienen un invernadero en esta isla?

—Oh, no, creo que no, cariño.

Ruth se quedó confusa por un momento; después lo comprendió.

—¿Quiere decir que debería girar a la izquierda después de pasar por la casa que está *pintada* de verde?

—Sí, creo que sí. Pero mi cerebro ya no es el que era.

—Creo que su cerebro está muy bien.

—Eres un encanto. ¿Quién se casa?

—La hija de Babe Wishnell.

—¿La niña?

—Creo que sí. Perdone, señora, pero ¿es un patito lo que está abrazando?

—Es un pollito, cariño. Oh, es muy suave. —La mujer sonrió a Ruth, y Ruth le devolvió la sonrisa.

—Bueno, muchas gracias por su ayuda —se despidió Ruth. Siguió andando por la calle hasta la casa verde y se encontró de vuelta en la boda.

---

* En realidad, la señora está diciendo *green house*, «casa verde», pero Ruth está entendiendo *greenhouse,* «invernadero». [N. de la T.]

Mientras se adentraba en la carpa, una mano seca y caliente la cogió del brazo.

—¡Eh! —exclamó. Era Cal Cooley—. El señor Ellis quiere verte —dijo, y antes de que pudiese protestar, Cal la llevó hacia donde estaba el señor Ellis. Ruth había olvidado que iba a venir a la boda, pero allí estaba, sentado en su silla de ruedas. Le sonrió, y Ruth, que había estado sonriendo mucho últimamente, le devolvió la sonrisa. Dios bendito, estaba demacrado. No podía pesar más de cincuenta kilos, y antes era un hombre alto y fuerte. Estaba calvo, su cabeza era como un globo amarillento, bruñida como la empuñadura de un bastón muy usado. No tenía cejas. Vestía un traje negro y viejo con botones de plata. Ruth se asombró, como siempre, de lo mal que había envejecido en comparación con su hermana, la señorita Vera. A la señorita Vera le gustaba aparentar fragilidad, pero estaba perfectamente sana. La señorita Vera era baja, pero robusta como la leña. Su hermano era como una brizna. Ruth no había pensado, cuando le vio en primavera, que este año hiciera el viaje desde Concord a Fort Niles. Y ahora no podía creerse que hubiera hecho el viaje de Fort Niles a Courne Haven solo por la boda. Tenía noventa y cuatro años.

—Me alegro de verle, señor Ellis —dijo.

—Señorita Thomas —respondió—, está muy guapa. Le queda muy bien el pelo recogido, retirado de la cara. —Entrecerró sus ojos azules y llorosos para poder verla mejor. La estaba cogiendo de la mano—. ¿Se sienta?

Respiró profundamente y se sentó en una silla plegable de madera a su lado. Él le soltó la mano. Se preguntó si olería a whisky. Uno tenía que sentarse realmente cerca del señor Ellis para poder escuchar y ser escuchado, y no quería que su aliento la delatara.

—¡Mi nieta! —dijo, y sonrió tanto que su piel parecía a punto de resquebrajarse.

—Señor Ellis.

—No puedo oírla, señorita Thomas.

—He dicho hola, señor Ellis. Hola, señor Ellis.

—No has venido a verme desde hace mucho tiempo.

—No desde que fui con el Senador Simon y Webster Pommeroy. —Ruth lo pasó un poco mal pronunciando *Senador* y *Simon*. El señor Ellis no pareció darse cuenta—. Pero quería haber ido. He estado ocupada. Iré muy pronto a Ellis House a verle.

—Comeremos juntos.

—Gracias. Eso está muy bien, señor Ellis.

—Sí. Vendrás el jueves. El próximo jueves.

—Gracias. Estoy impaciente. —*¡Jueves!*

—No me has contado todavía la visita que hiciste a Concord.

—Fue maravillosa, gracias. Gracias por animarme a ir.

—Excelente. Recibí una carta de mi hermana contándome eso mismo. No estaría de más que le escribieras una nota agradeciéndole su hospitalidad.

—Lo haré —dijo Ruth, sin ni siquiera preguntarse cómo sabía que no lo había hecho. El señor Ellis siempre averiguaba ese tipo de cosas. Por supuesto que le escribiría una nota, ahora que se lo había sugerido. Y cuando lo hiciera, el señor Ellis lo sabría sin duda alguna, incluso antes de que su hermana la recibiera. Así era: omnisciente.

El señor Ellis metió la mano en un bolsillo de su traje y sacó un pañuelo de tela. Lo desplegó y se lo pasó, con la mano temblorosa, por la nariz.

—¿Qué crees que pasará con tu madre cuando mi hermana fallezca? —preguntó—. Lo digo solo porque el señor Cooley lo preguntó el otro día.

El estómago de Ruth se cerró como si le hubiesen puesto un corsé. ¿Qué diablos quería decir eso? Se lo pensó un momento y después dijo lo que seguramente no hubiera pronunciado de no haber bebido.

—Solo espero que se la cuide, señor.

—¿Perdón?

Ruth no respondió. Estaba bastante segura de que el señor Ellis la había oído. Lo cierto es que era así, porque finalmente dijo:

—Es muy caro cuidar a la gente.

Ruth estaba más incómoda que nunca al lado de Lanford Ellis. Nunca tenía ni idea, cuando se reunía con él, de cuál sería el resultado: qué le diría que hiciera, qué no le contaría, qué le daría. Había sido así desde que ella tenía ocho años y el señor Ellis la había llamado a su despacho, le había entregado una pila de libros y le había dicho:

—Léetelos en el mismo orden en el que los he colocado, de arriba abajo. Tienes que dejar de bañarte en las canteras con los chicos Pommeroy a no ser que lleves puesto un traje de baño. —Nunca había habido una amenaza sobrevolando aquellas instrucciones. Simplemente eran emitidas.

Ruth seguía las órdenes del señor Ellis porque sabía el poder que ese hombre tenía sobre su madre. Tenía más poder sobre su madre que la señorita Vera, porque él era quien controlaba el dinero de la familia. La señorita Vera controlaba a Mary Smith-Ellis Thomas con pequeñas y diarias muestras de crueldad. El señor Ellis, por otra parte, nunca había tratado de manera mezquina a su madre. Ruth era consciente de ello. Por alguna razón, el hecho de saberlo siempre la había llenado de pánico, no de tranquilidad. Y así, con ocho años, Ruth se había leído los libros que el señor Ellis le había dado. Hacía lo que le decían. Él no le había preguntado por los libros ni le había pedido que se los devolviera. No se compró un bañador para ir a las canteras con los chicos Pommeroy; simplemente, dejó de nadar con ellos. Parecía haber sido una solución aceptable, porque no volvió a oír hablar de ello.

Los encuentros con el señor Ellis también estaban cargados de significado porque eran escasos. Llamaba a Ruth para que se presentara allí unas dos veces al año más o menos, y empezaba todas las conversaciones con una muestra de cariño. Después le reprochaba levemente que no viniera a visitarle por su propia voluntad. La llamaba *nieta, cariño, corazón.* Ella sabía, y lo había sabido desde que era bien niña, que la consideraba su mascota y que debía sentirse afortunada. Había más gente en Fort Niles —incluso hombres adultos— a los que les hubiera gustado una audiencia con el señor Ellis aunque solo fuera una vez, pero no se les concedía. El Senador Simon Addams, por ejemplo, había estado intentando durante años conseguir una reunión con él. Mucha gente de Fort Niles pensaba que Ruth tenía una influencia especial sobre ese hombre, aunque lo cierto es que apenas le veía. Por lo general, se enteraba de sus peticiones y demandas y de su satisfacción o disgusto a través de Cal Cooley. Cuando veía al señor Ellis, sus instrucciones solían ser sencillas y directas.

Cuando Ruth tenía trece años, la había llamado a su presencia para decirle que iría a un colegio privado en Delaware. No dijo nada de cómo o por qué iba a ser así, o de quién había sido esa decisión. Tampoco le pidió su opinión. Le dijo que su escolarización iba a ser cara, pero que se correría con los gastos. Le dijo que Cal Cooley la llevaría a la escuela en coche a principios de septiembre y que se esperaba que pasara las vacaciones de Navidad con su madre en Concord. No volvería a Fort Niles hasta junio del año siguiente. Esos eran los hechos, no temas de discusión.

En un tema un poco menos crucial, el señor Ellis mandó llamar a Ruth cuando tenía dieciséis años para decirle que a partir de entonces se retirara el pelo de la cara. Eso fue lo único que le mandó durante todo ese año. Y ella le obedeció y lo había estado haciendo desde entonces, llevándolo en una coleta. Él lo aprobaba, por lo que parecía.

El señor Ellis era uno de los pocos adultos en la vida de Ruth que nunca la había llamado obstinada. Seguramente se debía a que, en su presencia, no lo era.

Se preguntó si le iba a decir que no bebiera más esa noche. ¿Qué sentido tenía todo esto? ¿Le diría que dejara de bailar como una fresca? ¿O era algo más grande, como el anuncio de que ya era hora de que fuera a la universidad? ¿O de que se mudara a Concord con su madre? Ruth no quería oír ninguna de esas cosas.

En general, evitaba con afán al señor Ellis porque le aterrorizaba lo que le pudiera pedir y la certeza de que ella le obedecería. Todavía no había oído directamente de boca del señor Ellis cuáles eran sus planes para el otoño, pero tenía la sospecha de que le pediría que abandonara Fort Niles. Cal Cooley ya había dejado entrever que el señor Ellis quería que ella fuera a la universidad, y Vera Ellis había mencionado la universidad femenina en la que el rector era su amigo. Ruth estaba segura de que el tema no tardaría en surgir. Incluso había entendido el mensaje de irse de allí que le había dado el pastor Wishnell, precisamente él, y todas las señales apuntaban a que pronto el señor Ellis tomaría una decisión él mismo. No había nada que Ruth odiara más de sí misma que su obediencia ciega al señor Ellis. Y aunque había decidido que en adelante no iba a tener en cuenta sus deseos, no le apetecía reivindicar su independencia aquella noche.

—¿Qué has estado haciendo estos últimos días, Ruth? —preguntó el señor Ellis.

Como no le apetecía que le diera ninguna orden aquella noche, Ruth decidió entretenerle. Era una táctica nueva y arriesgada. Pero había estado bebiendo y, a consecuencia de ello, se sentía dispuesta a correr riesgos.

—Señor Ellis —comentó—, ¿se acuerda del colmillo de elefante que le llevamos?

Él asintió.

—¿Ha tenido tiempo de echarle un vistazo?

Él volvió a asentir.

—Muy bien —respondió—. Por lo que entiendo, has estado pasando mucho tiempo con la señora Pommeroy y con sus hermanas.

—Señor Ellis —insistió Ruth—, me pregunto si podríamos hablar de ese colmillo de elefante. Solo un momento.

Perfecto. Ella sería la que dirigiera esta conversación. No podía ser tan difícil. La verdad es que lo hacía con todos los demás. El señor Ellis alzó una ceja. Es decir, alzó la piel donde habría estado la ceja si las hubiera tenido.

—A mi amigo le ha costado muchos años encontrar ese colmillo, señor Ellis. El joven, Webster Pommeroy, él fue quien lo encontró. Trabajó duramente. Y mi otro amigo, el Senador Simon... —Esta vez Ruth pronunció el nombre sin trastabillarse. Se sentía muy sobria—. ¿Conoce al Senador Simon Addams?

El señor Ellis no le respondió. Cogió otra vez su pañuelo y volvió a pasárselo por la nariz.

Ruth siguió.

—Tiene muchos objetos interesantes, señor Ellis. Simon Addams ha estado coleccionando especímenes muy raros durante años. Le encantaría abrir un museo en Fort Niles. Para poder mostrar todo lo que ha ido recopilando. Lo llamaría el Museo de Historia Natural de Fort Niles y cree que el almacén de la Compañía Ellis de Granito sería el apropiado para su museo, dado que está vacío. ¿A lo mejor ya ha oído hablar de esa idea? Creo que lleva años pidiendo su permiso... Creo que... a lo mejor no le parece un proyecto interesante, pero significaría mucho para él, y es un buen hombre. Además, le gustaría que le devolviera el colmillo de elefante. Para su museo. Si le da el permiso para el museo, claro está.

El señor Ellis estaba en la silla de ruedas con las manos en las piernas. Sus muslos no eran mucho más anchos que sus muñecas. Debajo de su traje de chaqueta, llevaba puesto un grueso jersey negro. Metió la mano en un bolsillo interior del traje y sacó una pequeña llave metálica, que sostuvo entre el índice y el pulgar. Temblaba como la varilla de un zahorí. Se la dio a Ruth y dijo:

—Aquí está la llave del almacén de la Compañía Ellis de Granito.

Ruth cogió la llave con cuidado. Estaba fría y era puntiaguda y no podía haberla sorprendido más.

—¡Oh! —Estaba atónita.

—El señor Cooley llevará el colmillo a tu casa la semana que viene.

—Gracias, señor Ellis. Se lo agradezco. No tiene que…

—Cenarás conmigo el jueves.

—Sí. Claro. Genial. Debería decírselo a Simon Addams… Bueno, ¿qué le digo a Simon Addams sobre el almacén?

Pero el señor Ellis había acabado de hablar con Ruth Thomas. Cerró los ojos y la ignoró, y ella se fue.

Ruth Thomas se alejó hasta el otro lado de la carpa, tan lejos como pudiera del señor Ellis. Se sentía sobria y un poco mareada, así que hizo una parada rápida en la mesita que hacía las veces de bar e hizo que Chucky Strachan le sirviera otro vaso de whisky con hielo. Entre el pastor Wishnell y el señor Ellis, este había sido un día de conversaciones extrañas, y ahora deseaba haberse quedado en casa con el Senador y Webster Pommeroy. Encontró una silla en una esquina, tras la banda, y la reclamó para sí. Cuando colocó los codos en las rodillas y las manos en la cara, pudo oír su propio pulso en la cabeza. Al oír aplausos, se enderezó. Un hombre de unos sesenta años, con el pelo rubio entreverado de canas y la cara de un viejo soldado, estaba de pie en mitad de la carpa, con una copa de champán en la mano. Era Babe Wishnell.

—¡Mi hija! —dijo—. ¡Hoy es la boda de mi hija, y me gustaría pronunciar unas cuantas palabras!

Hubo más aplausos. Alguien gritó:

—¡A por ellos, Babe! —Todo el mundo se rio.

—Mi hija no se ha casado con el hombre más guapo de Courne Haven, ¡pero es que no es legal casarse con su propio padre! ¿Charlie Burden? ¿Dónde está Charlie Burden?

El novio se puso en pie, con cara de angustiado.

—¡Hoy te llevas a una buena chica Wishnell, Charlie! —bramó Babe Wishnell; más aplausos. Alguien gritó: «¡A por ella, Charlie!», y Babe Wishnell miró en la dirección de la que procedía la voz. Las risas cesaron.

Pero después se encogió de hombros y dijo:

—Mi hija es una chica modesta. Cuando era adolescente, era tan modesta que ni siquiera caminaba sobre un sembrado de patatas. ¿Sabéis por qué? ¡Porque las patatas tienen ojos! ¡Podrían haber mirado por debajo de su falda!

E imitó a una chica, levantándose la falda con delicadeza. Hizo un gesto muy femenino con la mano. La multitud se rio. La novia, con su hija en el regazo, se puso colorada.

—Mi nuevo yerno me recuerda a Cape Cod. Quiero decir, su nariz me recuerda a Cape Cod. ¿Alguien sabe por qué su nariz me recuerda a Cape Cod? ¡Porque es muy prominente! —Babe Wishnell se partía de risa con su propio chiste—. Charlie, solo es una broma. Te puedes sentar ya, Charlie. Un aplauso por Charlie. Es un tipo que se lo toma puñeteramente bien. Y ahora, estos dos se van de luna de miel. Se van a Boston una semana. Espero que se lo pasen bien.

Más aplausos, y la misma voz gritó:

—¡Ve a por ella, Charlie! —Esta vez Babe Wishnell lo ignoró.

—Espero que se lo pasen puñeteramente bien. Se lo merecen. Especialmente Dotty, porque ha tenido un año muy duro, al perder a su marido. Así que espero que os lo paséis puñeteramente bien, Charlie y Dotty. —Levantó la copa. Los invitados murmuraron y también alzaron sus vasos—. Les vendrá bien alejarse un poco —dijo Babe Wishnell—. Dejando a la niña con la madre de Dotty y conmigo, pero qué demonios. Nos gusta la pequeña. ¡Hola, nena!

Saludó a la niña con la mano. La nena, Candy, en el regazo de su madre, parecía tan regia e inescrutable como una leona.

—Pero eso me recuerda a cuando me llevé a la madre de Dotty para pasar nuestra luna de miel.

Alguien entre la multitud soltó un «Hurra», y todo el mundo se rio. Babe Wishnell movió el dedo, como diciendo *no-no-no*, y continuó.

—Cuando me llevé a la madre de Dotty a nuestra luna de miel, fuimos a las cataratas del Niágara. ¡Eso fue cuando la guerra! No, fue en 1945. Acababa de volver de la guerra. ¡La Segunda Guerra Mundial, eso es! Ahora, me había llevado lo mío en un naufragio en el Pacifico sur. Había visto cosas bastante duras allí en Nueva Guinea, ¡pero estaba preparado para que las cosas se pusiesen duras en mi luna de miel! ¡Ya lo creo que sí! ¡Estaba listo para un tipo diferente de acción!

Todo el mundo miró a Gladys Wishnell, que estaba moviendo la cabeza con desaprobación.

—Así que fuimos a las cataratas del Niágara. Teníamos que coger ese barco, *La Doncella de la Niebla*. Ahora, no sabía si Gladys era de las que se mareaba. Pensé que podía ponerse enferma bajo las cataratas, porque entras, ya sabes, entras justo *por debajo* de la puñetera. Así que fui a la farmacia y compré un bote de…, ¿cómo se llama? ¿Una botella de Drambuie? ¿Cómo se llama lo que tomas para no marearte?

—¡Dramamine! —gritó Ruth Thomas.

Babe Wishnell buscó con los ojos a través de la carpa a oscuras hasta encontrar a Ruth. Le dirigió una mirada severa y perspicaz. No sabía quién era, pero aceptó su respuesta.

—Dramamine. Cierto. Le compré un bote de Dramamine al farmacéutico. Y como, de todas maneras, ya estaba allí, compre también un paquete de gomas.

Esto arrancó gritos de gozo y aplausos entre los invitados a la boda. Todo el mundo miró a Dotty Wishnell y a su madre, Gladys, las cuales tenían la misma incalculable expresión de horror e incredulidad.

—Sí, compré Dramamine y un paquete de gomas. Así que el farmacéutico me da el Dramamine. Me da las gomas. Me mira y me dice: «Si le sienta tan puñeteramente mal al estómago, ¿por qué se lo sigue haciendo?».

Los invitados bramaron de risa. Aplaudieron y silbaron. Dotty Wishnell y su madre se encogieron, muertas de risa. Ruth sintió una mano en el hombro. Miró hacia arriba. Era la señora Pommeroy.

—Hola —dijo Ruth.

—¿Puedo sentarme aquí?

—Claro, claro. —Ruth palmeó la silla que había a su lado, y la señora Pommeroy se sentó.

—¿Escondiéndote? —le preguntó a Ruth.

—Sí. ¿Cansada?

—Sí.

—Sé que Charlie Burden cree que se va a hacer rico, casándose con una Wishnell —continuó Babe Wishnell, a medida que las risas disminuían—. Sé que piensa que este es su día de suerte. Probablemente ya le haya echado el ojo a alguno de mis barcos o a mis aparejos. Bueno, puede que lo consiga. Puede que al final consiga tener todos mis barcos. Pero hay un barco al que no quiero que suban nunca Dotty y Charlie. ¿Sabéis cómo se llama ese barco? *Penalidades*[*].

—Ooooohhhh… —exclamó la gente. Gladys Wishnell se enjugó los ojos.

—Mi nuevo yerno no es el tipo más listo de la isla. Oí que iban a nombrarle encargado del faro que hay en Crypt Rock durante un tiempo. Bueno, no salió del todo bien. Charlie apagaba las luces a las nueve en punto. Le preguntaron la razón, y dijo: «Toda la gente de bien debería estar acostada ya a las nueve». ¡Tiene razón! ¡Apaga las luces, Charlie!

---

[*] Juego de palabras intraducible entre *ship*, «barco», y *hardship*, «dificultades», «penalidades». *[N. de la T.]*

Los invitados rieron con ganas. Charlie Burden parecía querer vomitar.

—Sí, un aplauso por Charlie y por Dotty. Espero que se lo pasen realmente bien. Y espero que se queden aquí en Courne Haven para siempre. Puede que a la gente de Boston le guste, pero yo no estoy hecho para la ciudad. No me gustan nada las ciudades. Nunca me han gustado. Solo hay una ciudad que me gusta. Es la mejor ciudad del mundo. ¿Sabéis cuál es esa ciudad? *Generosidad*[*].

La gente volvió a exclamar:

—Ooooohhhh…

—Es bastante gracioso —le dijo Ruth a la señora Pommeroy.

—Le gustan mucho esas bromas —asintió ella.

La señora Pommeroy cogió la mano de Ruth mientras observaban a Babe Wishnell terminar su brindis con algunas bromas más, y unas pullas dirigidas a su nuevo yerno.

—Ese hombre podría vendernos y comprarnos a todos nosotros —dijo la señora Pommeroy, con melancolía.

Hubo hurras para Babe Wishnell al final de su discurso, y él hizo una reverencia dramática y dijo:

—Y ahora me gustaría añadir que me siento realmente honrado de que Lanford Ellis esté aquí con nosotros. Quiere pronunciar unas palabras, y creo que todos queremos oír lo que tenga que decir. Esa es la verdad. No vemos demasiado a menudo al señor Ellis. Para mí es un verdadero honor que haya venido a la boda de mi hija. Así que ahí está, justo allí. Guardemos silencio todos. El señor Lanford Ellis. Un hombre muy importante. Va a decir unas palabras.

Cal Cooley llevó al señor Ellis en la silla de ruedas hasta el centro del lugar. La carpa se quedó en silencio. Cal remetió un poco más la manta del señor Ellis.

---

[*] Juego de palabras intraducible entre *city*, «ciudad», y *generosity*, «generosidad». [N. de la T.]

—Soy un hombre muy afortunado —empezó el señor Ellis—, por tener estos vecinos. —Lentamente, empezó a mirar alrededor, a toda la gente de la carpa. Era como si estuviese llevando la cuenta de cada uno. Un bebé empezó a llorar, y se produjo un ruido cuando la madre sacó al niño de la carpa—. En esta isla, y también en Fort Niles, se acostumbra a trabajar duramente. Recuerdo cuando los suecos de Courne Haven fabricaban adoquines para la Compañía Ellis de Granito. Trescientos buenos canteros podían hacer doscientos adoquines al día cada uno, con un coste de cinco centavos el adoquín. Mi familia siempre ha apreciado el trabajo duro.

—Es un discurso de boda muy interesante —le susurró Ruth a la señora Pommeroy.

El señor Ellis siguió.

—Ahora todos vosotros sois pescadores de langostas. Ese también es un trabajo duro. Algunos de vosotros sois suecos, descendientes de vikingos. Los vikingos llamaban al océano el Camino de las Langostas. Soy un hombre viejo. ¿Qué pasará con Fort Niles y Courne Haven cuando yo me haya ido? Soy un anciano. Amo estas islas.

El señor Ellis dejó de hablar. Se quedó mirando el suelo. Tenía la cara inexpresiva, y cualquiera que le estuviera observando podría haber pensado que el hombre no tenía ni idea de dónde estaba, que se le había olvidado que estaba hablando a un grupo de gente. El silencio duró mucho tiempo. Los invitados a la boda empezaron a mirarse entre sí. Se encogieron de hombros y miraron a Cal Cooley, que estaba unos cuantos metros detrás del señor Ellis. Pero Cal no parecía preocupado; tenía su cara normal, mezcla de disgusto y aburrimiento. En algún lado, un hombre tosió. Había tanto silencio que Ruth podía oír el viento en los árboles. Después de unos cuantos minutos, Babe Wishnell se puso de pie.

—Queremos agradecerle al señor Ellis que haya venido a Courne Haven —dijo—. ¿Qué os parece, gente? Esto significa mucho para nosotros. ¿Qué tal si le damos un gran aplauso al señor Lanford Ellis? Muchísimas gracias, Lanford.

El gentío, aliviado, rompió a aplaudir. Cal Cooley se llevó a su jefe hasta un lateral de la carpa. El señor Ellis todavía seguía mirando al suelo. El grupo comenzó a tocar, y una mujer se rio demasiado fuerte.

—Bueno, también ha sido un brindis muy raro —dijo Ruth.

—¿Sabes quién está en la casa del pastor Wishnell, sentado en los escalones del porche trasero, y muy solo? —le preguntó a Ruth la señora Pommeroy.

—¿Quién?

—Owney Wishnell. —La señora Pommeroy le tendió una linterna a Ruth—. ¿Por qué no vas a buscarle? Tómate tu tiempo.

Capítulo 11

«Del hambre al canibalismo hay un paso muy corto, y aunque
a los alevines de langosta no se les cría para que estén juntos, a veces
ocurre que por casualidad entran en contacto unos con otros y, si
están hambrientos, aprovechan la oportunidad».

A. D. Mead, *Una aproximación a la cultura de las langostas,* 1908

Ruth, con el whisky en una mano y la linterna de la señora
Pommeroy en la otra, se abrió camino hasta la casa del pastor
Wishnell. No había luces encendidas en su interior. Fue a la parte
trasera y descubrió que, tal como le había dicho la señora Pommeroy, allí estaba Owney. Sentado en los escalones. Era una sombra
grande en medio de la oscuridad. Mientras Ruth movía la luz de la
linterna hacia él, vio que llevaba una sudadera gris con una crema-
llera y una capucha. Se acercó y se sentó a su lado, y apagó la linterna. Estuvieron sentados en la oscuridad durante un tiempo.

—¿Quieres? —preguntó Ruth. Le ofreció a Owney el vaso
de whisky. Él lo aceptó y tomó un buen trago. El contenido del
vaso no pareció sorprenderle. Era como si estuviese esperando
que Ruth Thomas le ofreciese whisky en ese momento, como si
hubiera estado sentado esperando a que pasara. Le dio el vaso, ella
bebió un poco y después se lo volvió a pasar. La bebida se acabó

pronto. Owney estaba tan callado que apenas podía oírle respirar. Dejó el vaso en el escalón, al lado de la linterna.

—¿Quieres ir a dar un paseo? —preguntó.

—Sí —dijo Owney, y se puso de pie.

Le ofreció la mano, y ella la cogió. Agarraba con fuerza. La guio a través del jardín, por encima del murete, pasando la rosaleda. Se había dejado la linterna en los escalones de la casa, así que tuvieron mucho cuidado al caminar. Era una noche despejada, y podían ver el sendero bastante bien. Atravesaron el patio de un vecino y llegaron al bosque.

Owney llevó a Ruth hasta una senda. Ahora estaba oscuro, debido a la sombra que daban los abetos sin podar. El camino era muy estrecho, y Owney y Ruth caminaban en fila india. Como no se quería caer, puso la mano derecha en su hombro para recuperar el equilibrio. A medida que se iba sintiendo más segura, la quitaba, pero volvía a ponerla si vacilaba.

No hablaron. Ruth oyó un búho.

—No tengas miedo —dijo Owney—. La isla está llena de ruidos.

Ella conocía esos ruidos. El bosque era al mismo tiempo familiar y confuso. Todo parecía, olía, sonaba igual que Fort Niles, pero no era Fort Niles. El aire era dulce, pero no era su aire. No tenía idea de dónde estaban, hasta que, de repente, notó que un claro se abría a su derecha y se dio cuenta de que estaban en lo alto de una colina, al borde de una cantera abandonada. Era una cicatriz de la vieja Compañía Ellis de Granito, similar a las que había en Fort Niles. Se movieron con mucho cuidado, porque el camino que había escogido Owney estaba a poco más de un metro de lo que parecía ser una caída considerable. Ruth sabía que algunas de las canteras tenían cientos de metros de profundidad. Daba pasitos porque llevaba sandalias y las suelas resbalaban. Era muy consciente de que algo cedía bajo sus pies.

Caminaron un rato por el borde de la cantera y después se encontraron de vuelta en el bosque. Los árboles que les protegían, el espacio cerrado, la oscuridad acogedora, todo ello era un alivio, después del amplio vacío de la cantera. En un momento dado cruzaron unas antiguas vías de tren. A medida que se adentraban en el bosque, la visión se tornaba más difícil, y después de que hubieran caminado una media hora en silencio, la oscuridad se volvió más espesa, y Ruth se dio cuenta de la razón. A su izquierda había una pared de granito erigiéndose en medio de la oscuridad. Puede que midiera unos treinta metros de buen y sólido granito negro; se comía toda la luz. Ella se acercó y acarició la superficie con los dedos; estaba húmeda y fría y musgosa.

—¿Adónde vamos? —pregunto. Lo cierto es que apenas podía ver a Owney.

—A dar un paseo.

Ella se rio, un sonido agradable que no fue a ninguna parte.

—¿Tenemos algún destino? —preguntó.

—No —dijo él, y para alegría suya, se rio. Ruth se le unió; le gustaba el sonido de su risa conjunta en aquel bosque.

Se detuvieron, Ruth apoyó la espalda contra la pared de granito. Estaba ligeramente ladeada, y su cuerpo siguió la inclinación. A duras penas podía adivinar que Owney estaba de pie, frente a ella. Le tocó el brazo y lo recorrió entero hasta llegar a su mano. Bonita mano.

—Ven aquí, Owney —dijo, y volvió a reírse—. Ven aquí.
—Le atrajo a su lado, y él la rodeó con los brazos, y allí se quedaron de pie. A su espalda tenía el frío y oscuro granito; de frente tenía el cuerpo grande y cálido de Owney Wishnell. Hizo que se aproximara todavía más, y apoyó el perfil de su cara en su pecho. Le gustaba mucho, pero mucho, cómo se sentía. Su espalda era muy ancha. No le importaba que eso fuera lo único que hicieran. No le importaba si se quedaban así durante horas y no hacían nada más.

Bueno, la verdad es que sí; sí le importaba.

Ahora todo iba a cambiar, ella lo sabía, y alzó la cara para besarle en la boca. Para ser exactos, le besó en *toda* la boca, un beso pensativo, largo, húmedo, y —¡qué sorpresa!— menuda lengua tenía Owney Wishnell, mullida y excelente. Dios, qué lengua tan maravillosa. Tan lenta y salada. Era una lengua fabulosa.

Ruth había besado a otros chicos antes, claro. No a muchos, porque tampoco había tenido acceso a tantos. ¿Acaso iba a besar a los chicos Pommeroy? No, tampoco había habido tantos chicos donde elegir en la vida de Ruth, pero había besado a unos cuantos cuando había tenido la oportunidad. Había besado a un desconocido en el autobús a Concord unas Navidades, y había besado al hijo de un primo de Duke Cobb que había ido de visita una semana desde Nueva Jersey, pero aquellos sucesos no eran nada en comparación con besar la boca grande y suave de Owney Wishnell.

A lo mejor era por eso por lo que Owney hablaba tan despacio siempre, pensó Ruth; su lengua era demasiado grande y mullida como para formar palabras rápidamente. Bueno, y qué más daba. Llevó las manos a su cara, y él hizo lo mismo, y se besaron el uno al otro todo lo que pudieron. Cada uno sujetaba la cabeza del otro con firmeza, de la manera en la que sujetas la cabeza de un niño para que te preste atención, mirándole a los ojos y diciéndole: «¡Escucha!». Y se besaron y se besaron. Era maravilloso. Su muslo estaba encajado con tal fuerza en su entrepierna que casi la estaba alzando del suelo. Tenía un muslo duro y lleno de músculos. «Bien por él», pensó Ruth. «Buen muslo». No le importaba si no hacían más que besarse.

Sí, sí le importaba. *Le importaba.*

Apartó las manos de su cara, le agarró las gigantescas muñecas y guio sus manos por todo su cuerpo. Se las colocó en sus caderas, y él presionó con más fuerza contra ella y él —estaba sumergido en su boca ahora, con esa lengua, tan maravillosa y dulce— subió las manos por su cuerpo hasta que las palmas le cubrieron los pechos. Ruth se dio cuenta de que, si no conseguía que la boca de él se encontrara pronto en sus pezones, se moriría. «Es la verdad», pensó, «me voy a morir». Así que se desabrochó la parte delantera de su vestido y apartó la tela y empujó su cabeza hacia abajo y... ¡era fantástico! Él dejó escapar un gemido, pequeño y conmovedor. Era como si todo su seno estuviese en su boca. Lo podía sentir hasta en sus pulmones. Quería aullar. Quería arquear la espalda, pero no había sitio, con aquella pared rocosa tras ella.

—¿Hay algún sitio adonde podamos ir? —le preguntó.

—¿Dónde?

—¿Algún sitio más cómodo que esta roca?

—Vale —dijo él, pero les costó una eternidad separarse el uno del otro. Fueron varios intentos, porque ella seguía tirando de él para tenerle más cerca, y él seguía encajándole su entrepierna en las ingles. Siguieron y siguieron. Y cuando finalmente se desprendieron el uno del otro, y subieron por la senda, se apresuraron. Era como si estuviesen buceando, aguantando la respiración e intentando salir a la superficie. Se olvidaron de las raíces y las rocas y las sandalias resbaladizas de Ruth; se olvidaron de la mano de él agarrándola del codo para guiarla. No había tiempo para esos lujos, porque tenían mucha prisa. Ruth no sabía adónde se dirigían, pero sabía que era un lugar donde podrían *continuar,* y ese conocimiento era el que impulsaba el paso de los dos. Tenían asuntos que tratar. Prácticamente corrieron. Sin hablar.

Finalmente salieron del bosque a una pequeña playa. Ruth podía ver luces reflejadas en el agua y supo que estaban de cara a Fort Niles, lo que significaba que estaban en la parte más alejada de la boda que podía haber en Courne Haven. Bien. Cuanto más lejos mejor. Había un cobertizo en una parte elevada de la playa, sobre la arena, y no tenía puerta, de manera que se dirigieron directamente allí. Un montón de viejas nasas en una esquina. Un remo en el suelo. El pupitre escolar de un niño, con una sillita enganchada. Una ventana recubierta con una manta de lana, que Owney Wishnell arrancó sin dudar. Sacudió la manta para quitarle el polvo, le dio una patada a una vieja boya de cristal que había en mitad del suelo y extendió la manta. La luz de la luna atravesaba la ventana, ahora vacía.

Como si ya se hubiesen puesto de acuerdo, Ruth Thomas y Owney Wishnell se despojaron de sus ropas. Ruth fue más rápida, porque todo lo que llevaba era aquel vestido, y ya se había desabrochado la mayoría de los botones. Fuera, y después las bragas de algodón azul, y las sandalias de una patada, y —¡ya estaba!— había acabado. Pero a Owney le costó mucho tiempo. Owney tenía que quitarse la sudadera y la camisa de franela que tenía debajo (con botones en las muñecas que había que desabrochar) y la camiseta interior. Tenía que quitarse el cinturón, desanudar los cordones de sus botas de trabajo, quitarse los calcetines. Se quitó los vaqueros y —estaba tardando una eternidad— al fin sus calzoncillos blancos, y ya había acabado.

No es que se abalanzaran el uno contra el otro, pero lo cierto es que se entrelazaron muy rápidamente y después se dieron cuenta de que sería muchísimo más fácil si estaban tumbados, así que hicieron eso mismo también bastante deprisa. Ruth estaba tumbada boca arriba, y Owney estaba arrodillado. Colocó las rodillas de ella contra su pecho y le separó las piernas, las manos en sus gemelos. Ella pensó en toda la gente que se escandalizaría si llegaran a enterarse —su madre, su padre, Angus Addams (¡si supiera que estaba *desnuda* con un *Wishnell!*), Vera Ellis, Lanford Ellis (¡la *mataría!* qué diablos, ¡los mataría a los dos!)— y sonrió y extendió la mano entre sus piernas y le agarró la polla y le ayudó a meterla dentro de ella. Así, sin más.

Es extraordinario lo que la gente puede llegar a hacer aunque no lo hayan hecho nunca antes.

Ruth había pensado mucho en los últimos años cómo sería acostarse con alguien. Aunque de todas las cosas que había pensado con respecto al sexo, nunca había considerado que pudiera ser tan fácil y tan *excitante*. Creía que iba a ser algo que habría que desentrañar con dificultades y mucha conversación. Y nunca podía realmente imaginarse las relaciones sexuales, porque nunca podía imaginarse exactamente con quién llegaría a descifrarlas. Suponía que su compañero tendría que ser mayor que ella, alguien que supiera lo que estaba haciendo y que fuera paciente y le enseñara. «Esto va aquí; no, así no; inténtalo otra vez, inténtalo otra vez». Pensaba que el sexo sería difícil al principio, como aprender a conducir. Creía que el sexo sería algo a lo que aficionarse lentamente, después de un montón de arduas prácticas, y que probablemente dolería muchísimo al principio.

Sí, realmente es extraordinario lo que la gente puede llegar a hacer incluso aunque nunca lo haya hecho antes.

Ruth y Owney se dieron a ello como profesionales, desde el principio. Allí, en aquella choza, sobre una manta sucia de lana, estaban haciéndose cosas obscenas y completamente satisfactorias el uno al otro. Estaban haciendo cosas que a otros les podría haber costado meses averiguar. Ella se colocaba encima de él; él se colocaba encima de ella. No había parte del cuerpo del otro que no estuviesen deseando probar con la boca. Ella estaba boca arriba; él estaba apoyándose contra el pupitre cuando ella se arrodilló enfrente de él y se la chupó mientras él la agarraba del pelo. Ella estaba tumbada de lado, con las piernas colocadas al igual que un corredor en mitad de una zancada mientras él le metía los dedos. Él estaba deslizando los dedos por sus resbaladizas hendiduras y chupándoselos luego. Después le volvía a meter los dedos por su prieta y resbaladiza hendidura y llevaba los dedos a su boca, para que ella se pudiera probar por medio de sus manos.

Increíblemente, ella estaba diciendo:

—Sí, sí, fóllame, fóllame, fóllame.

Él le estaba dando la vuelta para colocarla boca abajo y le estaba levantando las caderas en el aire y sí, sí, la estaba follando, follando, follando.

Ruth y Owney se quedaron dormidos y, cuando se despertaron, hacía frío y se había levantado viento. Se apresuraron a vestirse y emprendieron el difícil regreso al pueblo, a través de los bosques, pasada la cantera. Ruth podía verla más claramente, ahora que el cielo empezaba a iluminarse. Era un gran agujero, más grande que los que había en Fort Niles. Debían de haber hecho catedrales con aquella piedra.

Salieron del bosque por el patio del vecino de Owney, saltaron el murete de ladrillo y se dirigieron a la rosaleda del pastor Wishnell. Allí estaba el pastor Wishnell, en las escaleras del porche, esperándoles. En una mano, sostenía el vaso vacío de whisky de Ruth. En la otra, la linterna de la señora Pommeroy. Cuando les vio venir, la encendió en su dirección, aunque realmente no había necesidad de ello. Ya había suficiente luz como para que viera con claridad quiénes eran. Daba igual. Encendió la linterna para apuntarles con ella.

Owney soltó la mano de Ruth. Ella la metió inmediatamente en el bolsillo de su vestido amarillo, y agarró la llave, la llave del almacén de la Compañía Ellis de Granito, la llave que el señor Lanford Ellis le había dado horas antes. No había pensado en la llave desde que se adentrara en el bosque con Owney, pero ahora era muy importante saber dónde estaba, que se asegurara de no haberla perdido. Ruth agarró la llave con tanta fuerza que le dejó marca en la palma de la mano, mientras el pastor Wishnell descendía del porche y caminaba hacia ellos. Se agarró a la llave. No podría haber dicho la razón.

Capítulo 12

«En los inviernos más duros, las langostas se dirigen
hacia aguas más profundas o, si viven en un puerto,
se protegen escondiéndose en el barro, si hay».

Francis Hobart Herrick, *La langosta americana:
Un estudio acerca de sus costumbres y su desarrollo*, 1895

Ruth se pasó la mayor parte del otoño de 1976 escondiéndose.
No es que su padre la hubiese echado expresamente de casa,
pero tampoco la hacía sentirse muy bienvenida después del incidente.
El incidente no era que a Ruth y Owney les hubiese pillado el pastor
Wishnell, escabulléndose del bosque al amanecer después de la boda
de Dotty Wishnell. Eso fue desagradable, pero el incidente ocurrió
cuatro días más tarde, cenando, cuando Ruth le preguntó a su padre:

—¿Ni siquiera quieres saber qué era lo que estaba haciendo
en el bosque con Owney Wishnell?

Ruth y su padre habían estado evitándose el uno al otro durante días, sin hablarse, consiguiendo de alguna manera no comer
juntos. Esa noche, Ruth había asado un pollo y estaba en su punto para cuando su padre volvió de pescar.

—No te preocupes por mí —dijo, cuando vio que Ruth estaba poniendo la mesa para dos—. Ya cenaré algo en casa de Angus.

—No, papá —dijo Ruth—, cenemos aquí, tú y yo.

No hablaron mucho durante la cena.

—Me ha salido bien el pollo, ¿verdad? —preguntó Ruth, y su padre dijo que sí, claro, que le había salido de maravilla. Le preguntó cómo iban las cosas con Robin Pommeroy, a quien su padre había vuelto a contratar, y Stan dijo que el chico era tan estúpido como siempre, qué podía esperarse. Esa clase de conversación. Terminaron la cena en silencio.

Mientras Stan Thomas recogía su plato y se dirigía al fregadero, Ruth le preguntó:

—Papá. ¿Ni siquiera quieres saber qué era lo que estaba haciendo en el bosque con Owney Wishnell?

—No.

—¿No?

—¿Cuántas veces tengo que decírtelo? Me da igual con quién pases el tiempo, Ruth, o lo que hagas con él.

Stan Thomas aclaró su plato, volvió a la mesa y cogió el plato de Ruth sin preguntarle antes si ya había acabado con la cena y sin dirigirle la mirada. Enjuagó su plato, se sirvió un vaso de leche y se cortó una porción de la tarta de arándanos de la señora Pommeroy, que estaba en la encimera cubierta con un plástico. Se comió la tarta con las manos, sobre el fregadero. Se limpió los restos de las manos en los vaqueros y volvió a tapar la tarta con el plástico.

—Me voy donde Angus —dijo.

—¿Sabes, papá? —respondió ella—. Te voy a contar una cosa. —No se levantó de la silla—. Creo que deberías opinar sobre esto.

—Bueno —dijo él—. Yo no opino nada.

—Bueno, pues deberías. ¿Sabes por qué? Porque estábamos haciendo el amor.

Él cogió la chaqueta del respaldo de la silla, se la puso y se dirigió hacia la puerta.

—¿Adónde vas? —preguntó Ruth.

—A casa de Angus. Ya te lo he dicho.

—¿Eso es todo lo que tienes que decir? ¿Esa es tu opinión?

—Yo no opino nada.

—Papá, te voy a contar algo más. Están pasando un montón de cosas de las que deberías tener una opinión.

—Bueno —respondió—, pues no la tengo.

—Mentiroso —dijo Ruth.

Él la miró.

—Esa no es manera de hablarle a tu padre.

—¿Por qué? Eres un mentiroso.

—No es manera de hablarle a nadie.

—Es que estoy un poco cansada de que me repitas que no te importa lo que pasa por aquí. Creo que eso es de cobardes.

—No me sienta bien preocuparme por lo que esté pasando.

—No te preocupa si me voy a Concord o me quedo aquí —contestó ella—. Te da igual si el señor Ellis me da dinero. No te preocupa si consigo un trabajo fijo en un barco o si me secuestran para ir a la universidad. Te da igual si me paso toda la noche por ahí follando con un Wishnell. ¿De verdad, papá? ¿No te preocupa *eso*?

—Así es.

—Oh, venga ya. Qué mentiroso eres.

—Deja de decir eso.

—Diré lo que me venga en gana.

—No importa si me preocupa, Ruth. Lo que le ocurra a tu madre o a ti no tendrá nada que ver conmigo. Créeme. No tengo nada que ver en todo eso. Me di cuenta hace mucho tiempo.

—¿A *mi madre* o a mí?

—Eso es. No tengo nada que decir en ninguna decisión que os afecte a ninguna de las dos. Así que ¡al cuerno!

—¿*Mi madre*? Pero ¿me tomas el pelo? Por supuesto que podrías controlar a mi madre si te molestaras en hacerlo. En toda su vida no ha decidido nada por sí misma, papá.

—No tengo ningún tipo de control sobre ella.

—¿Y entonces quién lo tiene?

—Ya sabes quién.

Ruth y su padre se miraron fijamente durante un largo minuto.

—Podrías enfrentarte a los Ellis si quisieras, papá.

—No, no puedo, Ruth. Y tú tampoco.

—Mentiroso.

—Te he dicho que dejes de repetir eso.

—Nenaza —respondió Ruth, para sorpresa suya.

—Como no cierres esa puta boca… —dijo el padre de Ruth, y se fue de la casa.

Ese fue el incidente.

Ruth terminó de limpiar la cocina y se fue a la casa de la señora Pommeroy. Estuvo llorando una hora en su cama mientras la señora Pommeroy le acariciaba el pelo y le preguntaba:

—¿Por qué no me cuentas lo que ha pasado?

Ruth respondió:

—Es que es una nenaza.

—¿Dónde has aprendido esa palabra, cariño?

—Es un puto cobarde. Es patético. ¿Por qué no se puede parecer a Angus Addams? ¿Por qué no puede rebelarse contra algo?

—Realmente no querrías a Angus Addams como padre, ¿verdad, Ruth?

Esto hizo que Ruth llorara más, y la señora Pommeroy dijo:

—Oh, corazón. Estás teniendo un año muy malo.

Robin entró en la habitación y preguntó:

—¿Qué es todo este ruido? ¿Quién está gimiendo?

—¡Fuera de aquí! —gritó Ruth.

—Esta es mi casa, zorra —contestó Robin.

Y la señora Pommeroy dijo:

—Sois como hermanos.

Ruth dejó de llorar y dijo:

—Este puñetero lugar es increíble.

—¿Qué lugar? —preguntó la señora Pommeroy—. ¿*Qué* lugar, cariño?

Ruth se quedó en la casa de los Pommeroy todo julio y todo agosto, hasta bien entrado septiembre. Algunas veces se iba a la casa de al lado, a su casa, a la casa de su padre, cuando sabía que iba a estar fuera pescando, y cogía una camisa limpia o un libro para leer, e intentaba adivinar qué era lo que había estado comiendo. No tenía nada que hacer. No tenía trabajo. Incluso había abandonado la idea de fingir querer trabajar en un barco, y nadie le preguntaba ya qué planes tenía. Estaba claro que nadie le iba a ofrecer trabajo en un barco. Y no había mucho más que hacer en Fort Niles en 1976 para la gente que no trabajaba en un barco.

Ruth no tenía nada de lo que ocuparse. La señora Pommeroy por lo menos tenía sus bordados. Y Kitty Pommeroy tenía su alcoholismo para hacerle compañía. Webster Pommeroy tenía las marismas para rebuscar, y el Senador Simon tenía su sueño del Museo de Historia Natural. Ruth no tenía nada. Algunas veces pensaba que se parecía a los vecinos más ancianos de Fort Niles, a la viejecita que se sentaba frente a su ventana y apartaba las cortinas para ver lo que ocurría ahí fuera, en las raras ocasiones en las que alguien pasaba por delante de su casa.

Compartía la casa de la señora Pommeroy con Webster y con Robin y con Timothy Pommeroy, y con la gorda esposa de Robin, Opal, y con su bebé gigante, Eddie. También la compartía con Kitty Pommeroy, a quien el tío de Ruth, Len Thomas, había echado de su casa. Len la había sustituido por Florida Cobb, de entre todas las mujeres desesperadas. Florida Cobb, la hija ya crecidita de Russ y Ivy Cobb, que apenas decía una palabra y que se había pasado la vida engordando y haciendo dibujos en conchas, vivía ahora con Len Thomas. Kitty se lo había tomado muy a pecho. Había amenazado a Len con una escopeta, pero él se la quitó y disparó contra el horno.

—Creía que Florida Cobb era mi puñetera amiga —le dijo Kitty a Ruth, aunque Florida Cobb nunca había sido la amiga de nadie.

Kitty le contó a la señora Pommeroy la triste historia de su última noche en la casa de Len Thomas. Ruth podía oír hablar a las dos mujeres en el cuarto de la señora Pommeroy, con la puerta cerrada. Podía oír a Kitty llorar y llorar. Cuando por fin salió la señora Pommeroy, Ruth le preguntó:

—¿Qué te ha contado? ¿Cuál es la historia?

—No quiero oírla dos veces, Ruth —le contestó la señora Pommeroy.

—¿Dos veces?

—Una vez de su boca y otra vez de la mía. Simplemente olvídalo. Se quedará aquí de ahora en adelante.

Ruth estaba empezando a darse cuenta de que Kitty Pommeroy se levantaba cada día más borracha de lo que la mayoría de las personas estarían en toda su vida. Por las noches, lloraba y lloraba y la señora Pommeroy y Ruth la metían en la cama. Les pegaba mientras intentaban subirla por las escaleras. Esto sucedía casi todos los días. Incluso una vez Kitty le golpeó en la cara a Ruth y consiguió que le sangrara la nariz. Opal no servía de ayuda para lidiar con Kitty. Tenía miedo de que le pegara, así que se sentaba en una esquina a llorar mientras la señora Pommeroy y Ruth lo hacían todo.

—No quiero que mi hijo crezca entre tantos gritos —dijo Opal.

—Entonces lárgate a tu casa —respondió Ruth.

—¡Lárgate tú a la tuya! —le replicó Robin Pommeroy a Ruth.

—Todos vosotros sois como hermanos —dijo la señora Pommeroy—, y siempre andáis metiéndoos los unos con los otros.

Ruth no podía ver a Owney. No le había visto desde la boda. El pastor Wishnell se estaba asegurando de ello. El pastor había decidido pasar el otoño haciendo un recorrido por todas las islas de Maine, con Owney como capitán del barco, llevando el *New Hope* a cada puerto que hubiera en el Atlántico, desde Portsmouth a Nueva Escocia, rezando, rezando, rezando.

Owney nunca llamó a Ruth, pero ¿cómo podría haberlo hecho? No tenía su número, ni tampoco sabía que estaba viviendo con la señora Pommeroy. A Ruth no le importaba especialmente que no la llamara; probablemente no tendrían mucho que decirse al teléfono. Owney no era muy hablador en persona, y ella no podía imaginarse charlando durante horas con él. Nunca habían tenido mucho de lo que hablar. De todas maneras, Ruth no quería hablar con Owney. No tenía ganas de ponerse al día del cotilleo local con Owney, pero eso no significaba que no le echara de menos o, más bien, que no se muriera de ganas de verle. Quería estar con él. Le quería en su habitación, con ella, para poder sentir su silencio y la comodidad de su cuerpo. Quería volver a hacer el amor con él, de la peor manera posible. Quería estar desnuda junto a Owney, y el pensar en eso le ocupaba buena parte de su tiempo. Pensaba en eso mientras estaba en la bañera y mientras estaba en la cama. Le contaba a la señora Pommeroy una vez y otra acerca de la única ocasión en la que había practicado el sexo con Owney. La señora Pommeroy quería oír todos los detalles, todo lo que habían hecho entre los dos, y parecía darles su aprobación.

Ruth estaba durmiendo en la planta de arriba de la casa de los Pommeroy, en la misma habitación que la señora Pommeroy había intentado darle cuando ella tenía nueve años —el cuarto con las desvaídas manchas de sangre en la pared donde un antepasado de los Pommeroy se había quitado la vida disparándose con la escopeta en la boca.

—Mientras no te importe —le dijo la señora Pommeroy a Ruth.

—Ni lo más mínimo.

Había un conducto de calefacción en el suelo, y si Ruth se tumbaba y acercaba la cabeza, podía escuchar todas las conversaciones de la casa. El hacerlo a escondidas le proporcionaba consuelo. Se podía ocultar y enterarse de todo. Y, en su mayor parte, la ocupación de Ruth ese otoño fue esconderse. Se escondía de su padre, lo que era fácil, puesto que no la estaba buscando. Se escondía de Angus Addams, lo que era un poco más difícil, porque Angus cruzaba la calle si la veía y le decía lo sucia putilla que era, follando por ahí con un Wishnell, blasfemando contra su padre, yendo así de provocativa por el pueblo.

—Sí —decía—, ya lo he oído. No creas que no me he enterado.

—Déjame en paz, Angus —contestaba Ruth—. No es asunto tuyo.

—Pequeña zorra.

—Solo te está tomando el pelo —le decía la señora Pommeroy a Ruth si estaba allí, siendo testigo de sus insultos. Esto hacía que tanto Ruth como Angus se indignaran.

—¿Llamas a eso tomar el pelo? —preguntaba Ruth.

—No le estoy tomando el puñetero pelo a nadie —contestaba Angus, igualmente enfadado.

La señora Pommeroy, negándose a enojarse, le decía:

—Por supuesto que sí, Angus. Si es que eres un bromista.

—¿Sabes lo que tendríamos que hacer? —le decía la señora Pommeroy una y otra vez a Ruth—. Dejar que pase el tiempo. Todo el mundo te quiere, pero la gente está un poco alterada.

La mayor parte del tiempo que Ruth se estuvo escondiendo durante todo agosto tenía que ver con el señor Ellis, lo que significaba que se estaba escondiendo de Cal Cooley. Lo que menos quería era ver al señor Ellis, y sabía que algún día Cal la atraparía y la llevaría a la mansión de los Ellis. Sabía que Lanford Ellis tendría un plan para ella, y no quería formar parte de él. La señora Pommeroy y el Senador Simon la ayudaron a esconderse de Cal.

Cuando Cal llegaba a casa de los Pommeroy buscando a Ruth, la señora Pommeroy le decía que estaba con el Senador Simon, y cuando Cal preguntaba por Ruth en la casa del Senador, le decían que estaba en la casa de la señora Pommeroy. Pero la isla solo medía seis kilómetros y medio; ¿cuánto tiempo podía durar este juego? Ruth sabía que, cuando Cal quisiera encontrarla realmente, lo haría. Y la encontró, una mañana a finales de agosto, en el almacén de la Compañía Ellis de Granito, donde ella estaba ayudando al Senador a construir las vitrinas para su museo.

El interior del almacén de la Compañía Ellis de Granito era oscuro y desagradable. Cuando el almacén se había cerrado, unos cincuenta años atrás, se habían llevado todo, y ahora era un edificio desangelado con planchas de madera en vez de ventanas. Y pese a todo, el Senador Simon no podía haber estado más feliz con el extraño regalo que le había hecho Ruth, después de la boda de los Wishnell, dándole la llave del candado que le había mantenido tanto tiempo fuera de allí. No se podía creer la suerte que había tenido. Estaba tan emocionado ante la idea de poner en marcha el museo que, de hecho, había abandonado temporalmente a Webster Pommeroy. No le importaba dejar solo a Webster en Potter Beach mientras removía el barro en busca del otro colmillo del elefante. No tenía energía para preocuparse por Webster. Toda ella estaba dedicada a arreglar el edificio.

—Este va a ser un museo espléndido, Ruth.

—Seguro que sí.

—¿De verdad dijo el señor Ellis que le parecía bien que convirtiéramos este sitio en un museo?

—No lo dijo con esas palabras, pero cuando le conté lo que querías hacer, me dio la llave.

—Así que debe de parecerle bien.

—Ya veremos.

—Le va a encantar el museo cuando lo vea —dijo el Senador Simon—. Se sentirá como un mecenas.

Ruth estaba empezando a entender que una gran parte del museo del Senador Simon iba a ser una biblioteca para colocar su gran colección de libros, libros para los que ya no tenía espacio en su casa. El Senador tenía más libros que cachivaches. Así que el Senador tenía que montar estanterías. Ya lo tenía todo planeado. Iba a haber una sección para los libros sobre cómo construir barcos, una sección para libros sobre piratas, una sección para libros sobre exploradores. Toda la planta de abajo se iba a dedicar al museo en sí mismo. La parte de los escaparates sería una especie de galería de arte, para exhibiciones temporales. Las viejas oficinas y los antiguos cuartos de almacenaje serían para los libros y las exposiciones permanentes. El sótano serviría de depósito. («Los archivos», lo llamaba él). No tenía nada planeado para la planta de arriba, que era un apartamento de tres habitaciones donde el encargado del almacén había vivido junto con su familia. Pero la planta de abajo ya estaba distribuida por completo. El Senador estaba pensando dedicar un cuarto entero a la «exposición e interpretación» de los mapas. Por lo que Ruth podía ver, la parte de la exposición no estaba progresando adecuadamente. Aunque la parte de la interpretación estaba muy avanzada.

—Lo que daría yo —le dijo el Senador Simon a Ruth esa tarde de agosto— por ver una copia original del mapa de Mercator-Hondius. —Le enseñó una reproducción de ese mismo mapa en un libro que había encargado años antes por correo a un anticuario de Seattle. La insistencia del Senador en enseñarle a Ruth cada libro que cogía en sus manos, en hablar sobre toda ilustración mínimamente interesante, estaba atrasando considerablemente los preparativos del museo—. Mil seiscientos treinta y tres. Como podrás ver, las islas Feroe y Groenlandia están bien situadas. ¿Pero qué es esto? Ay, nena. ¿Qué podría ser esa masa de tierra? ¿Lo sabes, Ruth?

—¿Islandia?

—No, no. *Eso* es Islandia, Ruth. Justo donde tiene que estar. Esto es una isla mítica, llamada Frislandia. Sale en toda clase de mapas antiguos. Ese lugar no existe. ¿No es de lo más extraño? Está dibujada con nitidez, como si los cartógrafos estuvieran muy seguros de lo que hacían. Probablemente fue un error en el informe de un marinero. De ahí era de donde los dibujantes de mapas sacaban la información, Ruth. Nunca salieron de su casa. Eso es lo extraordinario, Ruth. Eran como yo. —El Senador se golpeó levemente la nariz con el dedo—. Pero algunas veces se equivocaban. Puedes ver que Gerhardus Mercator todavía está convencido de que hay una manera de llegar a Oriente yendo por el noreste. ¡Es obvio que no tenía en cuenta el hielo del casco polar ártico! ¿Crees que los dibujantes de mapas eran héroes, Ruth? Porque yo sí.

—Oh, claro, Senador.

—Creo que lo fueron. Mira cómo daban forma a un continente desde el interior. Los mapas del norte de África en el siglo dieciséis, por ejemplo, son bastante acertados. Sabían cómo trazar esas costas los portugueses. Pero no sabían lo que sucedía en el interior, o lo grande que era el continente. Oh, no, claro que no lo sabían, Ruth.

—No. ¿Le parece bien que quitemos algunas planchas de madera de las ventanas?

—No quiero que nadie vea lo que estamos haciendo. Quiero que sea una sorpresa para todos una vez que hayamos acabado.

—¿Qué *es* lo que estamos haciendo, Senador?

—Organizar una exposición. —El Senador estaba hojeando otro de sus libros de mapas, y la expresión de su cara se volvió tierna mientras decía—: Oh, por el amor del cielo, cuánto se equivocaron con esto. El golfo de México es *gigantesco*.

Ruth miró por encima de su hombro a una reproducción de un mapa antiguo y desvaído, pero no pudo descifrar lo que había escrito en él.

—Creo que necesitamos un poco más de luz por aquí. ¿No cree que deberíamos empezar a limpiar un poco este sitio, Senador?

—Me gustan las historias acerca de lo equivocados que estaban. Como Cabral. Pedro Cabral. Se embarcó rumbo al oeste en 1520 intentando encontrar la India ¡y se fue directo a Brasil! Y John Cabot estaba intentando llegar a Japón y acabó en Terranova. Verrazano buscaba un camino hacia el oeste que le llevara a las islas de las especias, y terminó en el puerto de Nueva York. Pensó que era una vía marítima. ¡Los riesgos que corrieron! ¡Oh, cómo lo intentaron!

El Senador estaba moderadamente extasiado en ese momento. Ruth empezó a desempaquetar una caja llamada «Naufragios: fotos/folletos III». Esta era una de las muchas cajas que contenían objetos para la exposición que el Senador pensaba llamar «Lo que se cobra Neptuno» o « Nuestro castigo», una exhibición dedicada por completo a los accidentes marítimos. Lo primero que sacó fue una carpeta, etiquetada como «Historial clínico» con la extraordinaria caligrafía antigua del Senador Simon. Sabía exactamente lo que era. Recordaba haberle echado un vistazo cuando era pequeña, observando las espantosas fotografías de los supervivientes de los naufragios, mientras el Senador Simon le contaba la historia de cada uno de ellos.

—Esto te podría suceder a ti, Ruth —le decía—. Esto le podría suceder a cualquiera que fuera en un barco.

Ruth abrió la carpeta y miró cada una de sus viejas pesadillas, tan familiares: la herida infectada por el mordisco de una anjova; la úlcera en la pierna del tamaño de un plato; el hombre al que se le habían podrido los glúteos después de haber estado sentado en un rollo de cuerda húmeda durante tres semanas; las quemaduras del agua salada; la piel carbonizada por la exposición al sol; los pies hinchados por el agua; las amputaciones; el cuerpo momificado en un bote salvavidas.

—¡Aquí hay una ilustración preciosa! —dijo el Senador Simon. Estaba mirando en otra caja, llamada «Naufragios: fotos/folletos IV». De una carpeta llamada «Héroes», el Senador sacó el dibujo de una mujer en la playa. Su cabello estaba recogido en un moño deshecho, y tenía una cuerda gruesa al hombro.

—La señora White —dijo con cariño—. Hola, señora White. De Escocia. Cuando un barco naufragó cerca de su casa, hizo que los marineros que había a bordo le echaran una cuerda. Después enterró los pies en la arena y tiró de los marineros hasta la orilla, uno a uno. ¿A que se la ve robusta?

Ruth estuvo de acuerdo en que a la señora White se la veía robusta, y siguió con su carpeta de «Historial clínico». Encontró fichas con anotaciones escritas en la caligrafía de Simon.

Una solo decía: «Síntomas: escalofríos, dolor de cabeza, resistencia a moverse, somnolencia, letargo, muerte».

Otra rezaba: «Sed: beber orina, sangre, el líquido de sus propias ampollas, el líquido de dentro de la brújula».

Otra: «Diciembre de 1710, el *Nottingham* naufragó en la isla de Boon. 26 días. La tripulación se comió al carpintero del barco».

Otra: «La señora Rogers, azafata del *Stella*. Ayudó a las mujeres a meterse en los botes salvavidas, donó su propio chaleco. ¡Muere! ¡Se hunde con el barco!».

Ruth le tendió la última ficha al Senador Simon y le dijo:

—Creo que esta pertenece a la carpeta de «Héroes».

Él examinó la nota y dijo:

—Tienes toda la razón, Ruth. ¿Cómo llegó la señora Rogers a «Historial clínico»? Y mira lo que he encontrado en la carpeta de «Héroes», no pertenece aquí en absoluto.

Le pasó a Ruth una ficha que rezaba: «*Augusta M. Gott*, zozobró, Corriente del Golfo, 1868. Los primos Erasmus (¡De Brooksville, Maine!) escogidos para ser devorados. Salvados solo al divisar un barco de rescate. Los primos E. tartamudearon el resto de su vida; los primos E. ¡Nunca volvieron a embarcar!».

—¿Tiene una carpeta de canibalismo? —preguntó Ruth.

—Esto está peor organizado de lo que pensaba —dijo el Senador Simon, con tristeza.

Fue en ese momento cuando Cal Cooley atravesó la puerta del almacén de la Compañía Ellis de Granito, sin llamar primero.

—Aquí está mi Ruth —dijo.

—Mierda —contestó Ruth, siendo concisa y expresando su temor.

Cal Cooley se quedó un buen rato en el almacén de la Compañía Ellis de Granito aquella tarde. Rebuscó entre las pertenencias del Senador Simon, sacando cosas de su sitio y colocándolas después en un lugar equivocado. El Senador Simon se inquietó muchísimo al ver que manejaba algunas cosas sin tener cuidado. Ruth intentó cerrar la boca. Le dolía el estómago. Trató de quedarse callada y de mantenerse al margen para que no se pusiera a hablar con ella, pero no había manera de evitar que cumpliera con su misión. Después de una hora de molestar, Cal dijo:

—No fuiste a cenar con el señor Ellis en julio, cuando te invitó.

—Lo siento.

—Ya lo dudo.

—Se me olvidó. Dile que lo siento.

—Díselo tú misma. Quiere verte.

Al Senador Simon se le alegró la cara, y dijo:

—Ruth, a lo mejor podrías preguntarle al señor Ellis por el sótano.

El Senador Simon acababa de encontrar un montón de vitrinas cerradas con llave en el sótano del almacén de la Compañía Ellis de Granito. Estaban llenos, de eso estaba seguro el Senador Simon, de documentos fascinantes acerca de la Compañía Ellis de Granito, y el Senador quería tener permiso para examinarlos y a lo mejor exhibir unos cuantos, cuidadosamente escogidos, en el museo. Le había escrito una carta al señor Ellis pidiéndole permiso, pero no había recibido respuesta alguna.

—No puedo ir hoy, Cal —dijo Ruth.

—Mañana también le va bien.

—Tampoco puedo ir mañana.

—Quiere hablar contigo, Ruth. Tiene algo que decirte.

—No me interesa.

—Creo que sería bueno para ti que te pasaras un rato. Te llevo yo, si eso te lo hace más fácil.

—No voy a ir, Cal —contestó Ruth.

—¿Qué te parece el próximo domingo por la mañana? ¿O el siguiente?

Ruth se lo pensó un momento.

—El señor Ellis ya se habrá ido para el siguiente domingo.

—¿Qué te hace pensar eso?

—Porque siempre se va de Fort Niles el segundo sábado de septiembre. Estará de vuelta en Concord dentro de dos domingos.

—No, no lo hará. Me ha dejado muy claro que no se va a ir de Fort Niles hasta que no te vea.

Esto hizo que Ruth se quedara callada.

—Dios mío —dijo el Senador Simon, horrorizado—. El señor Ellis no estará pensando en pasar el invierno aquí, ¿verdad?

—Supongo que depende de Ruth —respondió Cal Cooley.

—Pero eso sería increíble —siguió el Senador Simon—. ¡Eso sería inaudito! Nunca se ha quedado aquí. —El Senador Simon miró a Ruth con pánico—. ¿Qué quiere decirnos con eso? —preguntó—. Dios mío, Ruth. ¿Qué vas a hacer?

Ruth no tenía una respuesta, pero tampoco la necesitó, porque la conversación terminó con la llegada de Webster Pommeroy, quien irrumpió en el almacén de la Compañía Ellis de Granito con un objeto asqueroso en sus manos. Estaba cubierto de barro hasta el torso, y tenía tal mueca en la cara que Ruth creyó que había encontrado el segundo colmillo del elefante. Pero no, no era un colmillo lo que llevaba consigo. Era un objeto redondo y mugriento que arrojó a las manos del Senador. A Ruth le costó un instante averiguar lo que era y, cuando lo hizo, el cuerpo se le quedó frío. Incluso Cal Cooley se quedó pálido cuando se dio cuenta de que Webster Pommeroy había traído un cráneo humano.

El Senador le dio vueltas y vueltas entre sus manazas. La calavera estaba intacta. Todavía quedaban dientes en la mandíbula, y una piel gomosa y marchita recubría los huesos, con largos cabellos llenos de barro colgando de ella. Era un espanto. Webster estaba temblando violentamente.

—¿Qué es eso? —preguntó Cal Cooley, y por una vez su voz no rezumaba sarcasmo—. ¿Qué demonios es eso?

—No tengo ni idea —dijo el Senador.

Pero resultaba que sí tenía una ligera idea. Unos cuantos días más tarde —después de que la policía de Rockland viniera en el barco patrulla de los guardacostas, con la intención de examinar el cráneo y llevárselo para hacerle un informe forense—, un desconsolado Senador Simon le contó sus sospechas a la horrorizada Ruth Thomas.

—Ruthie —le dijo—, te apuesto todo el dinero del mundo a que es el cráneo de tu abuela, Jane Smith-Ellis. Eso es lo que van a averiguar, si es que encuentran algo. El resto de su cuerpo estará probablemente todavía en las marismas, donde se ha estado pudriendo desde que la ola se la llevó en 1927. —Agarró los hombros de Ruth con una extraña fuerza—. Nunca le digas a tu madre lo que te acabo de contar. Se quedaría desolada.

—¿Y entonces por qué me lo ha contado *a mí*? —quiso saber Ruth. Estaba indignada.

—Porque tú eres una chica fuerte —respondió el Senador—. Y puedes asumirlo. Y siempre quieres saber exactamente todo lo que está pasando.

Ruth empezó a llorar; sus lágrimas salieron con una fuerza repentina.

—¿Por qué no me dejáis todos en paz de una vez? —gritó.

El Senador se quedó abatido. No había pretendido disgustarla. ¿Y qué había querido decir con «todos»? Intentó consolar a Ruth, pero no se dejó. Él se quedó triste y últimamente se sentía bastante confuso en su presencia; estaba tensa todo el tiempo. No entendía nada de lo que pasaba con Ruth. No sabía qué era lo que quería, pero parecía estar muy triste.

Fue un otoño duro. Empezó a hacer frío muy pronto, y a todo el mundo le pilló por sorpresa. Los días se hicieron más cortos con rapidez, enjaulando a toda la isla en un estado de irritación y tristeza.

Tal como Cal Cooley había predicho, el segundo fin de semana de septiembre llegó y se fue, pero el señor Ellis no cedió. El *Stonecutter* se quedó anclado en el puerto, balanceándose allí donde todo el mundo podía verlo, y el rumor que no tardó en esparcirse por la isla fue que el señor Ellis no iba a irse y que tenía algo que ver con Ruth Thomas. A finales de septiembre, el *Stonecutter* se había convertido en una presencia inquietante. Era muy raro tener el barco de los Ellis en el puerto ya entrado el otoño. Era como una anomalía de la naturaleza, un eclipse total, una marea roja, una langosta albina. La gente quería respuestas. ¿Cuánto tiempo se iba a quedar por allí el señor Ellis? ¿Qué era lo que quería? ¿Por qué no hablaba Ruth con él y lo arreglaba de una vez? ¿Cuáles serían las *consecuencias*?

A finales de octubre, Cal Cooley había contratado a varios marineros locales para que sacaran el *Stonecutter* del agua, lo limpiaran y lo almacenaran en tierra. Estaba claro que Lanford Ellis no se iba a ir a ninguna parte. Cal Cooley no volvió a ir en busca de Ruth Thomas. Ella ya conocía las condiciones. Había sido requerida, y sabía que el señor Ellis la estaba esperando. Y también lo sabía toda la isla. Ahora el barco estaba en tierra, en una carcasa de madera, donde todos podían verlo cuando bajaban al puerto cada mañana para ir a pescar. Los hombres no se paraban a mirarlo, pero sentían su presencia al caminar. Sentía su rareza, su opulencia. Les hacía sentirse inquietos, de la manera en la que algo nuevo en un sendero conocido perturba a un caballo.

La nieve empezó a caer a mediados de octubre. El invierno se iba a adelantar. Los hombres sacaron las nasas del agua mucho antes de lo que les hubiera gustado, pero cada vez era más difícil salir al mar y enfrentarse a las herramientas cubiertas de hielo, a las manos congeladas. Las hojas ya se habían caído de los árboles, y todo el mundo podía divisar con claridad la casa de los Ellis, en lo alto de la ladera. De noche, había luces encendidas en los cuartos de la planta de arriba.

A mediados de noviembre, el padre de Ruth fue a la casa de la señora Pommeroy. Eran las cuatro de la tarde y ya había oscurecido. Kitty Pommeroy, ya borracha del todo, estaba sentada en la cocina, mirando una pila de piezas de puzle que había en la mesa. El pequeño de Robin y Opal, Eddie, que acababa de aprender a caminar, estaba de pie en mitad de la cocina con un pañal chorreante. Tenía en las manos un bote abierto de mantequilla de cacahuete y una gran cuchara de madera, que metía en el bote para chuparla después. Tenía la cara cubierta de babas y mantequilla de cacahuete. Llevaba puesta una de las camisetas de Ruth —que le quedaba como un vestido— en la que ponía «Universidad». Ruth y la señora Pommeroy habían estado horneando panecillos, y la cocina de color verde chillón irradiaba calor y olía a pan, cerveza y pañales sucios.

—Te lo voy a decir —estaba contando Kitty—. Cuántos años estuve casada con ese hombre y no le rechacé ni una sola vez. Eso es lo que no puedo entender, Rhonda. ¿Por qué tuvo que dejarme? ¿Qué es lo que quería que yo no pudiera darle?

—Lo sé, Kitty —contestó la señora Pommeroy—. Lo sé, cariño.

Eddie hundió la cuchara en el bote de mantequilla de cacahuete, y después, con un chillido, la arrojó al suelo de la cocina. Se deslizó hasta quedar debajo de la mesa.

—Por Dios, Eddie —dijo Kitty. Levantó el mantel, buscando la cuchara.

—Yo la cojo —se ofreció Ruth, y se puso de rodillas para meterse bajo la mesa. El mantel revoloteó al caerse otra vez tras ella. Encontró la cuchara, recubierta de mantequilla de cacahuete y pelos de gato, y también encontró un paquete de cigarrillos, que debían ser de Kitty.

—Hola, Kit —empezó a decir, pero se detuvo porque había oído la voz de su padre saludando a la señora Pommeroy. ¡Su padre había venido! No se había acercado allí durante meses. Ruth se sentó bajo la mesa, se arrimó a la pata central y se quedó muy callada.

—Stan —dijo la señora Pommeroy—, qué alegría verte.

—Bueno, ya era hora de que te pasaras a ver a tu puñetera hija —terció Kitty Pommeroy.

—Hola, Kitty —saludó Stan—. ¿Está Ruth por aquí?

—Andará por algún sitio —dijo la señora Pommeroy—. En algún lado. Siempre está por ahí. Qué alegría verte, Stan. Cuánto tiempo. ¿Quieres un panecillo caliente?

—Claro. Me atreveré con uno.

—¿Has salido a pescar esta mañana, Stan?

—Tenía que echarles un vistazo a las trampas.

—¿Todavía las tienes?

—Unas pocas. Aunque creo que todos los demás ya las han quitado. Pero yo probablemente las deje durante todo el invierno. A ver qué es lo que me encuentro. ¿Cómo va todo por aquí?

Hubo un silencio lleno de tensión. Kitty tosió. Ruth se encogió tanto como pudo bajo la gran mesa de roble.

—Hemos echado de menos que vivieras a cenar —dijo la señora Pommeroy—. ¿Has comido con Angus Addams todos estos días?

—O solo.

—Siempre tenemos comida de sobra, Stan. Cuando quieras, ya sabes que eres bienvenido.

—Gracias, Rhonda. Es muy amable de tu parte. Echo de menos tus platos —dijo—. Me preguntaba si sabéis cuáles son los planes de Ruthie.

Ruthie. Al oír eso, Ruth sintió un poquito de pena por su padre.

—Supongo que de eso deberías hablar tú con ella.

—¿Pero os ha dicho algo? ¿Acerca de la universidad?

—Probablemente deberías hablar tú con ella, Stan.

—La gente se lo está preguntando —siguió Stan—. He recibido una carta de su madre.

Ruth se sorprendió. Estaba impresionada, incluso.

—¿De verdad, Stan? Una carta. Ha pasado mucho tiempo.

—De verdad. Me cuenta que no sabe nada de Ruth. Me dice que ella y la señorita Vera están muy decepcionadas por que Ruth no haya tomado una decisión sobre si ir a la universidad. ¿Ha tomado una decisión?

—No sabría decirte, Stan.

—Por supuesto, ya es muy tarde para que vaya este año. Pero su madre dice que a lo mejor podría empezar después de Navidad. O quizás pueda ir el próximo otoño. Depende de Ruth, no lo sé. ¿A lo mejor tiene otros planes?

—¿Quieres que me vaya? —preguntó Kitty—. ¿Quieres decírselo tú?

—¿Decirme qué?

Bajo la mesa, Ruth sintió náuseas.

—Kitty —interrumpió la señora Pommeroy—. Por favor.

—¿No lo sabe, verdad? ¿Quieres contárselo en privado? ¿Quién se lo va a decir? ¿Se lo va a decir ella?

—Ya está bien, Kitty.

—¿Decirle qué? —preguntó Stan Thomas—. ¿Contarme qué en privado?

—Stan —respondió la señora Pommeroy—, Ruth tiene que contarte algo. Algo que no te va a gustar. Tienes que hablar con ella y pronto.

Eddie se tambaleó en dirección a la mesa de la cocina, levantó una esquina del mantel y vio a Ruth, que estaba sentada en el suelo, con las rodillas en el pecho. Se agachó sobre su enorme pañal y se la quedó mirando. Ella le devolvió la mirada. Su carita de bebé parecía confusa.

—¿Que no me va a gustar el *qué?* —preguntó Stan.

—De verdad que se trata de algo que es Ruth quien tiene que contártelo, Stan. Kitty ha hablado sin pensar.

—¿De qué?

—Bueno, adivina qué, Stan. Qué demonios. Creemos que Ruth va a tener un bebé —dijo Kitty.

—¡Kitty! —exclamó la señora Pommeroy.

—¿Qué? No me grites. Por el amor de Dios, Rhonda, Ruth no tiene valor para contárselo. Acabemos de una vez. Mira al pobre, preguntándose qué coño está pasando.

Stan Thomas no dijo nada. Ruth se quedó escuchando. Nada.

—No se lo ha contado a nadie excepto a nosotras —dijo la señora Pommeroy—. Nadie lo sabe, Stan.

—Lo sabrán en breve —añadió Kitty—. Se está poniendo muy gorda.

—¿Por qué? —preguntó Stan Thomas, sin comprender—. ¿Por qué pensáis que mi hija va a tener un niño?

Eddie gateó bajo la mesa de la cocina para estar con Ruth, y ella le tendió la cuchara sucia con mantequilla de cacahuete. Él le dedicó una sonrisa.

—¡Porque no le ha venido la regla en cuatro meses y se está poniendo gorda! —exclamó Kitty.

—Sé que es un disgusto —dijo la señora Pommeroy—. Sé que es duro, Stan.

Kitty bufó con desprecio.

—¡No te preocupes por Ruth! —añadió, en voz alta, con firmeza—. ¡No es para tanto!

El silencio dominaba la habitación.

—¡Venga! —dijo Kitty—. ¡No pasa nada por tener un bebé! ¡Díselo, Rhonda! ¡Tú has tenido unos veinte! ¡Es muy fácil! ¡Cualquiera que tenga las manos limpias y un poco de sentido común puede hacerlo!

Eddie se metió la cuchara en la boca, la sacó, dejó escapar un aullido de alegría. Kitty levantó el mantel y les miró. Se echó a reír.

—¡Ni siquiera sabía que estabas aquí, Ruth! —gritó Kitty—. ¡Me había olvidado por completo de ti!

EPÍLOGO

«Nos encontramos con ejemplares gigantes en todos los grupos
de animales más evolucionados. El interés no es solo a causa de su
talla, sino también por demostrar hasta qué punto los ejemplares
individuales pueden sobrepasar la talla media de su clase. El debate
puede ser acerca de si las langostas que pesen entre nueve y
once kilos son consideradas gigantescas en un sentido técnico o,
simplemente, ejemplares robustos y vigorosos que han tenido
suerte en la batalla de la supervivencia. Yo me inclino por
la segunda opinión, y por considerar a la langosta gigante
simplemente como una favorita de la naturaleza, siendo más
grande que sus compañeras porque también es más vieja.
La buena suerte nunca la ha abandonado».

FRANCIS HOBART HERRICK, *La langosta americana:
Un estudio acerca de sus costumbres y su desarrollo*, 1895

Para el verano de 1982 la Cooperativa Pesquera del condado
de Skillet estaba haciendo un buen negocio con las tres do-

cenas de pescadores de langostas de las islas de Fort Niles y Courne Haven que se habían apuntado a ella. El despacho de la cooperativa estaba situado en la soleada habitación principal de lo que en el pasado había sido el almacén de la Compañía Ellis de Granito, pero que ahora era el Museo de Costumbres y de Historia Natural de las Islas. La directora y fundadora de la cooperativa era una mujer joven, de lo más competente, llamada Ruth Thomas-Wishnell. En los últimos cinco años, Ruth había forzado y obligado a sus parientes y a la mayoría de sus vecinos para que entraran en el delicado sistema de confianza que había llevado al éxito a la cooperativa del condado de Skillet.

Para decirlo en pocas palabras, aquello no había sido sencillo.

La idea de la cooperativa se le había ocurrido a Ruth la primera vez que vio a su padre y al tío de Owney, Babe Wishnell, juntos en la misma habitación. Eso sucedió en el bautizo de David, el hijo de Ruth y Owney, a principios de junio de 1977. El bautizo tuvo lugar en la sala de estar de la casa de la señora Pommeroy, la ceremonia corrió a cargo del sombrío pastor Toby Wishnell y fue presenciada por un puñado de vecinos taciturnos, tanto de Fort Niles como de Courne Haven. David, el bebé, había vomitado encima de su antigua camisola de bautizo, que era prestada, momentos antes de la ceremonia, así que Ruth le había llevado arriba para ponerle algo menos elegante pero mucho más limpio. Mientras le estaba cambiando, había empezado a llorar, así que se sentó con él un momento en la habitación de la señora Pommeroy y se puso a darle el pecho.

Cuando, después de un cuarto de hora, Ruth volvió a la sala de estar, se dio cuenta de que su padre y Babe Wishnell —que no se habían ni mirado el uno al otro durante toda la mañana y que estaban sentados en esquinas opuestas de la habitación— habían sacado ambos el pequeño cuaderno que llevaban siempre consigo.

Estaban escribiendo en esos cuadernos con idénticos lápices casi gastados y parecían totalmente absortos, frunciendo el ceño en silencio.

Ruth sabía exactamente lo que estaba haciendo su padre, porque le había visto hacerlo un millón de veces, así que no tuvo ninguna dificultad para averiguar qué estaba planificando Babe Wishnell. Estaban calculando. Estaban preocupándose por el negocio de sus langostas. Estaban moviendo números de sitio, comparando precios, pensando dónde colocar las próximas trampas, añadiendo los costes, ganándose el dinero. Estuvo pendiente de ellos durante la corta y desangelada ceremonia, y ninguno de los dos levantó la vista de las filas de números.

Ruth se puso a pensar.

Se puso a pensar todavía más unos meses más tarde, cuando Cal Cooley apareció sin ser anunciado en el Museo de Historia Natural, donde Ruth, Owney y David vivían por entonces. Cal subió las empinadas escaleras que llevaban al apartamento, por encima del creciente desbarajuste que suponía la enorme colección del Senador Simon, y llamó a la puerta de Ruth. Tenía un aspecto espantoso. Le dijo a Ruth que el señor Ellis le había encargado una misión, y que al parecer, tenía una oferta que hacerle a ella. El señor Ellis quería ofrecerle a Ruth la resplandeciente lente Fresnel que había pertenecido al faro de Goat's Rock. Cal Cooley apenas pudo pronunciar la oferta sin echarse a llorar. Ruth se llevó una gran satisfacción. Cal se había pasado meses y meses puliendo cada centímetro de metal y de vidrio de esa preciosa lente, pero el señor Ellis fue inflexible. Quería que Ruth lo tuviera. Cal no podía imaginarse el porqué. El señor Ellis le había dado instrucciones específicas a Cal para que le dijera a Ruth que podía hacer lo que quisiera con ese objeto. Aunque, dijo Cal, sospechaba que al señor Ellis le gustaría ver la lente Fresnel expuesta como el eje del nuevo museo.

—La acepto —dijo Ruth, e inmediatamente le pidió a Cal que se fuera de allí.

—Por cierto, Ruth —contestó Cal—, el señor Ellis todavía está esperando para verte.

—Bien —dijo Ruth—. Gracias, Cal. Vete de aquí.

Después de que Cal se fuera, Ruth se puso a considerar el regalo que le acababan de ofrecer. Se preguntó de qué iba todo aquello. No, todavía no había ido a ver al señor Ellis, quien se había quedado en Fort Niles todo el invierno anterior. Si estaba intentando atraerla para que subiera a Ellis House, pensó, ya podía irse olvidando de ello; no iba a ir. Aunque no se sentía del todo cómoda con la idea de que el señor Ellis estuviera por allí, esperando una visita suya. Sabía que alteraba el equilibrio de la isla que el señor Ellis tuviera Fort Niles como residencia permanente, y sabía que sus vecinos estaban al tanto de que ella había tenido algo que ver con eso. Pero no iba a subir hasta allí. No tenía nada que decirle y no estaba interesada en nada de lo que él fuera a decirle. De todas maneras, aceptaría la lente Fresnel. Y sí, haría lo que le diera la gana con ella.

Esa noche tuvo una larga conversación con su padre, con el Senador Simon y con Angus Addams. Les contó lo del regalo, e intentaron imaginarse lo que valía algo así. Aunque la verdad es que no tenían ni idea. Al día siguiente, Ruth empezó a llamar a las casas de subastas de Nueva York, lo que le llevó algún tiempo de búsqueda y algo de coraje, pero, aun así, Ruth lo hizo. Tres meses después, después de complicadas negociaciones, un hombre rico de Carolina del Norte se adueñó de la lente Fresnel que había pertenecido al faro de Goat's Rock, y Ruth Thomas-Wishnell tenía en sus manos un cheque por valor de 22.000 dólares.

Tuvo otra larga conversación.

Esta vez fue con su padre, con el Senador Simon, Angus Addams y Babe Wishnell. Había atraído a Babe Wishnell desde Courne Haven con la promesa de una buena cena dominical, que terminó preparando la señora Pommeroy. A Babe Wishnell no le gustaba demasiado desplazarse hasta Fort Niles, pero era difícil rechazar la invitación de una joven que, después de todo, ya era pariente suya. Ruth le dijo:

—Me lo pasé tan bien en la boda de tu hija que creo que debería agradecértelo con una buena cena. —Y él no pudo decirle que no.

No fue la comida más relajada del mundo, pero hubiera sido mucho menos tranquila si no hubiera estado allí la señora Pommeroy para atender y mimar a todos. Después de la cena, la señora Pommeroy sirvió ron caliente. Ruth se sentó a la mesa, con su hijo en el regazo, y expuso su idea ante Babe Wishnell, su padre y los hermanos Addams. Les dijo que quería convertirse en una mayorista de cebo. Les dijo que ella pondría el dinero para construir un edificio en el puerto de Fort Niles, y que ella compraría los congeladores y las balanzas, así como el barco recio que se necesitaría para transportar el cebo cada pocas semanas desde Rockland hasta la isla. Les enseñó los números, con los que se había estado peleando durante semanas. Ya lo tenía todo planeado. Todo lo que quería de su padre y de Angus Addams y de Babe Wishnell era que se comprometieran a comprarle a ella el cebo si les ofrecía un precio bajo. Les rebajaba diez centavos el tonel en ese mismo momento. Y les ahorraba el problema de tener que acarrear el cebo desde Rockland todas las semanas.

—Vosotros tres sois los pescadores de langostas más respetados en Fort Niles y en Courne Haven —les dijo, pasando suavemente el dedo por las encías de su hijo, notando un nuevo diente a punto de brotar—. Si la gente ve que vosotros lo hacéis, sabrán que es un buen negocio.

—Tú no estás en tus puñeteros cabales —dijo Angus Addams.

—Coge el dinero y vete a Nebraska —dijo el Senador Simon.

—Yo me apunto —dijo Babe Wishnell, sin la menor duda.

—Y yo también —dijo el padre de Ruth, y los dos pescadores de primera intercambiaron una mirada de reconocimiento mutuo. Lo entendían. Comprendieron la idea a la primera. Los números salían bien. No eran idiotas.

Después de seis meses, cuando quedó claro que el negocio del cebo era un gran éxito, Ruth fundó la cooperativa. Nombró presidente a Babe Wishnell, pero mantuvo la oficina en Fort Niles, algo que satisfizo a todo el mundo. Escogió un consejo de asesores, compuesto por los hombres más cuerdos de las islas de Fort Niles y de Courne Haven. Todo hombre que se hiciera miembro de la cooperativa del condado de Skillet conseguía ofertas para comprar su cebo, y podía venderle su captura de langosta a Ruth Thomas-Wishnell, justo allí, en el puerto de Fort Niles. Contrató a Webster Pommeroy para que manejara las balanzas. Era tan simplón que nadie podía acusarle de quererles engañar. Encargó a su padre que fuera él quien fijara el precio del día por langosta, a cuya conclusión llegaba después de pelearse por teléfono con mayoristas incluso más allá de Manhattan. Contrató a alguien completamente neutral —un hombre joven y sensato que procedía de Freeport— para que manejara el depósito que Ruth había mandado construir para almacenar la captura de langostas antes de ser acarreada a Rockland.

Era una buena compensación para cualquiera que se apuntara, y a cada hombre le ahorraban semanas de vida solo con no tener que llevar sus langostas a Rockland. Algunos se resistieron al principio, por supuesto. Al padre de Ruth le arrojaron piedras a las ventanas de su casa, y a Ruth la miraban mal por la calle, y una vez alguien amenazó con quemar el Museo de Historia Natural. Angus Addams no volvió a hablar con Ruth ni con su padre durante dos años, pero al final hasta él se unió. Después de todo, estas islas estaban llenas de seguidores, y una vez que los peces gordos estaban a bordo, no fue difícil encontrar miembros. El sistema estaba funcionando. Estaba funcionando muy bien. La señora Pommeroy se hacía cargo de todo el trabajo administrativo en la oficina de la cooperativa de Skillet. Se le daba muy bien, era paciente y organizada. También era fabulosa tranquilizando a los pescadores de langostas cuando se estresaban demasiado o se volvían paranoicos o demasiado competitivos. Cada vez que un marinero irrumpía en la oficina, gritando que Ruth le estaba timando o que alguien le había saboteado las trampas, salía de allí feliz y sosegado, y con un bonito corte de pelo, además.

El marido de Ruth y su padre estaban ganando una fortuna pescando juntos. Owney fue el ayudante de Stan durante dos años; después se compró su propio barco (un barco de fibra de vidrio, el primero en las islas; Ruth le había convencido para que lo hiciera), pero Stan y él todavía compartían beneficios. Crearon su propia sociedad. Stan Thomas y Owney Wishnell formaban una pareja deslumbrante. Eran magos de la pesca. No había suficientes horas al día para sacar todas las langostas que querían del océano. Owney era un pescador con talento, un langostero nato. Llegaba todas las tardes a casa, a Ruth, con una especie de luz interna, un tarareo, un zumbido de felicidad y de éxito. Llegaba a casa todas las tardes, satisfecho y orgulloso y deseando practicar sexo de la peor manera posible, y a Ruth le gustaba. Le gustaba muchísimo.

Y en cuanto a Ruth, ella también era feliz. Estaba satisfecha y enormemente orgullosa de sí misma. En lo que le concernía a ella, estaba de puta madre. Ruth amaba a su marido y a su hijo, pero sobre todo amaba su negocio. Le encantaba ser comerciante de langostas y de cebo y estaba muy contenta consigo misma por haber conseguido organizar la cooperativa y por haber convencido a esos obstinados pescadores de langostas de que se unieran a ella. ¡Todos aquellos hombres, que nunca antes tenían nada bueno que decir los unos de los otros! Les había ofrecido algo tan inteligente y tan eficiente que incluso ellos habían visto su valor. Y el negocio iba estupendamente. Ahora Ruth estaba pensando en colocar bombas de gasolina en los puertos de ambas islas. Sería una inversión muy cara, pero seguro que pronto la amortizaría. Y podía permitírselo. Estaba ganando un montón de dinero. También estaba orgullosa de eso. Se preguntó, con un poco de soberbia, qué habría sido de todas esas compañeras de clase que montaban a caballo de aquella ridícula escuela de Delaware. Probablemente habían terminado la universidad y se estarían comprometiendo con unos idiotas mimados en ese preciso momento. ¿Quién lo sabía? ¿A quién le importaba?

Más que nada, Ruth sentía un gran orgullo cuando pensaba en su madre y en los Ellis, que habían intentado con tanta fuerza sacarla de aquel lugar. Habían insistido en que no había futuro para Ruth en Fort Niles, cuando, tal y como habían sucedido las cosas, Ruth *era* el futuro de ese lugar. Sí, estaba muy satisfecha.

Ruth se volvió a quedar embarazada a principios del invierno de 1982, cuando tenía veinticuatro años y David era un niño tímido de cinco años que se pasaba la mayoría de los días intentando no ser aplastado por el gigantesco hijo de Opal y Robin Pommeroy, Eddie.

—Vamos a tener que mudarnos del apartamento —le dijo Ruth a su marido en cuanto estuvo segura de estar embarazada—. Y no quiero vivir en una de esas ruinas al lado del puerto. Estoy harta de resfriarme todo el tiempo. Construyamos nuestra propia casa. Construyamos una casa que tenga sentido. Una casa grande.

Sabía exactamente dónde quería que estuviera. Quería vivir en la parte de arriba de Ellis Hill, en la parte superior de la isla, sobre las canteras, mirando por encima del canal Worthy y viendo la isla de Courne Haven. Quería una mansión y no le daba vergüenza admitirlo. Quería las vistas y el prestigio que le darían. Por supuesto, el señor Ellis era el propietario de la tierra. Poseía casi toda la tierra buena de Fort Niles, así que Ruth tendría que hablar con él si lo de construir allí iba en serio. E iba en serio. Mientras el embarazo seguía y el apartamento se hacía cada vez más y más pequeño, Ruth se puso cada vez más seria.

Lo que explica el motivo de que una tarde de junio de 1982, embarazada de siete meses y con su hijo de la mano, Ruth Thomas-

Wishnell condujera la camioneta de su padre por Ellis Road, con la intención de reunirse finalmente con el señor Lanford Ellis.

Lanford Ellis había cumplido un siglo de vida ese mismo año. Su salud no era muy buena. Estaba solo en Ellis House, esa maciza estructura de granito negro, tan apropiada para un mausoleo. No se había ido de Fort Niles en seis años. Pasaba los días al lado de la chimenea de su habitación, con una manta sobre las piernas, sentado en la silla que le había pertenecido a su padre, el doctor Jules Ellis.

Cada mañana, Cal Cooley colocaba una mesita plegable cerca de la silla del señor Ellis y le traía sus álbumes de sellos, una lámpara potente y una lupa grande. Algunos de los sellos eran antiguos y valiosos y los había coleccionado el doctor Jules Ellis. Cada mañana, Cal avivaba el fuego de la chimenea, independientemente del tiempo que hiciera, porque el señor Ellis siempre tenía frío. Y ahí era donde estaba sentado el día que Cal Cooley dejó entrar a Ruth.

—Hola, señor Ellis —dijo ella—. Me alegra verle.

Cal dirigió a Ruth hacia una lujosa silla, avivó el fuego y salió de la habitación. Ruth se puso a su niño en el regazo, lo que no fue fácil, porque ya no tenía mucho espacio en aquella época. Miró al anciano. Apenas podía creerse que siguiera vivo. Parecía muerto. Tenía los ojos cerrados. Sus manos estaban azules.

—¡Nieta! —exclamó el señor Ellis. Sus ojos se abrieron de repente, amplificados grotescamente por unas gafas enormes, como de insecto.

El hijo de Ruth, que no era un cobarde, dio un respingo. Ruth sacó una piruleta de su bolso, le quitó el celofán y se la metió a David en la boca. Un chupete de azúcar. Se preguntó por qué había llevado a su hijo a ver a aquel fantasma. Puede que hubiera sido un error, pero estaba acostumbrada a llevarse a David con ella a todas partes. Era un niño muy bueno y no se quejaba nunca. Debería habérselo pensado mejor. Ya era demasiado tarde.

—Se suponía que ibas a venir a cenar el jueves, Ruth —dijo el anciano.

—¿El jueves?

—Un jueves de julio de 1976. —Se le resquebrajó una sonrisa ladina.

—He estado ocupada —dijo Ruth, y sonrió con ademán victorioso, o por lo menos eso era lo que esperaba.

—Te has cortado el pelo, muchacha.

—Sí.

—Y has engordado. —Su cabeza se balanceaba levemente todo el tiempo.

—Bueno, tengo una muy buena excusa. Estoy esperando otro niño.

—Todavía no conozco al primero.

—Este es David, señor Ellis. David Thomas Wishnell.

—Encantado de conocerte, jovencito. —El señor Ellis intentó estirar un brazo tembloroso hacia el niño de Ruth, ofreciéndose para que le diera la mano. David se refugió en su madre, aterrorizado. La piruleta se le cayó de la boca abierta. Ruth la cogió y se la volvió a meter en la boca. El señor Ellis retiró el brazo.

—He venido a hablarle acerca de comprar unas tierras —dijo Ruth. Lo que realmente quería era acabar con aquella reunión lo más rápidamente posible—. A mi marido y a mí nos gustaría construir una casa en Ellis Hill, muy cerca de aquí. Puedo ofrecerle una suma bastante razonable…

Ruth se detuvo porque estaba asustada. El señor Ellis había empezado a toser de repente, y parecía como si se estuviera asfixiando. Se estaba ahogando, y la cara se le había empezado a poner de color morado. No sabía qué hacer. ¿Debería llamar a Cal Cooley? Calculó con rapidez: no quería que Lanford Ellis se muriera antes de haber cerrado el trato sobre las tierras.

—¿Señor Ellis? —preguntó, y empezó a levantarse.

Volvió a extender un brazo tembloroso, haciéndole señales.

—Siéntate —dijo. Respiró hondo, y le volvió a entrar la tos. No, Ruth se dio cuenta de repente, no estaba tosiendo. Se estaba riendo. Qué espantosamente horroroso.

Se detuvo, finalmente, y se enjugó los ojos. Sacudió su pequeña cabeza de tortuga.

—Lo cierto es que ya no me tienes miedo, Ruth.

—Nunca le tuve miedo.

—Tonterías. Estabas aterrada. —Una pequeña flema blanca voló desde sus labios hasta aterrizar en uno de los álbumes de sellos—. Pero ya no. Y me alegro por ti. He de decir, Ruth, que estoy muy satisfecho de ti. Estoy muy orgulloso de todo lo que has conseguido hacer aquí en Fort Niles. He estado observando cómo progresabas con gran interés.

Pronunció esa última palabra con tres sílabas exquisitamente separadas.

—Bueno, gracias —dijo Ruth. Esto sí era un extraño giro de los acontecimientos—. Sé que nunca fue su intención que me quedara aquí en Fort Niles…

—Oh, esa era precisamente mi intención.

Ruth se le quedó mirando sin parpadear.

—Siempre deseé que te quedaras aquí y organizaras estas islas. Que les trajeras algo de sentido común. Tal como lo has hecho, Ruth. Pareces sorprendida.

Y lo estaba. Y después, ya no lo estuvo. Se lo pensó.

Su mente fue despacio, buscando con cuidado cualquier explicación, examinando de cerca los detalles de su vida. Revisó algunas conversaciones antiguas, algunos encuentros de antaño con el señor Ellis. ¿Qué era lo que había esperado de ella exactamente? ¿Cuáles eran sus planes para cuando se acabara el colegio? Nunca lo había dicho.

—Lo que yo entendí siempre es que quería que me fuera de la isla, a la universidad. —La voz de Ruth sonaba tranquila en esa habitación tan grande. Y ella estaba tranquila. Estaba totalmente metida en la conversación en aquellos momentos.

—Yo no dije tal cosa, Ruth. ¿Alguna vez te hablé de la universidad? ¿Alguna vez te dije que quería que vivieras en otro sitio?

Lo cierto es que no, se dio cuenta. Vera se lo había dicho; su madre se lo había dicho; Cal Cooley se lo había dicho. Incluso el pastor Wishnell se lo había dicho. Pero no el señor Ellis. Qué interesante.

—Me gustaría saber algo —dijo Ruth—, dado que estamos siendo sinceros. ¿Por qué me envió a aquel colegio de Delaware?

—Era un colegio excelente, y esperaba que lo detestaras.

Esperó, pero él no se dignó a darle más explicaciones.

—Bueno —contestó—, eso lo explica todo. Gracias.

Él suspiró con un estertor.

—Teniendo en cuenta tanto tu inteligencia como tu obstinación, di por sentado que el colegio serviría para dos cosas. Darte una educación y hacer que volvieras a Fort Niles. No debería tener que decírtelo con todas las letras, Ruth.

Ruth asintió. Eso lo explicaba todo.

—¿Estás enfadada, Ruth?

Se encogió de hombros. Lo extraño era que no lo estaba. «Tampoco era para tanto», pensó. Así que había estado manipulándola toda su vida. Había manipulado la vida de todo el que se había cruzado en su camino. En realidad, no era muy sorprendente; de hecho, era estimulante. Y al final de todo, ¿qué más daba? Ruth llegó a esa conclusión rápidamente y sin agobiarse. Le gustaba haber averiguado por fin lo que había estado pasando todos aquellos años. Hay momentos en la vida de una persona cuando las grandes revelaciones llegan de manera instantánea, y algo así fue para Ruth Thomas-Wishnell.

El señor Ellis volvió a hablar.

—No podrías haberte casado con alguien mejor, Ruth.

—Vaya, vaya, vaya —respondió ella. «¡Las sorpresas seguían!»—. Bueno, ¿y cómo es que lo aprueba?

—¿Un Wishnell y una Thomas? Oh, me encanta. Has fundado una dinastía, jovencita.

—¿Eso he hecho?

—Sí. Y a mi padre le hubiera proporcionado una gran satisfacción ver lo que has conseguido aquí en los últimos años con lo de la cooperativa, Ruth. Ningún otro isleño lo hubiera logrado.

—Ningún otro isleño tenía ese dinero, señor Ellis.

—Bueno, fuiste lo suficientemente lista como para obtener ese dinero. Y lo gastaste con sabiduría. Mi padre hubiera estado orgulloso y encantado ante el éxito de tu negocio. Siempre estuvo preocupado por el futuro de estas islas. Las amaba. Igual que yo. Igual que toda la familia Ellis. Y después de todo lo que mi familia ha invertido en estas islas, no me gustaría ver fracasar a Fort Niles y a Courne Haven por la falta de un líder que valga la pena.

—Le diré algo, señor Ellis —contestó Ruth, y por alguna razón no podía dejar de sonreír—. Mi intención nunca fue la de hacer que su familia se sintiera orgullosa. Créame. Nunca he estado interesada en servir a la familia Ellis.

—A pesar de eso.

—Sí, supongo. —Ruth se sentía extrañamente ligera, y especialmente comprensiva—. A pesar de eso.

—Pero has venido a hablar de negocios.

—Sí.

—Tienes dinero.

—Lo tengo.

—Y quieres que te venda mi tierra.

Ruth dudó.

—N-no —dijo, y finalmente encontró las palabras—. No, no exactamente. No quiero que me venda la tierra, señor Ellis. Quiero que me la dé. —Fue entonces el señor Ellis quien dejó de parpadear. Ruth inclinó la cabeza y le devolvió la mirada—. ¿Sí? —preguntó—. ¿Lo entiende?

Él no contestó. Ella le dio tiempo para que pensara lo que acababa de decir, y después se lo explicó cuidadosamente, con paciencia.

—Su familia le debe mucho a la mía. Es importante y es necesario que su familia dé algún tipo de compensación por las vidas tanto de mi madre como de mi abuela. Y también por la mía. Estoy segura de que lo entiende.

Ruth estaba encantada con esa palabra: *compensación*. Era la palabra adecuada.

El señor Ellis estuvo reflexionando un rato y después dijo:

—¿No me estará amenazando con emprender medidas legales, verdad, señorita Thomas?

—Señora Thomas-Wishnell —le corrigió Ruth—. Y no me sea absurdo. No estoy amenazando a nadie.

—Eso pensaba yo.

—Solo le estaba explicando que aquí tiene su oportunidad, señor Ellis, de corregir algunos de los errores que su familia ha cometido con mi familia a lo largo de los años.

El señor Ellis no contestó.

—Si alguna vez quiso tranquilizar su conciencia un poco, este puede ser el momento que estaba esperando.

El señor Ellis siguió sin responder.

—No debería tener que decírselo con todas las letras, señor Ellis.

—No —dijo él. Volvió a suspirar, se quitó las gafas y las plegó—. No deberías.

—¿Entonces lo entiende?

Él asintió una vez y giró la cabeza para contemplar el fuego de la chimenea.

—Bien —dijo Ruth.

Se quedaron sentados en silencio. David ya estaba dormido para entonces, y su cuerpo dejaba una huella húmeda y caliente contra el cuerpo de Ruth. Pesaba bastante. Y con todo, Ruth estaba cómoda. Pensó en que esa breve y franca conversación con el señor Ellis había sido adecuada e importante al mismo tiempo. Y verdadera. Había ido bien. *Compensación*. Sí. Y ya era hora. Se sentía muy cómoda.

Ruth observó al señor Ellis mientras contemplaba el fuego. No estaba enfadada ni triste. Él tampoco parecía estarlo. No sentía ningún tipo de rencor contra él. Era una bonita lumbre, pensó. Era un poco extraño, pero no desagradable, tener una hoguera tan grande, tan de Navidades, llameando en la chimenea a mediados de junio. Con las cortinas echadas, cubriendo las ventanas, con el olor de leña quemada en la habitación, no había manera de saber si el día era soleado. Era una chimenea muy bonita, el orgullo del salón. Estaba hecha de madera maciza y oscura —caoba, quizás— y decorada con ninfas y racimos de uvas y delfines. Estaba coronada por una encimera de mármol de color verde. Ruth se quedó admirando la calidad de la chimenea un rato más.

—Me quedaré con la casa, también —dijo finalmente.

—Por supuesto —contestó el señor Ellis. Tenía las manos entrelazadas sobre la mesita. Estaban llenas de manchas y parecían de pergamino, pero en ese momento no temblaban.

—Bueno.

—Bien.

—¿Está de mi parte?

—Sí.

—¿Y entiende lo que significa todo esto, señor Ellis? Significa que tendrá que abandonar Fort Niles. —Ruth no lo dijo sin amabilidad. Simplemente, con certeza—. Cal y usted deberían ir regresando a Concord. ¿No cree?

Él asintió. Todavía estaba mirando el fuego.

—Cuando el tiempo sea lo bastante bueno como para que el *Stonecutter* pueda zarpar…

—Oh, no hay prisa. No tiene que irse hoy de aquí. Pero no quiero que se muera en esta casa, ¿lo entiende, verdad? Y no quiero que se muera en esta isla. Eso no sería apropiado, y disgustaría muchísimo a la gente. No quiero tener que lidiar con ello. Así que tiene que marcharse. Y no es que haya mucha prisa. Pero en algún momento de las próximas semanas tendremos que empezar a empaquetar sus cosas y a organizar su mudanza. No creo que sea mucho trabajo.

—El señor Cooley se puede ocupar de todo.

—Por supuesto —dijo Ruth. Sonrió—. Será el trabajo adecuado para Cal.

Se quedaron sentados y en silencio otro rato más. El fuego crepitaba y chisporroteaba. El señor Ellis desplegó sus gafas y se las volvió a colocar. Dirigió su mirada a Ruth.

—Tu pequeño está adormilado —dijo.

—La verdad es que creo que está dormido. Debería llevarle a casa con su padre. Le gusta ver a su padre por las tardes. Le espera, ya sabe, a que venga a casa después de estar pescando todo el día.

—Es un chico muy guapo.

—Eso es lo que pensamos. Le adoramos.

—Por supuesto que sí. Es vuestro hijo.

Ruth se enderezó. Después dijo:

—Tengo que volver al puerto, señor Ellis.

—¿No te quedas a tomar el té?

—No. Pero tenemos un acuerdo, ¿verdad?

—Estoy inmensamente orgulloso de ti, Ruth.

—Bueno. —Sonrió abiertamente y revoleó la mano con un gesto irónico—. Todo es parte del servicio, señor Ellis.

Con algo de esfuerzo, Ruth logró incorporarse del sillón, todavía con David en brazos. Su hijo gimió levemente protestando y ella le cambió de postura, intentando encontrar una que fuera cómoda para ambos. En ese punto de su embarazo, no debería cargar con él, pero le gustaba. Disfrutaba abrazando a David, y sabía que solo le quedaban unos cuantos años de poder hacerlo, antes de que creciera y se volviera demasiado independiente como para permitírselo. Ruth acarició el pelo rubio de su niño, y cogió su bolso de lona, que estaba lleno de chucherías para David y de sus papeles de la cooperativa. Ruth se dirigió hacia la puerta y después cambió de idea.

Se dio la vuelta para confirmar sus sospechas. Miró al señor Ellis y sí, tal y como se esperaba, él estaba sonriendo, y mucho. No intentó ocultarle su sonrisa. De hecho, la hizo más amplia. Al verlo, Ruth sintió el más raro y el más inexplicable cariño por aquel hombre. Así que no se fue. No en ese momento. En vez de eso, caminó hacia la silla del señor Ellis e, inclinándose con torpeza debido al peso de su hijo y a su embarazo, se agachó y le dio un beso en la frente al viejo dragón.

AGRADECIMIENTOS

Me gustaría dar las gracias a la Biblioteca Pública de Nueva York por ofrecerme el imprescindible santuario que es la habitación Allen. También me gustaría extenderlas al personal de la Sociedad Histórica de Vinalhaven por ayudarme a repasar la impresionante historia de esa isla. Aunque lo cierto es que he consultado muchos libros durante este proyecto, los que más me ayudaron fueron *The Lobster Gangs of Maine, Lobstering and the Main Coast, Perils of the Sea, Fish Scales and Stone Chips,* las obras completas de Edwin Mitchell, la no publicada pero exhaustiva «Tales of Matinicus Island» y un perturbador libro de 1943 llamado *Shipwreck Survivors: A Medical Study.*

Gracias a Wade Schuman por darme la idea en primer lugar; a Sarah Chalfant, por animarme todo el rato; a Dawn Seferian, por escogerlo; a Janet Silver, por hacerlo realidad, y a Frances Apt, por corregirlo. Estoy profundamente agradecida a todos los residentes de las islas Matinicus, Vinalhaven y Long Island por acogerme en sus casas y en sus barcos. Una mención especial para Ed y Nan Mitchell, Barbara y David Ramsey, Ira Warren, Stan MacVane, Bunky MacVane, Donny MacVane, Katie Murphy, Randy Wood,

Patti Rich, Earl Johnson, Andy Creelman, Harold Poole, Paula Hopkins, Larry Ames, Beba Rosen, John Beckman, y la legendaria Ms. Bunny Beckman. Gracias, papá, por ir a la U. de M. y por recordar a tus amigos después de todos esos años. Gracias, John Hodgman, por sacar tiempo de tu trabajo para ayudarme en la última etapa del mío. Gracias, Deborah Luepnitz, por ir langosta a langosta conmigo, desde el principio. Y que Dios bendiga a los Niños Gordos.